KB260662

행복의 여울목에서

국립중앙도서관 출판시도서목록(CIP)

행복의 여울목에서 / 지은이: 공론동인회, -- 서울 : 한누리미디어, 2013
    p. ;   cm, -- (글로벌 문화포럼 공론동인 수필집 ; 5)

ISBN 978-89-7969-464-2 03810 : ₩22000

한국 현대 수필[韓國現代隨筆]

814.7-KDC5
895.745-DDC21   CIP2013025955

글로벌 문화포럼 · 공론동인 수필집 ❺

행복의 여울목에서

한누리미디어

同人憲章

一· 우리 동인은 전문 분야가 다른 각계 사람들끼리 모여 인간 본연의 자세로 돌아가 대화의 공동광장을 마련하고、 생활철학을 바탕으로 한 새로운 수필문화 세계를 수립한다.

一· 우리 동인은 남녀노소·빈부·정파·종파를 초월하여 휴머니즘의 건전한 터전 위에서 양심과 신의로 상호친선 및 공동 발전을 도모한다.

一· 우리 동인은 변천하는 역사 환경과 각박한 생활환경 속에서도 예지와 지성、 그리고 사랑과 봉사의 정신으로 문화적인 복지사회 건설은 물론 세계적인 인류사회의 평화를 위해 기여한다.

西紀 一九六三年 十月 十二日

空論同人 (가나다順)

姜淳元　姜周鎭　高鳳京　權純永　金鏡　金白峰　金鳳基

金思達　金安在　金玉吉　金載完　金芝烈　金八峰　金衡翼

明石祝子　朴巖　邊時敏　徐燉珏　徐柱演　徐仲錫　孫在馨

安浩相　梁炳鐸　吳相淳　吳蘇白　元鍾睦　俞鎭午　尹虎永

李圭復　李洋球　李俊凡　李恒寧　張基範　全圭泰　趙南斗

趙東弼　朱碩均　秦學文　千鏡子　崔季煥　崔秉協　崔臣海

崔玉子　崔衡鍾　韓太壽　韓何雲

共同宣言

隨筆은 思想·情緒·哲學에서 비롯하여 보다 直接的·行動的으로 풍겨내는 叡智요、知性의 結晶이다·

오늘날 人間은 切迫한 歷史環境과 生活現實 속에서 叡智와 知性을 바탕으로 휴머니즘의 前衛가 되며 人類社會의 平和를 위해 寄與한다·

우리는 專攻과 分野가 다른 各界 사람들끼리 눈높이의 『空論同人』이 되어、 生活哲學으로 새로운 隨筆 文化를 樹立한다·

西紀 二○一二年 二月 三日

空論同人 〔가나다順〕

具綾會　權寧海　金敬男　김길주　金大河　金務元　金白峰
金相哲　金永甫　金容煥　金載燁　金載完　金芝烈　金惠蓮
都泉樹　無相法顯　朴成壽　배우리　卞鎭興　宋洛桓　辛龍善
申瑢俊　梁　鍾　오금남　오서진　오오근　禹元相　元鍾睦
尹明善　李康雨　李瑞行　李善永　李在得　李讚九　林炯眞
全圭泰　정봉대　鄭相植　趙南斗　朱東淡　崔季煥　최명상
崔香淑　河銀淑　韓萬洙　洪思光

사회적 갈등과 분열을 극복하는 비전을

주 지(周知)하는 바와 같이 공론동인회(空論同人會)는 지금으로부터 50년 전 1963년 봄에 학계를 비롯한 언론계·방송계·문학계·무용계·미술계·의학계·법조계·경제계·종교계 등 각계각층에서 40여 명의 중후한 인사들이 뜻을 모아 그 발기취지(發起趣旨)를 자연스럽게 공감하고 '동인헌장(同人憲章)'과 '공동선언(共同宣言)' 등을 밝힘으로써 비로소 그 활동이 전개되었다.

그 당시 그 동인들은 사회질서가 문란해지고, 폭력배와 정상배들이 창궐할 뿐 아니라 윤리·도덕이 땅에 떨어지며, 민심이 각박한 현상임을 통감하여 사회적 질서 확립과 민생의 안정을 위해 다소나마 기여하고자 갖은 노력을 다한 바 있다.

그 후 오랜 세월이 흘러오는 동안 우리나라는 경제발전과 민주주의의 질적 향상에 있어서 세계적으로 유례가 없는 우수한 성장지수를 보여주고 있다. 1961년도의 1인당 국내총생산이 82달러였는데 최근 2011년도의 1인당 국내총생산은 22,427달러로 성장되었고, 이코노미스트지(ELU)가 조사한 민주화 지수에 따르면 2011년도 한국의 민주화 지수 순위도 167개 국중 22위로서 엄청난 민주주의에의 발전국가로 평가받고 있는 셈이다.

그러나 눈부신 경제발전과 민주주의 성장의 이면에는 이해와 소통과 균첨(均沾) 등의 부족으로 인하여 빈부간(貧富間), 지역간(地域間), 노소간(老少間), 정파간(政派間), 종파간(宗派間), 보혁간(保革間), 좌우간(左右間)의 대립과 분열, 그리고 갈등과 양극화 현상 등이 아직도 심각해지고 있음을 부인할 수 없다.

물론 이러한 실태를 목도하면서 우리 사회 애국지사들의 훈고(訓詁)와 각계 식자(識者)들의 우려하는 목소리도 적지 않으나 무엇보다도 사회적 갈등과 분열을 극복하기 위해서는 우선적으로 '모든 국민의 행복과 희망찬 비전'을 분명히 제시하고 정부의 정책적인 지원과 함께 각 분야의 다양한 복지 활동 및 범국민의 통합적 참여운동 등을 전개해야 될 것이다.

특히 여기에서 기본적으로 빼놓을 수 없는 것은 첫째로 국민들에 대한 사회도덕성과 정의(正義) 실현을 위한 인성교육(人性敎育)의 귀일화(歸一化)가 필요하며, 둘째로는 사리(事理)를 판단하는 가치관(價値觀)과 올바른 역사관(歷史觀), 그리고 대아적(大我的) 사상성향(思想性向)의 통합을 제고하는 일이 중요하다 하겠다.

이와 같은 사회적 상황 속에서 우리 동인들의 현명한 지혜와 전문적 기능성도 가일층 기여할 때가 아닌가 싶다.

다사다단(多事多端)한 현실에 임하여 이번에 상재(上梓)되는 동인지 제5집 《행복의 여울목에서》에는 새로 참여하신 동인들의 옥고(玉稿)와 그 밖의 모든 동인들의 생생한 수필 및 사회논평들이 게재되었고, 최근 사회적 관심거리가 되고 있는 '행복(幸福)' 문제를 '테마에세이'로 삼아 몇 분 중진동인의 행복관을 모아서 특집(特輯)으로 꾸몄다. 그리고 우리의 자매기구인 '글로벌 문화포럼(Global Culture Forum)'의 주최로 2013

년 2월 15일, 프레스센터 19층 국화실에서 실시한 현대적 평화포럼의 주제발표문을 비롯하여 지정토론문, 그리고 종합토론한 내용들이 적나라(赤裸裸)하게 수록되었다.

이 다양한 글월들은 〈생각하는 사람〉·〈배우고자 하는 사람〉·〈연구하고자 하는 사람〉·〈큰 일을 하고자 하는 사람〉에게 좋은 소재(素材)가 되리라고 확신한다.

끝으로 이 책에 소중한 글들을 모아 '글로벌 문화포럼' 공론동인지 제5집으로 출판해 주신 도서출판 한누리미디어의 김재엽 사장과 김영란 편집주간, 그리고 좋은 책을 만들고자 애써주신 우리 공론동인회의 편집위원 여러분들께도 심심한 감사의 뜻을 보내는 바이다.

2013년 10월

공론동인회 대표간사
글로벌 문화포럼 회장　김 재 완

지난 2012년 2월 3일에 부활하여 1960년대 중반에 발표했던 세 권의 '공론' 동인지를 합본하여《지성의 향기》상권으로 재출간하고, 동시에 부활 결성한 동인들의 작품집을《지성의 향기》하권(제4집)으로 발간(2012. 12. 31)하여 대단한 호평을 받았던 바 지속사업으로 제5집을 엮게 된 것을 매우 기쁘게 생각하며 편집과 관련하여 몇 가지 일러둘 사항을 적어둔다.

우선 원년 멤버이시며 원로회원이신 김백봉, 조남두, 최계환, 전규태, 김재완, 원종목, 김지열 회원 중에서 작품을 보내오신 회원들의 작품을 각부별로 우선 배치하고 이어서 지난해 부활하면서 가입한 회원들의 작품을 가나다순으로 배치했다. 작품은 당초 두 편씩 제출해 주실 것을 청탁했지만 한 편만 제출한 회원이 많아 1, 2부에 걸쳐 한 편씩 앞서 언급한 순서대로 배치하고, 두 편씩 제출한 회원의 나머지 한 편은 4부에 배치하였으며, 청탁에서부터 테마로 설정한 '행복'에 관한 담론은 5편에 불과하지만 특별히 3부로 모아 편집했음을 밝혀둔다.

그리고 지난 2월 15일 한국프레스센터 19층 국화홀에서 거행한 공론동인 평화포럼 및 동인지 출판기념회에 관한 내용을 부록으로 하여 말미에 게재하였다. 특히 '새 시대 새 정부에 바란다'라는 주제로 발표한 홍사광 박사의 논문과 이서행 교수의 지정토론문에 이은 몇몇 회원들의 종합토론문을 실었는데 나름대로 독자들께 읽을거리가 되리라 기대해 본다.

총무간사 김 재 엽

차례 Contents

제**3**부 행복의 여울목에서

제**1**부
문사철은 하나다

화관무의 유래

김백봉

어 쩌다가 '화관무' 란 이름으로 굳어져 버렸지만 본시는 '고전형
식' 이란 기본(基本) 동작군(動作群)이었다.

신무용의 원리에 따라 입춤가락을 바탕으로 이른바 현대형식이라는
기본동작을 만들어 연구생들에게 가르쳤더니 구성의 어려움 때문인
지 도무지 무게도 끈기도 멋도 흥도 엿볼 수 없는 춤판이 되어버리는
느낌이어서 큰 고민거리가 되었다. 무대 무용으로서의 표현기능이 충
족되기 위해서는 기법의 다변화가 요구되었고, 이에 따라 운동 질량의
확대 증폭은 불가피했으며, 이런 배경적 여건 아래 이루어진 사위의
복합성 때문인지 내면적 깊이 '왜 추는가?' 보다 외형적 모방 '어떻게
추는가?' 에 급급해 버리는 역작용이 일어난 것이다.

김백봉(金白峰) _ 평안남도 평양 출생(1927년). 최승희무용단 제1무용수
겸 상임안무가. 김백봉무용연구소, 한국예술무용연구소 설립. 경희대학
교 교수. 김백봉춤보존회 및 연구소 명예교수. 대한민국예술원 회원. 최
승희춤연구회 이사장. 서울시무용단 단장. 서울시문화상(1953), 캄보디
아문화훈장(1953), 보관문화훈장(1981), 대한무용학회 예술상(2000), 대
한민국문화훈장(2005) 등 수상. 주요작품으로 〈부채춤〉,〈화관무〉,〈무당
춤〉,〈청명심수〉, 최승희의 〈보살춤〉을 재현한 〈만다라〉, 무용극 〈우리 마을의 이야기〉,
〈바라〉, 〈종이여 울려라〉, 〈종의 정〉, 〈심청〉 등과 무당춤 〈광란의 제단〉 등 다수.

바로 이런 문제점이 화관무의 창작배경과 그 동기화가 된 계기라고 말할 수 있을 듯싶다. 지난날의 우리 춤사위가 운동의 양적인 억제를 무태(舞態)의 질적(質的) 승화(昇華)로 보완하려는 원리 위에 전개됨으로써 내면연기의 완숙함을 기의 기본 이상(理想)으로 삼게 되었던 것인데 이것이 역진방향(逆進方向)으로 돌아서서 확충지향적 변용(變容)을 추구하게 되자 이러한 양적(量的) 확대(擴大) 만큼의 질적(質的)인 퇴화(退化)가 가속(加速)되기 시작했다.

비록 거동언어(擧動言語)의 필요에 따른 전통형식의 현대화가 모색되었다 하더라도 내연기(內燃技)였을 때 간직하였던 무게와 깊이와 끈기와 부드러움은 여전히 갖추고 있어야 하며, 이것이 퇴화되는 한 한국적 멋이라든가 흥의 기반은 송두리째 허물어져 버리는 결과가 된다.

나는 최승희 선생님으로부터 무슨 무용을 하든 무용가의 품위가 작품을 감싸주고 그러한 품위로 연유해서 예술의 고답한 경지가 관객에게 어떤 감명을 던져 주지 못한다면 아무리 심오한 철학을 외치고 삶의 근원을 표상하려 해도 실제로 예술이 될 수는 없다고 배웠다. 예술은 주장(主張)이기에 앞서 마음의 거울이어야 하기 때문이며, 따라서 그 거울이 맑지 못하고 흐려 있으면 사람들은 무용가의 마음을 꿰뚫어 보지 못한다는 것이다. 그것을 필자는 춤의 귀태(貴態)라고 생각한다. 주제가 어둡거나 밝거나, 침울한 것이거나 명랑한 것이거나, 한결같은 귀태는 잊혀질 수 없는 무용가의 좌우명이 되어야 한다.

이는 무용에 있어서의 멋은 심신의 혼연(渾然)한 조화(調和)가 「기(技)」의 이상경(理想境)을 이루고 있을 때 인지(認知)되는 지고(至高)의 미(美)로써, 「흥(興)」은 그런 경지에 접하여 우러나는 공감(共感)의 극치(極致), 즉 「정(情)」의 황홀경이라 하겠다. 고로 멋의 실상은 명인기(Virtuosity)의 경지에서 쉽게 감득되는데 명인기란 「체」의 완벽한 경지를 뜻한다. 그리하여 그 소재는 전통적 춤사위의 형식적·형태적 근간을 이루는 「학체」·「궁체」·「필체」에 잠재한다고 보는 견해와 일맥상통한다고 할 수 있으며 나아가 이와 같은 이상의 현현은 10년 가까이 지난 1956년에서야 맥통(脈通)의 원리(原理)라는 경지를 정위하게 됨으로써 해결의 실마리를 찾게 되었다. '맥통(脈通)'이란 어떤 국소에 자극을 주더라도 그 반응은 전신에서 느껴지게 되는 어떤 사소한 부분적 움직임도 그런 현상을 빚게 했던 기동인(起動因)을 전신에 파급시켜 나타나게 하지 않는 한 살아 있는 무용, 살아 있는 예술일 수 없다는 경지를 말함이라 했던 '맥통의 원리'에서 정립을 보게 되고 이론화(理論化) 되었다고 할 수 있겠다.

고로 '고전형식'이란 기본동작군(基本動作群) 창제는 맥통으로 이어져 가는 새로운 한국적 미형식의 과정이라 할 수 있으며, 그런 의미에서 볼 때 작품 '화관무'는 나 자신의 무용 예술을 응결시킨 실상이라 볼 수 있고, 내가 추구한 미학의 상징이자 표상이라 하겠다.

화관무의 연원은 1948년, 필자의 이름을 걸고 시행한 '제1회 김백봉 무용 발표회' 때의 독무작품 〈고전형식〉에서 비롯되지만 실질적 기반은 1954년 11월을 전후하여 40일 가까이 서울 시공간에서 베풀어진 제1회 작품 발표회(통산 제6회 작품 발표회) 때의 〈고전형식〉에서 찾아야 하겠다. 물론 양자 사이에는 일련의 맥락이 흐르고 있는 것은 부정할 수 없으나, 1948년의 작품은 어떤 한계가 지워진 제약으로 인해서 오직 자신만의 형상기법으로 귀납시킨 작품이었겠으나, 후자의 경우는 그런 일체의 제약 없이 자신의 예풍과 예역을 다져갈 수 있었던 시기의 무태요 작품이었기 때문에 나름의 낙차가 있었을 것이라고 추측되는 것이다.

사실 기본동작엔 어떤 개변이 일어나야 할 것이라고 생각했다. 그러나 이것을 선의의 예술적 욕구현상으로 간주한 것이 아니라, '최승희 무용' 에 대한 하나의 반역 행위로까지 곡해된 것이었다.

〈고전형식〉은 1959년 10월 2일~4일의 제11회 작품발표회에선 〈한 삼에의 회정〉으로 바뀌었고, 1970년 12월의 일본 오사카에서 개최되었 던 '엑스포 70' 에서는 〈수연(壽宴)〉이라 호칭되기도 했으나 이 어간에 '화관무' 란 이름이 상용되기 시작한 것은 우연한 계기로 인해서였다.

1958년 가을이라 기억되는데 때마침 서울에선 유네스코(UNESCO)인 지, 국제펜클럽 회의인지 무슨 국제회의가 열리게 되었고, 이에 따라 〈고전형식〉도 환영예술제 레퍼토리(repatory)에 포함되었는데, 때 마침 문화공보부 담당 직원에게서 전화가 걸려와 장관이 말씀하시길 〈An ancient style(고전형식)〉이란 춤의 명칭 같지가 않으니 무용다운 이름 으로 바꾸라는 분부니까 적당한 이름 하나 지어달라는 것이었다. 전화 좀 끊고 10분 후에 다시 걸라고 했더니 지금 윤전기(輪轉機)를 정지시키 고 대기하는 중이니 당장 생각해 내라는 게 아닌가. 울화가 치밀어 "화 관을 머리 위에 얹고 추는 춤이니 '화관무' 라고나 하시구려" 했더니 그게 곧바로 고유명사가 되고 말았다. 그러나 그 후에도 이런 이름이 마음에 들지 않아 잘 쓰지 않고 〈한삼에의 회정〉이니, 〈수연〉이니 했지 만, 1968년 멕시코올림픽 파견 '한국민속예술단' 연목(演目)을 결정할 때 다수의 의견이 〈화관무〉로 하는 것이 좋다 하였고, 또 이 공연이 성 공함으로써 널리 그 이름이 일반화 되었다.

오늘날 이러한 명칭의 보편성 때문에 창무자의 존재가 모호해졌을 뿐 아니라 심지어는 '몽두리에 화관을 쓰고 춤을 추는 대표적 궁중무 용의 하나' 라 잘못 알려지기도 하였다. 그래서 족보에도 없는 화관무 가 궁중무로 행세하고 있는 듯도 하다.

요컨대 화관무는 1950년대에 필자가 신작무용으로 발표한 것인데 언제부터인지 궁중무로 소개되고 있다. 고전은 어디까지나 고전이고 여기에 바탕을 둔 한국적인 미와 멋을 살린 신작무용이 진작(振作)되어야 할 것이다. 이 신작무용을 진작시키려면 창작자와 재(再) 안무자(按舞者)의 이름을 밝혀야 한다. 무용계에서는 어느 것이나 자기의 것인 것처럼 그 책임 소재가 분명치 않다. 이런 점은 한국무용의 발전에 커다란 저해 요인이 되고 있다.

1988년 화관무의 군무작품에 있어서 큰 변화의 계기를 맞게 되었다. 1988년 제24회 올림픽이 서울에서 열리면서 개막식 식후 행사에 '태평성대' 라는 주제로 화관무가 레퍼토리로 들어가게 되었고, 마스게임 구성에서 남자 춤으로 독립된 화관무와 무고(舞鼓) 동작이 추가된 2천여 명의 대형군무로 재창작되었다. 이후 필자는 이를 올림픽 행사로만 끝내지 않고 무대 예술작품으로 재창조하여 화관무를 선보였다.

제1부와 2부로 나뉘어진 화관무의 초연은 1989년 캐나다 민속예술제인 'Folklorama' 와 밴쿠버에서의 무용단 공연의 연목에서였다. 보다 웅장한 작품으로 현재의 화관무로의 틀을 선보이게 된 기점은 1989년 예술인 장학기금 마련을 위한 공연에서였다.

이러한 작품명의 변천과 함께 생성한 남자 춤 〈기상(氣像)〉은 창작 과정에서 〈수연〉과 〈기상〉의 구성상의 차이점이 나타난다. 〈수연〉은 독무 춤을 초연으로 하여 군무가 구성되었다는 것이고, 〈기상〉은 반대로 군무로 짜여진 작품에서 독무가 독립되어 나왔다는 것이다. 따라서 〈기상〉의 춤사위와 동선은 군무와 대비하여 부분적인 응용이 가능하다는 특징을 지닌다.

이상과 같이 〈화관무〉는 이러한 과정을 거치면서 여러 명칭을 갖고 오늘에 이르고 있다.

고향의 하룡…M방송 여작가들—그리고

조남두

쉰 쯤 되었을 적 正月……
아내 따라 사주(四柱)던가 뭐 그런 것 보러 갔다가
백수(白壽)는 그렇고 여든 이편 저편이면 장수 아니신가
이런 이를테면 예언 말씀에
날마다 바가지로 술 퍼먹고 질척대는 세월이 어찌
그리 오래 견디겠소이까 했더니
명수(命數)란 게 어디 마음대로 되시나
비명횡사(非命橫死) 또한 운수소관일 터……
세월이 흘러
어찌 도무지 모르고 모를 것은

조남두(趙南斗) _ 충북 단양 출생(1929년). 호는 낭운(浪雲), 두산(斗山). 국학대학 문학부 졸업. 연세대학교 교육대학원 졸업. 장충고등학교 교감. 한국배우전문학원 강사(영화). 월간 『의회평론』지 편집위원. 「법제신문」 논설위원. 1951년 『직업여성』에 〈찔레꽃 애기〉를 발표하며 문단 등단. '문학인' 동인. 자유문인협회 회원. 국제 PEN클럽 한국본부 회원. 청동문학회 대표. 한국문인협회 감사. 한국현대시인협회 이사. 저서— 시집 《향가》(1977), 《물소리 바람소리》(1986), 《바보 은행나무》(1998), 《바이킹의 북소리》(2000). 장편소설 《탄색의 무지개》(산업경제신문연재) 외 소설 · 극 및 수필 등 다수.

바가지는커녕 두어 잔 술마저 삼가고 삼가며

우리들 망국(亡國) 꼭두쇠들

어디쯤 까헴이라

문득, 어허 어흠…… 하늘의 아버지 가슴에 사무치어

미움을 버리라

마음을 비우라 달래고 달래시다

그리고 빙긋 웃으시다

말미 몇 줄을 손질한 구작 졸편 〈우리 正月〉……, 지난(2006년) 1월 10일인가, MBC TV '스타 스페셜—생각난다' 프로 담당 작가의 연락을 받으면서 비롯한 10여 년만의 TV 출연과 관련되는 것이라 서두에 놓았음이다.

40년 가까운 기억 저편 1969년, J고교 교감 시절. 입학 주선 등 몇 가지 편의를 거들은 고향(충북 단양) 친지의 장자 임하룡(林河龍, 청룡영화상 수상 배우, 코미디언)이 저 프로의 주역이 되면서 그가 만나는 추억의 인물로서의 참여였음인데, 전날 한 주, 한 달 연속의 칼럼(청소년, 여성, 예술, 교육, 농촌……) 출연 등에 대면 별것 아닐 수도 있는 것이었으나 문학과 더불어 반백 년의 천직이던 교육에 관련하여 상당한 감개를 함께 하는 좋은 시간이었다. 그것은 물론 나의 편의를 담당한 두 스크립터—여 작가를 비롯한 제작 출연진 모두의 현란한 프로페셔널에 말미암은 은혜라……. 저 서두 시편과의 관련은 스크립터 중 한 여 작가의 "프로 말미를 선생님의 시낭송(아버지 추념의)으로 했으면 좋겠어요" 하는 당부 따라 구작 중 한 편을 보내며 "아버지 추념의 시가 따로 없으니 그 쪽에서 썩 적절한 것을 준비하라" 하여 선배 시인 김현

승의 시편을 사용하게 되었는데, 지금 문득 떠오른 저 서두 시편을 읽었으면 좋았을 걸 싶은 아쉬움이 일어 저렇게 두었음이다. 저 시편 술 얘기는 다음 얘기와도 관련이 깊다.

1970년 대 중반인가. 아주 더운 여름날 오후, MBC P피디의 전화를 받았다. 이틀 뒤인 다음 주 월요일부터 약 1주일 동안 방송에 출연할 수 있겠느냐는 것이었다. 오후 시간이면 좋겠다 하여 그리 하기로 하고, 내용이 뭐냐 물었더니 샐러리맨의 애환을 다루는 대담 형식의 칼럼이라며 자세한 것은 담당 직원이 말씀드릴 것이라며 전화를 끊었다. 잠시 뒤 전화의 목소리는 박○○이라 자기를 소개한 묘령의 여인이었는데, "조 교감 선생님이시죠? 시인이시구요" 하기에 "그렇다" 했더니, "선생님 술을 많이 좋아 하신다면서요?" 했다. "건 또 어떻게 알았소" 했더니, "호호호. 그건 비밀이구요. 술과 인생, 술과 사랑, 술과 문학, 술과 건강, 술과 가정 등등 술과 관련되는 문인이나 샐러리맨의 애환을 진솔하고 재미있게 얘기해 주시면 되세요" 하며 또 "호호호" 웃었다.

이것이 MBC와의 첫 대면, 공교로운 것은 저 때의 스크립터가 박 아무개였음과 10수 년 전 제천 충주여고 교장 재직 때의 몇 개 칼럼의 피디, 그리고 95년 정년 뒤 96년 가을인가, 우리 고향의 절승 '단양 8경' 과 '온달산성' 등을 두루 섭렵한 《내 고향 문화기행》 촬영 선두와 이번 임하룡 관련 프로에서 나의 편의가 된 고맙고 기쁜 스크립터—작가 박유미·박유경 자매 같은 이름의 묘령 미모까지 두루 동성 박씨였음이라.

그리고 얘기 또 하나, 이 날의 출연자 7~8인 중 나 같은 조가가 과반 4인이나 되어 두루 반갑고 반가워 손을 잡고 흔들 참에 도무지 아니고 아닌 떵한 거동의 한 사람, 이 사람은 50여 년 전 그의 선친 조○○가 우리 J중고(장충) 운동장에서 무슨 영화인가를 찍을 적에 본 이야, 어쨌

건 종씨라 반갑다 손잡아 흔들며 오랜 지기처럼 기쁨의 한 때를 보낸 터이기도 하였음인데, 속으로 고얀 놈 하며 웃었고, 귀로, 결혼 30년 부군 곁에서 우리 신랑, 우리 신랑……. 마냥 화사한 기쁨이던 미모 부인을 동석한 임하룡과의 좋은 술자리에서도 조금은 우울한 화제가 되기도 했다.

다시 술 얘기로 회귀하여, ……아닌 게 아니라 전후 50년대 후반에서 비롯한 저 무렵의 술 마시기는 대단한 것이어서, 학교 퇴근 길 동료 선생들과의 1차에서 시작하여 잡지 신문사 등 퇴근시간에 맞추어 2차, 3차…… 통금에 밀리면 집으로 동행 4차, 5차…… 참으로 이 시절 폐허·황폐감의 비창이 베푸는 일종의 광기이기도 했던 상처투성이 낭만이었음이라.

50년대 60년대 거기는
날마다 축제
그리고 돌격 또는 진혼 나팔 소리의 폐허
부서져 황홀한 비창들이 춤추고
비분강개의 천둥소리……
역사의 구정물 뒤집어쓰며
용감한 전사처럼
죽음을 어깨동무하였으므로
인간이었음이고
낭만이었음이고
무엇보다 시인이었음인데……

졸편 '악동기(惡童期)7' 〈명동축제(明洞祝祭)〉, 그러면서도 지각 결석 없이 용케 직장생활 버티어 낸 건강을 나는 자주 우리 조상님 은혜로 울 먹이며, 어수선한 시편으로 적어 작은 보은 되지 않으리 하기도 한다. 작금 상당 부분 개작 〈시시포스의 낭만〉이라 게재한 졸편 '악동기(惡童期)3' 이 그 중의 하나.

흐느끼며 흐느끼며

우리 장손 시시포스의 비탈을 오르내리네

경동시장, 어적어적 수삼을 씹으며 옛날을 걷네

고향 뒤뜰 상답 삼밭

거기 미끈미끈 잘 생긴 놈 어적어적 씹으며 장손이 걷네

에이 씨굽다 퇴퇴 억수로 씹으며 뱉으며 하하하 걷네

할머니 어머니— 저 편으로 쫓으면

할아버지 아버지— 마음대로 먹으라 꿀을 찍어 먹으라……

오십 몇 년…… 몇 트럭 술을 퍼마시며

동갑또래 술친구 멀리멀리 떠날 적마다 애고애고 울 적마다

우리 장손 긴 팔 휘저으며 뚜벅뚜벅 있는 것은

씹거니 뱉거니 저 몇 가마니 사랑의 은혜로세

우리 할아버지 아버지 하늘 같은 사랑이로세

흐느끼며 흐느끼며

무한 불효 매질하며

우리 장손 시시포스의 낭만을 오르내리네.

* '시시포스' 는 그리스 신화 중 '시시포스의 바위' 의 주역. 시시포스는 높은 산 위에 큰 바위를 굴려 올리는 형벌을 치르는 죄수인데, 이 형벌은 매우 가혹하여 바위를 산 위에 다 굴려 올렸다 싶으면 곧 굴러 내리고 내리고 하여, 저 굴려 올리는 고역을 다시 또 다시 무한 반복하지 않으면 안 된다.
*9행의 '몇 트럭 술' 에서 부근을 먼저 간 친구 M형은 이렇게 계산하며 웃었다. 1일 평

균 소주 5병(탁약주류로 5되)
탁약주류로 5되×300일 = 1500되 = 150.0초롱×50년 = 7500.0초롱 = 750.0드럼 = ??
트럭

저 '스타 스페셜―생각난다' 프로 중 임하룡의 학생적 행적을 얘기하는 차례에서 나는 나의 개구쟁이 어린 시절, 연극·영화보기로 공부를 망가뜨린 청소년기와 뒷날 교직 시작(詩作)에 겸하여 50여 편 TV드라마 집필 방영의 작가 시절을 얘기하며 남들이 상상하는 것처럼 임하룡을 체벌하거나 가혹 질책하기보다 그가 심한 악의 구렁 같은 곳에 빠지지 않도록 타이르며 은연중 예술적 성장을 합장 조언했을 것이라는 것과 그의 예술인으로서의 끼는 친가 쪽보다 외가 쪽에 말미암음일 듯하다며 나와 같은 고향 동갑인 그의 외삼촌 김종수(1950년 6·25전란 중 전사하였으므로 52년 생인 임하룡은 모를 터) 얘기를 했다.

나의 죽마고우 ㅂㄹ친구, 해방되던 해 16살이던 종수는 어디서 어찌 들었는지, 배웠는지 썩 어른스러운 우스개를 잘 하여 또래를 자주자주 웃기곤 했었는데 예를 들면, '탁 놔라 갓끈 떨어진다.' '야 야, 그건 보나마나 틋자에 리을이야, 하하하……' 따위가 그것. 그리고 한 살을 더 먹어 열일곱이 되면서 우리 또래 여나믄은 높은 산 언덕(천지당)이나 개울가에서 산유 천렵을 즐기며 막걸리를 배우며 마시며 했고, 곡조가 잘 맞지 않는 유행가를 불러대기도 했다.

저 무렵의 나는 아버지의 직장(식량영단 소장)과 관련한 친지인 마루보시(지금의 통운) 소장―일인 와타나베씨 집(충주)에 하숙하고 있었던 것 등의 사유로 개학 뒤 얼마 동안도 학교에 가지 않고 집에 있었기 때문에 종수 등 또래와 노는 시간이 많았고, 또 읍내 장날마다 나가서 고물로 팔리는 많은 축음기판(레코드판)을 사 모아 그걸 느리게 돌려놓고 받아 적으며 유행가를 배우고, 또 '춘향전' '장화홍련전' '심청

전’ 등 고전물이나 현대판 유명 연극을 라디오방송국 같은 구성으로 극화 제작한 판을 돌리며 적으며…… 이를테면 연극공부 같은 것을 하기도 한 것이 저 시절의 일과였음인데, 그런 까닭으로 유행가를 곡조 틀리잖게 불러 또래들의 부러움이 되고 그들에게 가르쳐 주기도 한 것이 또 하나 나의 일과가 되기도 했다.

그러나 그것들을 소리 높여 부르기는 하였으되 뜻을 제대로 알지 못하는 건성의 소리침이 많았다.

아주까리 호롱 밑에 마주 앉아서
따르는 이별주는 불 같은 정이었소
귀밑머리 쓰다듬어 맹서는 길어도
못 믿겠소 못 믿겠소 울던 사람아

깨무는 입술에는 피가 터졌소
풍지를 악물며 밤비가 오는구나
흘러가는 타관길이 여기만 아닌데
번지 없는 이 술집을 왜 못 잊느냐

1960년 저편 오랜 기억이라 조금 어수선한 대로 ‘번지 없는 주막’ 의 2, 3절, 지금 노래방 따위에서 대중가요깨나 부른다 싶은 사람도 ─풍지를 악물며 밤비가 오는구나…… 거 무신 소리여─ 함직한 저런 가락의 속내를 한글 배우기를 10살─심상소학교 2년에서 끝낸 16~7살 우리 또래 따위가 알았다면 그건 매우 혹독한 거짓말일 터~~ 그렇거나 말거나 시원찮은 선조로 말미암아 모국어를 빼앗긴 슬픈 겨레─ 우리 가엾은 어린 것들은 저렇게 이렇게 제 힘으로 우리 글을 익히기도 했음이라.

성공한 우리 영화 〈웰컴 투 동막골〉의 청룡영화상 수상 배우 임하룡 얘기가 그의 외삼촌 김종수를 거치면서 '흘러간 노래'에 이르렀다. 저 프로 녹화의 날(1. 13) 밤, 기쁜 술자리에서 임하룡은 메인 목소리로 우리 마을 큰 길가, 그가 태어나 자란 생가 얘기를 했었는데 지금도 그냥 있는 그 집은 우리들의 저 유행가와도 관계가 깊다.

그의 조부 일행이 이주하기 전 저 집은 서넛의 젊은 여인까지 거느린 주점이었음인데, 지금은 시속 따라 흔적도 없는 터이지만 해방 후 얼마 동안 우리 마을 부근에 크고 작은 광산(중석, 무연탄……) 여럿이 생겨, 유통하는 돈이 제법 흥청거렸음인가. 이런 주점이 세 곳이나 있어 우리 17살 또래들도 때때로 찾아들어 술 마시기보다 분 바른 여인 구경하기와 유행가 불러대기의 자리로 삼곤 했었다. 그때마다 술집 안주인들은 아주 깊은 안쪽 구석방에다 우리를 밀어 넣어 우리 어르신네의 질책을 피하려 했던 어수선한 기억이 생생하여 싱글벙글 웃기거니와, 저 때 스무 살 쯤이었을 어떤 예쁜 여인은 우리 친척 어떤 이의 예물이 되었다가 머리카락 한 움큼 뽑히고 쫓겨난 참혹한 비화를 남기기도 하여 어린 우리의 가슴을 아프게 했었다.

이야기를 들으며 우리 동향의 자랑스러운 후배 예술인 임하룡은 다정다감한 눈물을 글썽이며, "그 집에 묻어 있고 서려 있는 그런 사연들이 저의 인생과 어떤 연관이 있어 보이네요……. 선생님 그곳이 그립습니다……. 고향에서 살고 싶습니다. 선생님……." 했다.

문득 사무친 30년 저편의 고향 노래 〈입춘대길(立春大吉)〉.

　　기차를 타고
　　들보다 산을 많이 보면서 휘파람 한나절 길

잿불에 감자를 구워 먹던 달밤이 있는 거기
쩍쩍 얼어붙는 풀빗자루와
입춘대길(立春大吉) 화기만당(和氣滿堂)의 옥색 조끼
호오호오 손 끝을 녹이는 입김의 안개 속에
꽃구름이 일던 하늘
그 하늘이 거기 있다네

옛 얘기로 잠재우던 기나긴 밤이 있고
새벽에 까치 울면
삼백 예순 날이 노상 설날이던 거기 거기……

시계를 보는 나그네 뜨락에
눈이 오고 개가 짖네 고향에서 개가 짖네.

하와이 촌감(寸感)

_ 하와이 교포 이민 70주년 기념행사 취재를 마치고

최 계 환

지난 1973년은 우리의 하와이 이민 70주년이 되는 해였다. 하와이 주 정부에서는 3월 첫 주일을 '한국주간' 으로 정하고 주 전체가 아리랑의 물결로 넘쳤었으며 거리에서나 백화점에서나 축하의 시간들이 가득 흘렀었다. 우리 정부에서는 민관식 문교부 장관이 그리고 청와대에서는 육영수 님을 대신하여 박근혜(현 대통령, 당시 서강대학교 4학년 학생) 님이 축하행사에 참석하였었다.

벌써 40년이 흘렀으나 어제 일같이 기억이 새로워진다. 나는 이민홍 카메라맨과 같이 취재했었는데(나는 당시 KBS 아나운서 실장이었다) 수많은 외국 기자들의 질문에 대답하던 박근혜 님의 차분한 모습이 더욱 새로워진다.

최계환(崔季煥) _ 경기도 장단 출생(1929년). 호는 단계(丹溪). 건국대학교 국문과 졸업. 연세대 교육대학원 졸업. KBS, MBC 아나운서실장. TBC 보도부장, 일본 특파원. KBS 방송심의실장, 부산방송 총국장. 중앙대학교, 서울예술대학 강사. 대구전문대학 방송연예과장. 명지대학교 객원교수. 영애드컴 고문. 서울시문화상(1969), 대한민국방송대상 등 수상. 방송 명예의 전당 헌정(2004년). 저서 《방송입문》, 《아나운서 낙수첩》, 《시간의 여울목에서》, 《설득과 커뮤니케이션》, 《착한 택시 이야기》. 역서 《라스트 바타리온》, 《인디안은 대머리가 없다. 왜?》 등 다수.

"한국의 정치에 대하여 어떻게 생각합니까?"

"여러분도 아시다시피 나는 지금 서강대학교 전자공학과 4학년 학생입니다. 대학생이 무슨 정치를 압니까?"

또박또박 말하였는데 매우 차분한 영어였다. 당시 모든 기자들이 원더풀을 연발하던 모습을 지금도 잊을 수가 없다.

올해가 2013년이니까 하와이 이민의 역사도 벌써 110년이나 되었다. 망망한 사탕수수 밭과 파인애플 밭들이 지금도 눈에 선하다.

2월 중순의 김포는 벌판 특유의 찬바람을 몰아왔다. 그러나 그것도 잠시, 하와이(HAWAI)에 도착할 땐 불과 아홉 시간 사이에 계절이 엇바뀌어 초여름의 훈풍이 감돌고 있었다. 트랩을 내려 간략한 입국수속을 마치고 시내에 들어서자 제철인 듯 '망고' 꽃이 사방으로 만발했다.

곁들여 갖가지 화초의 향기가 온 시가에 넘쳐 흐른다. 어른들도 아름다움 앞에서는 어린애가 되나 보다. 맨발로 보도 위를 걷고 싶으리만큼 하와이의 인상은 깨끗하고 싱그럽다. 동화 속에나 나올 그런 낙원을 피부로 실감하는 현실이 바로 호놀룰루가 아닌가.

기온도 쾌적한 섭씨 23도에서 25도의 초여름이 상록의 그늘과 더불어 여로의 피로를 말끔히 씻어준다.

이러한 자연의 풍정, 이국의 정서에 매료되는 나에게 더욱 기쁨을 안겨준 것은 축제의 무드였다.

'코리안 위크'(Korean week) 우리 교포들만의 행사가 아니라 하와이 유사 이래 처음으로 제정한 이 주간축제는 하와이 사람들 전체의 즐거움이며 자랑이었다.

호텔에서도, 백화점에서도 "당신은 코리안이냐?"고 묻는다. 이어서 상찬(賞讚)의 인사말이 폭포와 같다. 모든 게 '코리안 오운리(only)' 다. 자칫 경박한 한국인이면 콧대가 높아지고 우쭐해질 위험성이 클 만큼 매사에 한국 일색이다.

1900년대 초반에 이곳에 이주한 우리 교포들은 무척이나 초라했단다. 그리고 70년, 우리 교포들은 필설(筆舌)로 옮길 수 없는 고생이 있었고, 그 결실이 오늘임을 알고도 남는 일이다.

밀알 같은 씨앗이 뿌려져 알뜰하게 가꾸어짐에 따라 거목(巨木)이 되듯이 하와이 교포 이민 70주년 기념축제는 교포들의 피와 땀 그리고 의지와 노력의 결정(結晶)이요 긍지의 소산이었다.

이제까지 자기의 조국을 숨겨 왔던 교포들도 적지 않았다고 한다. 행세할 수 없었기에 편법으로 그랬을 것이지만 이번 축제를 계기로 그런 교포들도 만각(晩覺)을 후회하며 의젓하게 한국 사람임을 드러냈다. 오늘의 우리는 만족(蠻族)도 아니고 미개인도 아니다. 유구한 전통과 슬기를 이어온 문화민족임이 이번 축제와 더불어 뚜렷이 부각된 증좌(證左)이다.

우리 하와이 교포들은 다른 나라 국민에 견주어 결코 빠지지 않았다. 주정부(州政府)나 사법부(司法府)에 등명(登名)한 요인이 적지 않음이 이를 잘 말해 준다.

먹는 게 다르고 언어와 풍속이 다른 이국(異國) 70년 동안 늘 조국을 오매불망 마음 속에 그리면서 오늘을 일구어 놓은 교포들의 뜻도 거룩하거니와 이를 뒷받침해 준 국력(國力)의 신장을 내 땅에서가 아닌 먼 하와이에서 실감하는 흐뭇함이란 결코 나 혼자만의 느낌은 아니리라.

오랜 해외생활에서 잊어버린 기억을 되살려가며 서툰 우리 말로 대화를 나누고자 함은 하와이 교포 모두가 한결 같았다. 피는 물보다 진하다는 사실을 실감하게 해 주는 참 모습들이었다. 거리와 도로, 잘 다듬어지고 가꾸어졌다 하기엔 표현이 좀 모자라는 것 같다.

어느 부잣집 안방도 그렇게 잘 조화되고 깨끗할 수는 없을 것 같다.

자연과 인간의 조화가 이곳만큼 이상적인 곳도 드물 상 싶다.

비둘기는 물론 이름 모를 뭇새들이 사람과 자동차와 꽃과 나무들과 어쩌면 그렇게도 잘 어울려 살아갈까…….

시비(市費)의 약 20%가 도시미화(都市美化)와 도로관리(道路管理)에 쓰여진다니 짐작할 만하지만 그보다도 하와이 주민들의 참여가 더욱 감동적이다.

'당신이 낸 세금이 바로 여기에 쓰여져 있다' 라는 푯말에 긍지를 느낀 까닭일까? 거리엔 담배꽁초는 물론 휴지 한 조각 떨어져 있지 않다. 휴지를 줍는 사람에겐 상금을 줄 법하다. 자동차의 홍수가 결코 서울에 뒤지지 않았지만 보행자도 자동차도 교통법규의 준수가 무서우리 만큼 엄격하다. 법률로 규제하는 게 아니라 준법습관(遵法習慣)의 소산일 것이다. 그 민도가 어느 정도인가를 실감하자 망막에 떠오르는 우리의 서울이 부끄러워진다. 역시 동화된 교포들도 법을 지키는 습관이 철저하여 도덕적인 국민과 문화민족으로서 손색이 없음을 알고서야 서울의 부끄러움이 얼마간 희석되는 자위(自慰)도 가져봤다.

법을 지키는 체질 못지않게 그곳 사람들의 근면성도 높이 평가하고 싶다.

노인에서 어린이에 이르기까지 하루하루 계획성 없는 생활이란 있을 수 없다. 취생몽사(醉生夢死)식의 생존이란 찾을래야 찾을 길이 없었다. 옛말에도 촌음(寸陰)을 아껴 쓰라 했고, 초등학교 교과서에도 시간은 황금이라 일컬었지만 실상은 겉치레의 수신어(修身語) 밖에 더 될 것이 없는 게 현실이다.

하와이 교포가 당시 2만여 명(지금은 더 늘었겠지만) 거의가 다 중산층을 이루고 있음을 볼 때 내 일처럼 자랑스러웠지만 그들의 오늘이 천혜(天惠)로써 주어진 것이 아니라 각고(刻苦)의 노력과 근면한 생활에서 얻어졌음을 인식할 때 우리는 아직도 배울 것이, 실천할 것이, 그리고 고쳐갈 일이 너무도 많음을 뼈저리게 느껴야만 했다.

하와이는 예전부터 있는 그대로의 미국이다. 그러나 예전 그대로라면 아마도 비바람에 씻기고 닳아서 황폐해졌을 것이다. 오늘처럼 더 윤기 있고 아름다워졌음은 거기 그 사람들의 당찬 용기와 줄기찬 근면에서 뿌리내린 의욕과 노력이 열매 맺게 할 것이리라.

밝고 훌륭하게 한국 사람임을 자랑하면서 살고 있는 우리 교포들의 모습에서 느낀 점은 이민을 적극 장려해야겠다는 것이었다. 그들 하나하나는 곧 '코리아'의 이미지를 심어가는 '독립된 외교관'이니까 말이다. 그래서 그들이 조국에 이바지하는 업적은 정신적 차원에서 높이 평가해야 하겠다. 그리고 보다 능동적인 이민정책의 수행과 전 세계 7백만의 해외 동포들에게도 조국의 따뜻한 손길이 가깝게, 멀게 뻗쳐져야겠다는 당위성을 통감한 것이다.

러시아의 크레믈린궁(宮)을 다녀와서

김 재 완

푸르른 5월의 계절.

파릇파릇한 녹음이 짙어가는 여왕의 계절인지라 한국의 기후
는 매우 맑고 밝으며, 청아한 날씨였다. 때 마침 2013년 5월 19일(일요
일)부터 5월 24일(금요일)까지 그 5박6일 동안은 내 인생에서 잊을 수
없는 매우 뜻있는 해외 여정을 가진 듯하다. 한국7대종단의 최고 종교
지도자들과 함께 그리 쉽지 않은 러시아연방공화국의 수도인 모스크
바(구, 소련 공산주의 연방국가의 수도)와 제2의 도시라고 불리는 상트

김재완(金載完) _ 단국대학교 법학과 졸업, 서울대 대학원(법철학 전공), 경희대 대학원(공법학 석사) · 대진대 통일대학원(통일학 · 석사) · 대진대 대학원(북한학 · 정치학박사) 수료. 경희대학교 · 연세대학교 · 대진대학교 통일대학원의 강사 및 교수. 「한국일보」· 「전남매일신문」· 「제일경제신문」 등 논설위원. 교통방송(TBS) · 원음방송(HLDV)의 해설위원. 재계 동양(시멘트)그룹의 감사실장 · 연구실장 및 회장 상담역. 한국능률협회평가위원. 대통령 직속 민주평화통일자문회의 자문위원 및 상임위원. 문화체육부 종교정책 자문위원. 환경부 환경정책 실천위원. UN NGO 국제밝은사회(GCS)기구 서울클럽 회장. 한국자유기고가협회 초대회장. (사)한국민족종교협의회 사무총장. (사)한국종교지도자협의회(7대종단) 운영위원 및 감사. 한국종교인평화회의 이사 · 부회장 · 중앙위원. 한국종교연합(URI) 공동대표. 세계종교평화포럼 회장. (사)겨레얼살리기국민운동본부 이사 겸 집행위원장 · 평화통일위원장. 한국사회사상연구원 원장. (사)국제종교평화사업단(IPCR) 이사 겸 운영위원. 공론(수필)동인회 대표간사.

페테르부르크(레닌그라드)를 두루두루 살펴보며 많은 견문을 얻어 왔기 때문이다.

사실상 이번의 '러시아종교순례행사'는 우리나라 대표급 종교지도자들의 화해와 이해를 도모하기 위해 매년 한 차례씩 세계의 여러 국가를 순례하는 연차 계획 중의 하나로서 그 동안「한국종교지도자협의회」및「한국종교인평화회의(KCRP)」등의 주관에 따라 정부의 협찬·지원으로 미국을 비롯한 일본·필리핀·인도네시아·인도·이스라엘·이탈리아·로마·그리스·캄보디아·중국 등을 순례한 바 있는데 올해에는 그동안 동토(凍土)의 불모지(不毛地)로 여겼던 공산·사회주의 진영인 러시아를 드디어 순방하기에 이른 것이다.

이번 '러시아종교순례단'의 구성원은 자승 대한불교조계종 총무원장·한양원 한국민족종교협의회장·남궁성 원불교 교정원장·박남수 천도교 교령·김희중 천주교 주교회의 대주교를 비롯하여, 종지협(宗指協) 운영위원인 법광스님·배인관·양덕창·정인성·정정숙과 필자, 정부 요인으로는 심장섭 실장 외 허법무님, 그리고 신문기자 2인(조현 부장·이윤미 부장), 기타 실무진 등 21명이었다.

우리 일행은 첫 출발일인 5월 19일 오후 1시 45분에 대한항공(KE923)편으로 인천공항을 출발하여 비행소요시간 약 9시간 30분이 지나 모스크바에 도착하였으며 골든링 호텔(Golden Ring Hotel)에 여장을 풀었다. 그러나 한국과 러시아의 시차(時差)는 5시간이기 때문에 이국만리의 땅을 날아가다 보니 여전히 백야(白夜)현상으로 하룻밤을 잃고 만 셈이다.

한반도의 약 78배가 되는 광활한 러시아는 약 1억4천1백만 명의 인구를 갖고 있는데 그 나라의 중심을 잡고 있는 곳이 바로 모스크바(Moskva)라는 대도시(大都市)이다. 하늘에서 내려다보니 마치 거미줄처럼 대로(大路)의 선(線)이 그려져 있는 녹음화(綠陰化)지대인 데다 넓게 넓게 도시 주변을 살펴보니 높고 낮은 산들이 전혀 눈에 띠지 않는 고지대(高地帶)의 평원도시(平原都市)이다. 그 곳에는 종교라고는 러시아정교(正敎)와 이슬람교·그리스도교 등이 주로 자리를 굳히고 있으나 종교의 운용과 자율성은 다른 나라들에 비해 많은 차이를 보여주고 있음을 알게 되었다.

물론 모스크바는 현재 러시아의 수도이다. 한때는 구(舊)소련의 수도이기도 했으나 1991년 말 소련의 해체로 그 지위가 사라졌다. 모스크바의 인구는 약 870만 명으로 추산되며 평균 고도 120m, 최고점은 남서부에 있는 레닌구릉으로서 높이가 253m라고 한다. 그런데 최근 모스크바의 시민들은 레닌구릉이나 레닌그라드를 옮기라는 구호를 외칠 정도란다.

모스크바 시내를 달려보니 유럽과 러시아 중앙부를 관류하는 오카강(江)의 지류인 모스크바강(江)은 마치 살아있는 뱀이 꿈틀거리는 듯이 곡류(曲流)하면서 시내를 굽이치고 있다. 모스크바에는 바실리 대성당(1555~1561)과 역사박물관이 있으며, 아르바트 거리와 붉은 광장, 노보데비치 수도원, 구세주 예수 대사원, 모스크바 국립대학, 그리고 모스크바를 한눈에 조망할 수 있는 참새언덕, 세계적으로 유명한 볼쇼이 극장, 그리고 붉은 성벽으로 모스크바 강변을 둘러싼 데다가 정부행정으로 궁금하기 짝이 없던 크레믈린궁(宮) 등이 자리잡고 있는데 우리 일행은 중요한 요지를 방문할 기회를 갖게 되어 다행스러웠다. 그러나 여기에서는 그 여정과 전모를 일일이 밝힐 수는 없고, 다만 크레믈린궁(宮)의 현실과 그 밖의 몇가지 요점만을 언급하고자 한다.

크레믈린궁을 거닐면서 머릿속에 스치는 현상, 그 사건 등으로 볼 때 크레믈린궁은 역시 모스크바의 심장부로 러시아의 역사를 엿볼 수 있는 곳이라는 점을 알게 되었다. 러시아어(語)로 요새를 뜻하는 크레믈린 그 안에는 15세기의 장대한 교회로부터 현대적인 의회(議會)로까지 다양한 건물이 있음을 볼 수 있었다.

또한 레닌, 스탈린, 후르시초프, 브레즈네프, 체르민코, 그리고 고르바초프(일명, 고르비)가 한때 비밀스런 이 요새 속에서 국가의 서기장으로 활동을 하였던 바로 그곳이다. 크레믈린 궁전을 비롯하여 높이 29m, 길이 2,235m에 이르는 크레믈린의 높은 망루(望樓)를 보면 얼마나 러시아가 내외세력의 침략에 시달렸는가를 짐작케 한다. 또한 1961년에 완성된 대회 궁전과 표트르 대제 때에 만들어진 바로크 양식의 궁전 병기고(兵器庫), 그리고 원로원과 이반 대제의 종루(鐘樓), 또는 현재 박물관으로 사용되고 있는 12사도 사원과 우스펜스키 사원 및 아르항게리스키 사원 등 헤아릴 수 없는 숱한 건물들과 보물(寶物)들이 실로 보는 이들로 하여금 감탄을 자아내게 하는, 그야말로 러시아 문화의 정수가 모여 있는 곳임을 확인할 수 있었다.

특히 크레믈린궁을 거닐면서 유난히 생각나는 한 분의 인물이 있다. 그는 바로 구(舊)소련시대의 마지막 대통령인 고르바초프이다. 그를 애칭으로 '고르비'로 부르기도 한다. 고르비는 1991년 4월에 한국을 방문, 정상회담을 가진 바 있으며, 대통령직을 사임한 그 이후에도 한국의 경희대학교 조영식 총장의 초청으로 서울을 방문, 경희대학교로부터 명예정치학박사학위를 수여 받은 적도 있다. 그 당시 경희대학교 후진사회문제연구소 간부와 UN-NGO의 국제밝은사회 총본부 서울클럽 회장직을 맡고 있던 필자는 체한중(滯韓中) 업무진행상 고르비와 몇 번 만나서 의견을 나눈 교분(交分)이 있는데 지금도 그 모습을 잊을 수가 없다.

고르바초프(Mikhail Sergeevich Gorbachyov)는 1931년에 출생한 소련의

정치가(政治家)이다. 그는 1985년 3월 체르넨코 서기장의 사망으로 공산당 서기장이 되었고 1988년 10월 국가원수인 소비에트연방 최고회의 간부회 의장에 선출되었다. 1989년 소련과 미국은 동서냉전(東西冷戰)시대의 종식을 선언하였으며 전략무기감축협상을 재개하였다. 그리고 고르바초프는 중국을 방문, 덩샤오핑(鄧小平)과 정상회담을 갖고 30여 년간에 걸친 중소대립을 청산하였다. 그는 1990년 2월 공산당 중앙위원회 전체회의에서 공산당 독재 폐기를 결의, 그 최고회의에서는 대통령제 채택을 결정함으로써 1990년 3월 명실공이 소련의 초대대통령에 취임한 바 있다. 고르바초프는 '새로운 사회주의 국가의 건설'을 주창하며, 정치·사회면에서는 글라스노스트(개방, 開放)를, 경제면에서는 페레스트로이카(개혁, 改革)정책을 주도하면서 소련사회의 전반적인 개편을 이루어 놓았다.

그는 1990년 9월 미소정상회담에서 미국의 조지 H. W. 부시 대통령과 전략무기 감축협정의 연내 타결을 다짐하며, 새 통상협정에 조인하였고, 페르시아만 사태를 논의하는 등, 국제관계를 평화구조로 변화시킨 데 큰 공을 세워서 같은 해 12월에 '노벨평화상'을 수상한 바도 있다. 또한 그는 1990년 6월, 미국의 샌프란시스코에서 한국의 노태우(盧泰愚) 대통령과의 정상회담을 갖고 한·소간의 수교원칙에 합의하였다.

그 후 1991년에는 우리나라를 정식으로 방문하여 양국 정상회담을 가진 바도 있다. 그는 1991년 8월 공산당내 보수파들의 불발(不發) 쿠데타(3일천하)에 이어, 같은 해 12월 소련 공산당체제가 붕괴되자 스스로 권좌(權座)에서 물러났다. 실로 미소진영의 양극(兩極)현상을 지양(止揚)하고 평화로 이끄는 데 중심이 된 고르바초프야말로 세계평화주의자의 한 사람이었다는 것을 다시 기억하게 한다. 또한 우리 순례단 일행은 이틀 후인 5월 21일(화요일) 오후 4시 25분(현지시간), 러시아의 국내선을 타고 모스크바를 떠나서 러시아의 고전도시인 상트페테르부르크에 5시 55분경 도착했다. 도착한 후에는 낯설은 소코스 호텔(Sokos Hotel)에 투숙하였다, 상트페테르부르크(레닌그라드)는 러시아연맹공화국의 북서부(北西部)에 있는 한때 레닌그라드주(州)의 주도(主都)이다.

한동안은 수도 모스크바에 이어 소련 제2의 도시였으나 1712년부터 1918년까지는 러시아의 수도였다. 1914~1924년 상트페테르부르크(통칭 페테르부르크)라고 불리다가 이른바 러시아의 혁명가인 레닌의 죽음을 기념하여 레닌그라드(Leningrad)라고 개칭되었다.

제2차 세계대전 후로는 1955년에 수해가 컸다. 그리하여 일부 러시아의 지형변화도 생겼다. 한편 1991년 8월, 고르바초프의 개혁정책을 반대하던 보수파의 쿠데타가 실패하자 74년 전 레닌이 이룩한 공산주의 국가에 시달려온 많은 국민은 공산주의를 포기하고 '레닌그라드'를 원래의 '상트페테르부르크'로 환원했다. 오늘날 상트페테르부르크는 러시아의 여러 도시 가운데 항구도시로서의 특징이 있으며, 피터대제 별궁인 여름궁전의 대규모 분수공원으로도 가장 유명하단다. 백문(百聞)이 불여일견(不如一見)이라 한 번 가보지 않고서는 감히 그 웅장하고 수려함을 감히 이야기할 수 없으리라.

마치 러시아의 '베르사이유'(프랑스 궁전)라고나 할까. '러시아 분수들의 수도(首都)'라고 불리는 페텔르고 분수(噴水)는 이 나라 황제들의 가족과 귀족들이 항시 여름을 보내던 곳이란다. 러시아의 표트르대제는 1717년 이곳에 착공된 궁전을 9년이 되어 완공이 되었다고는 했지만 실제로는 150년이 지난 후에야 20여 개의 궁전과 140개의 화려한 분수들이 이루어졌고 7개의 아름다운 공원도 만들어진 것이다.

분수공원인 페테르코프는 궁전 뒤편의 '윗공원'이 있고, 'The Necklace of Pearls'라고 불리는 '아랫공원'으로 이루어졌는데 아랫공원의 중심은 바로 대궁전(大宮殿) 앞의 폭포와 주변에 둘러싸인 꽃들이, 그리고 그것을 장식하는 주변의 아름다운 64개의 분수가 있다. 삼손 (Samson)이라고 불리는 가장 큰 분수에서 시작되는 운하(運河)는 페테르 부르크에서 배들이 도착하는 해변가까지 연결되어 있음을 우리는 확인할 수 있었다. 그리고 상트페테르부르크에는 표트르 1세(世)의 청동 기마상이 유난히 눈에 뜨이게 우뚝 서 있는가 하면, 러시아 최대 규모의 성당인 성(聖)이삭 성당을 직접 내부까지 답사할 수가 있었다. 이 성당의 돔 크기가 세계에서 세 번째 되는 대규모인 101.5m에 이르는 대도시의 건축물이다. 또 이 성당의 내부에는 성서(聖書)의 내용과 성인을 묘사한 150점이 넘는 러시아 화가들의 회화와 조각품, 1만2천여 개의 조각으로 만들어진 62개의 독특한 모자이크 프레스코화(畵)가 전시되어 있음을 알게 된다.

한편 이 도시에는 모자이크 프레스코로 장식된 그리스도 부활 교회가 우뚝 서 있다. 알렉산더 2세 암살기도가 있었던 바로 그 자리엔 1883년~1907년에 걸쳐 세워졌기 때문에 사람들에게는 '피의 사원' 이라는 별명으로 더 많이 알려져 있음을 알 수 있었다. 또한 궁전광장 한편에는 제정 러시아 황제들이 거주하였던 겨울 궁전이 베바강(江)을 따라 230m나 쭉 뻗어 있어서 이곳 역시 장관을 이룬다. 담록색의 외관에 흰 기둥이 잘 어울리는 로코코 양식의 이 궁전은 1762년 라스트렐리(B. Rastrelli)에 의해 건축된 것으로서 총 1,056개의 방이 있고, 117개의 계단이 있으며, 2000여 개가 넘는 창문으로 이루어져 있음을 알게 되었다. 한편 그 지붕 위에는 170여 개의 조각상이 친숙하게 장식되어 있음도 놀랄 만한 일이었다.

그런가 하면 그 페테르부르크의 도시내에 뻗혀 있는 네부스키 대로 (大路)를 걷다 보니 한쪽 가에 아치형의 성당 하나가 위치하여 있었다.

이 성당은 스트로허노프 백작의 농노(農奴) 출신 건축가 바로니킨(A. Varonikhin)에 의해 1801년부터 10년간에 걸쳐 그의 기술로 지어진 성(聖)카잔 성당이다.

우리 순례단 일행들은 이밖에도 표트르 1세의 청동 기마상(騎馬像)을 살펴보았으며, 그리고는 네부스키 대로(大路)를 피곤한 줄도 모르고 거리를 누비며 다녔다. 그리고 그곳을 다녀와서 생각해 보니 곳곳마다 '존재(存在)의 의미(意味)'가 있음을 깨닫게 한다. 무엇보다도 5박6일간 러시아를 함께 순례한 한국의 7대종단 지도자들이 이번 성지순례를 갖는 동안 추호도 각자위심(各自爲心)이 없이 마치 어느 애국동지(愛國同志)나 친일가(親一家)처럼 서로 배려하고 서로 협동하면서 때로는 차원 있는 유머로 웃음꽃을 피우는 모습들이야말로 보통 예사로운 일은 아니었다.

한편 우리 순례단은 러시아 정교회 외교부가 자리잡고 있다는 다닐롭스키 수도원을 방문했다. 마침 드미트리 대외협력국장이 우리 순례단을 맞이한다. 웬일일까? 한·러의 종교지도자들이 마주 앉아 대화가 진지하게 진행되고 있는데도 모두들의 대화 테이블 위에는 한 모금이라도 마실 수 있는 찻잔이 놓여 있지 않다. 러시아 정교회의 평소 매너가 그러한지, 러시아 정교회에는 한국 선교가 이루어지지 않은 탓인지, 그렇지 않으면 한국의 개신교와 혹은 불교와도 무슨 감정이 있는 것인지(…하하하…) 순간적으로 우려가 되기도 했다.

그러나 양측의 대화는 진지하였다. 우리 순례단의 대표의장인 자승 스님은 인사말씀을 통하여 "초청에 감사드린다"는 취지(趣旨)를 충분히 전했으며, 또한 원불교의 남성궁 교정원장이 "귀하의 불교관을 듣고 싶다"고 말씀하자 드미트리 국장은 "신관(神觀)에서 이슬람은 한 집안이지만 불교는 다르다. 그러나 존경심을 지니고 있다. 불교는 너무나 위대해서 저 같은 사제가 잘 파악하기 힘들다"고 말한 바 있다.

또 이 자리에서 한양원 회장은 "다 아시는 바와 같이 우리나라는 남북이 분단돼 엄청난 고통을 받고 있다. 미국과 러시아(구 소련)는 이에 대한 책임이 크다고 본다. 종교는 상극보다 상생을 도모해야 하는 만큼 남북통일의 문제 해결을 위해 도와 달라"고 말하자 그는 "남북의 평화적인 통일을 위해 러시아 정교회도 기도한다"고 화답하였다. 또한 처음 있는 일은 아니지만 '우리의 성지순례단' 일행은 "나와의 형상이 다르다고 이웃종교는 모두가 미신(迷信)이라고 예단하는 것은 금물이다"라는 생각을 모두가 한결같이 갖고 있는 것 같았다.

"우리가 이웃나라 종교체험을 하면서 무엇보다도 우리나라의 이웃종교에 대한 존중과 배려가 더 중요하게 느껴졌습니다. 종교 간에 서로 다른 점을 이해하고 존중한다는 노력이 필요합니다"라고 자승스님께서는 평소에도 공언한다. 그런가하면 천주교의 김희중 대주교도 "이웃종교들이 표상하고 있는 상징을 함부로 예단하거나 단죄해서는 안 되겠다고 생각합니다. 형식은 눈에 보이지 않는 것의 현상이고, 마음을 형식으로 드러낸 것입니다. 성화의 상징성과 표징에 대해 이해하지 않고 왜 미신을 믿느냐고 예단하는 것을 조심해야 됩니다"라고 언급한다. 천도교 교령이며 세계종교연합(URI)의 대표회장인 박남수 교령은 "우주는 하나의 생명체요, 하나의 영체이다. 대정신·대생명이 우주만유 속에 깃들어 있기 때문에 인류와 내가 형제자매(人吾同胞)요, 만물과 내가 또한 형제자매(物吾同胞)인 것이다. 억조창생 많은 사람들이 동귀일체(同歸一體)하는 대세로 흘러가고 있는 것은 당연한 이치가 아닌가요"라고 천명한다. 실상 이웃종교의 이해와 화합이라는 숙제는 그리 쉬운 문제는 아닌 것이다. 지피지기(知彼知己)라는 말이 있다. 현철자(賢哲者)는 이웃도 알고 나 자신도 알고 우주만유의 근원을 알아야 하는 것이다. 과연 벼는 여물수록 고개를 숙이는 법이 아닌가!

어느덧 5박6일간의 여정을 마친 우리 순례단 일행은 5월 23일(목요일) 23시50분에 대한항공(KE930)편으로 러시아 페테르부르크(풀코보 공항 터미널 2)를 떠나 약 9시간 만에 내 사랑하는 조국 땅인 인천공항에 무사히 착륙했다.

여하튼 이번 러시아 성지순례를 다녀오면서 나는 그동안 러시아에 관련해 주요한 몇 가지 의문점들을 풀고 왔기에 마음의 한쪽이 후련하기 짝이 없다.

첫째, 러시아 연방공화국에 있어서 마르크스(Marx)·레닌(Lenin)주의 시대 이후로 공산주의 사상과 사회주의 개념의 차이 및 정책·공작이 어떻게 변화되어 왔으며, 지금 개혁된 현장(러시아)의 기류는 어떠한가라는 점이었다. 과연 아직도 사회주의 국가체제이지만 자본주의의 경제적 장점을 대폭 수용하고 있는 느낌이었다.

둘째, 러시아가 1990년대 이후로 자본주의·자유시장 경제체제를 도입했다고 했는데 현재 생산과 분배, 그리고 판매와 수지(收支), 또는 세금관계와 이익관리를 어떻게 하고 있는가라는 문제점을 알 수 있었다.

셋째, 러시아는 국유재산·공유재산·사유재산(주택·농지·생활 도구) 등의 구분관리를 어떻게 하고 있으며, 교육·문화적 측면에서 자유주의와 개인주의의 한계를 어떻게 규명짓고 있는가 하는 문제점도 주목할 만하였다.

넷째, 러시아 국립 모스크바대학에서는 커리큘럼(교육과정)에 있어서 유물사관(唯物史觀)과 유물론(唯物論)·유심론(唯心論)·헤겔 변증법(辨證法) 등에 의한 철학적 해석과 국가관(國家觀)을 어떻게 정립하고 있는가 하는 문제점도 대충 알아볼 수 있었다.

　다섯째, 러시아는 정교회가 주류를 이루고 있는데 헌법상 종교의 자유가 명실공이 보장되어 있는가 하는 점과 북한처럼 정치적 용도에 따라 사용되고 있는지, 그렇지 않으면 서구식(西歐式)의 종교정책과 같이 종교를 관리하고 있는지의 여부문제였었다.

　여섯째, 러시아에도 한민족이 살고 있다. 모스크바 시내의 베젠스키에는 한민족학교(韓民族學校 · 설립자 ; 엄넬리, 73세. 한국명; 엄원아 교장)가 있는데 초 · 중 · 고생이 700명 정도 수용되어 있는 명문 국제학교로 부상되어 있다. 이러한 해외 교민학교들을 한국 정부와 종교단체에서는 어떻게 도울 수 있는가 하는 문제점이다.

　나는 위와 같은 몇 가지 숙제들을 머릿속에 담고 다니면서 러시아의 현지에 도착한 바 있으며, 또는 국내에 와서도 자료수집과 정보수집에 게을리 하지 않고 있는 입장이다. 여하튼 세계적으로 드물게 다종교사회를 형성하고 있는 우리나라에서 외국처럼 종교분쟁이나 종교갈등에 이르지 않고, '이웃종교간의 이해와 화해와 평화'가 가능하다는 것은 오로지 한민족의 뿌리 깊은 얼로서 공통분모를 가지고, 겨레의 '평화와 행복'이라는 꿈을 공유하고 있기 때문이며, 더불어 종교적 큰 스승님의 가르침에 훌륭한 제자들이 포교 · 복음 · 선교 · 교화 등의 사명감을 잘 수행하고 있기 때문이 아닐까 싶다.

대한민국 정통성과
정체성을 확고하게 지켜 나가야

권 영 해

호국·보훈의 달을 보내며 자신과 가족의 안위보다 조국을 먼저 생각했던 순국선열과 자유와 평화를 수호하기 위해 희뿌연 포연 속에서 초개같이 목숨을 바친 호국영령들의 나라사랑 정신에 우리는 옷깃을 여미며 숙연히 머리를 숙인다. 대한민국의 자유·통일과 세계인류의 평화와 안정을 위해 가장 고귀한 목숨까지 아낌없이 바친 순국선열들의 명복을 빌며 무한한 존경과 감사의 마음을 전한다.

지금 우리가 누리고 있는 자유와 풍요는 호국영령들이 살신성인의 희생정신으로 조국의 자유와 평화를 수호하기 위해 엄청난 대가를 치르고 지켜냈다는 사실을 결코 망각해서는 안 될 것이다. 조국을 위해 홀연히 목숨을 바친 선열과 영령들이 계셨기에 가능했던 만큼 이들에 대한 예우는 어떠한 경우라도 우선해 제대로 해야 하는 것이 마땅하다

권영해(權寧海) _ 경상북도 경주 출생(1937년). 육군사관학교 졸업. 서울대학교 행정대학원 수료. 88서울올림픽 지원사령관을 거쳐 육군 소장으로 예편하고 국방부장관, 국가안전기획부장, 한국야구위원회 총재 등을 지내고, 현재 2013대한민국실천대상 조직위원회 대회장, 사단법인 우리민족교류협회 회장, 사단법인 대한민국건국회 회장 등으로 활동.

고 생각된다.

　우리는 오늘의 조국을 있게 한 순국선열과 호국영령의 애국·애족 정신을 더욱 계승·발전시켜 민족정기를 선양하고 민족의 정통성을 반드시 확보해 후손에게 길이 물려주어야 할 것이다. 이를 위해서는 국민 전체가 모든 역량을 결집시켜 대통합의 계기를 마련하는 것이 바로 우리의 책무라 여겨진다.

　그러나 작금의 젊은 세대들은 우리가 직면하고 있는 안보현실이나 북한의 대남전략에 대해 너무나도 알지 못하고 있으며 심지어 6·25가 남침인지 북침인지조차 구분하지 못하고 모호한 태도를 일관하고 있는 학생들이 있다는데 대해 우리는 심히 우려와 함께 안타까움을 금치 않을 수 없다.

　또한 애국가 부르기를 거부하고 태극기를 짓밟고 선 이적행위자들이 국회에 버젓이 들어가 국민의 대표역할을 하는가 하면 언론·방송 매체·문화 예술계에도 종북 좌파들이 독버섯처럼 암약하고 있으며, 초·중·고 교과서는 왜곡투성이일 뿐만 아니라 전교조는 청소년들을 갖가지 반민족 반국가 사상과 풍조에 오염시키고 있는 현실에 대해 우리는 개탄하지 않을 수 없다.

　북한의 핵무기나 미사일보다도 더 무서운 것이 바로 남남갈등을 부추기는 종북세력이라는 사실을 우리는 반드시 직시해야 할 것이다.

　특히 일부 지도층 인사들은 대한민국의 정체성과 역사적 정통성을 부인하거나 UN 등 국제사회의 비난에도 핵무장에 미련을 버리지 못하며 그릇된 길을 가고 있는 북한집단체제에 대해서는 무엇이 그리도 무서운지 그 어떤 질책도 주저하고 있다는 데 대해 심각한 우려를 금치 않을 수 없다. 그러나 그 무엇보다 가슴 아픈 일은 조국과 민족을 지키려다 장렬히 산화한 순국선열과 호국영령, 그 유가족들에 대한 일반 국민들의 존경심과 예우가 점차 퇴색돼 가고 있다는 사실이다.

우리는 지금부터라도 순국선열과 호국영령의 명복을 빌고 국가유공자와 그 유족의 희생과 영예를 기리는 한편 애국·애족정신과 호국·보훈의식을 선양해 국민들에게 국난의 아픔에 대한 교훈을 상기시키며 나라사랑 정신을 더욱 함양해 나가야 할 것이다.

국민이 국가의 자유민주주의의 정치체제와 자본주의의 시장경제체제, 국민과 영토 주권을 보호하고 지키지 않는다면 과연 누가 우리를 지켜주겠는가.

정부는 작금의 이러한 세태를 면밀히 주시해 국가 최고법인 헌법에 입각한 법치를 확립하고 대한민국의 정통성과 정체성을 더욱 확고하게 지켜나가야 할 것이다.

아울러 우리 모두 호국·보훈의 참의미를 다시 한 번 음미해 보고 국가유공자의 공헌과 희생에 대해 진정어린 감사와 존경을 표하며 주위의 보훈가족들에게 보다 따뜻한 관심을 일시적이 아닌 연중 내내 지속적으로 이어질 수 있도록 했으면 하는 바람이다.

삼불언(三不言)

구능회

사람은 일상생활 속에서 말을 많이 하게 된다. 지구상의 생명체들 중에 인간처럼 언어생활(言語生活)을 풍부하게 하는 존재는 없을 것이다. 그러기에 언어는 사람을 사람 되게 하며, 다른 생명체들과의 차이를 구별할 수 있는 중요한 특징을 지니게 된다.

특히 자신의 생각과 뜻을 사람들에게 잘 표현하고, 이를 전달하는 일이 중요해진 현대 사회에서의 언어생활은 그 의미가 더욱 크다 하겠다. 과거 권위주의적인 시대에는 언어생활의 상당한 부분이 일방통행이었다. 그러다 보니 그저 일방적인 순종이요, 복종이 요구되는 시대였지만, 요즘 세상에서는 일방통행은 어렵고, 이제는 쌍방통행이 점점 보편화 되고 있다. 대체로 한 나라의 민주화 수준이 높은 사회일수록 이 쌍방간에 대화가 잘 이루어진다.

구능회(具綾會) _ 충북 보은 출생(1949년). 호는 도헌(陶軒). 한국방송통신대학교 행정학과 졸업. 충북대학교 행정대학원 졸업(행정학 석사). 서울대 행정대학원 정보통신 방송정책과정 수료. KBS 충주방송국장, 중앙대학교 신문방송대학원 초빙교수, 한국호암다도협회 초대회장 등을 역임하고, 현재 송학선의사 기념사업회 고문, 솔리데오장로합창단 부단장으로 활동.

현대사회에서 이처럼 언어생활이 중요해지면서 그 부작용도 적지 않다. 나의 말로 인해 상대방이나 또 다른 이들에게 불쾌감을 준다든지, 혹은 시비를 따지는 상황으로까지 비화(飛火)되어, 피차간에 큰 낭패를 보는 경우도 보게 된다. 우리가 살아가면서 꼭 필요한 인간관계를 만들어가는 일이 언어에서 출발하면서도 이 언어생활의 왜곡(歪曲)으로 인해 좋은 인간관계가 무너지는 경우도 적지 않다.

나는 과거에 오랜 세월을 방송사에서 몸담고 지내오다 보니, 주변에 말을 잘하는 분들을 심심찮게 만날 수 있었다. 방송에서의 언어의 표현력이나 그 내용의 중요성은 새삼 강조할 필요가 없지만, 어쨌든 말의 중요성을 절감하면서 살아온 셈이다. 그러면서 말을 잘해서 득(得)을 보는 경우보다 실수하여 손해를 보는 사례를 더 많이 겪다 보니, 언어생활의 중요성과 함께 말을 신중하게 해야 함을 체득(體得)하게 되었다. 그래서 요즘에 나의 언어생활에 있어 몇 가지 유의사항을 정하고 나 자신이 이를 지켜보려고 노력하는 중에 있다.

물론 아직은 만족스럽지 못하지만 앞으로 꾸준히 노력해 나가고자 한다.

1. 불언선(不言先)

이 말은 무슨 일을 함에 있어서 "말부터 앞세우지 말자"는 것이다. 말부터 앞세우다 보면 나중에 뒷감당을 하려면 무척 힘이 든다. 감당을 못하면 결국 실없는 사람이 되는 것이니, 말이 앞서가는 이가 겪어야 할 고통이 적지 않은 것이다. 또한 중요한 일을 수행함에 있어서 말이 앞서는 사람은 대개 실속이 모자라는 경우가 흔하다.

삼국지에서 촉한의 황제 유비(劉備)가 마속(馬謖)이라는 인물을 한 마디로 평하기를 '기언선(其言先)' 즉, 말이 앞서는 사람이라 평가하고 승상인 제갈공명(諸葛孔明)에게 그를 중용(重用)하지 말 것을 유언삼아 당부까지 하였다는 기록이 있다.

물론 이 삼국지라는 소설은 역사서가 아니기 때문에 이에 대한 신빙성 여부는 잘 알 수 없지만, 그래도 오랜 세월에 걸쳐 많은 사람들에게 애독되어 온 책에 이러한 사연이 전해 온다는 자체가 그리 무시할 일은 아닐 것이다. 어쨌든 말이 앞서는 것은 삼가할 일이다. 특히 나라의 중대사를 놓고 쉽게 말을 앞세우는 일이 그리 믿을 것이 못됨을, 우리는 그간의 경험을 통해서도 익히 알고 있지 않은가!

2. 불언다(不言多)

이 말은 말을 많이 하지 말자는 것이다.

특히 같은 말을 반복해서 하는 것은 상대방에게 짜증을 안기는 일이다. 대개 말을 많이 하다 보면 그 요점이 흐려지기 쉽다. 더 나아가 앞뒤가 맞지 않는 경우도 생긴다. 말을 적게 해서 크게 손해 볼 일은 없지만, 반대로 말을 많이 해서 손해 보는 일은 생각보다도 많은 법이다. 이는 확률적으로 보아도 말을 많이 하게 되면 그 중에는 대체로 실수가 따르게 되어 상대방으로부터 반론이 있을 수 있고, 좀 더 심하면 공격을 당할 수도 있으며, 심지어는 인격에 대한 신뢰감도 무너질 수 있으니 이 어찌 두렵지 않겠는가.

그러기에 인생의 깊은 지혜와 교훈을 전하는 구약성경 잠언서(箴言書)에는 "말이 많으면 허물을 면하기 어려우나 그 입술을 제어하는 자는 지혜가 있느니라(10장 19절)"라고 가르쳐 준다. 가급적이면 말을 아껴서 말로 인한 실수를 줄이고 꼭 필요한 말을 통해 자신의 인격에 대한 신뢰감을 높이며 살아가자는 것이 이 '불언다(不言多)'의 진정한 의미라고 하겠다.

3. 불언단(不言短)

이 말은 남의 단점이나 약점을 말로 노출시키지 말자는 것이다.

사람은 누구에게나 단점이 있기 마련이다. 또한 이 세상에 약점이 없는 사람도 없다.

그런 데도 우리는 자신의 일상생활에서 남의 단점을 곧잘 거론한다. 소위 자신의 눈에 큼지막한 들보는 못 보면서 남의 눈에 작은 티는 용케도 잘 찾아낸다. 아마도 인간은 태생적(胎生的)으로 그러한 기능이 발달한 것은 아닌가 하는 생각을 갖게 될 정도이다.

그러나 사실 남의 약점을 언급하는 것은 그리 바람직하지 않은 일이다. 서로 입장을 바꿔서 누군가 나의 약점을 정확하게 지적해서 말해 준다면 나는 과연 이를 즐겁고 감사한 마음으로 잘 받아들이겠는가. 아마도 쉽지 않을 것이다. 남의 충고를 진심으로 감사히 받아들이는 사람은 대단한 인격자이다. 대부분의 사람들은 자신의 잘못이나 단점을 충고하면 쉽게 발끈하면서 화를 내는 경우가 흔하다.

조선조 중엽에 '상진(尙震)'이라는 분이 계셨다. 비록 조정에 뒤늦게 출사하였지만 대기만성(大器晚成)의 인물로서 풍파 많은 한 시대를 어진 정승으로 풍미하며 살다 가신 분이다. 기묘사화와 을사사화가 연이어 발생하여 수많은 인물들이 변(變)을 당하던 난세에 조정에서 요직을 맡았던 분으로 이 어른이 행한 일생 동안의 좌우명이 바로 '불언단처(不言短處)' 즉 "남의 단점을 말하지 않는다"라는 것이었다.

그간에 지금까지 살아오면서 나는 말로 인한 실수가 많았던 걸로 기억한다. 이는 매우 부끄러운 일이다. 비록 늦은 감은 있지만 지금부터라도 언어생활에 있어서 위의 세 가지를 명심하여 앞으로 나의 언어생활의 가치를 높이고 부족한 인격을 다듬어 나가고 싶다.

놋그릇 예찬

김 경 남

나는 하얀 식탁보 위에 옥바리 놋식기로 상차림을 한다. 밥그릇과 국그릇, 수저와 수저받침, 접시와 쟁반, 조칫보, 보시기, 종지, 물컵과 주전자…. 은은한 금빛으로 번쩍이는 식기들.

"상감마마가 안 부럽네."

남편은 기분이 좋은가 보다. 궁중 임금의 수랏상 식기와 똑같은 형태의 놋그릇이라서 그런지, 대접이 융숭하다는 뜻인지, 하여튼 지아비 입에서 그런 찬사가 나오면 싫어할 지어미가 어디 있을까.

어린 시절이 생각난다. 명절이 다가오면 어머니께서 넓은 마당에 명석을 까셨다. 신발을 벗고 그 위에 둘러앉아서 언니들과 나는 암기왓가루를 놋그릇에 묻히고 뻣뻣한 볏짚을 맨손으로 움켜잡고 닦았다. 한없이 문지르고, 문지르고, 또 문지르고…….

김경남(金敬男) _ 경북 영덕 출생. 호는 우덕(又德). 수필가. 문학평론가. 동국대학교 국어국문학과 및 동 교육대학원 졸업. 동국대 사대부속여중 교사 퇴임. 동국문학인회, 한국수필가협회, 국제펜클럽 한국본부, 한국문인협회 회원. 한국불교문인협회 감사. 『한국불교문학』 편집위원. 제15회 한국불교문학상 대상, 내무부장관상, 교육부장관상, 홍조근정훈장 등 수상. 수필집《종이 속 영혼》(2008),《내 영혼의 뜨락》(2013) 등 상재.

‘질리도록 닦기 힘들고 무거운 식기’ 라는 이 사무친 기억. 그럼에도 불구하고 나는 육순을 넘긴 나이에 또 관절염으로 고생하면서도 도자기 식기를 놋식기로 깡그리 바꾸게 되었다. 인터넷에서 우연히 특이한 형태의 놋주발을 보고 홀라당 반했기 때문이다. 그릇 전체가 항아리처럼 동그스름하고 뚜껑에는 콩알만한 꼭지가 달려 있으며, 밑 부분에는 굽이 붙어 있는 그릇이었다. 몸매에서는 단아함이, 꼭지에서 앙증스러움이, 굽에서는 품격이 느껴지는 옥바리라는 형태의 그릇이다. 뚜껑이 납작한 합식기, 곡선이 양각으로 새겨져 있는 연잎식기, 뚜껑이 둥그스름하게 솟구쳐 있는 옥식기의 모양과는 형태미가 사뭇 다르다.

그 때부터 명품 핸드백, 화장품, 옷에는 탐심이 솟구치지 않아도 놋그릇은 내 눈앞에서 늘 아른거렸다. 골동품 가게, 인터넷 경매 사이트, 방짜그릇 판매소, 민속품 경매장을 기웃거리기 시작했다. 옛것도, 현대 것도, 중고도, 새것도 구입하였다. 이왕이면 그릇 밑에 중요무형문화재나 무형문화재라는 명문이 새겨져 있는 놋그릇을 골랐는데 장인들의 정신과 기술을 신뢰해서이다.

신들린 사람마냥 소유욕에 겨워 사들이고 난 다음에 주어진 괴로움은 무엇이었던가? 세월의 때를 벗겨야 했다. 갓 만든 놋그릇은 은은한 광택을 지닌다. 그러나 구리 78%와 주석 22%의 합금으로 된 놋그릇은 시간이 흐르면 흐를수록 공기 속에서 산화작용으로 검게 되고 나중엔 녹까지 푸르게 슨다. 고려 때 만들어진 놋쇠 밥주발과 숟가락에는 5백 년 세월을 머금은 푸른 녹이 고태미로서의 가치를 지니고 있다. 그러나 나에게는 그런 골동품의 개념이 아닌 주방 식기로서 구입하였기에 녹을 닦아내고 새것처럼 광을 내어야 했다.

세월의 때를 벗겨내는 고통과 고충을 어디에다 비하랴! 중고나 옛것의 묵은 때가 있는 놋그릇의 경우에는 하나의 그릇을 들고 30분 내지 1

시간 이상을 씨름한다. 녹색 스카치 수세미로 한 군데를 힘주어 오래도록 문질러대어야 겨우 은은한 속살이 보이기 시작한다. 왼팔, 오른팔 바꾸어 가며 앙가슴에 땀이 배이고 이마에 땀방울이 솟구칠 즈음이면 그릇은 은빛 미소를 보여주고 나는 금빛 미소로 화답한다. 그릇의 안팎, 상하, 좌우, 문지르기를 수백 번 하고나서야 드디어 은은한 광채를 발하니 그때의 그 황금빛 환희심이란! 그렇게 죽을힘을 다하며 새것으로 만들어 놓아도 한시름 놓을 수가 없다. 그릇을 실제로 사용할 때 음식을 담아 밥을 먹고 난 후 설거지할 때쯤이면 벌써 거무스레 변해져 있으니 식사 때마다 식기와 또 씨름을 해야 한다. 지인들은 "고생을 사서 한다"며 측은해 한다. 고생 끝에 낙이 오는 이치를 그들이 어찌 알 수 있으랴?

불행 중 다행인 것은 괴로움만 있는 것은 아니었다. 식기에 밥을 담아 먹으면서, 식기를 닦으면서, 타임머신(time machine)을 타고 과거로 여행하는 즐거움이다. 이 식기들이 존재했던 옛 시대를 만나고, 이 식기들을 사용했던 옛 선인들을 만나고, 이 식기들을 만들어 내었던 옛 장인들을 만나서 알콩달콩 대화도 나누는 것이다.

이왕 빠져들었으니, 기본 식기 외에도, 여러 해에 걸쳐 신선로, 전골냄비, 양푼, 대야, 다리미, 약잔, 양주잔, 탁주잔, 국자, 주걱, 냉면기, 차스푼, 포크, 요강까지도 사들였다. 내친김에 제사용 목기도 놋제기로 죄다 바꾸어 버렸다. 뫼기, 갱기, 수저, 수저받침, 편기, 적기, 포기, 체기, 탕기, 침채기, 나물기, 제접시, 퇴주그릇, 촛대, 향로, 향합, 모사기, 주전자, 잔, 잔대…. 그리고 불기, 다기, 생미그릇도 구입하였다.

놋그릇, 천 년 전부터 존재해 온 웰빙 그릇이다. 생긴 모양도 미려하거니와 식중독균을 없애 주고, 독성에 반응하며, 보온 보냉 효과가 탁월하며, 미네랄을 내포하기에 생명의 그릇이라고 부른다. 그러니 단연

한국 식기를 대표하는 식기지왕(食器之王)이 되지 않겠는가? 유리 식기는 맑으나 언제 다칠지 모르는 어린이 같으며, 알루미늄 식기는 소탈하나 소인배 같고, 스테인리스 식기는 믿음직하나 감정 없는 냉혈한 같다. 도자기 식기는 화려하나 위태로운 처녀 같고, 옥돌 식기는 귀티가 나지만 사치스런 귀부인 같다. 그것들에 비해 놋식기는 버겁고 무거우나 사랑방 대감마님이다.

잘났기에 예뻐만 하는 것이 아니다. 나는 그에게서 세상 사는 법도 배운다. 튼실한 멋을 지녔기에 가볍게 부서지거나 무너지는 세류(世流)에 아랑곳 않는 의사(義士)의 모습이다. 과묵한 멋을 지녔기에 세사(世事)에 말 많아도 초연한 도인(道人)의 모습이다. 중후한 멋을 지녔기에 철새 같은 세태(世態)에도 지조를 지키는 선비의 모습이다. 은은한 광택의 멋을 지녔기에 튀는 색깔이 만연한 세습(世習)에 자신의 고유한 빛을 지키는 지사(志士)의 모습이다.

식탁 곁에 앉았다. 개수대 선반에 놓여 있는 놋그릇들을 바라본다. 윤기가 반짝반짝 흐르고 있다. 조선시대 어느 양반댁이나 여염집 밥상 위에 놓여 있었을 저 그릇들, 근대 어느 가정집에서 사용했을 저 그릇들, 인연 따라 돌고 돌아서 현대에 이르러 어느 얼빠진 주부가 곁에 두고 지극히 사랑하여 쓰다듬고, 즐길 줄은 저 놋그릇들도, 나 또한 몰랐었던 일이 아닌가?

나의 식기지락(食器至樂)은 장락무극(長樂無極)으로 펼쳐지고 있다. 오늘도 놋그릇으로 밥을 먹고, 놋그릇을 닦아내고, 마음도 닦아낸다.

팔힘이 다하게 되면 그때서야 비로소 식탁에서 놋그릇을 내리게 되리라.

'곰의 모성애' 를 보고

김 길 주

E-mail로 늘 감동적이며 좋은 영상을 보내주시는 수필가 K선생님의 따뜻한 안부인사와 더불어 전송된 동영상에 고마움을 간직하며 열어 보았다.

'곰의 모성애' 라는 한글 제목이 보였지만 'the cougar scene' 이라는 동영상이 나타났다. 쿠거(cougar)는 '아메리카 라이온' 이라고 부르는 일종의 표범인데 멀리 새끼 곰이 혼자 땅을 치기도 하고 뒹굴기도 하면서 천진난만하게 놀고 있는 모습을 보고 입맛을 다시며 서성거리다가 눈에 살기를 띠며 추격하기 시작한다. 작은 바위들이 널려 있는 풀밭에서 재롱을 떨며 놀던 새끼 곰은 쿠거가 달려오는 모습을 발견하고는 '오금아, 날 살려라' 하고 내달리다가 비교적 벽이 높은 조그마한 강가에 이르게 되고 마침 쓰러진 통나무가 있어 올라타고 건너려 했지만 나

김길주 _ 서울 출생(1957년). 한국신학교 졸업, 한국신학대학원 졸업, 전남대학교 산업대학원 수료. 주신발효사료회사를 창업(1988)하고 주신선교산업, 주신석재산업 등을 창업경영. 서울시정신문 논설위원 역임. 장로 장립(1995). 주신초대교회 설립(1999), 주신세계선교회 설립(2002), 주신초대교회 부설 주신노인요양원 설립(2007)하고 목사 안수(2007). 현재 주신초대교회 담임목사.

무 끝이 건너편에 닿지 않아 하는 수 없이 물러서려 했지만 이미 쿠거는 입맛을 다시며 나무 위로 올라서고 있었다. 꼼짝없이 나무 끝에 매달리게 된 새끼 곰은 곰삭은 나뭇가지가 부러지면서 급류 속으로 떨어졌으나 다시 그 나무토막에 의지하여 떠내려갈 수 있었다. 하지만 강변을 따라 하류 쪽으로 달려가 떠내려 오기만을 기다리며 여유 있게 지키고 있는 쿠거에게 걸려서 결국 공격을 당하게 되었다. 쿠거의 살기등등한 앞발로 안면에 일격을 당한 새끼 곰은 입 주위가 온통 시뻘겋게 핏물로 범벅이 되었지만 그래도 쉽게 당황하지 않고 당당하게 끝까지 쿠거에게 저항한다.

그런데 새끼 곰의 운명이 촌각을 다투던 순간 쿠거가 갑자기 뒤로 물러나더니 도망치는 것이 아닌가. 어미 곰이 새끼 곰의 비명소리를 듣고 달려 왔던 것이다. 새끼 곰은 죽음의 문턱에서 목숨을 건져 환희의 비명을 지르며 어미 곰에게 달려갔다. 어미 곰은 새끼의 상처를 핥으면서 안도의 한숨을 내쉬었다.

제목의 주인공은 쿠거이지만 자연계의 약육강식이 적나라하게 나타나고 새끼 곰의 운명이 너무나 잘 표현되어 있었다. 도대체 어떻게 촬영했나 싶게 화면이 정교했고 인위적으로 연출할 수 없는 상황일진대 마치 고도의 테크닉으로 연출한 것처럼 실감되는 감동적인 영상이었다.

나는 연거푸 동영상을 보며 사람들의 운명도 어쩌면 새끼 곰과 다르지 않을 것 같다고 생각하였다. 어미를 떠나 놀던 현장에서, 아니면 달아나다가 개울에 걸려 있는 나무에서, 아니면 급류 속에 떠내려가다가 걸린 길목에서 쿠거의 먹이가 될 수 있는 새끼 곰처럼 언제나 불안하고 위험하고 목숨이 끊어지고 말 운명이 아닌가.

사람들도 새끼 곰처럼 죽음의 막다른 골목에서 은인을 만나 구원을 받는 일이 허다하다. 사회적으로 어려운 처지에 놓여 있을 때 남의 도움을 받아 어려움을 극복하는 수도 있고 치명적인 질병에 걸려 죽음을 기다리다가 훌륭한 의사를 만나 목숨을 구하는 수도 있다.

사람은 누구나 어려운 일을 겪게 마련이다. 뜻하지 않게 당하는 천재지변이나 건강의 악화로 생겨나는 질병으로 어려움을 겪게 되고, 가정이나 사회나 국가적인 환경적 요인으로도 어려움을 겪게 된다. 그리고 다른 사람과는 아무런 관계가 없는 자신의 잘못이나 실수로도 어려움을 겪는다.

자신의 실수는 판단의 오류나 탐욕으로 빚어지는 수가 있다. 판단의 오류는 자신의 감각이나 지적 능력을 과신하는 데 기인하는 수가 많다. 인간의 감각기관은 항상 불완전하여 오감에 있어 눈은 사물을 잘못 보거나 귀는 잘못 듣거나 코는 잘못 맡거나 혀는 맛을 잘못 보거나 피부는 잘못 느끼는 경우가 많다. 이런 잘못된 감각에 의존하여 내린 판단은 당연히 잘못된 판단일 수밖에 없다.

사람은 이 밖에도 탐욕으로 과오를 범하고 어려움을 자초하는 수가 많다. 흔히 음식을 탐하여 질병을 얻을 뿐만 아니라 물욕을 탐하여 모험하기도 하고 성내기도 하고 손해를 자초하거나 심지어는 남을 속이고 배신하고 도둑질하고 강도짓이나 살인까지 하는 경우가 있다. 이른바 불교에서 흔히 말하는 오욕(五慾)이나 탐진치(貪瞋癡)가 원인이 되어 불행을 자초하는 것이다.

이러한 여러 가지 어려움을 겪는 인간들은 쿠거에게 쫓기는 어린 새끼 곰과 별로 다를 것이 없다. 자신의 그릇된 지식이나 판단이나 탐욕은 자신도 모르는 사이에 사나운 쿠거로 자라나 자신을 위협한다. 그러나 어리석은 사람들은 자신의 잘못이 쿠거로 변하여 자신을 위협한다는 사실을 알지 못하거나 설령 안다고 하더라도 이미 지나쳐서 모면하기가 어려운 경우가 된다.

동영상에서 새끼를 구해 낸 어미는 어떤 존재일까. 어려움에서 건져 준 은인이나 질병을 고쳐 준 의사와도 같겠지만 그 어미 곰은 어떠한 불안이나 위험도 없는 존재는 아닐 것이다. 새끼 곰에게는 어미 곰이라도 있어서 다행이겠지만 어미 곰에게는 불행히도 자신을 도와줄 원군이 아무도 없는 처지가 아닌가. 그러니 어찌 어려움이 없고 위험이 없을 수 있겠는가. 차라리 새끼 곰보다도 더 어렵고 절박한 처지가 아닌가 싶기도 하다.

여기서 나는 스스로 살아온 세월을 더듬어 보게 된다. 외부로부터 말미암은 어려움만이 아니라 스스로 범한 탐진치가 자라나 새끼 곰을 쫓는 쿠거처럼 자신을 쫓는 쿠거가 되어 위협하고 있다는 사실을 깨닫게 된다. 새끼 곰의 처지를 지나서 어미 곰의 처지가 되어 더욱 외롭고 어렵고 험난한 벼랑 끝으로 쫓겨 온 것을 어찌 피할 수 있겠는가.

새끼 곰은 영원한 새끼 곰이 아니다. 불과 몇 년 만에 어미 곰이 되고 만다. 새끼 곰은 어미 곰을 의지하지만 어미 곰은 누구를 의지할 것인가. 사람도 마찬가지로 부모나 스승이나 동기간이나 이웃에게 의지할 단계를 벗어나면 스스로 홀로서지 않으면 안 된다.

누구를 향하여 홀로 서야 하는가? 이웃을 향하여, 세계를 향하여, 대자연을 향하여, 우주를 향하여, 창조주를 향하여, 절대적 진리를 향하여 홀로 서지 않으면 안 된다. 무저갱(無底坑) 안에서 쥐가 갉아먹는 등나무 줄기에 매달린 인간처럼 절망적이고 고립무원에 처한 자신을 발견할 때 인간은 절대자를 부르게 된다. 새끼 곰이 어미 곰을 부르는 것처럼 인간은 절대자를 부르게 된다. 새끼 곰이 어미 곰의 창조물이듯 인간은 절대자의 창조물이기 때문일 것이다.

하이얀 나라 설피민국

김 대 하

점봉산 설피민국 산마을에는 적설량이 2m나 된다고 하였지만 그 래도 인터넷 산악 동호회에서 만나 가끔씩 함께 산행을 하던 베 테랑 산쟁이 대장이 있으니 불안한 마음은 하나도 없었다.

우리 일행은 사륜구동 짚차로 얼어붙은 한계령을 넘어 점봉산 들머 리인 현리마을까지는 별일 없이 갈 수 있었고 거기에서 얼마간 더 가면 포장도로가 끝나고 비포장도로가 나오지만 눈 쌓인 도로는 포장, 비포 장을 구별할 수가 없을 정도로 꽁꽁 얼어붙은 하얀 요철(凹凸) 도로를 그래도 잘도 미끄러져 간다.

산행 목적지인 곰배령 들머리에 몇몇 오두막집들이 옹기종기 모여 있는 설피마을 입구 산꾼들의 쉼터인 '하늘찻집'과 주위의 서너 집은

김대하(金大河) _ 경남 밀양 출생(1936년). 경희대학교 법학대학 대학원 공법학과 수료. 주식회사 청사인터내셔널 대표이사, 주식회사 부산제당 대표이사, 경기대학교 전통예술대학원 고미술감정학과 대우교수, (사) 한국고미술협회 회장 등을 역임하고, 현재 국립 과학기술대학교 출강, 한국고미술 감정연구소 지도교수 등으로 활동. 저서─연구서 《고미술 감정의 이론과 실기》, 수필집 《골동 천일야화》, 여행기 《철부지노인 배 낭 메고 인도로》 등 상재.

감당키 어려운 적설량과 추위를 피해 산을 내려가 버려 불빛 사라진 지 오래 된 것 같아 적막에 싸여 반쪽 달빛 아래의 실루엣처럼 윤곽만 희미하게 다가온다.

그래도 그곳 '하늘찻집' 앞에는 한두 대의 짚차가 세워져 있는 걸로 보아서 누군가가 이곳을 찾아온 것 같았다.

나와 함께 간 산꾼과 옛날 산악동지로서 호형호제하던 노총각 한 사람이 이곳에서 오두막 짓고 살고 있는데 우리는 이 친구를 설피마을 추장이라고 불렀다.

추장의 오두막집 자갈밭 같은 온돌방은 바닥은 뜨거워 엉덩이가 익을 것 같고, 허리는 추워서 앉아있기가 힘들어 오리털 파카를 꺼내 입어야 할 정도며, 평발로 앉아 있으면 새끼발가락은 뜨거워 이불을 당겨 깔고 앉아야 되지만 엄지발가락이 시려 왼발 오른발을 교대로 무릎으로 감싸야만 했다.

서울에서 3시에 출발하여 밤 10시가 지나서 도착했는데 우리보다 먼저 온 처음 본 손님들과 함께 미리 준비해 둔 밥에 삼겹살 구워 그곳에서만 맛볼 수 있는 효소주로 산쟁이들의 구수한 입담에 날 새는 줄 모르게 술잔은 돌고 또 돈다, 산쟁이들은 선배든 후배든 이렇게 만나면 언제나 즐겁다.

"어이! 추장 올해는 장가를 가지!"

머리카락과 수염은 자연에 맡겨둔 채 길 대로 길어 있는 40대 중반인 노총각을 슬그머니 건드려 본다.

"곰을 한 마리 잡아야 하겠는데 아직 곰을 못 잡았어요."

"장가가라는데 갑자기 웬 곰 타령이야?"

"허이 참 형님도, 마늘과 쑥은 준비되었는데 이젠 곰 한 마리만 있으면 됩니다."

"？？？, 단군신화!"

"하하하, ㅎㅎㅎㅎㅎㅎㅎ."

"어이 추장, 이곳이 곰배령 아래 동네이니 곰이야 잘하면 잡을 수 있지 않겠나? 이 사람아."

방안이 갑자기 "깔깔깔……."

이 친구 이야긴 즉, 지난 가을에 어느 아주머니 한 분이 이곳을 찾았었는데 오늘처럼 장가 얘기가 나와서 곰을 한 마리 잡아서 쑥과 마늘을 먹여 색시감을 만들어야 되겠는데 쑥은 이곳에 지천으로 깔려 있지만 마늘이 없다고 하였더니…, 그 얼마 후 마늘 한 상자가 소포로 배달되어 왔더란다.

"우 하하하하하하하하～～～～～～."

떼굴떼굴 방안이 몽땅 뒤집어져 버렸다.

어느 분인지는 모르겠으나 얼마나 재치 있는 장난꾸러기인가. 그 아주머니 한 번 만나봤으면 좋겠다.

*** 이 이야기는 2003년 1월에 있었던 일로서 지금쯤 설피민국 추장은 곰 한 마리 잡아 총각 신세 면했는지 모르겠다. 그 다음 해에 이 친구 서울 나들이 하였을 때 소주 한잔 한 일이 있은 뒤 지금까지 소식 감감하다. 그 후 어쩌면 내가 두문불출하고 집필관계로 산행을 게을리 했기 때문이겠지만…….

진정성 있는 믿음의 소통은 힐링이다

김무원

"누구나 다 믿을 수 있는 이야기를 믿어 주는 것은 믿는다고 하는 것이 아니다. 그것은 그냥 이해하는 것이고, 누구나 할 수 있는 것이다. 정말 '믿는다' 고 하는 것은 일단은 무조건 믿어 주는 것이다. 설령 그것이 지금으로서는 납득하기 힘든 것일지라도 믿는다는 것은 일단은 무조건 믿어주는 것을 말하는 것이다."

어느 드라마의 대사입니다. 아무것도 알 수 없을 때 믿음이 필요한 것이지, 확인되고 알게 되면 믿음이라는 단어는 필요하지 않습니다.

종교에서도 가장 중요한 것이 믿음입니다. 믿음이 없이는 그 어떤 것도 성립될 수 없습니다. 부처님처럼 중생들도 깨달음을 얻을 수 있다는

김무원(金務元) _ 스님. 강원 강릉 출생(1959년). 1979년 구인사에서 출가해 대충 대종사를 은사로 수계 득도. 인천 황룡사, 서울 명락사 주지 등을 거쳐, 평화통일을 위한 개성 영통사 복원 및 성지순례사업단장, 대한불교 천태종 총무원장 직무대행, 금강신문 사장 등을 역임하고, 현재 대한불교 천태종 종의회 부의장, 부산불교연합회 수석부회장, 부산종교평화회의 상임회장, 부산지방경찰청 경승, 부산진구불교연합회 회장, 부산진경찰서 경승실장, 한국다문화센터 공동대표, 한국종교연합 공동대표, 금강대학교 이사, 힐링광장 상임대표, 삼광사 주지 등으로 활동. 수상으로는 대한민국 대통령 표창, 동티모르 민주공화국 대통령 감사장, 통일부 · 문화체육관광부 장관 표창 등.

믿음, 깨달음을 얻으면 모든 괴로움에서 벗어나 행복할 수 있다는 믿음이 있어야 수행력이 생기게 됩니다.

믿음은 종교에서 뿐만 아니라, 사람과 사람, 집단과 집단에 이르기까지 모든 관계에 있어서 전제되어야 할 조건입니다.

그런데 요즘은 믿는다는 것이 참 힘든 세상입니다. 검찰과 경찰, 은행을 사칭하여 '보이스피싱'에서 '스미싱'에 이르기까지 '믿음'이라는 마음을 이용한 사기가 극성을 부리고 있으니 자칫 믿음을 줬다가 모든 것을 잃을 수 있기 때문입니다.

그러나 부처님께서는 "사람들이 가진 재산 가운데 믿음이 제일이다"라고 하셨습니다. 최소한 우리 이웃, 인연 맺고 있는 사람들에게는 믿음으로써 대해야 합니다. 이렇게 믿음이 중요한 것은 소통의 통로가 되기 때문입니다. 톰 할리데이는 〈사랑으로 가꾸는 삶〉에서 "높은 수준의 신뢰 없이는 양질의 소통을 할 수 없으며 보잘것 없는 신뢰로는 보잘것 없는 의사소통 밖에 할 수 없다"고 하였습니다.

진정성 있는 믿음의 소통은 몸과 마음을 건강하게 하는 힐링의 시작입니다. 믿음이 없는 소통은 불편과 실망, 상처만 남게 됩니다. 사람관계나 자연의 이치는 불통이 아니라 소통이 되어야 건강해집니다. 소통이 되기 위해서는 진실된 믿음의 마음이 있어야 합니다. 진실된 믿음의 마음을 가지고 임하면 소통하지 않을 것이 없고, 소통하면 몸과 마음이 아프지 않고 건강해집니다.

스승과 제자가 진정한 믿음의 소통을 통해 마음의 상처를 치료해 가는 영화 〈굿 윌 헌팅〉에서 방황하는 윌은 MIT공대에서 청소부로 일을 하다 우연히 학교 복도 칠판에 써놓은 수학 문제를 풀어냅니다. 교수들도 풀기 어려워하는 문제를 척척 풀어내는 윌의 능력을 알아본 한 교수가 윌과 함께 수학연구를 시작하지만, 몇 번의 입양과 양아버지들로부터 갖은 폭력에 시달려 입은 상처로 타인에게 마음의 문을 열지 못합니다. MIT교수는 윌에게 정신과 치료를 받게 하지만, 기계적으로 대하는 여러 명의 정신과 의사들을 번번히 물러나게 하고, 결국 자신의 친구이자 심리학 교수인 숀을 소개해 줍니다. 윌은 의사로서가 아니라 진심으로 대하는 숀과의 상담을 통해 점차 자신의 굳게 닫혔던 마음의 문을 열고 사람들과 소통하고 자신의 내면의 목소리를 듣는 법을 배워 나갑니다. 스승과 제자와의 순수한 믿음이 있었기 때문에 소통이 이루어질 수 있었습니다.

숀이 윌을 치료의 대상으로 보고 상대의 마음을 다 안다는 듯이 소통을 했다면, 앞의 정신과 의사들처럼 둘 사이는 불통이 되었을 것입니다. 숀은 윌이 말하는 모든 것을 순수하게 믿어 주었습니다. 그 믿음에 윌도 조금씩 자신의 내면을 보여준 것입니다. 마음에서 우러나오는 믿음을 기초로 한 소통이야말로 상처를 치료하는 힐링입니다.

믿지 않으니 굳이 말할 필요 없고, 말을 하지 않으니 소통이 되지 않고 불통이 됩니다. 소통을 하기 위해서도 그 전제조건에 믿음이 있어야 합니다. 상대를 믿지 않고 소통을 한다는 것은 위선입니다. 위선으로써 제대로 된 소통이 이루어질 수 없습니다.

믿음이 없이는 어떠한 소통도 되지 않으며, 소통이 되지 않으면 화합도 평화도 요원한 것이 됩니다. 소통을 통해 서로를 인정하고 화합을 하면 평화로운 세상이 만들어집니다.

믿고 의지하고 소통해야 힐링이 되고, 힐링이 되어야 행복해집니다. 이 모든 것은 일통(一統)입니다. 부처님의 지혜를 깨닫는 일이 일불승(一佛乘)이듯 믿음과 소통과 행복은 일통해야 합니다.

모든 관계에서 믿음을 회복하고, 그 믿음을 바탕으로 소통해야 마음의 행복을 찾아가는 힐링이 됩니다.

다산(茶山)에게 길을 묻다

김 상 철

지금 "우리 한국의 모습 즉, 정치 · 경제 · 사회 모든 면이 다산(茶山) 정약용(丁若鏞)이 활동했던 시기와 매우 흡사하다"고 일부 지식인들은 말하고 있다. 그러면서 어떤 인사는 일본 도쿄대학을 방문했을 때 "만약 200년 전 조선왕조가 다산(茶山) 정약용(丁若鏞)을 재상으로 세워 그가 경륜을 펼치게 하였더라면 일본이 조선의 종이 되었을 것이다"라는 일본인 교수의 말을 전하고 있다.

조선 후기의 개혁군주이자 문예중흥을 통해 조선의 문화 르네상스를 꽃피운 정조대왕(正祖大王)의 곁에 다산(茶山) 정약용(丁若鏞)이 있었다. 조선 최고의 개혁 경세가(經世家)로 중농주의 경제학을 집대성한 다산의 자질과 천재성을 일찍이 알아본 정조대왕은 그가 대과에 합격해 출사

김상철(金相哲) _ 광주 출생(1954년). 성균관대학교 경영학과 졸업, 동대학원 졸업. 경영학박사. 서울지방세무사회 부회장, 한국세무사회 연수위원장, 사단법인 조세연구회 회장, 서울지구청년회의소 회장, 한국청년회의소 연수원장, 한국세무사고시회 회장 등을 거쳐, 현재 한국청년회의소 연수원 교수부장, 서울시과세적부심 심의위원, 한우리독서운동본부 이사, 인테리어25시 봉사단 부회장, 국세동우회 부회장, 강남대학교 세무학과 겸임교수, 성균관대학교 총동문회 부회장, 서울지방세무사회 회장 등으로 활동. 저서로《불혹(不惑): 위로받고 싶은 마흔, 벼랑 끝에 꿈을 세워라》상재.

하기를 기다려 개혁인재 양성소이자 엘리트코스인 규장각의 초계문신(抄啓文臣)으로 발탁하였으며 일생을 두고 총애하였다.

다산의 사상과 경세가적 자질의 천재성 뒤에는 실학의 거두 성호(星湖) 이익(李瀷)과 문민 개혁군주 정조대왕의 지대한 영향이 있었다. 정약용과 이익은 사숙(私淑) 관계로 비록 생전에 조우하지는 못하였으나 이익의 종손(從孫)이자 성호학파의 학문과 사상을 계승한 실학자 이가환을 만남으로써 비판적 사고와 사회개혁을 통한 경세치용(經世致用)의 철학을 배양하였고 서학과 신문명을 습득하게 되었다.

다산의 천재성은 성리학·천문·지리·역상(曆象)·산학(算學)·의복(醫卜)은 물론 근대 서학과 천주학 등 방대한 지적 세계를 넘나들었으며, '일표이서'로 대표되는 경세유표(經世遺表)·목민심서(牧民心書)·흠흠신서(欽欽新書)와 함께 정치·경제·인문·자연·과학 전 분야에 걸친 500여 편의 저술은 다산학(茶山學)으로 귀결된다.

다산학의 핵심사상은 위국애민(爲國愛民)과 경세치용(經世致用)으로 요약된다. 성호로부터 사숙하고 정조로부터 훈육 받은 다산은 뛰어난 지식경영인이었다. 그는 수많은 정보를 정리하여 주체적으로 심화하고 집단지성(Collective Intelligence)을 활용하여 방대한 저술을 이룩해냈다. 그리고 그 이면에는 뜨거운 애국심과 백성에 대한 사랑이 있었다.

정치·경제·행정·법제에 관한 경세학적 개혁안이 '일표이서(一表二書)'라 한다면, 논(論)·책(策)·소(疏)·의(議)·변(辨) 등의 저술들은 학문과 정보지식 시스템, 문자와 언어 및 생활풍속, 과학기술 및 복지를 아우르는 이용후생(利用厚生)적 개혁 청사진이라고 할 수 있다.

특히 경세유표는 조선 후기의 사회·경제·행정에 관한 거시적 개혁안이자, 남인계 실학자 유형원과 이익으로 이어지는 중농주의 토지개혁 사상을 지식경영적인 개혁론으로 비판 계승한 것으로, 국부를 충당하고 경자유전을 실현하며 조세·행정·제도 등을 공고히 하고자 했던 다산의 유통경제 사상이 함축되어 있다.

한편 다산의 세무행정과 재무행정 및 토지제도에 관한 전론(田論) 중 손상익하(損上益下) 개념은 최근 제시되고 있는 동반성장과 그 취지가 유사하며, "모두가 골고루 잘살게 하기 위해서는 가진 자의 것을 덜어 내 없는 자에게 보태 주어야 한다"는 것으로 다산 경제학의 기본요소라고 할 수 있다.

21세기 정보사회에 들어서면서 활발하게 연구되고 있는 분야 중의 하나가 다산의 '지식경영'이며, "다산의 지식경영법은 오늘날에도 효율적인 학습법이자 프로젝트 수행법이며 기업경영 및 국가행정에도 유용하다"고 한양대학교 정민 교수는 말하고 있다.

다산은 동서고금을 넘나드는 방대한 정보를 집단지성을 활용해 주체적으로 재가공하고 지식경영적인 경세학을 주창하였으며, 위국애민(爲國愛民)과 경세치용(經世致用)의 정수로 평가되는 다산학을 조국에 선물하였다.

위인(偉人)이 사라진 지금, 다산(茶山)이 활동했던 시기와 매우 흡사한 현대 사회에서 다산을 벤치마킹하는 것은 우리를 다산과 닮게 (Identify) 함으로써 그로부터 비전과 영감을 얻고자 함이다. 오늘날 우리가 다산(茶山)에게 길을 묻는 이유가 바로 여기에 있다.

함께 걸어가는 길

김 영 보

얼마 전 책장을 정리하다 보니 우연히 《함께 걸어가는 길》이란 스터디그룹의 책자가 눈에 띤다. 이는 10여 년 전에 내가 열정적으로 공부하고 함께 부대끼며 세상을 향해 나아갔던 지난날들이 고스란히 간직되어진 책자이다.

그 누가 나에게 "지금까지 살아오면서 가장 기억에 남는 일을 얘기해 보라"고 한다면 "방송통신대학교에서 경제학을 공부하면서 여러 사람들과 소통하며 즐겼던 지난날 들이다"라고 말하고 싶다.

먼지가 뽀얗게 앉아있던 책자를 한장 한장 넘기면서 10년으로 거슬러 올라가 오랜만의 설렘과 기쁨으로 가슴은 다시 뛰기 시작한다.

콧노래를 부르며 부산하게 준비하는 나를 보고 "뭐가 그리 즐거울까?" 하는 표정으로 서 있는 남편에게 "애들 숙제와 저녁을 잘 부탁해

김영보(金永甫) _ 충남 부여 출생(1965). 한국방송통신대학교 경제학과 졸업. 신우기업(주) 경리과장으로 재직하며, 한국자유기고가협회 회원, 글로벌문화포럼 공론동인회 회원으로 문필활동.

요” 하며 집 앞을 나서는 나. 화요일 스터디 공부하러 가는 날이기 때문이다.

결혼하고 얼마 지나지 않아 친정 부모님은 남편과 함께 있는 자리에서 이런저런 경험담을 이야기하시던 끝에 나에 대한 말씀을 하셨다.

“내가 살아오면서 딱 한 가지 후회되는 일이 있다네. 우리는 지금까지 보아 왔지만 크게 후회할 일을 하지 않으며, 언제나 성품이 온화한 편이어서 세상 사람들과 부딪침 없이 순화롭게 살아가는 것일세”라고.

지금껏 살아오면서 “두 분처럼만 살아갈 수 있다면……. 모범된 가정생활을 이끌어갈 수 있을 텐데” 하면서 자랑스럽게 생각하곤 했다.

언젠가는 그런 두 분들께서 후회되는 일이 있다고 하신다. 그것은 내가 대학을 합격해 놓았지만 그 때 당시 경제적 사정이 어려워서 등록금을 내지 못한 것이 지금껏 후회되는 일이라고 말씀하신다.

사실인즉 10남매 중 막내로 태어나서 부모님은 점점 늙어 가시고 이제는 가르치실 엄두도 내지 못하실 수밖에 없다는 것을 미리 알고 있던 나는 고등학교만 졸업하고 서울로 돈을 벌러 올라왔던 것이다. 배우고 싶은 목마름에 기회를 보았지만 생활전선에 뛰어들어 바쁘게 생활하다 보니 살아 가는데 급급해 대학 다니는 희망을 접어두고 있었다.

그러나 세월이 흐르는 동안 이제는 어느 정도 애들도 커가니 나의 아련한 꿈이었고 부모님이 두고두고 후회했던 대학 공부가 하고 싶어졌다. 박봉에 일반대학은 엄두도 못내고 우선 방송통신대학교 입학원서를 조심스럽게 남편 앞에 내밀었다. 그때 마침 “일반대학에 보내줘야 하는데 능력이 부족해 미안해요. 그러나 열심히 해봐요!”라는 남편의 응원으로 시작한 대학공부.

집에서 방송만 듣고 혼자 공부하면 되는 줄 알았는데 경제학이란 것이 생각보다 쉽지 않았다. 다행히 집 근처에 스터디모임이 있어 그곳에서 낯선 학우들과 함께 공부하게 되었다.

그곳에서는 각계각층의 직업군을 가진 젊은 친구들과 연세(年歲) 드신 분들, 그리고 과거 좋은 대학을 나왔지만 현실에 맞추어 전공과목을 바꾸어 공부하고자 하는 여러 사람들을 만날 수 있었다. 열심히 공부도 하며 또한 MT, 체육대회, 일일호프 등을 하면서 함께 부대끼고 호흡하고 생각하니 다시 젊음으로 돌아가 있는 나의 제2의 전성기를 만끽할 수 있었다.

하루하루가 바쁘게 돌아가는 중에도 공부에 대한 즐거움, 사람들과 소통하면서 아우를 수 있는 리더십과 자신감, 서로가 조금씩 양보하면서 배려하는 중에 하나둘씩 나를 향해 모여들었다. 생각컨대 방송대 스터디 모임 중에서도 부러움을 살 정도로 끈끈하게 유대관계로 맺어진 그룹으로 뭉쳐졌다. 이해관계가 아닌 순수하게 공부하는 사람들의 모임이었기에 나이와 성별을 떠나 자유로이 활동하면서 강제적이지 않으면서도 스스로 알아서 공부하는 분위기로 바뀌니 점점 삶에 활력과 감사함과 즐거움으로 4년 내내 열정적으로 지냈던 시간이었다.

그렇다고 가정에 소홀하지 않으려고 더욱 부지런하게 일하며 살아가다 보니 남편도 많이 이해하고 양보해 주었고, 나에 대한 믿음과 신뢰는 또한 큰 힘이 되었다.

옛날의 《사자소학》에 주경야독(晝耕夜讀)과 형설지공(螢雪之功)이란 글귀가 나온다. 이는 곧 낮에는 일을 하고 밤에는 공부한다는 뜻이며, 반딧불과 눈빛으로 공부하여 성공하였다는 송강(松江) 서경덕(徐敬德) 선생의 고사에서 나온 말일 게다. 지난날의 많은 선비들도 주경야독으로 성공한 분이 부지기수란다.

여하튼 공부하면서 일하는 주부로서 주위의 모범된 부부상을 행동으로 보여주니 젊은 독신녀 친구들은 우리 부부를 보면서 결혼하고 싶어진다고까지 말한다.

비록 방송통신대학교이지만 그곳에서 나는 일반대학에서는 흔히 겪어보지 못할 소중한 사람과의 관계와 배움의 의지를 갖게 되었고, 결심만 하면 못할 것이 없듯이 그 어렵다는 경제학을 4년 만에 졸업할 수 있게 되었다.

혼자만이 아닌 그룹에 속한 모두가 졸업을 함께 한다는 것은 전무후무한 일이라며 놀라워 했었다.

값진 졸업장을 들고 시골에 계신 어머니한테 달려갔다. 아버지는 이미 돌아가셨고 혼자 세월을 지키고 계신 어머니에게 말씀드렸다.

"이제는 절대 후회하시지 마세요! 이 막내딸은 대학생활을 아주 잘 했고 이제는 주위 사람들한테 칭찬받고 인정받는 어엿한 직장인이 되어서 당당하게 세상 사람들과 함께 걸어가고 있으니 이제는 흐뭇한 미소로 지켜보세요"라고.

이제부터는 제가 그동안 부모님께서 내려주신 큰 사랑을 본받으며 내 남편, 내 아들들에게 행복을 키워주는 것만이 간절하다. 그리고 세상 사람들과 함께 마음을 평온하게 순응하며 보람차게 살아가는 일이 중요한 것만 같다.

그 열정적인 만학(晚學)으로서의 삶도 있었지만 더욱 중요시되는 것은 인간적인 사람들과의 만남으로 값진 인연을 쌓았던 늦깎이 대학생활의 삶이 얼마나 소중한 세월인지를 새삼스럽게 떠오른다. 10여 년의 추억으로 거슬러 올라가 행복했던 지난 시간들을 추억하며 흐뭇한 미소로《함께 걸어가는 길》의 책장을 다시 어루만져 본다.

요즘 많은 사람들은 조화와 나눔으로 인류사회의 평화를 이루자고 외친다. 과연 인간들이 가족과 이웃끼리 서로 소통되어 "함께 정답고 즐겁게 걸어가는 길"이 이른바 '평화의 길'이 아닐까 싶다.

　어느덧 그 당시 스터디그룹의 최연소로 들어왔던 25살짜리 총각이 얼마 전에 결혼식이 있어 왁자지껄 즐거웠던 만남이 엊그제 같았는데 아니 벌써 첫딸의 돌이라고 연락이 왔다. 웬일일까. 10여 년이 지난 지금도 늘 즐겁고 부담 없이 편안하며, 항상 행복한 사고(思考)로 누리는 그 동기들과의 만남이 벌써부터 기다려진다.

갑을논쟁(甲乙論爭)

김 재 엽

어느 항공기 기내에서 모대기업 임원과 여승무원 사이에 라면국물 시비가 일어나더니 인격적인 모욕사태로까지 진전되는 등 서비스와 관련하여 촉발된 갑을논쟁이 정치적 이슈로 등장하면서 사회 전반에 확산되었고 이제는 아예 사회적으로 논쟁의 화두가 되었다. 항공기내에서의 작은 소동이 SNS와 인터넷으로 급속히 번져 결국 그 임원은 회사에서 해임되고 소속 기업은 대국민 사과를 하며 일단락되는 듯하다가 다시 대기업 임원들 사이에서 해당 항공사의 서비스를 문제 삼아 출장 및 업무차 예약된 항공 티켓을 대규모로 해약하는 해프닝이 벌어져 이번에는 항공사에서 대기업 임원들에게 머리를 조아리는 사태가 벌어졌다. 그러자 다시 여성단체를 비롯한 각계 시민단체에서

김재엽(金載燁) _ 경기 화성 출생(1958년). 한밭대학교 기계공학과, 한국방송통신대 경영학과 졸업. 대진대 통일대학원 졸업(정치학 석사). 대진대 대학원(북한학) 박사과정 수료. 국제펜클럽 한국본부 회원. 한국불교문인협회 사무총장. 한국문인협회 의정부지부 초대 부지부장. 한국현대시문학연구소 상임연구위원. 『환경문학포럼』 발행인. 『한국불교문학』 편집인. 장애인문화사랑국민운동본부 상임이사 · 공동대표. (사)한얼청소년문화진흥원 창립 이사. 시정일보 논설위원. 도서출판 한누리미디어 대표. 제14회 한국불교문학상 본상, 제8회 환경시민봉사상 대상(시민화합부문) 수상.

이들 대기업을 상대로 불매운동을 추진하는 등 또 다른 난기류가 발생하고 대기업 차원에서 다시금 급하게 진화에 나서면서 온 나라가 갑을 논쟁으로 시끄럽기만 하다. 꼬리에 꼬리를 물고 일어나는 반전 드라마를 시청하는 느낌이랄까?

이분법적 가치관의 사회에서는 저마다의 구성원이 갑이고 또한 을이다. 사회가 불안요소를 품은 채 지속적 성장을 갈구하면 필연적으로 갑과 을의 구분이 형성되고 불합리한 파벌의 확대가 뒤따르게 된다. 갑을논쟁이 심화되는 사회에서는 그만큼 불만과 일탈의 불안요소가 확산된다는 것이다. 신뢰는 사라지고 기회주의적 행태가 만연하는 것인데 일찍이 요즘처럼 갑을논쟁이 심했던 시대는 없었던 듯싶다.

올바른 사회에서는 갑과 을의 구분이 불필요하다. 모두가 약자에게는 을이고 강자에게는 갑인 사회가 바로 정의의 사회일진대 불가피하게 일어나는 오늘날의 대립은 분명 갑의 횡포에서 기인하는 것이다. 단순히 을의 불법적 저항이라고 매도할 수도 없는 이유가 바로 갑의 횡포에 있다. 그렇지만 자세히 살펴보면 을도 또한 갑이다.

선거 때마다 정치적으로는 한 번뿐이지만 갑이 을에게 머리를 조아리며 무릎을 꿇고 애원한다. 사회적 약자가 자신을 위한 사회적 강자를 선택하는 시기에 우리는 너무나도 쉽게 그들을 판단하고 지지를 표한다. 다시 말해 을이 을의 지속성을 유지하는 폐단을 반복한다는 것이다. 주권을 보유한 자가 스스로 사회적 약자의 자리에 앉아 대리인이라는 사회적 강자를 만든다. 그리고 뒤돌아서서 그 강자를 비난하며 한탄으로 세월을 보낸다. 을이 갑이 되는 유일한 날에 그 선택권을 바르게 활용하지 못함으로써 후회가 반복되는 것이다.

지나친 갑을논쟁은 양극화에 따른 사회계층의 고착화를 시인하는 우매한 짓이다. 우리 모두가 갑이고 또한 을일진대 자신을 어느 한쪽에 한정시키는 것은 결코 바람직하지 않다. 약자를 보호하는 갑은 이미 갑이 아니고 강자를 겁내지 않는 을은 이미 을이 아니다. 우리가 바라는 세상 구조가 바로 이런 것이 아닐까? 스스로를 사회적 강자로 여기며 약자를 위해서 산다면 우리의 내일엔 희망이 있을 것이다

이런 시대적 여명에서 N유업이 대리점에게 행한 밀어내기 판매의 부작용이 공론화되면서 갑을논쟁은 화장품 및 주류 등 가맹사업을 하는 전 기업으로 확산되었고 봇물 터지듯 그야말로 갑을신드롬을 불러 일으켰다. 소비자들은 갑과 을의 개념조차 제대로 구분하지 못하는 상황인데 을의 호소에 귀를 기울이고 정치권과 시민단체들은 물 만난 물고기처럼 총동원돼 을의 입장을 대변함으로써 갑에 맞대응하고 있다. 그러나 뚜렷한 해결책이 없는 상태로 갑을논쟁이 지속되면서 힘이 빠진 을과 '소나기는 피하고 보자' 는 식의 소극적 대응으로 일관하는 갑으로 해서 지루한 시간싸움으로 이어지고 있는 실정이다.

갑을논쟁과 관련해 거론된 기업들 중에서는 적극적으로 을의 입장을 수용하며 개선의지를 보이고 있는 기업도 상당수 있지만 A퍼시픽과 M스톱은 진전 없는 상태에서 기계적인 응수만 하고 있다는 것이 이들 가맹점협의회와 시민단체들의 입장이다. 두 기업의 경우 여러 차례 교섭이 이뤄졌음에도 불구하고 한 번도 긍정적인 방향을 도출해내지 못하여 갑을논쟁이 그저 시간싸움에 불과하다는 세인들의 견해를 입증하고 있는 셈이다.

물론 갑도 상황에 따른 입장이 있다. M스톱 사장실 관계자는 "교섭 때마다 성실히 대화에 임했다. 그런데 가맹점주협의회 입장이 모호하다. 교섭 때마다 요구하는 바가 계속 추가된다. 무엇보다 요구안이 가맹점주 전체를 위한 안인지 피해점주를 위한 안인지 정확하지 않아 혼란스럽다"라며 나름대로의 고충을 토로하기도 한다.

A퍼시픽 측은 "피해 대리점과 자사 측 주장이 엇갈리고 있어 합리적 판단을 위해 제3자로 구성된 진상조사단을 구성키로 했다. 더불어 현 대리점주와는 체계적 상생 발전을 목표로 '방문판매 발전협약안' 을 내놨다"며 잘잘못을 정확하게 가리겠다는 의지를 드러내기도 했다.

그러나 가맹점주협의회와 시민단체는 이들의 이런 대응이 해결을 위한 것인지 시간 끌기용 전략인지에 대해 의문을 제기한다. M스톱 가맹점주협의회는 농성과 불매운동이라는 강도 높은 대응을 선포하고 형사고발장을 접수할 것도 공표한 바 있다. 그러나 한 편에서는 장기화 국면으로 접어들면서 을의 결집력이 약화되고 이에 따른 금전적 소모가 크다는 입장을 전하고 있다. 모편의점 가맹점주협의회 관계자는 "솔직히 시간이 흐르면서 협의회 내에서도 파벌이 생기고 일부 가맹점주는 본사의 요구조건을 받아들이고 단체를 떠나기도 했다"고 말해 시간을 끌수록 을의 상황은 더욱 열악해지고 있음을 알 수 있다.

객관적인 입장을 견지하는 한 유통 전문가는 "갑을논쟁이라는 문구가 여론의 관심을 끌어내는 데는 성공했을지 모르지만 서로의 자존심을 상기시키는 문제로 비화되었다. 갑이나 을 모두가 이제는 실익보다는 명분을 앞세우는 상황이기 때문에 합리적인 결론이 도출되기는 매우 힘들 것이다"라고 견해를 밝힌다.

가맹점협의회와 시민단체들은 갑의 개선안 자체가 실효성이 떨어지고 개선이라기보다는 문구수정에 불과하다며 울분을 터트린다. 갑이 제시하는 개선안은 항상 '법의 테두리 안에서' 라는 전제가 붙는데 그렇다면 과연 그 법의 테두리가 을의 보호막 역할을 할 수 있는지도 다시 한 번 생각해 볼 일이다.

《정의란 무엇인가》로 유명한 하버드대 마이클 샌델 교수는 한국 사회를 뜨겁게 달군 '갑을논쟁' 과 관련해 "정부는 규제를 통해 중소기업과 소비자를 대기업의 힘으로부터 보호해야 한다"고 역설했다. 또 그는 "일부 경제학자는 기업의 유일한 책임을 주주 가치의 극대화로 보지만 이런 견해는 기업의 책임을 너무 제한적으로 보는 것"이라고 지적했다. 그러면서 "기업은 주주는 물론 직원, 협력업체나 공급업체, 소비자, 지역사회에 대해서도 책임이 있으며, 기업은 이를 기업 문화나 기업 책임의 일환으로 채택할 수 있다"고도 말했다. 또 "정부의 역할도 있다"면서 규제를 통해 중소기업과 소비자를 보호하는 역할을 해야 한다고 조언했다. 특히 건강한 경제는 물론이고 건강한 민주주의를 유지하기 위해서 대기업과 중소기업 사이에 균형을 찾는 것이 매우 중요하다고 강조했다. 대기업, 중견기업, 소기업, 골목가게가 모두 생존할 수 있는 사회 구조가 되어야 건강한 민주주의가 유지될 수 있다는 것이다.

샌델 교수는 "대기업과 중소기업 사이에서 균형점을 찾는 것이 한국 사회만의 문제는 아니지만 한국에서 더 중요한 문제로 인식되고 있는 것 같다"고 말하면서 "고도성장한 한국이 이제 경제성장 이후의 가치에 눈을 돌리고 있는 징후"라고도 진단했다. 그러면서 "한국 사회가 정의의 문제, 공정성의 문제, 시장 가치의 한계와 같은 문제에 대해 적극적으로 논의하고 토론하는데 이는 '건강한 토론'이며 더 성숙한 민주주의로 나아가고 있다는 증거"라고 분석했다. 또한 그는 "현재 한국의 경제 민주화 논의가 20세기 초 미국에서 이뤄진 논의와 상당히 비슷해 인상 깊었다"고 말하면서 "당시 미국의 대기업은 철도·석유회사였다. 이들 대기업이 미국의 빠른 산업화와 경제 성장을 가져왔지만 워낙 힘이 막강해 중소기업과 골목가게의 생존 자체를 위협했다. 대기업이 시장 경쟁은 물론 민주주의를 위협할 것이라는 우려가 제기되자 어떻게 하면 균형을 찾고 경쟁을 유지하며 민주주의를 보존할 것인가에 대한 토론이 시작되었고, 반독점 관련법, 대형 슈퍼마켓으로부터 골목가게를 보호하는 법, 최저 임금제, 공정거래위원회 등이 이때 만들진 것"
이라고 말했다.

결론적으로 갑을논쟁을 통해 우리 사회는 무엇을 얻을 수 있을까를
생각해 보면, 이 문제는 각론 대 총론의 대결이라고 생각한다. 구체 대
추상의 대결이기도 하다. 갑의 횡포에 대해선 거의 모든 국민이 분노하
는 것이 구체적인 각론이기 때문이다. 그러나 이게 추상적인 총론으로
옮겨가면 그때부턴 이념투쟁이나 당파투쟁으로 변질된다.

갑을관계의 구체적인 각론을 다룰 땐 "수많은 을들이 더 이상 피눈
물을 흘리지 않도록 정치권은 민생 관련 법안을 최우선 처리하고, 정부
는 법을 더욱 엄정하게 집행하여 하루빨리 상식적인 상거래 문화가 정
착되도록 해야 한다"고 외치던 진영에서 이젠 이 세상은 '갑'과 '을'
만 사는 세상이 아니라 '병(丙)'과 '정(丁)'도 함께 사는 세상이라고 주
장하면서 갑의 횡포에 대한 규제에 경계와 저항의 자세를 보이기 시작
하였다. 대중은 어떤 사건이나 이슈가 피부에 와 닿느냐 하는 피부 반
응을 중요시하기 때문에 이 문제가 이념투쟁이나 당파투쟁으로 변질
되지 않도록 하려는 노력과 슬기에 따라 갑을논쟁의 지속성이 결정되
리라 본다. 사회개혁은 그 내용 이상으로 실천 방법론이 중요하다는
것, 이런 깨달음을 우리 사회가 얻어야 하는 게 아닐까 싶다.

또한 논쟁의 본질을 파악하고 그 근본부터 바로잡도록 노력해야 할
것이다. 다만 큰 둑을 무너뜨리는 데에는 그 둑에 상응하는 만큼의 큰
힘이 가장 우선이겠지만 작은 틈새도 그에 못지않다는 것도 알아야 한
다. 갑을논쟁의 시발점이 된 모대기업 임원과 모항공사 승무원의 모욕
사건은 SNS상으로 좁혀 보면 어느 개인의 일시적이고 돌출적인 분노
의 감정으로 일어난 소동으로 볼 수 있는데 작금의 갑을논쟁으로 비화
된 이런 사태는 그만큼 일반 대중들의 분노가 쌓여있음에도 표출할 만

한 마땅한 대안이나 시스템이 없다는 것을 방증하는 것이기도 하다.

무심코 지나칠 수도 있었는데 지금까지 주변에서 그런 사례들이 너무나 많이 쌓여가면서 썩어가는 냄새와 함께 갈수록 악화되는 경제상황으로 하여 개개인이 더 이상 참지 못하는 상황이 된 결과라고 보인다. 비정규직과 비참한 알바 현실 등이 해소되기는커녕 더욱 악화되어가는 현실도 그만큼 우리 정치나 NGO단체 및 사회적 힐링 시스템의 한계를 보여주는 것이고 그 분노는 일련의 갑을논쟁처럼 자연스럽게 소동으로 표출될 수밖에 없는 것이다. 갑을논쟁 사태의 본질은 자본에 인격을 가르치거나 갑을이 평등해지자는 것이 아니라 스스로 적정한 선까지 갖추라는 메시지인 것이다. 그러다 말겠지 하며 아쉬워만 한다면 남의 일처럼 가벼운 소동은 소동으로 끝날 뿐이다.

다른 한 편으로 생각하면 그런 부조리를 타파하고자 했던 기존 운동이 지나치게 명분론에 치우친 큰 줄기만 잡고 있었던 것은 아닌지 되돌아보는 기회로 삼았으면 좋겠다. 경제민주화라는 논의도 마찬가지로 보인다. 큰 줄기의 명분은 좋지만 매달릴 수 있는 숫자에 한계가 있다. 우리나라 민속고유의 고싸움놀이를 보면 굵은 중심줄에서 손에 잡을 수 있는 수십 가닥의 작은 줄을 이어놓고 수백 명의 사람이 잡고 함께 힘을 모으는 데 이런 면을 진지하게 살펴보아야 할 것이다.

천부경(天符經)에 대한 소고(小考)

김 혜 연

사람들이 삶을 누리는 동안 언제나 자유롭게 신앙을 가질 수 있다는 것은 정말 행복한 일입니다. 물론 국가에 따라서는 종교를 '아편과 술' 과 같다 하여 누구나 함부로 갖지 못하도록 통제하는 경우도 없지 않으나 대부분의 자유민주주의 국가에서는 신앙의 자유가 보장되어 있다고 봅니다.

저는 우리나라의 민족종교인 대종교(大倧敎)와 인연이 깊게 되어 지금까지 꾸준하게 신앙생활을 하게 되었음을 다행으로 생각합니다. 세월이 갈수록 제에게는 무한하고 절대성의 초인간적인 신성(神聖 ; 한배검님)을 숭배하게 되고, 또한 열심히 신앙생활을 하면서 이로 인하여 선과 악을 권계할 줄 알게 되었고 바로 행복을 이루고자 하는 기본을 다소나마 깨닫게 되었습니다.

김혜연(金惠蓮) _ 강원 태백 출생(1968년). 태백에서 황지여상고를 졸업하고 상경한 뒤 최근 동방대학원대학교 사회교육원 졸업. 대종교와 관련한 경전 연구 및 보급처인 '천부경나라' 대표로 재직하며, 한국자유기고가협회 회원, 글로벌문화포럼 공론동인회 회원 등으로 문필활동.

흔히 많은 사람들은 참된 자기를 자기 아닌 밖에서 찾으려고 합니다. 그러나 지혜 있는 사람은 우주와 자연과 이웃과 나 자신을 한 몸으로 받아들이면서 그 자연 속에 자신을 넣고, 그 안에서 '참나'를 찾게 되는 것이 아닐까요?

우연인지 필연인지 저는 짧은 신앙생활을 누리는 과정 속에서 위대한 《천부경》(天符經)을 만나게 되었습니다. 그러나 아직도 천부경의 진수를 다 알 수도 없지만, 다 깨닫지는 못합니다. 외람되기는 합니다만 저는 천부경을 공부하면서 평소에 생각했던 바로 그대로 반만년 역사의 숨결을 따라 태곳적 이야기를 풀어 보려 합니다. 일 만 년 역사를 자랑하는 우리의 문화가 송두리째 사라진 채 허우적대는 현 시점에서 정체성의 시각을 달리 하여 살펴보고자 하는 것입니다. 천부경이 대중 속에 알려진 지는 불과 얼마 되지 않는 짧은 역사이기는 하지만 뿌리를 찾아 오르다 보면 고대 이집트의 피라미드나 그 어떤 세계 문화유산에 뒤지지 않을 만큼 자부심이 절로 올라옴을 느낄 수 있습니다.

몇 만 년의 지구역사가 시작되기 이전에 뿌려졌던 포자의 역사가 세월을 따라 변하며 온 세상을 변화시켰듯이 우리의 인류 역사도 작은 정신의 씨알로부터 시작되었음을 이제는 볼 때가 아닌가 싶습니다.

천지 창조의 인류 역사를 성경에서 밝혔듯이 우리 민족정신의 시작은 천부경으로부터 시작되었음을 웬만한 사람들은 인식하기 시작했습니다. 종교나 신앙을 초월하여 인류의 철학을 담고 우리 민족의 뿌리 역사를 말하고 있기 때문입니다. 정신의 선율을 타고 천부경이 급속도로 번지는 가운데 우리는 이것을 어떻게 사용해야 하는지 부연 설명을 인류 앞에 내어놓아야 할 것입니다.

묘향산 석벽(石壁)에 새겨진 천부경의 81자(字) 원문을 보면 다음과 같습니다.

一始無始一析三極無

盡本天一一地一二人

一三一積十鉅無匱化

三天二三地二三人二

三大三合六生七八九

運三四成環五七一妙

衍萬往萬來用變不動

本本心本太陽昂明人

中天地一一終無終一

　이 석벽본은 1917년에 계연수(桂延壽)가 단군교당 앞으로 보낸 편지에 동봉한 천부경이라 합니다. 그 얻은 경위를 살펴보면 채약(採藥)하다가 묘향산에서 고운(孤雲)의 기적으로 각조된 천부경을 입수했다고 합니다. 천부경은 고운 선생의 사적본과 묘향산의 석벽본 모두가 81자로 된 경전입니다.

　여기에서 천부경 81자를 모두 풀어본다는 것은 좋은 의미를 가질 수 있으나 우선 첫구절과 끝구절만을 풀어보면 다음과 같습니다.

　「一始無始一析三極無盡本」(일시무시일 석삼극무진본)은 "하나로 시작하여도 하나로 시작한 곳은 없고, 하나도 아니고 없는 것도 아닌 그 지극한 하나를 나누어 세 개의 지극한 자리가 되었고, 하나도 아니요, 3극(天極, 地極, 人極)도 아닌 하나 속에 3극이 있고, 3극 속에 하나가 있는 그 지극한 세 개가 삼라만상을 펼치고 펼치더라"라는 뜻이며, 천부경의 끝 부분인 「一終無終一」(일종무종일)은 "있음도 아니요, 없음도 아닌 지극한 하나로 마쳐도 그 지극한 하나가 끝난 데가 없다"라는 뜻으로 풀이됩니다. 다시 말해서 처음이 마침이요, 마침이 처음이라

처음과 마침이 도리어 마침과 처음이 되는 고로 그래서 "큰 도(道)는 들어가고 나가는 문이 없다"(大道無門)고 했나 봅니다.

　오늘날에 와서 《천부경》은 여러 명의 학자들과 종교인들이 해역판·번역판 등을 내놓고 있으나 군데군데로 다른 해석들이 눈에 뜨이기도 합니다. 좀더 세월이 가면 해역의 기본이 정립될 것으로 보입니다.

　"천부경(天符經)은 하늘의 예언서(豫言書)로 물리(物理)에 있어서는 구심(求心) 즉(卽) 원심(遠心)임을 일깨우는 변화무쌍(變化無雙)의 과학(科學)이요, 수행(修行)에 있어서는 외허(外虛)인 듯 내공(內空)의 성력(誠力)을 북돋우는 현묘운기(玄妙運氣)의 비방(秘方)이며, 철학(哲學)에 있어서는 신리로써 인생을 꿰뚫는 천인관통(天人貫通)의 고전(古典)이요, 경전(經典)에 있어서는 천경(天經)으로서 속경(俗經)의 질서(秩序)를 바로 세우는 유일무이(唯一無二)의 진경입니다. 그러므로 천수(天數), 지리(地理), 인사(人事)의 기본이 되는 만듬의 섭리(攝理)가 이 틀에 있고 가르침의 묘리(妙理)가 이 속에 숨쉬며 다스림의 순리(順理) 또한 이 안에서 작용하니, 인간(人間)의 사상(事象)이 아무리 넓고 크다 한들 천부(天符)의 추천에 불안좌정(不安坐定)한 어린 아이의 모습과 다를 바가 없습니다. 천부경(天符經)이야말로 이와 같은 불안(不安)과 무질서(無秩序)의 세상(世上)을 안정(安定)과 질서(秩序)의 세계(世界)로 정치(正置)시키는 고래(古來) 경전(經典)이요 민족(民族)과 인류(人類)의 옥경보전(玉經寶典)으로, 삼라만상(森羅萬象)의 시종(始終)과 만법귀일(萬法歸一)의 철리(哲理)를 담은, 시공(時空)을 초월한 불멸(不滅)의 진리태(眞理態)입니다."

　이는 우리나라에서 중광된 대종교에서 소중하게 다루고 있는 〈천부경 전문〉에 소개한 글입니다. 하지만 우리는 정신계와 물질계를 이어 공유되는 부분을 미처 파악 하지 못하고 버리려 합니다. 그러나 그것은 우리의 소중한 재탄생의 시간인 것입니다. 민중의 삶 속에 녹아 있는 우리의 정신문화가 이제는 꽃피우고 열매 맺는 그러한 시점에 있습니다.

천부경의 '천 · 지 · 인' 사상이 선조님들의 지혜로움으로 '의 · 식 · 주' 모든 분야에 걸쳐 남겨 놓았기에 이제 이를 찾아 보존하며 찬란한 문화로 승화시켜, 온 인류세계를 밝힐 등불이 되어야 할 것입니다.

의복인 한복도 천 · 지 · 인의 동그라미, 네모, 세모의 원리로 만들어 졌다고 하며, 먹는 문화에서는 언제나 고수레가 있었으며, 항아리에 쌀을 담아 감사하는 성주 단지가 있었다 합니다. 그리고 자연을 그대로 담아 주택을 만들고 그 자연과 하나 될 수 있도록 모든 것을 열어 놓는, 그래서 인간이 자연의 일부임을 잊지 않게 했습니다. 머리에는 삼신을 잊지 않게끔 댕기를 묶었으며 하늘을 향하는 상투를 만들어 자세를 바르게 하고 인간의 도리를 지키도록 하였으며 곤지곤지와 짝짝꿍, 도리도리 잼잼은 도의 이치를 태어남과 동시에 전하게 하였으니 누구 하나 빼놓지 않고 전해 받은 우리의 정신문화인 것입니다.

왜 이렇게 모두 알고 있는 것을 장황하게 늘어놓느냐 하는 것은 우리의 삶이 현대적으로 변하면서 인터넷 세상이 전부인 것처럼 변해 버렸기 때문입니다. 천부경의 철학을 인간의 삶 속에 전해 주었건만 이 시대에 정신을 이어야 할 사람들, 특히 천부경을 친숙하게 접하고 전한다고 하는 사람들은 뭔가를 빼놓고 수박 겉만 훑어가는 것 같고, 천부경은 이렇듯 정신에서 숨을 쉬고 살아 있는 것입니다.

눈에 보이지 않는 정신에서 이제는 눈에 보이는 물질의 세계에 펼쳐 보일 수 있으려면 그것은 학문으로 자리매김할 수밖에 없는 것입니다. 진정한 학문으로 거듭 나기를 바로 하여 인간의 삶을 표현하며 그 속에서 전 인류를 향한 새로운 방향을 제시하여야 합니다. 그러기 위하여 천부경이 학문으로 가기 위한 전제 조건은 인간중심이어야 합니다. 명제를 확실히 하여 가정과 가설을 정함에 있어 우주의 진리에 따라 적용되며 자연의 이치에 맞아야 하고 과학적 이론과 학문의 논리에 맞아야 합니다. 학문의 논리라 함은 위에서 말했듯 인간을 위한 뚜렷한 명제를 제시하고 가정과 가설이 성립되어 정확한 답을 돌출시킬 때 학문으로 자리매김할 수 있는 것입니다.

이제 그러한 발걸음이 시작되었습니다. 동양 철학을 이야기함에 주역이나 사주 명리를 많이 이야기하지만 세계적 학문으로 나아가기에는 그 접근성이 미심쩍은 것은 사실입니다. 년도를 얘기할 때 갑자년을 얘기하지만 그것은 세계 어느 나라에도 통용되기 힘들며 음력은 더욱 그러 합니다. 동지를 따지고 입춘의 절기를 얘기하기도 하지만 그것은 태양을 중심으로 하는데 음력과 절기를 섞은 것 또한 그러하며 만세력으로 세계를 향한 발걸음은 어렵지 않을까 합니다.

그러나 천부경은 이러한 문제점을 해결하고 충분한 가설과 학설을 세워 학문으로서 손색이 없게 하여 전 세계를 향한 인류 구원의 학문으로 나아가길 바라는 것입니다.

천부경은 오랜 역사가 말해 주듯이 인류는 만유의 조각품으로 순간의 영원성을 잊지 말아야 할 것이며 모습이 바뀐 채 재탄생의 시간을 거쳐 참 보람된 시간을 갖기까지 오랜 숙성의 시간이 필요했던 것 같습니다. 그것은 인류의 공존을 위한 성숙된 모습으로 발돋움하기 위함이었을 것입니다.

그리하여 정신과 물질계를 이어 공유될 수 있도록 인간의 본질을 바로 볼 수 있었으면 합니다. 그러할 때 천부경은 우리 민족과 함께 진정한 인류 철학으로서 전 세계의 등불이 될 것이며, 홍익인간의 사상이 인류의 대도(大道)를 향한 길잡이가 될 수 있을 것으로 확신합니다.

홍익인간과 세계문명

도천수

현대사회는 최첨단의 과학기술문명으로 말미암아 한 편으로는 물질적 풍요를 누리고 있지만, 다른 한 편으로는 부의 집중으로 인한 양극화의 심화, 대량살상무기와 각종 분쟁으로 인한 전쟁, 환경파괴로 인한 극심한 자연재해의 위험 속에서 살고 있다.

이는 미국의 자본주의를 축으로 한 신자유주의 체제 하에서 번영을 구가했던 서구문명의 위기이기도 하다. 서구문명은 한 마디로 서세동점의 역사로 아직도 세계 곳곳에서 분쟁을 야기하고 있다. 이제 더 이상 서구문명이나 체제로는 인류를 구원해 나갈 수 없다.

수많은 서구의 석학들도 이를 깨닫고, 동양의 코리아를 주목하고 있

도천수(都泉樹) _ 서울 출생(1953년). 고려대학교 철학과 졸업. 산업노동정책연구소 소장, 민주주의민족통일전국연합 중앙집행위원, 자주평화통일민족회의 사무총장, 민족사회운동연합 상임대표, 80년 민주화운동동지회 회장, 민주개혁국민연합 사무총장, 푸른시민포럼 상임대표 등을 역임하고, 현재 한민족운동단체연합 상임공동대표, 한반도시대국민연합 상임공동대표, 단군민족평화통일협의회 상임공동대표, 고대민주동우회 회장, 좋은사회연대 상임공동대표, 좋은경영연구소 대표이사, 공평세상 상임공동대표, 함께하나 상임공동대표, 공평연구소 소장 등으로 활동. 저서 《변증법의 본질과 역사》(역), 《사회와 노동》(1992), 《한국노동운동사》(공, 1994), 《한반도시대 제3의 길》(2008) 등.

다. 왜냐하면 대한민국에는 인류가 궁극적으로 지향해야 할 공동체사상으로 새로운 세계문명을 열어나갈 홍익인간이라는 이념을 가지고 있기 때문이다.

그런데 당사자인 우리들이 오히려 홍익인간, 이화세계라는 사상과 이념을 간과하고 널리 전파하지 못하고 있는 현실이다.

홍익인간이라는 어원은 고려 충렬왕 때 일연이 지은 《삼국유사》의 고조선조에 인용된 고기(古記)에 나온다.

"옛날 환인(桓因)의 서자 환웅(桓雄)이 있었는데, 인간세상을 다스리기를 원했다. 아버지는 아들의 뜻을 알고 삼위태백산을 내려다보니, 인간세계를 널리 이롭게(弘益人間) 할 만하여, 천부인(天符印) 세 개를 주어 내려가서 세상 사람을 다스리고 교화(教化)하였다(理化世界)."

1949년 12월 31일 법률 제86호로 제정, 공포된 〈교육법〉 제1조에 우리나라 교육의 근본이념을 "교육은 홍익인간의 이념 아래 모든 국민으로 하여금 인격을 완성하고, 자주적 생활능력과 공민으로서의 자질을 구유하게 하여, 민주국가 발전에 봉사하며 인류공영의 이상 실현에 기여하게 함을 목적으로 한다"라고 정의하였다. 이는 홍익인간 사상이 단순히 민족자존이나 배타적인 사상이 아니라 인류를 구원할 공존·공영이념임을 잘 나타내고 있다.

백범 김구 선생도 이런 홍익인간 이념을 주목하였다. 김구 선생은 "진정한 세계평화가 우리나라에서, 우리나라로 말미암아 세계에 실현되기를 원한다" 면서, "홍익인간이라는 우리 국조 단군의 이상이 이것이라고 믿는다"고 설파하였다.

그런데 홍익인간이라는 이념을 글귀 해석에 그쳐서 널리 인간을 이롭게 하는 것만으로 해석해서는 안 된다. 홍익인간의 인(人)은 단순히 인간에 머무르는 것이 아니다.

천부경(天符經)에 보면 '인중천지일(人中天地一)' 이라는 글귀가 나온다. 직역하면 "사람 가운데 하늘과 땅이 하나로 되어 있다"는 뜻이다. 이렇듯 인은 인간만이 아니라, 세상에 존재하는 모든 생명, 천지만물이요 삼라만상이다. 인간이 만물의 영장이라는 것은 인간이 중심이라는 뜻이 아니라, 인간이 자연의 이치와 순리를 존중하여 천지만물에 널리 이롭게 하라는 뜻이다.

또한 홍익인간사상은 기독교의 사랑(愛), 불교의 자비(慈悲), 유교의 인(仁)과 일맥상통하고 있다. 홍익인간사상이 향후 세계문명의 중심사상이 될 수 있는 이유가 바로 여기에 있는 것이다.

신문명사상으로서의 홍익인간사상은 첫째로 평화사상이다. 흔히 홍익인간사상을 편협한 민족주의사상으로 오해하는 경우가 있다. 홍익사상은 약육강식·서세동점으로 점철되었던 서양문명사상이 아니라, 인류공영·평화공존의 신문명사상이다.

우리들은 이렇게 전 세계에 자랑스러운 홍익인간사상을 가지고 있음에도 불구하고, 부끄럽게도 무려 반세기동안 분단 상황을 극복하지 못하고 있다.

최근에는 남과 북의 화해와 협력, 평화의 상징이었던 개성공단마저 폐쇄되고 말았다. 폐쇄된 과정에서의 이유여하, 선후관계를 막론하고 정말 부끄러운 일이 아닐 수 없다. 개성공단은 2000년 6·15공동선언 이후 남북간 합의로 시작된 이래 12년 7개월 동안 남한의 자본과 기술과 북한의 토지와 노동력을 결합하여, 누적 생산액 20억 달러를 넘어선 바 있다. 그동안 금강산관광이 중단되고, 천안함 폭침사건, 연평도 포격 등 크고 작은 군사적 긴장과 마찰이 있는 가운데도 유지되어 왔었다.

최근 경향신문에 나온 보도에 의하면 북한의 개성공단폐쇄, 미사일 발사 등으로 조성된 경제리스크가 한국유가증권시장에서 증발한 금액 기준으로 492억2000만 달러로 알려졌다. 이명박 정부이전 시기 김대중 정부가 햇빛정책으로 북한에 지원한 금액은 24억9000만 달러(현금 13억3000만 달러·현물 11억6000만 달러), 노무현 정부가 포용정책으로 44억7000만 달러(현금 15억7000만 달러·현물 29억 달러)로 도합 69억6000만 달러였다. 북한리스크로 한 달간 새 증시에서 증발한 금액은 지난 김대중, 노무현정부 10년간 대북지원 총액의 7배에 해당한다. 이는 평화가 바로 경제라는 것을 증명해 주는 지표가 아닐 수 없다.

첫째로 홍익인간사상은 생명사상이다. 인간의 탐욕에 기초한 첨단 과학문명은 환경파괴, 자연파괴로 이어지고 예측할 수 없는 쓰나미로 대재앙을 초래하고 말았다. 시도 때도 없이 찾아오는 지진, 태풍 등으로 인한 피해는 가히 천문학적인 숫자를 기록하고 있다.

2011년 일본의 대지진·쓰나미가 일어났을 때, 사망자만 1,500명, 실종자는 2만명이 넘었으며, 원전이 파괴되어 방사능오염의 피해가 속출하였다. 일찍이 천부경에서 가르친 '인중천지일(人中天地一)' 즉 인간이 자연의 이치와 순리를 존중하여 천지만물에 널리 이롭게 하라는 생명사상을 존중했다면 이런 대재앙은 막을 수 있었을 것이다.

둘째로 홍익인간사상은 복지사상이다. 최근 우리나라는 빈익빈부익부(貧益貧富益富) 현상이 심화되어, 경제민주화가 쟁점이 되고 복지국가 건설이 시대의 과제로 떠오르고 있다.

우리나라는 국내총생산(GDP) 기준으로 경제협력개발기구(OECD) 국가 중에서 세계 15위의 경제규모를 자랑하는 국가이다. 그런데 한국보건사회연구원이 발간한 '2012 OECD 공표로 본 우리의 사회복지지출 특성과 시사점' 보고서에 따르면 2009년 기준 한국의 국내총생산(GDP) 대비 공공 사회복지지출은 9.4%로 30개국 중 29위를 차지했다.

더욱 충격적인 사실은 자살률순위가 세계 2위이고, OECD국가 중에서는 1위를 차지했다.

우리나라는 과거에 공부만 잘하면 개천에서 용이 나는 사회로 계층 이동이 비교적 자유로운 사회였다. 지금은 부의 대물림이 학력의 대물림으로 이어지는 불공평한 세상이 되고 말았다. 이제 효율과 무한경쟁만을 강요하는 신자유주의는 인류가 지향해야 할 대안이 될 수 없다. 새로운 시대에는 새로운 사상이 필요하고 새로운 사상은 새로운 문명을 창조한다. 함께 더불어 잘사는 공평세상을 만드는 사상인 홍익인간사상이 신문명을 창조해 나갈 사상이라는 것을 우리들은 확실하게 깨달아야 한다.

꿩 잡는 게 매인가

무상 법현

삼십 년 동안
칼을 찾은 나그네
몇 번이나
잎은 지고
또 가지 돋아났던가?

복숭아꽃을
꼭 한 번 본 뒤로는

무상 법현(無相 法顯) _ 스님. 중앙대학교 기계공학과 졸업. 출가 후 동국대학교 불교학과 석사, 박사과정 수료. 태고종 총무원 부원장, 서울시 전통사찰 보존위원, 문화관광부 전통사찰위원 등 역임. 현재 서울 열린선원 원장, 관악산 자운암 주지. 불교텔레비전 자문위원, 갈현2동 두레복지위원 겸 공동체복원추진위원, 신사종합사회복지관 운영위원, 복지법인 태고중앙복지재단 이사 등으로 활동. 한국불교종단협의회 사무국장. 한중일불교교류대회 · 한일불교교류대회 실무 집행. 남북불교대화 조성. 한국종교인평화회의 종교간대화위원, 불교생명윤리협회 집행위원. 한글법요집 출간. 한국불교종단협의회 회장상 우수상, 국토통일원장관상 등 수상. 《틀림에서 맞음으로 회통하는 불교생태사상》 외 다수의 연구논문과 《놀이놀이놀이》, 《부루나의 노래》, 《수를 알면 불교가 보인다》, 《왕생의례》 등의 저서 상재.

그 때부터 지금까지

다시는 의심하지 않았네.

　선사들의 선시는 한 편으로 멋지기도 하고 다른 편으로는 어렵기도 하다. 그래서 관심이 많이 가는 분야이기도 하다. 깨달음의 과정이나 내용 및 느낌을 시로 표현한다는 것이 얼마나 멋진 일이며 또 얼마나 어려운 일인가? 그리고 얼마나 힘든 과정을 거치는가? 그런 것들을 생각한다면 접하는 것만으로도 커다란 공덕이라고 해야 할지. 선방 문고리만 잡아도 부처님 앞에 다가간 것이라고 하지 않는가?

　적어도 30년은 수행해야 '내가 수행자다…', '중노릇했다…' 고 볼 수 있는 기간이 30년이니 참 길다고 느껴진다. 그 30년 내내 진리를 찾아다녔는데 진리라는 것이 어디 있는 것일까? 진리라는 것이 어느 골짜기에 숨어 있는 것이 아니라 어느 햇빛 따사로운 봄날에 동산에 올랐다가 아름다운 복사꽃이 핀 것을 본 후로는 다시는 이리저리 헤매지 않고 흔들리지 않아 평안했다는… 참으로 그림처럼 그려지는 마음의 소식이다.

　영운은 중국 선종 5가의 위앙종의 시조인 위산영우선사의 법을 이어받은 선사다. 그런데 재미있는 것은 영운의 사제인 현사사비(玄沙師備)가 사형인 영운의 글을 보고 비평한 내용이다.

　"지당하고 지당하지만

　사형에게는 아직도

　뚫지 못한 곳이 있음을 내 보증합니다."

　선사들의 담금질이 아무리 심하다지만 사형의 공부를 이렇게 부서놓다니, 황당한 일 아닌가? 더구나 덜 된 것을 자기가 보증하다니. 말이 되기는 하는 것인가?

그러나 더한 재미는 그 말을 듣자마자 영운이 되물은 데 있다.

"그래, 사제께서는 뚫었다는 말이지?"

그때서야 사비는

"그렇지요, 그래야지요. 그렇게 나오셔야지요!"

그랬다고 한다.

《현사광록》(玄沙廣錄)이라고 현사사비라는 선사의 법어집에 실려 있는 당나라의 스님인 영운지근(靈雲志勤) 스님의 게송에 얽힌 이야기다.

세상에서 벌어지는 여러 가지 일들을 지켜보며 문득 마음공부 이야기가 생각났다. 북한의 핵실험과 우리 정부의 원자력 정책, 4대강 이야기, 세 빛 둥둥섬 이야기, 제주 강정마을 해군기지 이야기, 경제민주화 이야기, 창조과학부 이야기, 일본 아베정부의 엔저정책과 신사참배 등 우경화 이야기 등을 접하면서 느끼는 것이 있다.

유명 연예인 등이 성범죄자가 되어서 전자 팔찌를 차거나 거세형을 받는 것도 나름의 필요성이 있지만 효과가 얼마나 나는지. 그리고 그 사람의 인권은 어떻게 하는지. 사랑 넘치는 부부생활을 하면 참 좋지만 세상살이의 관계는 그렇게 쉽지 않은 법이다.

그래서 이혼하기 전에 조금 기다리면서 생각해보자는 이혼숙려제도에 나름의 기여를 한 바 있다. 다니면서 이야기하니 많은 사람들이 좋아해서 뿌듯했다. 그런데 어느 자리 그리고 여성의 전화 등 상담기관에 있는 분들의 이야기는 그렇지 않았다. 숙려기간이 피 말리는 고통의 기간이라는 것이다.

불교적으로는 부처님이 수행한 방법이 무엇이며, 인간에게 도움이 되는 것은 무엇인가라는 넓은 주제에서부터 수행자의 세속 생활이 수행과 전법에 어떤 관련이 있는가를 계율의 관점과 수행의 관점에서 보는 이야기 등이 있다. 법률적으로 윤리적으로 그리고 학술적으로 더 나아가 현실적으로 도움이 되는 연구는 어떤 것일까?

흔히 '꿩 잡는 게 매' 라고들 한다. 그러나 정말 그런가? 매가 아니어도 꿩만 잡으면 다 매인가? 매일지라도 꿩을 못 잡으면 매가 아닌가? 매가 언제부터 꿩 잡는 일을 하게 되었는가? 인간이 길을 들여 꿩사냥에 써 먹으면서 비롯된 것이 아닌가? 꿩 잡는 게 매가 아니라 설사 꿩을 못 잡더라도 매라야 매인 것이라는 것을 생각했으면 한다.

길이를 잴 때는 자를 쓰고, 무게를 잴 때는 저울을 쓰듯이 학문적 연구 결과를 검증하기 위해서는 학자와 연구 기관이 나서야 한다. 공연히 아무나 이래라 저래라 하는 것은 문제가 많다.

복숭아꽃을 한 번 본 뒤로 다시는 의심을 하지 않는 경지야 쉽지 않더라도 그런 굳은 손잡음이 이뤄지는 모습이 그리운 때다. 뭐 별 수 없지. 나부터 조금씩 그리해서 더 해 가야지.

'문·사·철'은 하나다

_ 인문학의 부흥을 위한 제언

박성수

서경, 시경 그리고 역경

'문(文)·사(史)·철(哲)'이란 문학과 사학과 철학을 합친 이름이다. 이 세 과목이 최근 위기에 빠져 아무도 지원하지 않는 학과가 되어가고 있다. 일명 인문학이라고도 하는 '문·사·철'은 역사상 최악의 불황기를 맞아 폐업(?) 직전에 있는 것이다. 어떻게 하면 문·사·철을 살릴 수 있을까. 뾰족한 방안은 없는 것일까. 수필치고는 약간 주제가 무겁고 양이 많지만 매우 중요한 사회적 수필이니 한 번 읽어 보기 바란다. 스스로 일독을 바란다고 하니 민망한 권독문이라 할 것이다.

지난날의 '문·사·철'을 생각하면 꿈과 같다. 인문학이야말로 모든 학문의 꽃이요 중심이었다. 어느 대학을 가도 인문학을 해야지 이공계로 가는 것을 수치로 알았다. 지금 젊은 학생들에게 물어보면 다 놀랄

박성수(朴成壽) _ 전북 무주 출생. 서울대학교 사범대학 역사교육과 졸업. 고려대학교 대학원 졸업. 성균관대학교 교수. 국사편찬위원회 편사실장. 한국학중앙연구원 교수·명예교수. 국제뇌교육종합대학원대학교 명예총장. 국제평화대학원대학교 총장. 문화훈장 동백장, 문화훈장 모란장 등 수훈. 저서 《역사학개론》《독립운동사 연구》《단군문화기행》 외 50여 권 상재.

것이다. 그러나 사실이었다. 그 때는 문과나 법과를 나와야 대학생이지 그 밖의 학과 가령 이공계통의 학과를 다니고 졸업했다면 수치로 알았다. 그래서 약간 머리가 나쁜 학생이 다니는 학과가 공과였다. 상과대학이니 음악대학 미술대학 같은 학과는 남들에게 다닌다는 말조차 하지 못했었다.

그렇게 화려했던 인문학 일명 '문사철'은 지금 수렁에 빠져 회생할 길이 막막하다. 인문학이 바로 학문이라 할 정도로 인기가 높았던 시대, 권위도 막강하였던 시대는 언제였나. 바로 엊그제 이야기였다. 필자가 대학에 다닐 때만 해도 '문사철'을 제외한 다른 학과는 모두 일종의 기술학 즉 '장인'의 학문으로서 경시하였다. 그때는 정말 인문학을 최고의 학문으로 알았고 그 밖의 학문은 '잡학' 취급을 하여 조선시대라면 중인들이나 다니는 학문으로 알았다. 그런데 지금은 인문학이 중인의 잡학으로 전락한 것이다. 이유는 인문학을 해서는 취직하기 어렵고 먹고 살기 어렵다는 것이다. 경영학이나 의학이나 이공계 학과를 선택해야지 먹고 살 수 있는 실용주의 시대가 되었기 때문이다.

철학과 국문과 사학과 따위를 선택하여서는 생활고가 기다리고 있다는 것이 사회적 통념이 되었다. 이렇게 세상이 바뀌어 버린 것이다. 그러나 왕년에 인문학은 귀족들이 배우는 고상한 학문이었다. 예전의 조선시대에는 사서삼경을 떼어야 했다. 삼경이란 서경(書經) 시경(詩經) 역경(易經) 세 과목을 말하는데 서경이란 사학이요 시경은 문학이었다. 역경은 철학이었으니 '문·사·철'의 조상이 바로 삼경이었던 것이다.

비공식적 식민지 국가

한동안 중고등학교에서 가장 중요한 학과를 '국·영·수'라 했다.

국어 영어 수학이 가장 중요한 과목이었는데 요즘에는 '영·수·국'으로 그 순위가 바뀌었다고 한다. 영어가 제1순위요 수학이 제2순위 그리고 국어는 3순위로 밀리고 말았다고 한다. 영어를 해서 무얼 하느냐 하는 시대가 있었다. 영어보다 국어를 잘해야지 남의 나라 말을 배워 셰익스피어를 달달 외는 것이 무어 그리 중요한가 하고 영어를 무시했던 시절이 있었다. 그런데 지금은 영어가 최우선 과목이 된 것이다. 온 국민이 영어공부로 날을 새우는 문화 식민지의 시대가 된 것이다.

영어를 잘한다고 해서 특별한 지적 소득이 있는 것이 아닌데 온 국민이 아무 영양가도 없는 영어 공부에 매달린다면 이것은 우리나라 교육이 1945년 8.15 이전의 식민지 시대로 되돌아간다는 것이다. 어린 학생뿐만 아니라 그 어머니와 아버지까지 우리 아이 영어를 잘하고 있는가 걱정하고 있는 상황을 보고 문화식민지 아니면 문화식민주의라 한다. 돌이켜 보면 100년 전인 1910년부터 일제강점기에 들어서자 저들 침략자들은 우리 아이들을 일본어 공부에 매달리도록 강요하였다. 그때는 하기 싫다는데 저들이 강요해서 일어를 강제로 배웠다. 그러나 지금은 미국이 우리에게 강요하지도 않았는데 우리가 자진해서 아이들을 아침부터 밤늦게까지 영어공부를 하도록 강요하고 있는 것이다. 최근 정부는 교육담당 장관(교육부장관)을 특별히 부총리로 승격시켰다. 설마 영어교육을 잘하라는 뜻에서 교육부 장관 격을 올려준 것은 아닐 터인데 그 현실은 영어교육을 잘하라고 지위를 높여준 결과가 되었다.

이제는 영어 교육을 초등학교까지 내려가서 가르치기로 하였다고 하니 이것이 어느 나라에서 하는 교육인가 조사해 보았다. 일본이 그러기로 했다는 것이다. 일본이 하는 것을 따라 해서는 안 되는데 우리 교육부는 오래 전부터 일본이 하는 대로 따라 하여 왔다. 담당 공무원들이 영어보다 일본어가 알기 쉬웠기 때문에 그랬다고 한다. 그리고 학교에서 남의 답인지를 훔쳐 보는 기술을 터득했기 때문이라고도 한다. 그러나 일본이 하는 짓(?)을 보고 그대로 따라 해 온 것이니 부끄러운 일이다. 일제강점기를 기억하고 있는 우리로서는 분노할 일이 아닐 수 없다. 일본이 최근 영어를 조기교육을 한다고 하니 우리도 하자는 것이 영어교육을 초등학교에서 가르치자는 동기였다고 한다. 매사를 일본이 하는 대로 따라 한다는 것은 우리나라가 아직도 일제식민지 상태를 벗어나지 못했다는 것을 말한다. 우리 교육부는 조금이라도 일본과 다르게 해야 한다는 사명감을 가져야 하는데 그러지 못하는 것이다.

일본은 초등학교에서 영어시간을 두되 국어시간을 영어시간만큼 늘리기로 했다. 외국어로 인해 자국어를 홀대해서는 안 된다는 생각에서였다. 그런데 한국에서는 어떻게 했나. 우리나라에서는 영어시간만 늘리고 국어시간은 그대로 두기로 한 것이다. 한일 두 나라 교육부 가운데 어느 쪽 정책이 옳은 일인지 물어보지 않아도 알 수 있다. 자기 나라 국어와 국사가 제일 중요하다. 노무현 정권 때 국사교육을 없앤 일이 있으니 국어교육이라고 해서 중시할 리 없는 것이다. 세계 어느 나라에 가 물어보아도 마찬가지다.

그런데 우리나라 교육부는 영어가 국어에 우선하는 것으로 믿고 있는 것이다. 그러나 우리나라에서는 국호를 소한민국이 아니라 대한민국이라고 하면서도 미국이 시키지도 않았는데 영어수업시간을 늘리고 국어시간과 수학시간을 줄였다. 최근 우리 대한민국은 당당하게 겁도 없이 미국과 자유무역 협정을 맺었고 겁도 없이 국어교육보다 영어교육을 더 중시하는 정책을 썼다. 교육주권은 다른 정치 경제의 주권 못지않게 중요하다는 사실을 모르고 있는 것이다.

이제부터는 국어보다 영어 못하는 학생을 나쁘다고 평가하는 시대가 되었다. 또 수학을 못해도 영어만 잘하면 된다는 시대가 된 것이다.

국어는 영어보다 더 중요하게 교육되어야 하는데 영어가 더 소중하다고 하니 이런 나라가 어디 있는가. 대한민국의 주권이 훼손되고 있는데 국회의원은 물론 앞선 정권의 이명박 대통령이 몰랐던 것이다. 아니 그보다도 어느 한 사람 반대하는 애국자가 없어 3천만 국민이 모두 교육주권이 달아나는 것을 묵인하였던 것이다.

나라가 망한다는 것은 주권을 잃는다는 뜻으로 알았으나 새로운 제국주의 시대인 현대에 있어서는 주권 같은 것은 있으나 마나 하다는 것인가. 그 나라 문화가 열강의 식민지로 전락하고 있는데 아무렇지도 않다는 것인가. 필리핀처럼 또 멕시코처럼 이 나라의 몰골이 강대국의 문화식민지로 변해 가도 상관이 없다는 것인가. 오늘의 문화제국주의를 비공식 제국주의라 한다. 공식적으로는 주권국가지만 비공식적으로는 주권을 상실한 나라란 뜻이다. 겉으로는 독립국이지만 속으로는 식민지가 된 나라가 많다. 적어도 한국만은 그런 겉과 속이 다른 바나나 국가가 아니기를 바라고 있는데 현실은 다른 것이다.

영어 속에 문화가 들어 있다

영어뿐만 아니라 모든 외국어는 단순한 의사소통의 도구가 아니다. 언어 속에는 그 나라의 문화가 들어 있기 때문이다. 영어를 배운다고 할 때 우리나라 아동들은 자기도 모르게 미국문화를 배우게 되어 있다. 사랑이란 말이 그러하다. 영어로 러브라 하지만 우리말로 사랑한다는 것과 의미가 다르다. 기독교 성서에 사랑이란 말이 하나도 없다고 한다. 그래서 함석헌이 아가페란 말을 사랑으로 해석한 것일까. 먹는다는 말을 들으면 밥을 스스로 먹으면서도 머릿속에는 빵을 먹는다는 것을 상상할 것이다.

영어를 배운다는 것은 단순히 컴퓨터를 배운다는 것과 다르다. 언어는 단순한 도구가 아니기 때문이다. 물론 컴퓨터와 펜의 차이는 붓과 연필의 차이보다 더 크다. 그런데 언어는 인간 사상의 근간이어서 언어가 인간의 사고(생각) 그 자체를 바꾸고 결정한다고들 말한다. 영어를 쓸 때와 한국어를 쓸 때 말의 뜻, 즉 말뜻은 같아도 그 속에 담긴 문화는 다른 것이다. 영어 속에는 한국어 속에 담긴 문화와 다른 문화 그리고 역사와 가치관이 들어있는 것이다.

그러므로 남의 나라 언어를 배운다는 것은 단순히 그 나라의 말을 배우는 것이 아니라 그 언어 속의 문화도 동시에 배우는 것이다. 국어를 통해 우리 문화를 남에게 알리듯이 영어를 통해 우리는 미국과 서유럽 문화를 배우고 있는 것이다. 아니 그 식민지가 되어가고 있는 것이다. 영어는 오늘날 우리나라뿐만 아니라 거의 모든 나라에서 제2의 국제어가 되고 있어 사람을 세계화의 시대로 몰아넣고 있는 것이다. 그러나 영어를 배워 잘 지껄인다는 것만으로는 훌륭한 국제인이 되는 것이 아니다.

미국에 가 보니 거리와 집안에 거지가 많았다. 그런데 거지도 영어를 잘하는 것을 보고 영어로 무엇을 말하는가가 중요하다는 것을 알았다. 결국 영어를 단지 잘한다는 것만으로는 아무 의미가 없는 것이다. 거지가 될 수도 있기 때문이다. 그러므로 영어로 무엇을 말할 수 있는가가 더 중요한 것이다.

영어를 통해 우리가 배우는 문화는 서양문화이다. 아니 미국문화이다. 서양인은 본시 유목민이었으니 농경문화인인 우리와는 전혀 다른 유목민의 후손이요 유목민 문화를 가지고 있어서 칼을 들고 식사를 하고 있는 것이다. 우리는 수저와 젓가락으로 밥을 먹고 있으나 양식을 하게 되면 포크와 칼을 들고 식사를 해야 한다. 우리 문화는 단군신화에서 알 수 있듯이 농경문화였다. 우리는 마늘과 쑥을 먹고 산 농경민

족의 후손이다. 곰과 호랑이는 마늘과 쑥을 먹지 못한다. 그러나 우리
는 오랜 동안 초식을 하여 살아 왔다.

그런데 우리가 갑자기 유목민의 육식을 배워 초식을 버리라 강요받
고 있는 것이다. 그러니 칼을 들고 식사하는 데 서투를 수밖에 없다. 필
리핀이나 인도는 오랜 식민지 생활에서 영어를 배워 지금도 서투른 영
어를 하고 있다. 아시아 아프리카의 근대화에 있어서 우리만큼 우리 문
화를 잃지 않고 또 자주성을 잃지 않고 근대화에 성공한 나라는 없다.
이렇게 잘 지내온 우리나라가 근래 급격히 문화식민주의에 빠져들고
있는 것이다.

문화식민주의 시대를 극복하라

20세기가 공식제국주의 시대였다면 21세기는 비공식 제국주의의 시
대이다. 겉으로 보기에 우리나라는 어떤 나라의 식민지도 아니다. 독립
국이다. 미국과 한국은 서로 대등한 단순한 우호국가요 동맹국가이다.
그러나 미국은 우리에게 이렇게 말한다. 너희가 원하는 대로 태극기를
달아라. 그리고 애국가도 동해물과 백두산이 마르고 닳도록 불러라. 무
궁화도 심어서 사랑하라. 모두 너희 자유이다. 그 따위 일들은 우리가
간섭할 것이 아니다. 우리가 진실로 너희에게 요구하는 것은 너희들의
문화와 언어 교육 그리고 종교를 다 버리고 미국을 닮아주는 것이다.
문화만은 우리(미국)와 같아야 한다. 정치체제도 우리처럼 민주공화국
으로 지내라. 국회의원들의 하는 짓이 보기 싫어도 참아라. 처음에는
좀 괴로울 것이다. 그러나 조금 있으면 길이 들어 국회의원이란 그런
것이란 사실을 알게 될 것이고 마음도 편안해질 것이다.

너희는 이전에 식민지국가였다. 이전에 일본에 예속된 나라가 아니
었던가. 너희에게 그런 과거가 있기 때문에 지금 우리 미국문화를 새신

랑으로 맞아들이기 어렵지 않을 것이다. 처녀가 아이를 낳기는 어려워도 과부는 아이 낳기 쉽다. 너희는 아이를 낳아 본 과부이다. 우리는 무리한 요구를 하고 있는 것이 아니다. 문화식민지가 되어 달라는 것뿐이다. 일본처럼 무력으로 강점하려는 것이 아니다. 영어를 배워 우리와 같은 나라와 사회 그리고 비슷한 사람이 되어달라는 것뿐이다. 어렵지 않는 요구사항이니 들어 달라.

지난 해 말 대통령 선거에서 너희들이 어떤 사람을 골라 당선시켜도 우리는 상관하지 않았다. 새누리당이건 민주당이건 상관하지 않았다. 너희가 뽑은 신임 대통령이 우리와 보조를 같이 하기만 하면 되는 것이다. 만일 신임 대통령이 우리가 원하는 대로 행동하지 않는다면 우리가 너희를 도와주지 않을 것이다. 그것만은 각오하라. 그럼으로 너희들의 운명은 주권의 있고 없는 데 달려 있는 것이 아니라 너희들의 마음 속에 미국의 정신문화를 받아들일 것인가 아닌가를 결정하는 데 달려 있는 것이다.

우리 미국이 농경문화를 버리고 서양의 유목민 문화를 받아들일 것인가 아닌가를 결정하는 것이 아니라 너희들이 결정하여야 하는 것이다. 너희들의 운명은 너희들이 결정하는 것이니 조금도 불편하게 생각하지 말라. 거듭 말하거니와 우리가 염려하는 것은 너희들이 어떤 마음을 갖고 살아가느냐 하는 것이다.

먹고 살게는 해 주마. 그 동안 너희들이 물질적으로 어렵게 살아왔다는 것을 잘 안다. 지금 우리와 같이 살아 보니 어떤가. 좋지? 우리가 요구하는 것은 너희들의 정신문화이다. 물질문화는 어려운 일이 아니다. 이미 우리 미국의 문화를 닮아가고 있다. 그러나 정신문화는 절대 우리와 같아야 한다. 이슬람 같은 종교문화에는 절대 물들어서는 안 된다. 제발 우리 서구문화를 갖고 살아주기를 바란다.

겉으로는 엄연한 주권국가라 하지만 서구를 제외한 동구 아시아 아프리카 남미 등 여러 나라는 본래의 정신문화를 간직하고 살아갈 수 없는 상태에 있다. 이것을 세계화라 하지만 실은 서구화이다. 세계주의라고도 하지만 실제로는 문화식민주의인 것이다. 우리 문화는 '문·사·철'이 '영·수·국' 교육의 강화를 통해서 천천히 안락사하고 있다. 그 속에 도덕적 타락이 다 들어있다. 우리가 걷고 있는 세계화 과정은 일제강점기와는 다르지만 잘못하면 그때와 닮은 세상을 향해 조금씩 조금씩 걸어가고 있는 것이다. 조금만 더 가면 깊은 구렁 속으로 빨려 들어갈 것이니 지금 멈추어야 한다. 그러나 어렵다. 때가 너무 늦은 것이다. 인성교육을 해야 한다고 교육부 공직자들이 야단이지만 학교 학생 교사 그리고 교장 이사장까지 부정부패하여 감옥에 갈 판이니 어떻게 해야 할지 모르겠다.

'문·사·철'은 하나가 되어야 한다

이상과 같이 우리의 '문사철'은 우리 문화를 지켜주는 최후의 보루요 파수꾼이다. 그 파수꾼이 마치 마을의 어귀에 서 있는 장승처럼 지금 서 있기는 하나 힘없이 무너져 가고 있으니 보기에도 괴롭고 슬픈 일이다. 어떻게 하면 죽어가는 우리 문화를 살릴 수 있을까. '문·사·철'을 살려야 우리 문화가 사는 것이다. 우리 문화가 죽으면 우리가 죽는 것이다. 죽지 않고 살기 위해서는 '문·사·철'을 하나로 가르치고 공부하여야 할 것이다. 이 방법밖에 달리 살 길이 없다.

'문·사·철'은 본시 하나였다. 이것을 과학의 흉내를 내느라 셋으로 갈라놓아서 망친 것이다. '문사철'은 과학이 아니다. 과학과 예술의 혼합체 SF이다. 이름난 소설가는 국문학과 출신이 아니다. 이름난 철학자도 철학과 출신이 아니다. 역사가도 사학과 출신이 아니다. 지금 국내에서 이렇다 하는 역사가는 모두 우물 안의 개구리였다. 왜 그럴까. 역사가로서 문학을 몰랐고 철학을 몰랐기 때문이다. 필자도 그런 사람 중 하나였다. 최근 역사를 주제로 한 세미나만 기웃거리다가 틈틈이 문학과 철학에 관한 학술세미나에 들어가 보았다. 비로소 배울 것이 많다는 것을 알았고 지금까지 역사만 공부한 것을 크게 후회하였다.

철학과 문학을 한 사람들의 이야기를 들어 보고 깨달은 것은 철학하는 사람은 역사와 문학을 너무 모르고 발표하고 있고, 역사하는 사람은 문학과 철학을 모르고 발표하고 있다는 것이었다. 얼마 전 문학과 역사의 관계에 대해 어떤 이름난 소설가에게 부탁했더니 전혀 엉뚱한 이야기를 늘어놓아 크게 실망한 일이 있었다. 내심 이런 사람이 어떻게 소설을 쓰는가 의심할 정도였다,

역사란 무엇인가. 문학이란 무엇인가. 철학이란 무엇인가. 제각기 '문사철' 을 따로 연구한 사람들이 문학 역사 그리고 철학에 대해 각기 그럴 듯하게 설명할 것이다. 필자도 그 중 한 사람으로 역사란 무엇인가에 대해 많은 글을 썼다. 지난 30년간 필자의 《역사학개론》《새로운 역사학》－역사는 진실이가－)은 대학 교재로 최고의 자리를 누렸다. 그리고 일반교양서로 많이 읽혀 왔으니 우쭐댈 만하였다. 역사란 과학이 아니다. 역사는 SF이다. S란 과학(Science)이란 뜻이요, F란 소설 즉 허구(Fiction)란 뜻이다.

아직도 역사를 과학이라 믿는 사람이 많다. 19세기라면 몰라도 20세기를 넘긴 지금에 역사는 순수한 과학이 아닌 것이다. 역사 속에 S와 F가 반반씩 섞여 있는데 그렇다면 F속에는 무엇이 들어 있나. 역사의 F(허구) 속에는 문학과 철학이 들어 있는 것이다. 그러므로 역사는 '문 · 사 · 철' 인 것이다. 그러나 지금까지는 '문 · 사 · 철' 에서 문과 철을 빼고 역사만 연구하고 가르쳤으니 헛일을 한 것이다. 필자는 왜

역사가 그렇게 어려운 학문인지 늙어서야 알게 되었다. '문·사·철'
로 연구하지 않고 역사로만 연구하였으니 정답이 나올 리 없었던 것이
다.

이광수는 장안사에서 '문·사·철'을 공부했다

춘원 이광수(1892~1950)는 〈단종애사〉, 〈마의태자〉, 〈원효대사〉 등
역사소설을 써서 이 방면의 선각자였다. 이광수는 가난한 집안에서 태
어나 일진회 장학금을 받고 동경으로 유학을 갔는데 어느 날 일본인 학
생이 이광수에게 "나 금강산에 갔다 왔다"고 자랑을 하면서 "너는 가
본 일이 있느냐"고 물었다. 못 가봤다고 대답했더니 그 일본인 학생이
"너는 조선인인데 금강산 한 번 못 가봤다니 조선인이라 할 수 없다"고
하면서 비웃었다.

이광수가 귀국한 뒤 기어이 금강산을 유람하기로 마음먹고 내금강
산으로 등반하였다. 장안사는 금강산 제일가는 사찰이다. 이광수가 장
안사에 들어갔더니 어디서 많이 보던 사람이 스님 복장을 하고 마당을
쓸고 있었다. 가까이 가보니 사촌 형님이 아닌가.

"형님. 왜 여기 계십니까" 하고 물으니, "나는 만주에서 독립운동을
하다가 일본경찰에 쫓기어 여기 도망 와서 숨어 있는 신세이다"고 하
였다. 이광수는 그날부터 장안사에 묵으며 머리를 깎고 불교 경전을 탐
독하였다. 그리고 스님들에게 많은 역사이야기를 들었다. '문·사·
철'을 하나로 묶어 공부한 것이다. 이것이 밑천이 되어 후일 이광수는
〈단종애사〉와 〈마의태자〉 그리고 〈원효대사〉 같은 역사 소설을 썼고
역사가도 모르는 사실을 소설 속에 흘려 놓았다.

이광수의 역사소설 속에는 역사가나 국어학자들이 미처 발견하지
못한 사실들이 많이 들어있다. 그걸 보고 필자도 놀랐다. 그 중 하나가

일본어 ‘욘 사마’ 의 ‘사마’ (樣 즉 님)이라는 말이 신라 화랑의 대 선생 (지도자) ‘사마’ (彡魔)라는 말이라 한 것이다. 그리고 더 놀란 것은 우리 나라 말인 ‘가나다라마바사아’ 의 ‘가나’ 는 하늘을 뜻하는 말인데 그 말이 일본으로 건너가서 일본문자 가나(假名)가 되었다는 것이다. 일본 어 ‘가나’ 는 본시 신라의 하늘이란 말인데 신라인이 현해탄을 건너서 일본으로 가다 보니 ‘가나’ 란 말이 하늘이란 뜻에서 일본문자를 뜻하 는 ‘가나’ 로 변했다는 것이다. 가나가 하늘이란 것은 ‘하늘천 따지’ 의 천지란 뜻인데 ‘가나’ 는 하늘이며 ‘다라’ 는 따지였다는 것이다.

이처럼 우리나라에 본시 가림토 38자가 있었고 그것이 일본으로 건 너가서 가나란 말로 변한 사실을 말하는데 그것은 가림토가 ‘가나다’ 순으로 되어 있었다는 것을 입증하는 것이다. 가림토의 ‘토’ 는 한문 사 이사이에 ‘토’ 를 달았다는 바로 그 토이다.

이광수의 말은 아니지만 일본인의 성명 가운데 성이 석자로 되어 있 는데 이것은 우리나라 사람들이 박성수라고 할 때처럼 성명이 석자라 는 사실과 관련이 있다고 한다. 일본인들이 ‘아리키(荒木)’ ‘무라이(村 井)’ 라 한 것은 성이지만 본시 그것은 성명이었다는 것이다. 우리나라 성명이 박성수, 김창수 등 석자로 된 것이 일본으로 건너가서는 성이 되었다는 것이니 그럴 듯한 추론이다. 일본 수상 ‘아소다’ 도 마찬가지 이다. 본인은 모르지만 우리는 그의 성을 통해 그의 조상이 한국인 또 는 신라인이었다는 사실을 알고 있는 것이다.

더욱 더 놀란 사실은 이들 문자가 모두 단군조선 때 사관(史官) 신지(神 志)의 비사(秘詞)에서 비롯되었다는 사실이다. 춘원은 그 때 이미 《삼국 사기》를 통독하고 최치원이 지었다는 〈난낭비 서문〉에 나오는 “이 나 라에 본시 현묘지도가 있었으니 이름하여 풍류”(國有玄妙之道 曰風 流)라 한 말의 뜻을 알고 있었던 것이다. 《삼국사기》의 최치원 열전을 읽어보면 "고구려 백제가 전성기에 강병 백만으로 남쪽으로는 오월(吳越)을 침공하고 북으로는 유연제노(幽燕齊魯)의 강역을 흔들어 중국의 큰 두통거리가 되었으며 수나라 황제가 멸망한 것도 요동을 정벌하여 고구려와 싸우다가 패전한 때문이다"(高麗百濟全盛之時 强兵百萬 南侵吳越 北撓幽燕齊魯爲中國巨蠹 隋皇失驕 由於征遼)라 하였다. 강단 사학자들은 이 부분을 사실이 아니라 보고 있다. 그러나 이북에서는 이 기록을 믿고 있다.

"아무나 인문학을 하나" 하는 날이 왔다

요즘 "아무나 하나?" 하는 말이 유행하고 있는데 문학을 하려면 '문·사·철'을 공부하여야 하니 하나 하기도 어려운데 셋이나 공부하여야 하니 정말 아무나 공부할 수 있는가. 그러나 '문·사·철'은 동서양을 막론하고 본시 하나였다. 그래서 셋을 하나로 알고 공부하여야지 그렇지 않으면 '문사철' 어느 하나도 완벽하게 공부할 수 없다.

최근 한 철학자가 필자에게 전화해서 급해서 그러니 역사 자료 하나를 찾아 달라고 부탁하였다. 철학을 하다 보니 역사를 알아야 했던 것이다. 역사도 마찬가지다. 역사 속에 철학이 들어가야 한다. 그렇지 않으면 양념이 없는 찬, 반찬이 없는 밥상이 되어 버린다.

우리는 '문·사·철'을 따로 따로 공부해서는 안 된다. 이광수가 금강산 장안사의 승방에서 머리를 깎고 공부하였듯이 '문·사·철'을 함께 묶어서 공부하여야 한다. 역사 문학 철학이 본시 하나였기 때문이다. '문·사·철'은 각기 다른 과학이 아니었다. 하나의 학문이었던 것이다. 그걸 모르고 수백 년간 대학에서 다른 학문으로 가르쳐 왔으니 문학인들 제대로 될 것이며 역사와 철학인들 또한 제대로 되었을 것인가. '문·사·철'을 과학으로 착각하여 셋으로 갈라논 것이 원초적으로 잘못이었다.

최근 일본에서 250만부가 팔려나간 《국가의 품격》이란 책의 저자가 의외로 수학자였다. 그런데 그의 결론은 수학 공부를 시키지 말라는 것이었다. 수학보다 무사도를 익히는 것이 더 중요하다고 결론지었다. 일본의 무사도는 한국의 퇴계학이 바다를 건너간 '선비학'(君子學)의 아류요, '문·사·철'이었다. 수학자가 수학을 중요한 학문이 아니라고 하였으니 이상하다고 생각했더니 그의 부모가 모두 이름난 일본의 문학자였다.

앞으로 '문·사·철'을 하나로 공부한 학생이 우대받고 '문·사·철'을 알지 못하고 졸업한 학생이 푸대접받는 날이 올 것이다. 아니 벌써 오고 있다. 비단 정계뿐만 아니라 관계 학계 의학계 등 모든 분야에서 '문·사·철'이 우대받고 '문·사·철'을 공부하지 않은 사람은 그 어디에도 환영받지 못하는 시대가 오고 있는 것이다. 아마 곧 영어만 잘하는 사람은 옛 나라처럼 역관(중인)으로 떨어지는 날이 올 것이다. 그러나 그 날이 오기 전에 문학과 역사학과 철학이 하루 속히 하나가 되어야 할 것이다.

인문학의 쇠퇴로 인하여 나라가 망해가고 있다. 아니 세계가 망해가고 있는 것이다. 2035년에 미국이 망한다고 하니 22년밖에 남지 않은 것이다. 미국이 망해도 우리까지 망할 필요가 없다. 우리는 살아야 한다.

잘못된 산맥체계 그대로 굳힐 것인가

_ 일제에 의해 잘못 매겨진 이름 바로잡아야

배 우 리

우리나라 사람들이 '산맥(山脈)' 이란 말을 많이 써 오게 된 것은 일제 강점기 이후부터이다. 그 이전에는 일반 용어인 '산줄기' 란 말을 많이 써 왔고, 풍수 등에서 '지맥(地脈)' 이란 말을 많이 써 왔는데, 이는 '산맥' 이라는 개념과는 조금 차이가 있었다. 그리고 지도에서는 '대간', '정간', '정맥' 등의 용어로 산줄기를 설명했다. '산맥' 이란 말은 지금의 우리 국어사전에서 다음과 같이 풀이해 놓고 있다.

- 산맥 : 산줄기(산지가 좁고 길게 연속되어 있는 지형).
- 산줄기 : 뻗어 나간 산의 줄기. 동의어 '산발', '산발' 과 같은 말.

그러나 일제의 한반도 강점 이후로 '산맥' 이란 말은 버젓이 우리말(일반 용어)로 크게 자리잡아 우리 귀에 익숙하게 되어 갔다. 일제는 이

배우리 _ 서울 마포 출생(1938년). 옛 이름은 상철(相哲). 출판사 편집장. 이름사랑 원장. 땅이름 관련 TBC방송 진행. KBS 생방송 고정출연. 한글학회 이름 관련 심사위원. 기업체 특별강연. 연세대학교 강사(8년). 국어순화 추진위원. 한국땅이름학회 회장 · 명예회장. 국토해양부 국토지리정보원 위원. 국토해양부 국가지명위원. 서울시 교명제정위원. 중앙지명위원회 위원. 자유기고가협회 명예회장. 이름사랑 대표. 저서《배우리의 땅이름 기행》(2006),《우리 아이 좋은 이름》(2008) 외 땅 이름 관련 10권.

‘산맥’이란 말을 지리 용어로도 사용, 우리 국토의 산줄기에 ‘함경산맥’, ‘광주산맥’ 등의 이름을 붙여 버렸다. 이렇게 해서 원래 우리가 많이 사용해 오지 않던 ‘산맥’이란 말이 이젠 우리의 통상 용어로 널리 자리잡게 되었다.

이제 일제 때부터 버릇들여온 이 ‘산맥’이란 말을 이제 우리는 ‘산줄기’나 ‘정맥’ 같은 말로 대체할 수는 없을까? 아직도 교과서 등에 많이 남아 있는 ‘산맥’이란 말을 ‘산줄기’로 바꿔 쓰는 것이 그리 어려운 일일까? 그리고 지상의 지형과 크게 다른 요즘 지도의 산맥선을 땅모양(형세)와 일치한 모습으로 다시 그릴 수는 없는 것일까?

북한에서는 지리 용어로 ‘산맥’ 대신 ‘산줄기’란 말을 사용한다. 북한 지도에서 지금은 ‘~산맥’식의 이름을 찾아볼 수 없다.

지질 개념의 왜색 산맥 이름

우리는 일제에 의해 물들여진 우리 산하의 이름들을 그대로 놓아두어서는 안 된다. 우리 땅엔 우리식의 이름이 자리잡아야 하기 때문이다. 백두대간을 중심으로 하여 뻗은 우리 국토의 산줄기 이름은 일제에 의해 ‘~산맥’식으로 이름이 붙어 나갔다.

그러나 우리 국토의 지형 관련 내용을 옛 문헌들을 중심으로 하여 살펴보면 우리 조상들이 이름난 산줄기에 ‘대간(大幹)’이나 ‘정간(正幹)’ 또는 ‘정맥(正脈)’이란 말을 써 왔음을 알 수가 있다. 그래서 요즘 우리 학계 일부에서 ‘백두대간(白頭大幹)’이나 ‘호남정맥(湖南正脈)’들로 산줄기 이름을 공식화하자는 주장이 일고 있는 것이다.

일본은 지질(地質) 개념의 산줄기를 지도에 이름으로 나타냈지만, 우리는 지형(地形) 개념으로 산줄기를 지도에 나타냈다. 그래서 일본식의 지도에서는 산줄기가 강―하천을 그냥 지나는 것으로 지도상에 나타내고 있으나, 우리는 어디까지나 땅모양을 기본으로 하기 때문에 옛 지도에서는 절대로 산줄기가 하천을 지나는 일이 없다.

예를 들어, 일본식 지도에서는 광주산맥이 금강산 북쪽에서부터 뻗어 내려 한강 줄기를 넘어 아산만쪽으로 향하는 것으로 되어 있으나, 우리 옛 지도에서는 한북정맥(漢北正脈)이 한강 줄기와 임진강 줄기 사이로 뻗어 내려 절대 하천을 넘지 않는 것으로 되어 있다.

우리 한반도의 큰 동맥이라 할 수 있는 백두대간은 개마고원을 따라 서남쪽으로 흐르다가 동해안을 따라 동남쪽으로 뻗어 내리고, 태백산 부근에서 다시 서남쪽으로 꺾여 지리산까지 이른다. 그리고 이 큰 줄기를 중심으로 해서 여러 개의 산줄기들이 가지를 치고 있다. 따라서 한반도 내에서의 어느 산이나 이어진 줄기를 따라 가게 되면 백두대간의 어느 한 부분에 이르고 이를 따라 계속 북쪽으로 가면 어느 하천도 건너지 않고 백두산에 이르게 된다. 많은 학자들은 우리 조상의 지형 개념의 산줄기 개념이 보다 과학적이고, 산줄기 이름이나 모든 지리 용어가 일본식으로 된 점을 지적하고, 지금부터라도 교과서를 우리식으로 바로잡아야 한다고 주장하고 있다.

백두대간을 뿌리로 하는 이 땅의 산줄기

백두대간(白頭大幹)은 백두산에서 시작해 동쪽 해안선을 끼고 남쪽으로 흐르다가 태백산 부근에 이르러 서쪽으로 기울어 남쪽 내륙의 지리산까지 이르는 거대한 산줄기이다. 따라서 백두대간은 이 땅을 대륙과 이어주는 뿌리이자 줄기라고 할 수 있다. 민족의 영산인 백두산(白頭山)에서 시작하여 남쪽으로 흘러 지리산(智異山)에서 마무리짓는 백두대간은 우리 국토를 동과 서로 크게 갈라놓은 산줄기의 이름으로 현재 우리의 전통 지리관을 상징적으로 표현하는 용어로 자리를 굳혀 가고 있다.

조선시대의 문헌에는 우리나라의 산줄기를 각각 1개의 대간(大幹)과 정간(正幹), 13개의 정맥(正脈)으로 정의하였다. 즉, 백두산에서 시작되어 갈라진 산줄기는 모든 강의 유역을 경계지었고, 동해안, 서해안으로 흘러드는 강을 양분하는 큰 산줄기를 '대간', '정간'이라 하였다. 그로부터 갈라져 각각의 강을 경계 지은 분수산맥(分水山脈)을 '정맥'이라 하였다. 이는 '산자분수령'(山自分水嶺)이라는 원리를 따른 것이다. 즉, "산이 곧 분수령으로, 산은 물을 넘지 못하고, 물은 산을 건너지 않는다"는 원리에 근거한 것이다. 이러한 인식은 조선 초부터 지도상에 반영되어 왔으며, 18세기 지리학자인 여암(旅庵) 신경준(申景濬)의 영향을 받은 이가 지은 것으로 추정되는 〈산경표(山經表)〉에서 체계적으로 정립되었다.

이후 19세기에 고산자(古山子) 김정호(金正浩)가 심혈을 기울여 완성한 〈대동여지도〉는 이를 시각적으로 표현한 대표적인 지도라 할 수 있다.

백두대간의 총 길이는 1625여km. 이 대간은 백두산에서 시작하여 남동으로 뻗어내리다가 동해안을 따라 다시 남서진하여 원산만에서 ㄴ자형으로 구부러져 역시 동해안을 따라 흘러내리다가 소백산 지점에서 남서진하여 한반도의 중앙을 활 모양으로 가로질러 지리산에 이른다. 지금의 우리 교과서에 의한 지리 지식에 따르면 마천령산맥 일부─함경산맥 일부─낭림산맥 일부─태백산맥 일부─소백산맥 일부를 잇는 선에 해당한다(남한 구간은 지리산에서 향로봉까지 약 690km).

이 대간에는 북쪽의 2000m급 고봉들과 금강산, 설악산, 태백산, 속리산, 덕유산 등의 명산을 품고 있다.

대간을 중심으로 여러 갈래로 뻗어 나간 산줄기들은 각지의 언어, 습관, 풍속 등을 크게 구분 짓는 지역 경계선이 되었다. 역사적으로 볼 때는 이 대간을 경계로 하여 부족국가의 영역을 이루었고, 삼국의 국경을

비롯한 조선시대의 행정 경계가 되었다. 현대에 이르러서도 도(道) 경계
가 되는 등 각 지방의 분계선이 되었다. 따라서 백두대간은 이 땅의 지
세(地勢)를 파악하고 지리를 밝히는 근본이 된다.

산줄기 이름은 우리 것이 더 정확

이 땅의 산줄기 이름은 우리의 전통 지리에서는 '～대간', '～정맥'
식으로 정확히 지형상의 산줄기 개념으로 정해져 있었으나, 일제는 이
를 '～산맥' 으로 통일, 그 구간도 지형상 개념이 아닌, 지지상의 개념
으로 구간을 설정하여 자기들 식으로 이름을 붙여 나갔다

우리의 대간, 정맥 등이 어떻게 달리 정해졌는가를 살펴본다.

① 백두대간 → 마천령산맥＋함경산맥＋태백산맥＋소백산맥

백두산부터 함경도 단천의 황토령, 함흥의 황초령, 설한령, 평안도
영원의 낭림산, 함경도 안변의 분수령, 강원도 회양의 철령과 금강산,
강릉의 오대산, 삼척의 태백산, 충청도 보은의 속리산을 거쳐 지리산
까지 이어지는 대동맥으로 국토를 남북으로 종단하는 산줄기이다.

그러나 일제는 이 줄기를 하나의 줄기로 보지 않고, 함경도쪽의 줄기
는 마천령산맥과 함경산맥으로, 강원도 동해안쪽에서는 태백산맥으
로, 내륙의 지리산 방향의 줄기는 소백산맥으로 갈라 붙였다.

태백산맥을 동해안에서 부산쪽까지 내려 그렸는데, 이 줄기는 백두
대간의 줄기로 보아서는 그 지맥에 불과할 뿐이다. 또, 태백산맥이란
이름의 뿌리가 된 태백산(太白山)도 실제 그들이 설정한 산맥상에 들어
있지 않다. 태백산맥을 지금의 교과서 등에는 이렇게 설명하고 있다.

"함경남도 안변군(安邊郡) 황룡산(黃龍山, 1268m)에서 시작하여 부산 다
대포(多大浦)까지 뻗은 산맥. 길이 약 500km, 평균 해발고도 800m. 중앙
산맥 · 해안산맥 · 내륙산맥의 3줄기로 나누어져 있다."

그러나 '태백산맥'이란 이름은 맞지 않고, 그 구간 설정도 애매하다. 실제 이 구간에 있다고 하는 '태백산(太白山)'은 설정 구간 중의 산줄기에 위치해 있지 않다. 따라서 이 산맥은 '백두대간'의 일부에 속할 뿐이다. 또 경상북도 동해안까지 계속 이어 부산 근처까지 산줄기를 이어 나간 것으로 구간을 정해 '태백산맥'이라고 하는 것도 이상하다. 왜냐하면 이 구간의 큰 줄기는 강원도의 동해안을 따라 흘러내리다가 경상북도 영주 근처에서 남서쪽으로 뻗어 내륙으로 들어가기 때문이다. 소백산맥도 지리책 등에는 강원도 남쪽(영주 근처)에서 시작하여 남서로 뻗어 내리다가 전남 해안까지 뻗어 나간 것으로 그려져 있으나 '소백산맥'에 해당한다는 줄기는 실제로 전남 남서지방까지 가질 않는다. 따라서 이 산맥도 백두대간의 일부일 뿐이다.

② 장백정간(長白正幹) → 함경산맥(일부)

장백산에서 시작, 함경도의 경성, 회령, 경흥의 여러 산을 지나 서수라곶산까지 함경도를 동서로 관통하는 산줄기이다.

일제는 이를 함경산맥의 일부로 정의하였다.

③ 낙남정맥(洛南正脈) → 산맥으로 정의하지 않음.

지리산 남쪽 취령으로부터 경상도의 곤양, 사천, 남해, 함안, 칠원, 창원을 지나 김해로 이어지는 동쪽으로 향한 산줄기로 낙동강과 남강 이남 지역의 산줄기이다.

일제는 이 정맥을 '산맥'으로 정의하지 않았다.

④ 청북정맥(淸北正脈) → 강남산맥

백두대간의 낭림산에서 시작, 평안도 강계의 적유령, 삭주, 철산, 용천을 지나 의주의 미곶산에 이르는 서쪽을 향한 산줄기로, 청천강 이북 지역에 해당함으로 청북정맥이란 이름이 붙었다.

일제는 이 근처에 강남산맥(江南山脈)이란 산맥을 그려 넣었는데, 지금의 청북청맥의 줄기 모습과는 상당한 차이다 있다(북한에서는 이 강남 산맥을 인정하지 않는다).

⑤ 청남정맥(清南正脈) → 낭림산맥(줄기가 애매함)

낭림산으로부터 평안도의 영변, 안주, 자산을 거쳐 삼화의 광량산까 지 이어지는 서남향의 산줄기로, 청천강 이남 지역이 이에 속한다. 이 근처의 '낭림산맥(狼林山脈)'을 지금의 북한 자강도(慈江道) 중강군(中江郡) 중지봉(中支峰, 1086m)에서 시작하여 함경남도 만풍산까지 뻗은 산맥이 라 정의하고 있다. 그러나 그 줄기가 모호하다. 북한에서는 이 근처를 지나는 산맥을 '등마루산줄기' 라 한다.

⑥ 해서정맥(海西正脈) → 멸악산맥

강원도 이천(伊川)의 개연산에서 시작하여 황해도의 곡산, 수안, 평산, 송화, 강령의 장산곶까지 황해도로 뻗은 산줄기이다.

일제는 비슷한 위치에 선을 그어 이를 '멸악산맥(滅惡山脈)' 이라 했다.

⑦ 임진북정맥(臨津北正脈) = 예성남정맥(禮成南正脈) → 추가령지구대

임진강과 예성강 사이에 있는 산줄기로, 이천의 개연산에서 시작하 여 서남쪽으로 흘러 황해도 신계, 금천, 경기도 개성을 거쳐 풍덕에 이 르는 산줄기이다. 일제 때 지리 교과서의 추가령지구대(楸哥嶺地溝帶)가 이 산맥의 선과 거의 일치한다.

⑧ 한북정맥(漢北正脈) → 광주산맥(일부)

백두대간의 분수령에서 시작, 강원도 김화, 경기도 포천의 운악산, 양주의 홍복산, 도봉산, 삼각산, 노고산을 거쳐 고양의 견달산, 교하의 장명산에 이르는 서남으로 뻗은 한강 북쪽의 산줄기이다. 일제는 광주 산맥(廣州山脈)을 이곳에 그려 넣고, 그 줄기를 한강을 뛰어넘어 경기도 서남지역까지 뻗혀 그렸다. 그러나 실제 이 줄기는 지형상으로 북한산 (北漢山)에 와서 그 줄기를 멈추고 있어 그 한강 남쪽의 '광주(廣州)' 라는

땅이름을 딴 이 '광주산맥' 이란 이름이 어울리지 않는다.

⑨ 낙동정맥(洛東正脈) → 태백산맥(일부)

태백산에서 시작하여 경상도 울진, 영해, 청송, 경주, 청도, 언양, 양산, 동래까지 이어지는 남쪽을 향한 낙동강 동쪽의 산줄기이다.

일제는 이를 태백산맥의 남쪽 부분 줄기로 정의하고 있으나, 백두대간의 본줄기가 아닌 그 지맥일 뿐이다.

⑩ 한남정맥(漢南正脈) → 차령산맥(줄기를 달리 그림)

속리산에서 시작, 충청도 회인, 청주, 괴산, 음성, 죽산에 이르는 산줄기이다. 일제는 이 줄기를 산맥의 개념으로 보지 않았다. 이 근처에 차령산맥(車嶺山脈)이 지나는 것으로 했는데, 실제, 지형상으로는 차령산맥이 존재하지 않는다. 지금까지는 이 산맥을 오대산(五臺山)에서 시작하여 남한강을 건너뛰어 충북과 경기도의 경계를 지나 충남 중앙부를 북동에서 남서방향으로 뻗어 서해안의 보령(保寧) · 서천(舒川)에 이른다고 정의해 왔다. 차령(車嶺)은 충남 공주 근처에 있는 고개.

⑪ 한남정맥(漢南正脈) → 산맥으로 정의하지 않음

경기도 죽산의 칠현산으로부터 서북쪽으로 돌아 안성, 용인, 안산, 인천을 거쳐 김포의 북성산에서 멈춘 한강 남쪽의 산줄기이다. 일제는 이 줄기를 산맥으로 정의하지 않았다.

⑫ 금북정맥(錦北正脈) → 산맥으로 정의하지 않음

죽산의 칠현산에서 시작하여 경기도 안성, 충청도의 공주, 천안, 청양, 홍주, 덕산, 태안의 안흥진에 이어지는 금강 북쪽의 산줄기이다.

일제는 이 산맥을 산맥으로 정의하지 않았다.

⑬ 금남호남정맥(錦南湖南正脈) → 소백산맥(일부)

백두대간의 장안치에서 전라도의 남원, 장수, 진안에 이르는 서북 방향의 산줄기이다. 일제는 이를 소백산맥의 일부로 정의하였다.

⑭ 금남정맥(錦南正脈) → 산맥으로 정의하지 않음

진안의 마이산으로부터 북쪽으로 뻗어 전라도 진안, 충청도 금산, 공주, 부여에 이르는 금강 남쪽의 산줄기가 이에 속한다.

일제는 이 산맥을 산맥으로 정의하지 않았다.

⑮ 호남정맥(湖南正脈) → 노령산맥(일부)

진안의 마이산에서 시작, 전주, 정읍, 장성, 담양, 광주, 능주, 장흥, 순천, 광양의 백운산에 이르는 산줄기이다.

일제는 이를 노령산맥(蘆嶺山脈)의 일부로 정의하였다.

이와 같이 우리의 정맥과 일제 때의 산맥은 상당한 차이가 있다. 즉, 일제 때의 산맥 지도는 그 그림 자체도 실지와 많이 틀리지만 거기에 붙여진 그 그림의 제목도 전혀 맞지 않는 셈이다.

'산맥' 이란 이름은 20세기 초부터 많이 사용

지금 우리 학생들이 공부하고 있는 사회과 부도나 지리부도에서 지형도를 보면 산줄기를 모두 '산맥' 으로 표기하고 있다. 즉 태백산맥, 광주산맥, 노령산맥 이런 식이다. 마천령산맥이라 하여 백두산에서 남동쪽으로 동해안까지 선을 그어 놓고 있고, 태백산맥이라 하여 원산쪽에서 울산까지 동해안을 따라 길게 선을 그어 놓고 있다.

그런데 문제는 이들 산맥 중에는 전혀 산줄기가 이어져 있지 않음에도 선을 그어 '～산맥' 식으로 버젓이 이름을 붙여 놓고 있는 것이다.

한 예로, 금강산 근처에서 시작하는 광주산맥은 크게 남서쪽으로 대각선을 그으면서 서해안까지 그어 놓고 있고, 차령산맥도 그 남쪽으로 그와 거의 평행선을 그으면서 충남의 칠갑산 방향으로 뻗혀 놓고 있는 것이다. 19세기까지 우리나라에는 '산맥' 이란 낱말을 별로 쓰지 않았다. '산맥' 이란 말은 20세기 초 일제에 의해 우리나라에 들어와 본격적으로 사용되었다.

일본 동경제국대학의 '고토분지로'(지질학자)는 1900년부터 1902년 사이에 우리나라를 두 차례 왔다. 그리고 우리나라의 지세와 산줄기를 연구한 결과를 1903년에 발표하였다. '야쓰쇼에이'가 1904년 일본에서 '한국지리'를 출판할 때, 지형 부문은 이 이론의 틀을 그대로 옮겨 실었다. 이 '한국지리'는 다른 한국지리 관련 서적과 함께 일본 기업과 민간인들의 국내 시장 침투, 그리고 일제의 식민지 지배화 야욕 속에서 발행되었다.

이것은 현재도 일본이 세계 수십 개국의 국토 지리 교과서를 일본어로 번역 발행하여 공급하고 있는 것과 비교가 된다. 1908년에 나온 우리나라의 지리 교과서 〈고등소학 대한지지〉는 일본에서 먼저 발행된 이 '한국지리'와 편집 체제에 큰 차이가 없고 지형 부문도 거의 같다.

일본인들의 필요에 의해 쓰여진 지리서가 우리나라에 들어오고, 이것은 일본에 의해 일방적으로 지리 교과서에 그대로 받아들여졌다. 이에 최남선이 주도하고, 장지연 등이 실무자로 있던 '조선광문회'에서 위기의식을 느껴 '우리나라 고전을 보존, 널리 퍼뜨리겠다'는 목적 아래 많은 지리서 중 1913년에 가장 먼저 〈산경표(山徑表)〉를 간행하였다. (이 책의 출판 배경에는 일본인 학자들에 의해 왜곡되어 가는 우리나라 산줄기의 갈래와 이름을 바로잡기 위한 민족적 저항 의식이 깔려 있다.) ※ 자료 이용 : 노웅희와 박병석의 글

일제 때 그려진 지형도들에선 산줄기 부분을 '산맥'으로 표기하며 선을 그어 표시하였는데, 우리 땅 실제의 땅모양과는 너무도 많은 차이가 난다. 분명히 산줄기가 없는데도 선을 그어 산맥 이름을 적어 놓고 있는 것이다. 지도에 표기된 광주산맥과 차령산맥을 따라가 보면 이상하게 강과 교차하는 곳을 여럿 만나게 된다. 즉, 이 두 산맥은 한강을 그대로 가로지르는 것이다. 과연 산줄기가 강을 건널 수 있을까? 전혀

그럴 수가 없다. 그런데도 이처럼 '산맥'이라는 이름으로 우리 국토의 지형을 이해시키고 있는 것이다.

일제 강점기 일본인 지질학자 '고토분지로'는 차령(車嶺)이 소속한 산세의 흐름이라 하여 차령산맥(車嶺山脈)으로 분류하였다. 그러나 광주산맥이 없듯이 차령산맥도 역시 없다. 산세가 분명히 남한강으로 끊기어 있음에 이를 산맥이라 할 수는 없다.

10여 년 전에 한국하천연구소의 이형석 소장, 그리고 함께 국토 지리를 연구하는 동료들과 함께 한강 탐사를 한 바 있다.

강원도 태백시 금대봉 골짜기에서 시작한 한강(남한강)의 본류를 따라 뗏목 탐사를 한 것인데, 이 탐사를 통해서 전혀 이해할 수 없는 옛 지식과 충돌해야 했다. 즉, 물은 산줄기를 넘지 않는다는, 지극히 고정된 상식으로는 한강이 그 어떤 산맥이든 넘을 수가 없는데, 지도상으로 보면 큰 산맥을 두 개나 넘어야 했던 것이다. 그 하나는 차령산맥이고, 다른 하나는 광주산맥이다. 분명히 지도에는 두 산맥이 존재했는데, 지도상으로 이 산맥을 넘지 않으면 전혀 한강 줄기를 따라 하류로 계속 갈 수가 없는 것이다. 그런데도 4박5일의 긴 탐사 끝에 김포 애기봉 근처의 조강(祖江)까지 별 사고 없이 올 수가 있었던 것이다. 지도상으로 보면 이 탐사에서 나는 두 개의 산맥을 지난 것인데, 실질적으로 우리 탐사대는 한강 줄기를 따라 어느 산줄기이건 넘은 일이 없다.

이 얼마나 큰 모순인가? 산줄기는 강을 건널 수 없고, 물줄기는 강을 넘을 수 없다는, 지극히 상식적인 개념으로는 이 실지 상황을 전혀 이해할 수가 없다. 이로 미루어, 일제 때에 정착된 '산맥' 개념은 지형(地形)의 개념에서 그어진 것이라기보다 지질(地質)의 개념에서 그어진 것이라고 보는 것이 옳다. 그러나 이러한 개념은 산맥을 단순히 '높은 지대가 선처럼 계속 이어진 것'이라고 생각하기 쉬운 상황에서 자칫 큰 오류를 일으키기 쉽다. 이러한 상황은 지형도를 통해서 보면 더욱 자세하게 짐작할 수가 있다.

지금의 국어사전에 많은 산이 길게 이어져 줄기 모양을 하고 있는 산지를 '산줄기'라 했는데, 지금의 지도에서와 같이 광주산맥이나 차령산맥처럼 그어진 선을 어찌 '산맥'이라고 할 수 있을까? 그렇게 이어진 긴 산줄기와 한강과 같은 큰 강이 교차된다는 것을 어떤 논리로 설명해야 할까?

지금의 학생들도 대부분 현 산맥 체계에 의문 가져

지금의 수학자(修學者)들은 우리나라 산맥 체계에 관해서 어떤 생각을 하고 있을까 궁금하여 인터넷을 통해 자료를 검색해 보니 한 대학교에서 설문지를 통해 나온 데이터가 눈길을 끌었다.

"여러분들은 우리나라 산맥 체계에 대해 이상하게 생각해 보신 적이 있으십니까? 만약 있다면 그 이유를 적어 주시기 바랍니다"라는 설문이었는데, 학생들의 거의 반 정도가 '이상하게 생각했다'라고 답변을 했다. 설문에 참여한 학생은 모두 282명. 이 중 29%만 이상하게 생각한 적이 없다고 했고, 42%가 이상하게 생각했다고 대답했으며, 27%는 모르겠다고 대답을 했다. 많은 학생들은 '이상하게 생각했다'라고 생각했지만, 그렇게 대답하면 그 이유를 적어 달라고 해서 귀찮은 생각에 '모르겠다'나 '이상하게 생각한 적이 없다'는 부분을 선택했을 수도 있다고 보아야 한다. 따라서 우리나라 젊은이들(특히 학생들)의 반 이상은 우리 한반도의 산맥 체계를 이상하게 보고 있는 것이다.

이 얼마나 우리가 주목할 만한 문제인가?

'이상하게' 생각한 학생들 중에는 '산맥이라는 것을 지상에서 죽 이어진 산줄기가 산맥 지도에서는 왜 달리 나와 있을까 하는 의문이 대부분이었다.

－ '산맥'이라는 단어에서부터 '맥'이라는 흐름이 끊김이 없어야 하지 않을까요? 그런데 현재 산맥 체계에서는 막 뚝뚝 끊어져서 그려져 있더라구요. 그래서 의아했습니다.(권주형)

－예로부터 산줄기라는 표현을 하면서 산과 물은 끊어지는 것이 아니라 했는데, 태백산맥 체계는 각각 산맥이 잘려 있거든요. 다분히 좋지 않은 의도가 있는 것이 아닐까 생각해 보았습니다. 일제가 쇠말뚝을 박으며 우리의 산맥의 혈을 차단하려 한 것이 드러났을 때 산맥 체계도 이상하다 생각했습니다.(한상민)

－일제시대에 일본식으로 만들어진 게 아직까지 쓰이고, 뭐 그런 일은 아닌지?(안창후)

－내가 고등학교 때 배운 산맥들은 모두 끊어져 있었는데 어떻게 이어질 수가 있지?라는 생각은 했었지만(박준상)

－이런 산맥 체계는 기본적인 지리 인식에서부터 출발한다고 봐야 할 거 같은데요~! 잘은 모르지만… 고서들 속에서 깊이 잠들어 버린 백두대간 산맥 체계에 대해서 깊게 알아봐야겠습니다.(김수민)

－일단 우리나라는 '백두대간'이라 해서 산맥체계가 연결되었다고 배웠는데 실제로 지도를 보면 그렇지 않기 때문입니다~(권주형)

－산맥이 끊길 이유가 없는데 지도상에서는 실선 같은 걸로 끊어져서 그려져 있는 것이 이상하게 생각되었었지요.(윤보람)

북한에서의 산맥 체계 정비

북한 과학원 지리학연구소에서는 1990년대 중반에 《조선의 산줄기》라는 책을 펴낸 바 있다. 이 연구소는 1994년 8월부터 이듬해 말까지 우리나라 지리와 산줄기 체계에 대한 전면적인 조사와 재검토 작업을 벌여 산줄기 체계를 새로 정립했다.

북한 과학원 지리학연구소가 90년대 중반 우리나라 지리와 산줄기에 대한 전면적인 조사와 재검토작업을 벌여 산줄기 체계를 새롭게 정립하고 그것을 한 권의 책에 담아 펴낸 지리서이다. 크라운판 크기에 두께는 150여 쪽으로 99년 과학기술출판사에서 발간됐다. 총 4개장과 부록 및 참고문헌으로 구성되어 있다.

북한에서 낸 《조선의 산줄기》는 책머리에서 1994년 8월부터 이듬해 말까지 지형·지질조사자료와 인공위성 정보자료, 수많은 역사자료를 전면적으로 분석－검토하고 현지답사를 통해 우리나라 산줄기 형성과 변화 과정을 새롭게 해명했다고 밝히고 있다. 이 과정에서 백두산에서 시작해 두류산을 지나 태백산을 거쳐 지리산 줄기의 구재봉(경남 하동)까지를 잇는 산줄기가 하나로 이어져 있으며 이것이 우리나라 척량(脊梁 : 등성마루) 산줄기라는 것을 과학적으로 확증했다고 주장하고 있다. 북한은 이 산줄기를 '백두대산줄기'로 명명했다. 총길이는 1470km(3760여 리), 평균 높이는 1170m.

이 책에 따르면 백두대산줄기에는 북서－남동 방향 또는 북동－남서 방향으로 8개 산줄기가 속해 있는데, 백두산줄기, 부전령산줄기, 북대봉산줄기, 마식령산줄기, 철령산줄기, 태백산줄기, 소백산줄기, 지리산줄기가 이에 해당한다. 철령산줄기(623고지~깃대봉 : 강원도 안변·통천·회양)는 과거에 모르고 있다가 새로 확인했고, 내장산에서 달마산을 잇는 무등산줄기 등 7개는 새로운 이름으로 바꿨다. 또 낭림산줄기와 차령산줄기는 구간을 변경했고, 기존의 강남산줄기와 광주산줄기는 그 형태가 불분명하다 하여 없애 버렸다.

매사에 '주체'를 앞세우는 북한은 산줄기 체계와 이름에서도 '주체'를 확립하자는 것이었는지는 모르나, 책에서는 일제에 의해 왜곡된 우리나라 산줄기 체계와 이름을 바로잡아야 하기에 1990년대 중반 들어 우리나라 산줄기 체계에 대한 전면 재검토에 들어가게 된 것이라고 그 목적을 밝혔다.《조선의 산줄기》는 왜곡된 일제 잔재에 대한 반성으로부터 우리의 것을 우리 자신의 시각으로 새롭게 정립해 보고자 하는 노력의 산물이라는 점에서 충분한 가치가 있다고 보여진다.

산맥 체계의 정비는 바로 전통 지리를 바로잡는 것

우리가 산맥 체계를 바로잡고자 함은 일제 청산의 단순한 의미가 아니다. 또 그 동안 쌓아 온 지리학자들의 훌륭한 업적과 주장을 전면적으로 부정하는 것이 아니다. 국내 학자들은 광복 이후에 일인 학자가 만든 산맥 지도를 바탕으로 하기는 했지만, 이에 관한 꾸준한 연구를 해 오고 새로운 논문을 발표하고, 수정도 가하면서 이를 학계에 반영하고 이를 널리 알렸음도 부정하지 않는다.

우리 국민들의 대다수는 지리학자가 아니다. 따라서 단층 구조선이니 지질이니 하는 학문적 접근이 그리 쉽지가 않다. 고등교육을 받았어도 이러한 용어에 접하면 우선 머리부터 아파할 수 있다.

그러나 지리학자들이 말하는 그 '산맥' 이라는 개념과 일반인들이 생각하는 그 '산맥' 은 의미상으로 상당한 거리가 있는 것이 사실이다. 따라서 지리학자들이 지금의 산맥 체계가 절대로 잘못된 것이 아니라고 아무리 역설을 해도 그것이 일반 국민으로부터 '이해' 의 틀 속으로 끌어안기에는 너무나 힘이 부칠 수밖에 없다.

우선 '산맥' 이라는 용어에서 일반인들은 '지질 구조선' 이나 '성인(成因)' 과 같은 개념과 연결지어 생각하지 않는다는 점이다. 지상에 나와 있는 지형(땅모양)에서 산들이 연이어 있는 맥(脈) 형태의 모습을 '산맥' 으로 인식하고 있는 것이다. 땅 속이나 물 속에 감추어져 있는 그 맥까지 '산맥'에 연결지어 생각하는 사람은 별로 없다.

그리고 엄연히 국어사전에도 일반인들이 생각하는 그러한 뜻으로 풀이가 나와 있질 않은가? 강바닥이나 해저면이 어떻게 되어 있든, 그것은 일반인들의 지형(地形)의 개념에서 멀리 떠나 있는 것이다.

우리나라가 광복이 된 지 거의 70년이 다 되었다. 우리나라 지형지도(특히 산맥도)가 광복 이전의 그것과 거의 다름이 없다면 우리 지식인들이 그 동안 무엇을 해 왔는지 후세들로부터 탓을 들을 수도 있다.

한북정맥이니 낙동정맥이니 하는 이름을 그대로 쓰자는 것도 아니다. '정맥'이란 말을 쓰지 않더라도 지형도에서 쓰는 '산맥'이란 말도 바꾸는 것이 아닐까 한다. 어떻든 우리 조상들은 태백산맥이니 소백산맥이니 차령산맥이니 노령산맥이니 하는 말을 써 온 일이 없지 않은가? 이런 이름들은 일제 때에 탄생한 이름이라는 것은 분명함에 그 이름 자체에서 조금은 거부감이 든다.

산맥의 줄기 모양도 다시 그려야 할 필요가 있지만, 이젠 산맥(산줄기) 이름도 새롭게 붙여야 한다.

가톨릭이 말하는 평화란

변진홍

가톨릭에서 말하는 평화는 단순히 정치적 힘과 이해관계의 균형으로 이루어지는 현상유지상태를 뜻하지 않는다. 오로지 진리, 정의, 사랑, 자유라는 네 기둥 위에 세워지는 하느님 질서의 현실화를 말한다.

이런 의미에서 가톨릭교회가 선포하는 평화는 "단순히 전쟁이 없는 상태만도 아니요, 오로지 적대 세력간의 균형 유지로 전락될 수 없고, 전제적 지배에서 생겨나는 것도 아니다."

다시 말해서 그 평화는 이웃에 대한 사랑의 결과이며, 하느님이 원하는 질서 즉 보다 완전한 정의를 인간 사이에 꽃피게 하는 질서이다. 또한 이 평화는 한 번에 영구히 얻어지는 것이 아니라 항상 진리와 정의

변진홍(卞鎭興) _ 서울 출생(1950년). 가톨릭대학교 신학과 졸업. 서울대 대학원(석사), 한양대 대학원 졸업. 철학박사. 호남대학교 교수, 인천가톨릭대학교 교수 등을 거쳐 현재 가톨릭대학교 교수, 민주평통자문회의 종교인도지원위원회 위원, 천주교 서울대교구 민족화해위원회 상임위원, 천주교 주교회의 교회일치와 종교간대화위원회 위원, 한국종교인평화회의 사무총장 등으로 활동. 국민훈장 동백장 수훈. 저서《평양에 부는 바람》(1993), 통일사목에세이《겨레의 눈물》(2001)외 다수의 논문 발표.

그리고 사랑과 자유 위에 새롭게 건설되어야 하는 가톨릭의 종말론적 구원의 표지이다.

평화의 원천인 그리스도

인류의 구원을 위하여 자기 목숨을 바친 예수는 평화를 그 유산으로 남겼다.

"나는 당신들에게 평화를 주고 갑니다. 내 평화를 당신들에게 주는 것입니다. 내가 주는 평화는 세상이 주는 평화와는 다릅니다."(요한 14:27)

이 말의 참 뜻은 목숨을 내어준 사랑의 결실 그 결론이 평화라는 것이다. 그래서 이 평화는 세상이 추구하는 힘에 의한 평화와 본질적으로 구별된다.

사도 바오로는 그 의미를 이렇게 꿰뚫었다.

"그리스도는 우리의 평화이십니다. 그분께서는 당신의 몸으로 유다인과 이민족을 하나로 만드시고 이 둘을 가르는 장벽인 적개심을 허무셨습니다. …이렇게 그리스도께서는 세상에 오시어 멀리 있던 여러분에게도 평화를 선포하시고 가까이 있던 이들에게도 평화를 선포하셨습니다."(에페 2:14,17).

이 평화의 기쁜 소식을 전하고, 실현하는 것을 목표로 삼는 것이 가톨릭이다. 이를 위해 교황 바오로 6세는 1967년에 '세계 평화의 날' 을 제정하고, 1968년 1월 1일부터 그 뜻을 펼치는 세계 평화의 날 메시지를 발표하기 시작했다.

평화의 출발점 : 정의와 용서

교황 요한 바오로2세는 2002년 1월 1일 제35차 세계 평화의 날 메시지에서 "정의가 없으면 평화도 없고, 용서가 없으면 정의도 없다"고 호소했다. 정의와 용서는 양립할 수 없는 것처럼 보인다. 그러나 용서는 원한에 대립되는 것이지 정의에 대립되는 것이 아니므로 뚜렷이 구분되어야 한다는 것이다. 용서는 정의로써 채워지지 못하는 인간관계의 한계를 메우는 것이므로, '용서는 오히려 충만한 정의' 이다. 다시 말해서 용서가 인간적인 한계를 메우고, 용서를 통하여 인간관계의 회복과 완성을 가져올 때 비로소 용서하는 자가 승리하는 자가 되는 평화의 왕국이 건설된다.

'9.11테러' 의 비극은 '정의와 용서' 의 존립 의의를 붕괴시킬 만큼 인류사회에 큰 충격을 안겨주었다. 이런 의미에서 '9.11테러' 는 평화의 토대를 통째로 뒤흔들어 버린 폭거이다. 교황 요한 바오로2세는 이런 형태의 국제테러 행위가 바로 '정의와 용서에서 비롯되는 평화' 를 공격 대상으로 삼고 있다는 점을 상기시킨다.

정의와 용서를 무색하게 만드는 이런 테러 행위는 증오심과 불신을 부추겨 인간을 고립시킨다. 테러 집단은 자신들이 추구하는 목적과 아무 상관도 없는 무고한 사람들을 희생시킨다. 또한 이를 위해 무고한 사람들을 도구로 삼는다. 이는 생명 경시와 인간성 파괴의 극치이다. 따라서 그 결과는 무자비하고, 정의와 용서마저 침묵시킨다. 이처럼 정치 군사적 수단으로 이용되는 테러 행위는 그 자체가 인류에 대한 범죄이다.

교황 요한 바오로2세는 테러행위가 인류에 대한 범죄라는 점을 명확히 밝혔다. 그러나 "범죄의 직접적 책임은 언제나 개인적인 것이므로 테러 분자들이 소속되어 있는 국가나 민족, 종교로 그 책임을 확대해서는 안 된다"고 강조한다. 오히려 이러한 접근은 테러 집단이 광신주의에 물든 테러 분자들을 모으기 더 쉽게 만든다는 것이다. 이러한 방식

보다는 테러 집단이 명분으로 내세운 억압과 소외의 상황을 타개해 나가는 국제적인 협력을 강화해야 한다.

이러한 협력을 통해 "가난한 사람들을 위하여 행동한다는 테러 분자들의 주장이 명백한 거짓"이라는 것을 밝히고, 새로운 희망의 불꽃을 지펴 "불의가 결코 테러 행위를 정당화하는 구실이 될 수 없다"는 진리와 정의의 질서를 보여 주어야 한다.

테러 행위는 "자신의 진리관을 다른 모든 사람에게 강요해야 한다는 신념에서 생기는 광신적인 근본주의의 소산"이다. 광신적인 근본주의는 자신이 진리로 신봉하는 것을 무조건 다른 사람에게 폭력으로 강요하려 하므로 인간의 존엄성에 위배된다.

이런 의미에서 광신주의에서 비롯된 테러 행위는 인간만을 부당하게 이용하는 것이 아니라 그 신앙의 대상인 절대자를 부당하게 이용하는 것이 된다. 다시 말하면 그는 그 절대자를 자신의 목적을 위해 이용하는 우상으로 만들고 있는 것이다.

따라서 그 어떤 종교지도자도 신앙을 빙자한 테러 행위를 묵과해서는 안 되며, 더구나 이를 선동해서는 안 된다. 교황 요한 바오로2세는 "하느님의 이름으로 자신을 테러 분자로 선언하고 그분의 이름으로 다른 사람들에게 폭력을 행사하는 것은 종교에 대한 모독"이라고 엄숙히 선언했다. 이런 뜻에서 모든 종교지도자들은 종교 자체를 모독하는 테러 행위를 막기 위해 종교간 대화와 협력을 계속해야 한다.

제2부

욕심은 한이 없다

평양의 그 여인

송낙환

상당히 오래 전 일이다. 한창 평양을 오가며 통일운동에 열을 내던 시절의 이야기이다. 그때는 내 나이도 한창 팔팔할 무렵이니 그 일을 떠올릴 때마다 참으로 흥분되고 긴장되던 당시를 잊을 수가 없다. 고려호텔에 묵을 때였던가. 내가 머물던 곳이 아마도 20 몇 층이 아니었던가 싶다. 평양에 가 호텔에 묵으면 보통 여성 2명이 늘 함께 다니며 방 청소며 시트 교환 같은 일을 도와준다. 그때에도 40대 중년으로 보이는 여성 둘이서 늘 수수한 차림으로 찾아와 상냥한 웃음으로 인사하며 이 일 저 일 뭐 필요한 것이 없냐며 보살펴주곤 했었다.

그런데 어느 날인가. 야심한 밤으로 기억된다. 늘 둘이던 여성이 이날 따라 둘이 아니라 혼자서 나 홀로 자는 방을 찾아온 것이다. 그리고 그녀는 평소와 다르게 얼굴에 진한 화장을 하고 있었다. 묘한 기분이었

송낙환(宋洛桓) _ 사단법인 겨레하나되기운동연합 이사장. 한국수필가협회 회원. 평양꽃바다예술단, 겨레평생교육원, 겨레뉴스, 겨레몰 회장. 코리아미디어엔터테인먼트 회장. 민주평통 개성금강산위원회 위원장. 통일부 통일교육위원.

다. 자주 드나들던 평양이라 고려호텔의 분위기를 어느 정도 짐작하고 있던 나에게는 참으로 뜻밖의 일이 발생한 것이다. 남한 사람이 혼자 자는 방에 북한 여인이 혼자서 찾아온다는 것이 북한에서는 거의 불가능한 일이라 여기고 있었기 때문에 이 일은 나에겐 하나의 사건이었다.

긴장과 흥분이 교차되며 야심한 밤은 자꾸 더 깊어만 간다. 침대 옆에 다가와 미소 지으며 인사를 건네는 그녀의 얼굴을 쳐다보니 화장이 서툰 것이 얼굴에 밀가루 칠을 한 것 같고 입술은 마치 물감을 칠한 듯 어색한 원색 빨강이었다. 아마도 아직 화장품이 발달하지 못하여 제품의 질이나 그리고 화장을 하는 방법의 수준이 원시적인 상태가 아니었나 싶다. 나는 이런 여인을 더 좋아한다. 순수가 느껴지기 때문이다. 자본주의 사회에서 온갖 포장으로 덮인 꾸며진 아름다운 여인보다 있는 그대로의 천연 미인이 보다 훨씬 가슴을 설레게 하는 것은 아마도 나뿐 아니라 모든 남성들의 습성인지도 모르겠다.

그런데 그 여인이 하는 말,

"선생님 고려호텔이 A동과 B동으로 되어 있는 것을 아세요?"

"아니요, 모릅니다. 고려호텔이 그렇게 되어 있나요?"

"네 A동은 내국인용, 그리고 B동은 외국인용으로 씁니다. 지금 선생님이 묵고 계시는 곳은 B동입니다."

여기까지는 별로 특별난 것이 없는 뭐 일상적으로 나눌 수 있는 대화이다. 이렇게 일상적인 대화로 끝났다면 이 일이 뭐 호들갑을 떨며 오늘 이 글을 쓰는 소재가 되었겠는가. 그런데 그 다음이 문제다.

"선생님 A동을 한 번 구경해 보고 싶지 않으세요?"

뜻밖의 제안이었다. 밤은 깊어가고 사방은 적막한데 짙은 화장 냄새를 풍기는 한 여인이 어디론가 나를 데리고 가겠다고 제안을 해 온 것이다. 가슴은 방망이질이요 머리는 요동을 친다. 어떻게 할 것인가. 가

자고 할 것인가 말 것인가. 늘 평양에 갈 때마다 정해진 스케줄에 따라 정해진 곳만 볼 수 있었던, 그래서 일반 인민들이 사는 민가에 가서 평범한 인민들과 막걸리 한 잔만 하게 해달라고 평양에 갈 때마다 초청 당국에 부탁하곤 했던 나로서는 이때야말로 어쩜 그 소원을 이룰 수 있는 절호의 기회인지 모른다는 생각에 나는 A동을 구경시켜 달라며 그녀의 제안을 받아들였다.

"설마 죽이기야 할려고… 비록 분단은 되어 있을지라도 여기도 내 나라이고 여기 사는 사람들도 내 형제들인데……"

이렇게 중얼거리며 꼬불꼬불 어디론가 그녀를 따라 길을 나선다. 마치 사다리타기를 하는 것 같다. 몇 층에선가 엘리베이터에서 내리더니 한창을 걷다가 또 다시 엘리베이터를 타고 어느 건물을 오른다. 아마도 다른 건물로 온 것인가 보다 짐작을 하며 계속 그녀의 뒤를 따른다. 밤은 깊고 어두워 지나온 길을 기억하기가 어렵다. 이제 돌아가라고 해도 혼자서는 다시 B동을 찾을 수 없을 것 같다. 모든 것을 그녀에게 맡길 수밖에 없다. 이렇게 한참을 숨바꼭질하듯 돌다 어느 방 문 앞에 섰을 때 그녀는 선생님 잠깐만요 하면서 주머니에서 열쇠를 꺼내 방문을 열었다. 그녀가 스위치를 올리자 불이 들어오고 어두웠던 방이 밝아지며 그 면모를 드러냈다. 손님들이 자는 방보다는 작다. 거울이 붙은 경대가 하나 있고 그 경대 위에는 여느 여인들의 방에서나처럼 몇몇 화장품들이 놓여 있다. 경대 앞으로 침대가 하나 놓여있고 그 외로 나머지 공간이 별로 없는 작은 방이었다.

"선생님 이게 제 방입니다."

"……?!"

나는 멍하니 그녀의 얼굴을 올려다본다. 이게 대체 어떻게 된 일인가. 한 밤중, 그것도 다른 곳이 아닌 평양에서, 한 밤중에 초청인 측에서 정해준 숙소를 떠나 낯선 여인이 홀로 사는 이름 모를 방 안에, 그녀와 단 둘이서 들어와 있다니…….

그녀 역시 약간은 긴장한 듯한 미소를 띄우며 앉을 것을 권했다. 앉아도 침대뿐 앉을 공간이 좁은 작은 방, 나는 그녀와 함께 침대에 걸터앉아 그렇게 긴(?) 솔직한 남북의 대화를 시작했다. 바로 옆에 붙어 있듯 앉아 있는 그녀에게서 진한 원색적 화장품 냄새가 계속해서 풍겨온다. 야릇한 감정이 살아나며 40대로 한창이었던 나는 평양에서의 행복한 하룻밤을 그리며 상상의 나래를 펴고 훨훨 북한 땅을 날아다녔다.

그렇게도 그리던 평양에서의 한 개인과의 직접 만남이 이뤄진 것이 아닌가. 아무 시선도 없는 거침없이 단둘이서 어떤 대화도 나눌 수 있는 시간과 공간이 마련되고 있지 않은가. 나는 야릇한 감정을 떨쳐내고 정색을 하며 그녀에게 이런 것 저런 것들을 묻기 시작했다. 북한 인민들의 생활상, 체제에 대한 평가 등 예를 들면 집안에 살림살이가 뭐뭐 있느냐, 식사는 반찬을 뭐뭐 준비해서 먹느냐, 남편은 뭘 하는 사람이냐, 월급이 얼마나 되느냐 따위들을 질문하며 구체적인 북한인들의 삶을 짚어보고 있었던 것이다.

그녀는 비교적 솔직하게 당시의 북한의 실상에 대해 이야기해 줬던 것으로 기억된다. 자기 남편이 상당한 직위의 인물이지만 월급만 가지고 살기에는 너무 힘들다는 내용의 이야기도 했던 것으로 기억된다.

이렇게 한창을 솔직한 단 둘만의 남북대화를 진행하던 중 튀어나온 그녀의 한 마디가 정수리를 정면으로 겨냥하며 망치로 치듯 내리친다.

"선생님 오늘 밤 여기서 주무시고 가세요."

함께 밤을 새우자고 나를 믿는다는 듯 물끄러미 올려다보는, 안아주면 품에 꼭 안길 것만 같던 야윈 체구의 그녀를 오늘 이렇게 나이 들어 회상해 보면 그리움처럼 아련히 '사랑의 추억'으로 되살아난다.

인성교육(人性敎育)이 보다 중요하다
_ 2300년 전 《동이열전》을 새로이 인성교육 프로그램으로

신용선

우리 민족은 본디 순하고 평화를 사랑하고 예의 바른 민족이다. 주변국에 모범이 되고 부모에게 지극히 효도하는 민족이었다. 우리 민족 인성(人性)과 관련한 사료기록(史料記錄)을 통해 그것을 알게 된다.

약 2300년 전, 공자(孔子)의 7대손 공빈(孔斌)이 고대 한국에 관한 이야기를 모아서 쓴 《동이열전》(東夷列傳)을 살펴보면 "먼 옛날부터 동쪽에 나라가 있는데 이를 동이(東夷)라 한다. 그 나라에 단군(檀君)이라는 홀

신용선(辛龍善) _ 호는 죽림(竹林). 경기도 양평 출생(1959년). 경영지도사. 소상공인지도사. 국제무역사. 국립 강원대학교 경영학과 졸업, 동 경영대학원 글로벌경영학과(MBA) 재학. 동방그룹 기획조정실장. 신신그룹 그룹기획조정실장. ㈜다여무역 대표이사. (사)한국권투위원회 상임부회장. 피플코리아 경영고문. 강원정보통신 경영고문. 강원대학교경영학과총동문회장 등 역임. 현재 베터비즈경영컨설팅 대표. 한스코스리(주) 대표이사. 스리랑카정부 관광진흥청 프로젝트디렉터. 한국소기업소상공인연합회 자문위원. 한국산업경제신문 편집위원. 중소기업기술보호상담센터 전문가. (사)겨레얼살리기국민운동본부 운영위원. 공론동인회 편집위원. 지식경제기술혁신 평가위원. 경기도아마튜어복싱연맹 회장. (사)한국제안공모정보협회 회장 등으로 활동. 논문으로 'Z이론의 한국기업에 적용가능성' (백령경세, 1983), '한반도분단극복논리의 일반적 고찰' (백령경세, 1984), '공자의 사상에 관한 소고' (청운, 1983), '기업경영의 성패는 맨파워에 있다' (인산, 1990) 등 발표.

륭한 사람이 태어나니 아홉 개 부족 구이(九夷)가 그를 받들어 임금으로 모셨다. 소련(小連)과 대련(大連) 형제가 부모에게 극진히 효도하더니 부모가 돌아가시니까 3년을 슬퍼했는데 이들은 한민족의 아들 동이족의 후예였다. 그 나라는 비록 크지만 남의 나라를 업신여기지 않았고, 그 나라의 군대는 비록 강했지만 남의 나라를 침범하지 않았다. 풍속이 순후(淳厚)해서 길을 가는 이들이 서로 양보하고, 음식을 먹는 이들이 먹는 것을 서로 미루며, 남자와 여자가 따로 거처해 섞이지 않으니, 이 나라야말로 '동쪽에 있는 예의 바른 군자의 나라(東方禮儀君子之國)'가 아니겠는가"라고 하였다.

그리고 미국 천문학자이자 조선왕조 최초의 서양사절단으로 보빙사를 수행했던 미국인 '퍼시벌 로웰'(1855~1916)은 그의 저서에서 "한국을 조용한 아침의 나라(Choson, The land of morning calm)"라고 하였다. 또한, 1913년 노벨문학상을 수상한 인도의 시성 '타고르'(1861~1941)는 1929년 일본에 들렀다가 한국에도 들러달라는 동아일보기자의 요청을 받고 응하지 못해 미안하게 여기며 〈동방의 등불〉이라는 시를 동아일보에 기고하였는데 이 시의 모두에서 "일찍이 아시아의 황금시기에 빛나던 등불의 하나였던 코리아"라고 한국을 칭했다.

이런 아름다운 역사를 가진 우리나라에서 최근 보도된 일련의 청소년 범죄 사건들을 접하면서 어쩌다가 우리 청소년들의 인성이 이렇게까지 악(惡)하게 변했는지 개탄(慨歎)하지 않을 수 없다. 근간에는 가족을 살해한 범인을 잡고 보니 가족 중 유일하게 생존한 20대 초반의 아들이 범인이고, 부모다툼에 20대의 아들이 화난다고 현직 경찰관인 자기 친아버지를 살해하는가 하면, 대학입학을 앞둔 18세 남학생이 46세 여성을 강간 살해하는 등 반인륜적인 청소년 범죄가 급증하고 있다. 최근 발생한 일련의 청소년 범죄의 특징은 만 18세~19세 범죄의 비중이

커졌을 뿐 아니라 그 증가속도가 매우 크다는 점이다. 1995년 전체 청소년 범죄 중 18∼19세 청소년의 범죄 비율은 35.1%였는데 2000년에는 41.8%를 차지해, 1995년 18∼19세 청소년범죄를 100으로 할 때 2000년에는 138%로 늘어난 것이다. 또한 2004년 이후 2009년까지 청소년 범죄는 매년 11%씩 증가하여 성인 범죄 증가율 6%에 비해 두 배 가까운 수치이다.

동방예의군자지국(東方禮儀君子之國)의 청소년들이 어쩌다가 이렇게 심각하게 윤리·도덕성을 상실한 동방인성상실지국(東方人性喪失之國)으로 변했는가. 요즘 TV나 언론에서 힐링(healing)이라는 단어가 유행하는데, 지금이 '청소년 인성(人性)의 힐링시대' 가 아닌가 싶다.

'경제민주화' 를 주제로 개최된 모포럼에서 한 연사가, "평등(平等)을 근로의욕 저하, 국민현혹 표현, 북한과 같이 못사는 나라에서 사용하는 표현, 발전을 저해하는 요소" 라고 말하면서, "행복과 발전은 경쟁에서 승리자가 누리는 것은 당연한 권리이고, 우수한 자가 좋은 지위를 점유하는 것은 당연한 이치" 라고 하였다. 그리고 대기업 중심의 국가 선도 성장모델 찬사에 상당부분 시간을 할애하고 "1등(一等)만이 행복 누림은 당연함이며, 평등은 자본주의(민주주의)에서 무가치(無價値)하다" 는 식으로 말하는 것을 듣고 참으로 놀라웠다. 어쩌면 근래에 빈발하는 반인륜적 사건들은 우리 사회가 인성교육보다는 '성적 일등 만들기 교육제도' 에서의 탓도 크다는 생각이 든다.

그 사회의 전체적인 분위기 '경향(傾向) 혹은 기조(基調)' 는 지도자들의 정책추진의 결과에 연유하여 순기능과 역기능으로 나타난다. 지금 우리 사회는 젊은 청소년들을 유명대학 졸업, 그리고 일류직장 입사, 출세양성 프로그램을 만들어놓고 모든 청소년을 이 프로그램에 꿰맞추려 하고, 이 프로그램에서 이탈된 학생들은 낙오자인 양 무시하고 오직 이 프로그램을 따라가는 인적자원(人的資源)만 귀(貴)하게 여긴다. 이 프로그램의 그늘에서 벗어나지 못하는 청소년들의 반인륜적 사건들이 앞으로 계속해서 재생산될 것이다.

우리 사회는 수십 년째 인성교육, 역사교육은 고대(古代) 퇴물 정도로 유기(遺棄)하고, 교육현장은 인성교육보다 '우수인간 골라내기'에 치중해 왔다. 청소년들에게 인성(인품)을 널리 갖추는 교육보다 고급 스펙 쌓기에 혈안이 되게 만든 것이다.

작금의 지도자들은 과거 '배고픔' 시대를 거친 세대들이다. 그들 기준에서 지금의 젊은 세대들에게 '서로 공존하는 삶의 가치교육보다 수단 방법을 가리지 않고 무조건 상대를 밟고라도 경제적으로 앞서는 게 우선'이라고 교육환경을 제공하고 그 제공된 공간에서 젊은 세대에서 우수자 선발하기식 교육에 치중한다. 성적이 다소 뒤지면 '배고픔을 몰라서 열심히 안 한다'는 식(式)으로 자식들을 '오직 학교성적 경쟁에서 선발자'가 되도록 내몬다. 친구나 동료를 돕는 따뜻한 마음이나 부모와 어른에 대한 공경교육(恭敬敎育)은 고리짝에 넣어진 고서(古書) 쯤으로 생각한다. 인성교육(人性敎育)은 도외시하고 오르지 학교성적 우수자 선발만 치중하다 보니 최근에 상상하기도 싫은 일련의 반인륜적 사건들이 나타나는 것이다.

돌이켜보면 2300년 전에는 지금보다 수십 배 생활이 더 어려웠을 것이다. 그 시대는 굶주림 극복이 인간생존의 최대 과제였을 것이다. 이 시대에도 사회나 부모들이 인성교육(人性敎育) 혹은 인본교육(人本敎育)을 하였음을 알 수 있다.

일부 그릇된 사회 지도자들이 '이렇게 나라가 잘 살게 된 것은 일등(一等)들이 배고픔을 참아가며 만들어 놓은 '내 덕'이라고 말하면서 사회적으로 나타나는 몰인성적(沒人性的) 사회 사건들은 여전히 배고픔을 모르고 성장한 2등 이하의 패자들, '네 탓' 쯤으로 몰아세우는 착각을 한다.

이미 사회 전체에 인성교육이 상실된 지 오래고, '성적 우수자 선발하기식 교육제도'에 부모와 교사가 연대해서 근 16년간의 청소년기에 돈과 시간을 투자한다. 영어 잘하고 수학 방정식 잘 풀고, 언어영역 잘 해결하고 서울대학교에 갔다고 우리 교육이 성공한 것인가(?) 말이다 그 한편으로는 참을성 없고 장소 가리지 않고 어른에게 덤비고 경찰관인 아버지가 자기 자식에게 죽음을 당하는 이 인성매몰(人性埋沒)의 교육시대, 이게 우리가 지향하는 참교육인가 말이다.

대통령이 바뀔 때마다 교육제도를 개편한다. 이번 박근혜 정부는 '잘 사는 교육'을 교육목표로 하여 제도를 개편하였으면 한다. 여기서 '잘 사는'은 '환경이 좋은(Well-being) 혹은 더 좋은(Better life)'도 좋지만 그보다 '어울려 잘 사는(live well together), 평화로운(live peacefully)'을 의미한다. 상대를 서로 존중(尊重)하고, 부모자식(父母子息) 간에 윤리(倫理)가 살아 있고, 남녀노소(男女老少)간에 예의(禮儀)와 배려(配慮)가 살아 있는 그런 환경에서 경쟁하고 패자에게 용기를 주는 패자부활의 기회를 제공하는 그런 인성교육이 실현되었으면 한다.

우리 사회는 가정, 학교, 군대가 서로 연계(連繫)하여 젊은이들에 대한 인성교육 프로그램을 체계적으로 만들어 실행해야 한다. 장차 가정에서 훌륭한 가장, 국가에서는 기둥, 그리고 민족에게는 지도자로서 성장하도록 하는 인성을 갖추는 인재교육 프로그램, 즉 2300년 전 《동이열전》(東夷列傳)을 새롭게 부활하는 교육 프로그램으로 수립하여 실행해야 한다.

욕심은 한이 없다

신용준

'인간은 탐욕이란 글자에 손발이 붙은 생물이다' 라고 쓴 글을 보았다. 과연 그럴 듯한 표현이라고 감탄한 일이 있다.

누구나 세상을 살아가는 데에 어느 정도이든 간에 여러 가지 욕망이 있고, 그 욕망을 성취하려고 동분서주한다. 가난한 사람이 부자가 되고 싶은 욕망, 미천한 사람이 귀하게 되고 싶은 욕망, 못 배운 사람이 배우고 싶은 욕망 등이 모두가 정당한 인간의 욕망들이다. 그러나 맹자는 '마음을 수양하는 데에 욕심을 적게 하는 것보다 더 좋은 방법은 없다' 라고 했다. 인간의 정당한 욕심을 버리라는 것이 아니고 모든 욕심은 지나친 욕심에서 생기는 것이니 과도한 허욕을 줄이라고 한 것이리라.

신용준(申瑢俊) _ 제주 출생(1929년). 제주한림공고 교사를 시작으로 저청중, 세화중, 애월상고, 제주대부고 등 교장. 제주도교육청 학무국장. 제주대학교 강사. 제주한라전문대 학장. 한라대학교 총장. 한국교육학회 종신회원. 대한민국무공수훈자회 제주도지부 고문. 한국수필작가회 이사. 언론중재위원회 중재위원, 운영위원. 한국문예학술저작권협회 회원. 1952년 화랑무공훈장에 이어 1970년에는 대한민국재향군인회장 표창, 1973년 국무총리 표창, 1976년 국방부장관 표창, 1982년 국민포장, 1990년 세종문학상, 1998년 국민훈장 모란장, 제 38회 제주보훈대상(특별부문) 등 수상. 저서 《아! 그때 그곳 그 격전지》(2010).

《채근담》에는 '마음에 물욕이 없으면 이는 곧 가을 하늘 잔잔한 바다' 라는 글귀가 있다. 인간의 모든 번뇌는 물욕에서 비롯된다. 마음 속에 욕심이 없으며 근심과 괴로움이 없어 마음은 항상 맑게 개인 가을 하늘, 물결 없는 잔잔한 바다와 같이 편안하다는 것이다.

사람의 욕심이란 한이 없다. 욕심대로 따라가다 보면 허욕이 생기게 마련이고 이 허욕을 채우려면 자연적으로 인간의 본성을 잃게 마련이다. 본성을 잃게 되면 윤리도덕도 없고 부모형제도 국가민족도 보이지 않는다. 끝내는 자기 자신도 존립할 수 없는 지경에 빠지고 마는 것이다. 이런 사례는 요즈음 세태가 증명하고 있다.

우리가 남에게 사기를 당하는 것도 따지고 보면 그 원인은 허욕에서 오는 경우가 많다. 이 끝없는 욕심에 대해서 중국 명나라 태조인 주원장의 일화가 있다.

주원장이 명나라를 창건한 뒤 어느 날 공신과 황후를 한 자리에 불러 놓고 각자의 욕심을 기탄없이 이야기해 보기로 했다. 물론 어떤 말이건 일체 문제 삼지 않겠다는 전제하에.

먼저 주원장이 말한다.

"원나라를 쳐서 중국의 천자가 된 내가 또 무슨 욕심이 있겠소. 그러나 지금도 누가 무엇이든지 가져와서 내게 바치는 때는 마음이 좋고 웃음이 나옵니다."

다음은 황후가 말한다.

"일개 무명의 여자가 중국 천자의 황후가 된 오늘 이 이상 더 무슨 욕심이 있겠소. 그러나 아침 조회 때 금관조복을 입은 늠름한 재상을 보게 되면 여자로서 자연히 마음이 움직입니다."

이번에는 공신의 차례이다.

"신이 일등공신으로 정승자리에 올라 일인지하에 만인지상이 되었고 신하로서는 그 영화가 극치에 달하였는데 더 이상 무슨 욕심이 있겠습니까만, 사실은 주상께서 앉아계신 그 자리에 한 번 앉아보았으면 합니다.”

이렇듯 세 사람이 자기들의 욕심을 말했는데 이것이 바로 욕심이란 한이 없다는 것을 잘 표현하고 있다.

이들이 만약 욕심 그대로 행한다면 천자로서 나라꼴이 안 될 것이요, 황후는 부정한 여자가 될 것이오, 신하는 역적이 되어 모든 영화가 물거품이 되고 말았을 것이다. 아무튼 욕심이 적으면 적을수록 마음이 편하고 사람을 대하기가 떳떳한 것이니 우리가 하늘을 우러러보고 땅을 굽어보아 부끄러움이 없이 살고자 할진대 자기분수를 넘어서는 헛된 욕심을 버려야 한다.

모두들 살 뺀다고 야단들인데 군살과 함께 지나친 욕심도 빼 보자. 살 빼면 몸이 가벼워지듯 욕심 빼면 마음이 홀가분해지고 편해질 것 같다.

“행복을 바라거든 무엇보다도 먼저 모든 일에 허욕을 부리지 말라.”

러시아의 소설가 체호프의 말이다.

학교폭력과 교육의 현실

오금남

검도부 코치가 학생을 때려 죽음에까지 이르게 한 사건이 보도되었다. 청주의 한 중학교에서 검도부 코치가 제자를 폭행해 숨지게 한 사건인데 학교에서 코치에게 폭행당해 학생이 숨졌다는 사실 자체가 매우 충격적이다. 코치를 어떻게 선발했는지, 왜 이런 사건을 막지 못했는지 해당 교육당국을 원망하지 않을 수 없다.

사건의 발단은 모 중학교 검도부원인 S군이 전날 선배 등 3명과 술을 마시고 집에 들어오자 화가 난 어머니가 검도부 코치에게 전화를 걸어 훈계를 부탁하였고, 이에 코치 K씨는 S군과 친구 A군 등을 청주의 모 고등학교 체육관으로 불러내 훈계와 함께 목검으로 폭행을 가했다는 것이다.

오금남 _ 서울 출생(1946년). 성균관대학교 정치외교학과 졸업, 동 국가전략대학원 재학(석사과정). 고려대학교 정책과학대학원 수료. 노인복지사. 사직동 주민자치 상임고문, 단군성전 이사, 사직동 새마을금고 부이사장, 성균관대 정외과 동문회장, 민주당 종로구 사직동협의회장, 민주당 중앙당 대의원, 종로구의회 의원(2,3,4대), 제6대 종로구의회 의장, 시정신문 논설위원 등으로 활동. 바르게살기 기독교방송 효행상, 자랑스런 시민상, 종로신문 문화상 시민일보 전국기초의원 대상, 시대일보 전국기초의원 건설부문 대상 외 다수 수상.

그러나 함께 있었던 친구 A군은 경찰에서 "코치가 S군의 손을 묶고 하의를 모두 벗겼으며 새벽 1시 30분부터 5시까지 죽도와 목검이 부러질 정도로 때리기 시작했다"고 진술했다. 또 "초주검이 된 상태에서 살려달라고 애원도 했지만 '이 정도로는 죽지 않는다' 며 계속해서 발로 배를 차고 머리를 짓밟는 등의 폭행을 가했다"고 했다.

중학생이 술을 마신 것은 본분에 어긋나는 행동이지만 어머니의 훈계 부탁에 목검을 가장 잘 다루는 코치가 목검으로 폭행할 정도로 가혹한 체벌을 했다는 것은 일반인으로서는 도저히 이해가 되지 않는다.

체벌은 예로부터 내려오는 관행이었으나 그로 인한 부작용이 많은 까닭에 부당론이 야기된 것으로 안다. 필자 또한 직접적으로 심한 체벌을 받기도 했고, 많이 목격하였기 때문에 교육적인 체벌은 당연한 것으로 알고 있었다. 그러나 오늘날 학생체벌금지론은 강력한 설득력을 발휘하게 되었다. 중등학교 학생들만 하더라도 정서적으로 많이 성숙하여 스스로 판단하고 행동할 수 있는 인지적 수준이 매우 향상되어 체벌로 지도하는 것은 부적절하다고 생각된다.

학생들은 누굴 보고 배우는가? 가정과 사회에서 가족과 이웃을 보고 배우며, 학교에서는 동료와 선배를 보고 배우며, 특히 선생님을 보고 많이 배운다. 선생님은 학생들의 롤 모델(role model)이다.

'불언이화교지신 솔선수범교지본' (不言而化敎之神 率先垂範敎之本)이란 말이 있다. '불언이화' 의 수준은 어렵더라도 '솔선수범' 의 수준은 가능하다고 믿는다. 그러나 솔선수범으로도 불가능할 때는 부득이 칭찬도 하고 꾸중도 하게 되는데 이것을 일러 '억이양지유액이교지도지' (抑而揚之誘掖而敎之導之)라고 한다. 이것은 상벌(賞罰)의 수준이고 교육의 권변(權變)이다. 권변은 상도(常道)가 아니며 비상시에만 최소한도로 활용되는 것이며, 솔선수범의 근본원리에 벗어나서는 안 된다. 권변이 허용되는 것은 오직 상도로는 불가능한 상황에서 상도의 근본을 살리는 경우에만 정당화 되는 것이다. 교육의 가장 중요한 근본은 선생님의 솔선수범에 있다. 체벌은 그 형태와 정도에 따라 정당할 수도 있고 부당할 수도 있지만 그 한계는 학생에 대한 모욕이나 폭행이나 상해에 이르러서는 안 되는 것이다.

이 사건 때문인지는 몰라도 요즈음 신문을 비롯한 대중매체에서는 이른바 '학교폭력'에 대하여 대서특필하고 있으며 공개토론회도 자주 열리고 있다.

학교폭력이라는 것이 처음에는 심부름을 시키고 음식물을 사오게 하다가 현금을 요구하고 이에 불응하면 강자들이 집단적으로 구타하며, 심지어는 옷을 벗기고 성추행을 하기도 하고 여학생에게는 성폭행을 하기도 한다는 것이다. 그러나 피해자는 보복이 두려워 교사나 부모에게 신고하지도 못하고 고통을 감내하다 정신질환에 시달리기도 하고, 다른 학교로 전학을 하거나 극단적으로는 자살을 결심하고 실행에 옮기기도 한다. 또한 피해자는 자신이 당한 만큼 보복심을 키워 언젠가 또 다른 약자를 선택하여 가해자로 변하기도 한다.

학교폭력배들의 일부는 교외의 조직폭력배의 지시를 받는다고도 하는데 학교폭력의 실상을 파악하기는 매우 어렵다고 한다. 우선 교사들이 수업과 잡무로 바쁘고, 실외와 교외에서 사고가 벌어지는 경우가 많으므로 감시하기가 매우 어렵다. 더욱이 몰지각한 학부모들이 사소한 문제로 학교에 마구 쳐들어와 함부로 교장과 교사들에게 폭언을 하고 심지어는 폭행도 불사하여 부상을 입히는 데다 억지를 부려 경찰에 신고도 하는 등 교권이 완전히 실추되었기 때문에 학생들이 교사의 권위를 인정하지 않고 조금도 두려워하지 않는다는 것이다. 특히 근년에 제정된 '학생인권조례'가 학생을 더욱 통제하기 어렵게 만들었다는데,

학생들은 '인권조례' 를 악용하여 방종과 비행을 저질러도 무방하다고 생각한다는 것이다.

　가해학생들의 가정환경을 보면 대개 결손가정이거나 맞벌이가정으로 가풍(家風)이 바로 서지 못한 상태에서 부모를 통한 가정적 보호나 교육을 제대로 받지 못하였고 부모와의 대화가 단절되었다고 한다. 그리고 폭력사건이 적발되더라도 피해자의 권익이 보호되는 것이 아니라 가해자를 지나치게 보호하는 결과가 초래된다는 것이다. 학교에서는 학교의 체면을 위하여 공개하지 않거나 학교장의 근무성적평가에서 불이익을 피하기 위하여 축소하고 은폐한다. 또한 국어 영어 수학 중심의 경쟁교육에 치중하고 인성교육은 소홀히 다룬다는 것이다. 입시과목만을 중심으로 하는 경쟁교육에서 낙오되는 학생들은 쉽게 절망하고 비행을 저지르기 쉽다. 간접적으로는 학생들의 교육환경에 영향을 미치는 사회 환경에도 원인이 있다. 학생들은 항상 폭력물과 음란물에 노출되어 있고, 지도층의 부정부패와 파렴치한 행동에다 수시로 접하는 폭언폭력을 보면서 은연중에 모방하는 환경에 노출되어 있다.

　그러면 어떤 대책이 필요한가? 토론자들은 다음과 같이 말한다. 가해자를 엄벌하라. 미국에서는 피해자가 가해자를 살해한 행위에 대하여 '정당방위' 를 인정하였다. 가해자와 그 부모에게 민형사상의 법적 책임을 물어야 한다. 휴대전화 메시지 발신신고로 성과를 거두고 있는 '학급지킴이제도', '1004지킴이' (아름다운 고자질)제도, '그린마일리지제도' 와 같은 사례를 벤치마킹하라. 피해자가 자발적으로 신고할 수 있도록 교육을 실시하라. 방관자의 신고정신을 길러라. 폭력을 방관하는 자는 비겁하고 가해자를 간접적으로 지지하는 것임을 인식시켜라. 내부고발을 유도하라. CCTV를 설치하라. 학생들과의 상담기회를 확보하라. 남교사의 정원을 확보하라. 교육의 본질을 모르는 학부모가 많으니 학부모교육을 강화하라. 초등학교에서부터 인성교육(협동교육과 타인존중교육)을 철저히 하라. 구시대의 3R(Reading, Writing, Arithmetic)에서 일보 전진하여 새로운 3R(Respect, Responsibility, Relation)을 교육의 핵심으로 삼아 인성교육(인격교육)을 강화해야 한다는 주장도 있다. 남에게 피해를 주어서는 안 된다는 것을 교육하라. 가해자가 늘어놓는 변명 중에는 피해자가 원인을 제공하였기 때문이라거나 단순한 장난에 지나지 않았다는 것이 있는데 그러한 변명의 부당성을 지적하라. 교육정책을 근본적으로 혁신하라. 학교폭력방지대책에 필요한 예산을 확보하라. 가해자를 분리하여 대안교실 또는 대안학교에서 교육하라. 등등……. 모두 타당하고 납득할 수 있는 제안이다.

학교폭력의 문제는 교육의 문제이고 교육의 문제는 국가의 중요한 과제이다. 그리고 한국에서 일어나고 있는 학교폭력문제인 비행청소년문제는 이미 선진국에서 일어났던 문제이며 새삼스러운 문제도 아니다. 다만 국가적 차원에서 선진국의 선례를 연구하고, 한국의 현실에 적용할 만한 교육적 정책을 철저히 연구하여 사전에 대책을 강구하지 않음으로써 많은 시행착오와 과오를 초래한 것이다.

따라서 국가적 사회적 차원에서 신중히 접근해야 하고 근본적으로 실질적인 효과를 거둘 수 있는 정책이 절실히 요구된다. 우선 교육의 중심적 위치에 있는 교사들의 사기 진작과 더불어 그들의 사명감이 중요한데 이를 위해서는 교권을 확립해 주고 교사들의 근무조건과 환경을 개선해 주어야 한다. 아울러 학부모의 각성과 국가공권력의 적극적인 협조가 요구된다.

준비되지 않은 노후는 재앙이다
_ 평균수명 100세 시대

오 서 진

현재 우리 사회는 조기퇴직과 수명의 연장으로 인해 노후문제가 사회적으로 심각하게 대두되고 있다. 그러나 국민들 스스로가 각자의 노후문제에 대해 진지한 성찰과 현실적인 대비책을 마련하지 못하고 있고, 때때로 언론이 노후문제로 인한 사회적 폐해를 자극적으로 전달하고 있다. 그렇지만 대다수의 국민들은 생계가 급급한 나머지 자신의 미래를 예측하지도 대비하지도 못하고 있다.

1955년~1963년 즈음에 태어난 사람들을 '베이비 붐 세대' 라고 하는데 일명 '끼인 세대' 라고도 한다. 어느 나라든지 재난과 전쟁을 겪은 후 복구기간이 지나면서 인구가 급증하는 경향을 보이는데 우리나라도 1950년 6.25를 겪고 전쟁이 끝나고 난 1953년 이후 회복기를 거치면

오서진 _ 사회복지, 가족복지 전문가. 세종대 과학정책대학원 노인복지 및 보건의료 석사 졸업. 사회복지 및 가족, 노인, 청소년 관련 총 25 개의 자격 취득. 사단법인 대한민국 가족지킴이 이사장, 월간 『가족』 발행인, 국제가족복지연구소 대표, 한국예술원 문화예술학부 복지학과 교수, 극동대학교 사회복지연구소 위탁 연구위원, 노동부 장기요양기관 직무교육 교수, 각 교육기관 가족복지 전문교수, 각 언론 칼럼니스트, 법무부 범죄예방위원, 사례관리 가족상담 전문가 등으로 활동. 저서로《건강가족 복지론》,《털고 삽시다》등 상재.

서 출산율이 급증했다.

특히 1958년도 일명 '58년개띠' 들은 한 해 동안 무려 120만 명이나 태어났다. 2009년 기점으로 30만명대 출산에 비하면 무려 4배 수준이다. 베이비 붐 세대들이 아직은 자녀교육과 자녀들의 결혼시기, 부모봉양시기, 자신들의 은퇴준비기간을 거치며 일명 '끼인 세대' 로 자리 잡아가면서 노후관련 사회적 문제점이 야기되기 시작했다.

노후와 관련된 걱정거리가 사방에 산재해 있다. 앞으로 10년 후에는 노후공포, 노후경제 대란을 체험하게 될 것이다. 현재 50대인 이들은 아직도 자녀교육비, 양육비, 부모세대 봉양, 은퇴준비 등의 3중고를 겪고 있으며, 노후준비가 되지 않은 대다수의 사람들은 은퇴 후 심각한 사회적, 경제적 쇼크를 체험하게 될 것으로 예측된다.

그러나 아직 당사자 세대들은 이 문제를 심각하게 받아들이지 못하고 있다. 10여 년 전부터 이미 각 보험사들은 노후를 염려한 상품 즉, 연금형 상품을 출시하고 판촉활동을 벌였으나, 대다수의 사람들은 가입을 권유하는 설계사들의 인간적인 호소에 못 이겨 저축성 상품이라 생각하며 단순 가입한 경우들이 많았다. 재정설계를 해 준다는 것 역시 그다지 깊게 인식하지 못하다가 최근에 들어서야 진지하게 받아들이는 사람들이 소수나마 생겨나고 있는 실정이다.

현재 50대의 베이비부머들의 부모의 연령이 70대 중후반에서 80대인 것임을 감안할 때 베이비부머들의 경제적 부담감은 나날이 더욱 커질 것이다. 부모세대를 위한 수발비용과 봉양에 들어가는 비용 등 경제적 부담감이 급증할 전망이다.

경제활동 무대에서 베이비부머들의 은퇴가 시작되면서 사회적 혼란이 시작될 것이다. 일명 '은퇴쇼크' 후 '노후대란' 이다. 아직 한참 일할 나이에 조기퇴직을 하거나, 퇴직 이후라도 적당한 일거리가 없어 고민하다가, 친구 따라 강남 가는 심정으로 배팅한 투자가 잘못돼서 퇴직금이 한 순간에 사라지는 위기를 체험하는 등 노후에 시련을 겪는 이들이 적지 않다. 뚜렷한 직업이 없거나, 노후가 전혀 준비되지 않은 이들은 두고두고 심각한 사회문제로 이어질 전망이다.

문제는 위축되는 아버지상이다

더욱이 염려되는 부분은 세대간의 이념 차이가 현저하게 벌어지고 있다는 점이다. 현재 50대~70대의 부모들은 이미 100세가 되었거나, 80대 이상이다. 전통적인 봉건적 사고와 현대적 사고가 공존해 세대간 이념의 불균형이 초래되고 있어, 베이비부머들이 노년이 될 때는 과도기의 각 세대별 갈등이 우려되고 있다. 세대별, 계층별 이념과 문화, 경제적 상황 등에서 많은 차이를 보이고 있으며 세대간, 계층간 차이점들이 조율되지 못한 채 곳곳에서 불협화음을 촉발시키고 있다.

18C 유럽에서 시작된 산업혁명이 우리나라에서는 1960년대 박정희 대통령 때에 이르러서야 비로소 시작되었다. 1980년대 핵가족화 붐이 일어나게 된 동기가 바로 산업화 사회로의 전환이었다. 산업화가 진행됨에 따라 농경문화의 대가족체계가 무너지고, 젊은 사람들은 농촌을 떠나 도시로 도시로 몰려들었다.

1970년대 근로자들이 해외로 수출되면서 젊은 사람들은 달러벌이에 앞장서게 되고 산업의 역군인 현재 50대 중후반~60대들은 멋진 가장으로서 군림할 수 있었다. 공업화와 하이엘리트 세대를 거쳐 사회적 문화적 변화가 혁명에 가깝게 급변하기 시작한 것은 1988년 서울올림픽을 치루고 나서부터이다. 여성들이 수십 년 동안 여권신장을 위해 노력한 결과, 1990년대 이후 여성신장을 부르짖는 여성계 움직임이 활발해지고 더불어 정부부처인 여성부의 활동과 역할이 두드러지면서 여성들의 사회 진출과 여권신장은 한층 더 날개를 달았다.

　음지가 있으면 양지가 있듯이 여성들의 사회적 입지가 넓어질수록 남성들의 입지는 점점 좁아졌으며, 그로 인한 부부간 불화, 가족간 마찰 등으로 이혼율이 OECD국가 중에서 미국에 이어 2위로 급성장됐다. 여성의 권익성장은 이혼율 증가에 그치지 않고, 때때로 사회적 문제 파생에 일조를 하기도 한다.

　한 예로, 각 학교별 교사임용 기준이나, 교사 배정율을 보면, 남성교원보다는 여성교원의 숫자가 매우 높게 나타나고 있다. 나날이 드세지고 있는 학생들을 통제하기에 벅찬 여교사가 대다수를 차지하다 보니, 학교의 면학분위기도 점차 차분함을 잃어가고 있다.

　여성비율의 증가는 교육계뿐만 아니라 법조계 역시 마찬가지다. 2001년에는 여성의 신규 판사 비율이 22.4%에서 2006년에는 64%를 차지했다. 여성의 신규 검사 비율은 2001년에 17.4%이고, 2006년에는 44%였다. 여성 사법고시 합격률은 1983년에 3.7%였는데 2005년에는 44%였다. 법원의 고위직에도 첫 여성 헌법재판관과 대법관이 배출됐다. 이는 여권신장에 엄청난 발전을 가져왔지만, 반대급부에 내몰리는 아버지들은 사회와 가정에서도 점점 궁지로 몰려지고 있는 실정이다.

　경제협력개발기구(OECD)가 '세계 여성의 날' 에 발표한 여성평등지표인 '성 · 제도 · 개발(GID) 지수' 에서 한국은 162개국 가운데 벨기에 · 네덜란드와 함께 공동 4위로 평가됐다.

　GID 지수는 유엔개발계획(UNDP)의 여성개발지수(GDI) · 여성권한지수(GEM)가 평가하는 여성의 교육 · 보건 · 출산 · 사회참여뿐 아니라 가족 · 사회의 규범 · 관습 · 문화까지 통계하는 것이다. 급변하는 가족관, 여성인격신장, 남성의 사회적 입지 축소 등의 이유로, 우리나라는 현재 이혼률 2위라는 불명예의 몸살을 앓고 있는 것이다.

이에 대한 대안은 없는가?

주변의 아버지들을 돌아보면 퇴직하신 분들이나 퇴직이후 방황하시는 분, 우울증을 앓는 분들을 제법 쉽게 찾아 볼 수 있다. 그분들과 대화를 나누다 보면 현직에 몸담아 수입이 있었을 때와 다르게 가족들, 혹은 부부간 다툼이 빈번하고, 사회적 상실감과 이탈감, 자존감 상실 등을 느낀다는 하소연을 자주 접하게 된다. 아직도 사회활동을 해야 할 대다수의 50~60대 연령층들이 거리로 내몰려 퇴직 후의 사회생활에 적응하지 못하고 표류하고 있는 것이다.

일명 끼인 세대(70~90대의 부모와 20~30대의 자녀를 둔 세대)들의 즐거운 노후를 위한 프로그램개발이 반드시 필요하다. 노인층도 아니고 청장년층도 아닌 '끼인 세대' 들에게 최우선 필요조건은 사회에 또 다른 적응을 위하여 동기부여가 가능한 프로그램을 개발하는 것이다. 대상자들이 각종 교육에 참여하여 스스로를 개발하고 자신의 삶을 다른 각도로 재조명하는 것도 방안이라고 생각한다.

나는 몇 분께 웃음치료사 과정을 안내해 드렸다.

"나는 늙어서 퇴직을 했으니까…." 혹은 " 나는 나이가 들어서…." 라는 패배적 사고를 벗어던지고 젊은 친구들과 혹은 손자 같은 친구들과 화합하고 소통함으로서 다시금 자신감을 회복하는 것이 필요하다. 자원봉사 프로그램 등으로 자신보다 열악한 환경의 노인들 혹은 소외계층을 위해 할 일과 보람이 생성된다면 그들은 즐거운 노후를 맞이할 수 있을 것이다.

재물이란, 자신의 원대로 취득되지 않는 게 보통이다. 얻어지지 않는 재물에 대한 욕심보다 자신을 강화시키는 훈련을 통해 좀 더 젊은 노후, 젊은이들과 호흡하는 노후를 추구하고 영위할 때, 보람 있고 건강한 노후가 펼쳐질 것이다. 그러면 젊은 세대와의 마찰과 불균형도 많이 해소될 것이다.

이외에도 우리 사회에는 여러 가지 리스크가 도처에 산재해 있다. 그 중 가장 심각한 것은 저 출산과 베이비부머들의 노후대란일 것이다. 그리고 지속적으로 고조되는 가족해체 문제일 것이다. 저출산으로 인해 현재 연간 출산율은 30만 명에 불과한 실정이다. 재원마련을 위해 조세부담을 책임져야 할 세대들의 미래 역시 어둡기만 하다. 사회적 공감대가 형성되지 않은 동기부여, 자기혁신은 무의미하다.

62세의 정년퇴직한 교직원이나 공무원은 연금에 의존하여 살아가지만, 사회적응을 위한 프로그램을 통해 마음의 평안을 찾고 사회의 일원으로서의 자존감을 향상시킬 수 있도록 제2의 인생설계를 위한 과정을 권장해야 한다.

아버지들의 설 자리가 점점 좁아지고 있다

개개인 각자가 인생의 즐거움을 느낄 수 있도록 긍정의 힘을 만든다는 것은, 세대와 계층을 불문하는 공감과 협력이 이뤄지는 정책이 있어야만 지속적으로 존속될 수 있기 때문이다. 우리 대한민국 가족지킴이에서는 각지자체별로 처한 상황에 맞는 사례 및 방안과 정책을 제안해 오고 있으며, 단순한 강의가 아니라 현실 적응을 위한 전문적인 프로그램 개발과 연구에 노력하고 있다.

우선은 당면한 세대들의 사고변화와 자신감 회복을 통하여 사회적 문제점을 희석시키는 요인이 필요하다고 본다. 초기에는 사회적 비용과 예산이 소요되지만, 현실화가 되었을 때는 오히려 사회적 비용의 절감을 체험하게 될 것이다. 대한민국 가족지킴이에서는 다각적으로 여러 프로그램을 개발하고 있으며, 많은 강사진들과 연구진들의 노고는 이 사회에 커다란 혁신과 도움이 될 것으로 확신한다.

창의성 교육

오 오 근

요즘 모 라디오에서 창의성 교육에 관련한 홍보성 광고를 심심찮게 듣는데 그 내용이 독특하고 감동적이어서 다시금 우리의 교육 현실을 되돌아보는 계기가 될 듯싶어 소개해 본다.

어느 초등학교에서 있었던 내용이라는 전제로, "여러분, 얼음이 녹으면 무엇이 될까요?"라는 선생님의 질문에 거의 모든 학생이 "물이 됩니다"라고 답하였는데 유독 한 학생만이 "얼음이 녹으면 봄이 됩니다"라고 답하였다고 한다. 상당히 주관적이고 신선하면서 창의적인 답변임에 틀림없다. 경기도교육청 협찬에 창의성 교육 프로젝트의 일환으로 방송중이라는 아나운서의 보충설명이다.

그간 우리나라에서는 창의성 교육을 거의 찾아볼 수 없다는 말만 들어본 것 같다. 초등학교에서는 좀 덜한 편이지만 대부분의 중·고등학

오오근 _ 숭실대학교 경영대학원 수료. 서울시 콘크리트공업협동조합 이사장, 한국콘크리트 공업협동조합 연합회 이사장, 사단법인 중소기업진흥회 부회장 등을 역임하고, 현재 협성콘크리트산업(주) 대표이사, 토목코리아(주) 회장으로 재직.

교에서는 대학입시를 위한 국어 영어 수학만을 중심으로 주입식 교육에 열을 올리고 있고, 심지어 대학교육도 마찬가지라고 한다. 이런 교육환경에서 치열하게 공부하고 우수한 성적으로 사회에 진출한 소위 엘리트라는 사람들도 어떤 과제가 주어지면 스스로 해결하지 못하고 남에게 의존하는 경향이 많다고 한다. 참으로 안타까운 현실인데, 반면에 창의성 교육을 받은 사람은 어떻게든지 자기 스스로 판단하여 자기 방식대로 접근하여 문제를 제대로 풀어나간다고 한다.

창의성 교육은 모방이 아니고 창조의 정신을 계발하고 창의적인 결과물을 기대하는 교육일 것이다. 캐나다 소재의 어느 학교에서 있었던 사례를 비추어 보면, 갓 유학 온 한국 학생들 대부분이 어떤 문제에 대하여 이야기하라는 선생님의 지시에 매우 마땅치 않은 태도를 보인 반면에 캐나다 학생들은 즐거운 마음으로 요점을 적어 생각을 정리하고 그 나름대로 조리 있고 짜임새 있게 발표하였다고 한다.

창의력이란 '문제해결 능력' 일 것이다. 이 문제해결 능력을 신장하는 창의성 교육은 유아기에 실시하는 것이 적기이고 '우뇌학습' 을 시키는 것이라고 한다. 우뇌는 느끼는 기능, 즉 감성을 담당하는 머리의 오른쪽 부위의 뇌다. 글자로 된 학습지나 문제지는 모두 좌뇌를 자극하는 매체라고 하는데, 이를테면 얼음에 관하여 공부할 때 'ㅇㅓㄹㅇㅡㅁ' 이라는 글자조합을 배우는 것은 좌뇌학습이고 '얼음' 이라는 물질을 직접적으로 만져보고 느끼는 것이 우뇌학습이다. 유아기에는 창의성이 강하지만 성장할수록 창의성이 위축되어 잠들어 간다는데 원인은 주변의 모든 규칙이나 질서, 관습이나 가치관 등의 규범이나 통념이나 준거를 받아들이고 거기에 적응하며 살아가기 때문인데 이런 과정에서 점차 잠들어 버린 우뇌의 기능을 새삼 일깨우는 것이 창의성 교육이라고 할 수 있다.

브루너의 '발견학습이론' 도 창의성 교육과 비슷한 성격을 가지고 있다. 아동의 세계를 고찰하는 방법의 질적인 차이에 해당하는 양식은 행동적 표현, 영상적 표현, 상징적 표현 등으로 분류하여 설명한다. 그러나 이것은 표현양식의 발달과정에 관한 것이고 사람들은 모든 표현양식을 통합하여 자유롭게 표현한다는 것이 바로 브루너의 견해이다.

여기서 또 하나 주목할 만한 것은 학문중심 교육과정이다. 현대사회에서 지식과 기술력은 폭발적으로 증가하기 때문에 그 모든 것을 교육과정 속에서 조직화한다는 것은 거의 불가능하다. 따라서 암기위주의 교육으로 대변되는 주입식 교육으로는 본연의 학습이 불가능하게 되었다. 학교교육은 지식이나 학문의 가장 기본적인 개념이나 원리를 정선하여 적은 양의 지식으로도 그 활용범위를 극대화할 수 있는 생산적인 교육방법을 강구해야 되는 것이다. 학문중심 교육과정은 경험중심 교육과정이나 교과중심 교육과정의 한계를 극복하기 위한 것이며 교과의 구조와 학습방법에서는 탐구학습을 중시한다고 하겠다. 그리고 분석적 사고만큼 직관적 사고를 중시하고, 학습자의 외적 동기보다는 내적 보상에 의한 학습 동기의 유발을 필요로 하며 학습에 있어서도 창의성을 강조한다.

그렇다면 창의성은 과연 어디에서 길러질 수 있을까. 우뇌를 자극하는 방법만으로 길러질 수 있는 것일까. 이러한 질문에 대하여 '그렇다'고 대답하기는 매우 어려울 것이다. 창의성은 좌뇌의 기능을 배제하고 우뇌의 기능만으로 길러질 수는 없는 것이기 때문이다. 한국의 교육에서 창조성 교육이 거의 이루어지지 않는다는 것은 주입식 교육에 익숙해져 있기 때문이며, 캐나다의 교육은 주입식 교육을 지양하기 때문에 결과적으로 좌뇌의 기능이 창의성 교육을 돕는다고 추론할 수 있을 것이다.

학생들이 좌뇌를 쓰는 과목과 우뇌를 쓰는 과목을 번갈아 공부하면 집중력을 기르는 데 효과적이라고 한다. 좌뇌의 '큰골'은 논리적 사고를 담당하는데 수학문제를 꼼꼼히 풀어내거나 이야기하고 듣는 것도 좌뇌가 담당하며, 수학 국어 법학 등이 관계가 깊다고 한다. 우뇌의 '작은골'은 슬픔이나 기쁜 감정, 체험, 창작력, 예술을 감상하는 것 등으로 그다지 논리적이지 않은 것들에 대한 사고를 담당하며, 미술 체육 음악 실과 등이 관계가 깊다고 한다. 좌뇌와 관계가 깊은 수학이나 법학 등은 현실적으로 논리적이고 비약을 허용하지 않으며 인과관계나 체계를 중요하게 취급한다. 그러나 우뇌와 관계가 깊은 예술분야에서는 감정과 창작을 중요하게 취급한다.

요컨대 캐나다의 교육과정에서 창의성을 강조하는 이유는 우뇌의 발달과 관계가 깊고 우뇌의 발달을 강조하는 것은 어린이 시기가 생리학적으로 우뇌의 발달이 강한 시기이고, 우뇌의 발달이 정상적으로 이루어져야 차츰 성장하면서 좌뇌의 발달과 균형을 이루기 때문일 것이다.

그런데 한국의 교육에서는 어린이의 일반적인 발달과정을 도외시하고 너무 일찍 좌뇌를 자극하는 교육에 치우치기 때문에 우뇌의 발달이 상당 부분 제한되고, 또 그로 말미암아 좌뇌와 우뇌의 발달과정에서 균형이 깨어지고 건전한 성장에 장애를 초래했던 것이 아닌가 싶다.

뇌의 균형 발전이라는 측면에서 이런 문제는 결코 간과되어서는 안 될 것이며, 창의성 교육은 미래교육의 차원에서 인간으로서의 자아성취나 건전한 사회의 건설, 또 국가발전과도 깊이 연관되어 있어 더욱 강조되어야 할 것이다.

호박골 어린 까치의 추억

우원상

북한산의 한 줄기인 홍은산 깊은 숲속에 호박골 약수터가 이름나 있다. 약수물로도 일미(一味)지만 여러 가지 운동기구와 휴식 공간이 곁들여져 있어 쉼터로서 안성맞춤이라 하겠다.

탁 트인 앞(남쪽) 자락에 홍제천을 사이에 놓고 인왕산과 마주하여 시원한 경관을 조망하면서 서편의 높은 곳에는 대종교총본사가 좌정해 있고 동편 언덕에는 관망 좋은 정자가 세워져 그 둘레에 화려한 꽃밭이 가꾸어져 산수 좋은 약수터 공원으로 조성돼 있다. 호박골이란 옛 이름 만으로도 향토적인 은은한 정감을 풍긴다. 산책코스로 일품일 뿐 아니라 등산객들이 오르내리면서 청량한 약수로 한 모금씩 목을 축이고 심호흡으로 시원한 가슴을 부풀릴 만한 곳이다.

이 호박골에 이제 호박밭은 거의 없어졌지만 까치 떼만큼은 예나 다

우원상(禹元相) _ 황해도 평산 출생(1929년). 대종교 선도사. 한겨레얼살리기운동본부 감사. 한국민족종교협의회 감사. 종교인평화회의 대의원. 한국종교연합(URI) 이사. 한국자유기고가협회 이사. 한국 땅이름학회 이사. 민주평화통일자문회의 자문위원. 저서 《전환기의 한국종교》(공저), 《홍제천의 봄(땅이름 유래)》 등.

름없이 떼지어 서식하고 있다. 숲을 이룬 아카시아 나무 꼭대기에는 여기저기 까치 둥지가 앉아 있고 봄철만 되면 까치소리 또한 요란스럽다. 그야말로 까치의 낙원이라 할 수 있겠다.

이 호박골에 호박밭이 더러 남아 있었을 때(한 15년쯤 되었을까?) 까치와의 인연이 생겼다. 약수터 근처의 아카시아 나무등치(밑)에 어린 까치새끼 한 마리가 떨어져서 팔딱거리고 있었는데 아마 새로 부화된 새끼들끼리 몸부림치다가 둥지 밖으로 밀려나 나무 아래로 떨어졌나 보다. 이를 불쌍히 여겨 주워다가 대종교 사무실에서 키우기 시작했다.

처음에는 종이 상자 안에 이 어린 까치의 보금자리를 만들어주고 밥도 먹이고 야채와 과일들을 잘게 썰어서 먹여봤다. 이른 봄이라 풀벌레 같은 곤충도 별로 없어서 이것저것 시험 삼아 먹여 보기도 했다. 그 식성을 모르니까 잡식이 될 수 밖에 없었다.

한때는 정원 나뭇가지 위에 까치집(비둘기 집 비슷한)을 지어 주었더니 아뿔싸! 밤에 고양이란 놈이 올라가서 해치려 하는 것에 놀라 얼른 집안으로 옮겼다. 그래도 제법 자라나기 시작했다. 무심결에 "깍깍아" 하고 불러본 것이 내림이 돼서 '깍깍이' 란 별명이 붙었다.

한 달쯤 지나니까 풀섶이 우거지고 곤충도 먹일 수 있었다. 급기야 제 스스로 먹이를 찾아 먹을만치 자랐다. 녹음이 짙어지자 어설프게 날아다니며 먹이를 구해 오기도 하고 먹잇감을 감추고 저장하는 능력도 제풀에 익혀지고 있었다. 신기하기도 하지! 먹잇감을 물어다가 모아놓은 신문지 갈피를 들치고 그 속에 넣어 두었다가 심심할 때 다시 들추어 꺼내 먹는 것이 깜찍하고도 귀여웠다.

밤에 잠을 잘 때는 사람과 같이 자기도 하고 일찍 일어나서 주인의 잠자는 머리를 건드려 잠을 깨우기도 한다. 식사할 때 어깨 위에 앉거나 사무실에서 일할 때 머리 위를 오르락 내리락 하다가 퍼뜩 볼펜을 물고 밖으로 도망을 친다.

"요것이!"

소리치며 쫓아 나가면 마당에 볼펜을 던져놓고 정원수 위에 앉아 내려다보고 있다.

"누굴 놀려!"

아주 장난꾸러기가 됐다. 그래도 밉지도 않고 갈수록 정이 들었다. 하루는 이 깍깍이가 멀리 나갔다가 바깥세상의 까치 패거리에 몰려 줄행랑을 치며 쏜살같이 사무실로 날아들었다. 까치들도 텃세가 대단하구나! 알 만하다. 그래서인지 항상 외톨이다. 그런데 뜻밖에도 여름 더위가 한창일 때 그 또래의 동무 하나가 생겼다. 그 동무가 사무실 창밖 나뭇가지에 와서 "깍깍" 신호를 보내오면 우리 깍깍이가 쫓아 나간다. 그놈도 외톨이인가? 늘 혼자서 온다.

깍깍이는 사무실에서 저 혼자 나와 약수터에 잘 가곤 했는데 그 근처에 사람들이 떨어트린 먹잇감이 많거나 새로 생긴 동무를 만나러 간다고 생각했다. 사람 손에 자란 깍깍이는 사람들을 두려워하지 않는 편이었는데 별안간 약수터에서 "꺅꺅" 숨넘어가는 다급한 까치 소리가 들렸다. 예감이 좋지 않아서 쫓아가 보니 이런 고약한 술꾼들 같으니라고! 우리 깍깍이를 붙들어 가지고 담뱃불로 날개와 꼬랑지를 태우고 있는 것 아닌가. 그 자들을 한 바탕 꾸짖고 깍깍이를 데려오긴 했지만 이미 많이 다쳐 있었다.

옛 어른들은 까치를 길조(吉鳥)로 여기며 아침에 경쾌한 까치 소리가 들리면 오늘 반가운 소식(아니면 귀한 손님)이 오려나 하고 은근히 마음에 짚어 보곤 했었는데 금석지감(今昔之感 : 지금과 옛날을 비교할 때 차이가 매우 심하여 느껴지는 감정)이 있다.

깍깍이가 그 때의 상처로부터 건강을 되찾고 제법 자랐을 때 산천을 진동하던 매미소리는 잦아들었고 무더위도 식어갔다. 그 무렵 깍깍이가 행방불명 됐다. 아무리 찾아도 흔적이 없다. 하루 이틀이 지나도 소식이 없었다. 창 밖에 그 깍깍이의 동무는 기다리다 갔건만 어찌된 일일까. 생각하다 못해 아랫동네 길목마다 그 어린 것을 찾는 방문(榜文)을 붙였다. 사나흘 지나서 교정(敎庭)에 자주 와서 놀던 한 아이가 소식을 알려왔다.

아! 이럴 수가 있나! 어떤 사람이 교정 울타리의 나뭇가지에 앉아 있는 까치새끼를 새총(공기총)으로 쏘아서 떨어뜨린 것을 보고 "아저씨! 그 까치는 대종교에서 키우는 것인데 큰일 났네요"라고 했더니 그 자는 죽은 까치를 집어 가지고 도망치더란 것 아닌가.

참으로 비정한 인간들이여! 이를 어찌 할까나! 일년도 못 채운 그 가련한 깍깍이의 일생은 어떤 연고인고…….

여행

윤 명 선

나의 여행은 오늘도 계속되고 있다. 여행이란 통상적으로는 일상을 벗어나 어디론가 떠나는 것을 말한다. 그러나 넓게 생각하면 '인생'이 곧 여행인 것이다. 인생은 '여정'이요 세상은 '길'이다. 나는 세상이라는 길 위에서 인생이라는 여행을 하고 있다. '인생길', 가는 길이 사람마다 다를 뿐이다.

무엇이 사람들을 여행으로 유혹하는 것일까? 그 궁극적인 동인은 '그리움'이라고 생각한다. 그리움 때문에 여행을 할 뿐 아니라, 인생의 원동력이 되고 희망을 주는 것이 또한 그리움인 것이다. 여행하는 사람들은 끝없이 길을 묻는다. 인생이란 무엇인가? 누구나 자기만의 오솔길을 걷기 마련이다. 그 길 위에서 '나를 만나는 과정', '나를 찾는 과정', '나를 점검하는 과정'이 곧 여행이다.

윤명선(尹明善) _ 서울 출생(1940년). 경희대학교 법과대학, 동 대학원 졸업, 미국 뉴욕대학교 로스쿨 졸업(법학박사). 경희대학교 법대교수, 법대학장, 국제법무대학원장, 헌법학회 회장, 인터넷법학회 회장, 사법·외무·행정 고시위원 등을 역임하고, 현재 경희대학교 명예교수로 활동.

여행에서 눈과 귀로 만나는 것은 '자연'과 '문화'이다. 자연에 진리가 숨겨져 있고, 문화 속에서 역사가 숨 쉬고 있다. 여행을 하면서 우리들은 자연과 문화를 보고 느끼며, 배우고 생각한다. 무엇을 보는가는 나의 선택에 달려 있다. 무엇을 느끼는가는 나의 마음에 달려 있다. 무엇을 배우는가는 나의 머리에 달려 있다. 여행을 할 때 볼 수 있는 것은 "아는 만큼 보인다"고 한다. 그러기에 여행을 할 때에는 미리 정보를 수집하고 예비지식을 갖추어야 한다.

등산은 가장 훌륭한 여행이다. 땀을 흘리며 정상을 향하여 올라가는 과정이 너무나 인생을 빼닮지 아니 하였는가? 나무와 나무 사이에 길이 있고, 그 길 위로 인생의 강이 흐른다. 나는 산 정상에 누워 하늘과 구름, 나무와 바람과 대화를 나눈다. 이처럼 자연과 소통을 하게 되면 자신이 자연의 일부가 되고, 끝내 자신과의 만남에 이르게 된다. 이 과정에서 인생을 배우고 마음을 치유하니 등산은 선생이요, 의사이다.

어디론가 떠나고 싶을 때면 나는 주로 섬으로 간다. 바다에 가서 '내 안에 있는 섬'을 만나기 위해서다. 섬은 항상 나를 유혹하고 있다. 그 태생적 고독 때문일까? 섬을 만나면 내 마음이 열리고 교감이 이루어진다. 나는 섬 안에 있고, 섬은 내 안으로 들어온다. 마침내 나는 섬이 된다. 그러면 나는 또 다른 나를 발견하게 된다. 그래서 섬 여행은 가장 마음을 들뜨게 만든다.

내 마음은 항상 길 위에 있었다. 길은 걷는 자의 것이며, 걸으면서 행복을 추구하는 것이 여행자의 길이다. 그 길은 상상이나 추억 속에도 있고, 책이나 컴퓨터 속에도 있다. 길은 어디에나 있으며, 그 길로 여행을 하고 있다. 길은 사람, 자연 또는 역사 · 문화와 만날 수 있는 통로이며, 서로 소통할 수 있는 수단이다. "마음은 일종의 풍경이며, 실제로 걷는 것은 마음 속을 거니는 것이다"라고 솔닛은 말하였다. 그 길로 내 마음은 항상 여행을 하고 있다.

"생명은 지나가는 것", 인생의 목적은 도착이 아니라 살아가는 '과정'에 있다. 인생에서 도착은 죽음이고, 그 도착점을 우리는 알지 못한다. 그러므로 인생은 살아가는 과정 안에서 행복을 추구하여야 한다. "여행의 목적은 도착하기 위해서가 아니라 여행하기 위해서다"라고 괴테는 말하였다. 여행도 그 과정이 중요하며, 그 속에서 나를 찾고 행복을 만들어가는 것이 여행의 목적이다.

행복은 소유가 아니라 향유에서 나온다. 여행자는 소유하지 않고 세상이 주는 것을 누릴 뿐이다. '욕망'을 내려놓는 것, 그것이 여행의 본체이다. 나는 여행을 한다는 것 외에는 모든 짐을 내려놓았다. 그리고 홀로 여행을 다니고 있다. 혼자 여행을 할 때 항상 마음의 문은 열려 있고, 더 많은 것을 보고 느낄 수 있어 최대의 효과를 얻을 수 있기 때문이다. 인생이란 결국 '혼자 걷는 여행' 아닌가?

인생은 '3일 간의 여행'에 비유할 수 있다. 과거인 어제, 현재인 오늘, 그리고 미래인 내일. 우리들은 이와 같은 3일간을 여행하는 것이다. 그러나 과거는 지나간 시간으로 추억의 대상이 될 뿐이고, 미래는 불확실한 시간으로 꿈의 형상일 뿐, 삶의 실존은 바로 '오늘'에 있다. 어떻게 살 것인가는 오늘에 의해 결정되고, 오늘 행복해야 인생이 보람을 느낄 수 있는 것이다.

제2차 세계대전 이후 폐허가 된 이태리를 배경으로 만들어진 영화 '길'(LA STRADA)은 길 위에서 떠돌고 있는 인간의 본원적 문제를 다루고 있다. 이 작품의 내용은 주인공 떠돌이 광대 잠파노(안소닌 퀸), 청순한 소녀 젤소미나(줄리에타 마시나)와 줄 타는 곡예사 일 마토(리처드 베이스 하트) 사이에 전개되는 단순한 서커스 인생에 관한 이야기이다. 그러나 이는 또한 우리들의 모습인 동시에 문제인 것이다.

그 주제는 인간을 길 위를 떠도는 방랑자로 보면서, 그 폐허 속에서도 사랑을 찾아 헤매는 구도자와 같은 존재로 묘사함으로써 우리들에게 심오한 감동을 주고 있다. 이 작품에서 세상은 '길'이고, 인생은 그 길 위에 던져진 '돌멩이'에 비유되고 있다. 인간은 고독한 존재로서 그 길을 배회하면서 어디론가 흘러간다. 그 목적지는 사랑이며, 사랑을 통해 구원을 얻고자 한다. 그러니 여행 자체가 사랑의 연속이요, 사랑의 길이 된다.

괴테는 "덧없음을 영원한 것으로 만들기 위해 이 세상에 존재한다"고 하였다. 여행을 통해서 나는 그 길을 걷고자 한다. 쇼펜하워는 "작품은 자신을 구속하는 고통으로부터의 도피이다"(니체 대 바그너)라고 하였는데, 내 경우에도 그렇다고 할 수밖에 없다. 그래서 여행을 다시 시작하게 되니 나를 다시 만나고, 나를 치유할 수 있게 되었다. 지금 나는 여행에 전념할 수 있게 되어 행복하다.

괴테는 여행을 통해 추구하는 것은 "해방, 자유, 행복 그리고 구원"이라고 하였다. 나는 길 위에서 해방될 수 있었고, 자유를 얻을 수 있게 되었다. 지금이 내 인생이고, 그 속에서 행복을 느낌으로써 나는 구원을 추구하고 있다. 파우스트가 보여주듯이 나의 여행의 궁극적인 목적은 '구원'에 있다. "인생이란 노력하는 한 방황하는 것이다"(파우스트). 이 목적을 달성하기 위해 그 길 위로 오늘도 여행을 떠난다. 나의 여행은 '현재진행형'이다.

바라나시의 묵시록(默示錄)

이강우

지난 해 절친한 벗을 잃었다.

인도를 다녀온 피로가 채 가시기도 전, 급히 간 곳은 서울 근교의 장례식장(葬禮式場)이다. 잘 꾸며진 장례장과 함께 한 줌 재로 남겨지는 화장장(火葬場). 멀리 떨어져 있으면 안 되기라도 하다는 듯이 붙어 있다. 유골을 안치하는 납골당(納骨堂)이 비탈 쪽으로 몇 십 걸음 오르막한 곳에 수행하는 스님 홀로 머무는 암자의 모양새로 자리하고 있다.

육십 넘게 살아오면서 이따금 죽음의 소식을 들을 때마다 잠시잠깐 내 죽음을 생각해 보았었다. 그러나 쉽게 간과(看過)할 문제가 아닌 죽음의 문제임에도 불구하고 며칠도 아닌 하루만 지나면 곧 잊어버리고는 달라짐 없이 지냈다. 멀고도 먼 날의 일이며 나에게는 결코 오지 않을 남의 일인 것처럼 살곤 했는데, 고향에서 함께 자란 친구를 영영 못

이강우(李康雨) _ 경기 안성 출생(1949년). 1971년부터 2008년까지 경기도 중등교육자로 근무. 시인·수필가. 한국문인협회 회원. 안성문인협회 회원. 제10회 한국문학예술상 본상 수상. 시집 《들이 좋아 피는 꽃》(2002), 《이방인의 도시》(2004), 《철새들의 춤》(2007) 등 상재. 녹조근정훈장(2009) 수훈.

보게 된다는 충격은 쉽게 가라앉질 않았다. 운구차(運柩車)에서 내려진 고인(故人)의 관(棺)이 태워질 화덕(火–)에 들어갈 때까지, 짧은 시간은 길고도 먼 길이었다. 과거로의 회귀(回歸), 의식하지 못한 채, 함께 했던 추억을 더듬어보느라 그리 느꼈는가 보다. 슬피우는 이도, 지쳐 누운 이도, 슬픔이 가득한 표정들이다.

화덕의 문이 닫히고 태워지는 2시간. 곳곳에서 볼 수 있는 추모의 광경들은 시장터 같다는 생각이 든다. 목탁소리. 울부짖는 소리와 찬송가 소리. 혼란스럽다. 오히려 침묵의 시간들이면 더 좋겠다는 느낌을 갖게 한다. 몇 호실인지는 모르겠으나, 나이든 여인의 나지막한 넋두리가 어떤 소리보다도 애잔한 슬픔을 안겨주었다. 저 소리들이 슬픔들을 달래줄 수 있으면 좋으련만. 삶과 죽음이 갈림 되는 곳.

인도의 갠지스 강변 바라나시의 가트(ghat) 정경이 떠올랐다. 죽은 이를 보내면서도 우는 사람이 눈에 띄지 않는 곳. 활활 타오르는 장작 불꽃 속에 태워지는 시신을 보면서도 표정의 동요 없이 침묵으로 기다리는 모습들. 죽음에 대해 통달한 사람들일까? 아니면, 죽음은 영원한 자유로 가는 길이기에 축하를 해 주는 것일까? 다 태워질 때까지 성스럽다는 불꽃을 돌보는 사람만 흩어지는 장작을 돌볼 뿐이다. 환생이거나 해탈에 대한 믿음의 자신감. 체념의 침묵이 아닌, 삶과 죽음은 단절된 것이 아니라, 윤회(輪廻)로 이어지는 연결이라는 종교적 믿음의 확신일 것이다. 만장(輓章)을 내세우고 장대하게 상여꾼을 이끄는 요령잡이가 아닌, 조그만 종(鐘) 하나 달랑 들고서 사자(死者)를 안내하는 이의 뒤로, 꽃송이를 엮어 목에 두른 몇몇의 사람들과 천을 덮은 시신을 들것에 들고 온 이들이 보여주는 장례모습은 초라하다거나 정성이 부족함으로 보여짐이 아니라, '오히려 다비식(茶毘式)만큼이나 경건하고 숙연함을 보여주는 광경들이다.

곡(哭)소리도 없었다. 옥신각신 떠들썩한 노제(路祭)도 없었다. 사체를 태운 잔해들을 강에 쓸어 흘려버리는 의식에는 꾸밈과 허례허식(虛禮虛飾)을 찾아볼 수 없는 떠나보냄이었다. 장례비(葬禮費)로 몇 백, 몇 천만 원의 비용이 있어야 하고 매장(埋葬)이나 납골(納骨)을 위해 큰돈이 필요한 우리네들의 장례의식을 생각해 보게 한다. 산 자의 멍에, 아니면 죽은 자의 멍에? 그리고는 죽음을 영원히 산 자의 곁에서 떼어 놓고는 단절시킨다. 생각하기도 싫어하며 곧 잊으려 한다.

유럽권의 대부분의 나라에서는 묘지들이 동네 어귀나 마을 안에 아름다운 공원으로 자리하고 있다. 이슬람 문화권인 터키의 이스탄불에서도 묘지가 동네 중심지에 잘 가꾸어져 있었다. 생각나고 보고 싶어지면 찾아볼 수 있도록 만든 공존(共存)의 세계. 숲과 나무로 잘 가꾸어진 곳이어서 각종 꽃도 보고, 새소리도 들을 수 있는 아름다운 공간이다.

무섭고 두려워서 멀리 떨어져 있어야 하고, 결코 곁에 두고 싶지 않은 혐오(嫌惡)의 공간으로 단절시키는 우리의 모습과는 전혀 다른 모습. 내 형제이며 나의 부모인데도 명당(明堂)자리 운운하며 깊은 곳, 멀리 두고는 일 년에 한두 번도 찾을까 말까 하는 우리의 변질된 풍습. 비좁은 땅에서 많은 사람들이 살아야 하는 땅의 문제이기에, 화장(火葬) 또는 수목장(樹木葬)을 권장하는 차원에서의 거부가 아니라, 발전시키고 고쳐져야 하는 문화적인 측면에서 생각해 봐야 될 문제라는 생각이 든다.

역사와 전설보다 오래된 도시이며 죽음과 삶이 공존하는 곳인 인도 최고(最古)의 도시 바라나시는 수행자인 '사두'에게만이 아니라, 힌두교도들은 생에 한 번만이라도 이곳을 찾아 갠지스 강물에 죄를 씻고 영혼이 구원받기를 소망한다. 나아가 윤회(輪廻)의 고리를 끊는 자신의 주검이 불에 태워져 해탈(解脫)하기 위해 죽음을 기다리기도 하는 믿음의 성지이다.

　돌보는 이 없이 이곳에서 죽음을 준비하는 자(者)는 손목에 은팔찌 하나씩을 차고 있다는데, 죽은 자신의 사체를 태울 장작을 구입하는 비용(費用)에 써달라는 은팔찌이다. 자신이 스스로 맞이하는 죽음. 다 내어놓고 가난한 모습으로 임하는 자세는 깊이 있는 종교인의 자세이며 철학자와도 같다는 생각이 든다. 육신은 단순히 죽어서 썩는다는 소인(小人)적 의미의 해석인 사(死)가 아니라, 사람 노릇을 끝낸다는 군자(君者)적 의미로 해석되는 종(終)의 개념을 지닌 행위가 아닐까? 종교적인 의미를 떠나서라도 단순하게 배우고 받아들이고 싶은 문화이며 풍습이다.

　바라나시를 찾는 이유를 물으면, 죽음에 대해 진지하게 생각할 기회를 갖기 위함이라고들 말한다. 그곳을 찾는 많은 사람들이 죽음에 대해 심오한 깨달음을 얻고 돌아오는지 모르겠다. 다만, 인도인들의 어머니라고 불리는 갠지스 강을 품은 바라나시. 신들의 고향이며 신화(神話)의 도시라는 그 곳은 사람들과 국가와 민족에게 많은 생각거리를 제공해 주는 곳이라는 생각은 부정할 수 없는 사실이다. 늘 죽음에 대한 화두(話頭)를 던져주는 철학의 도시. 우리나라와 우리 민족에게 많은 화두(話頭)를 던져준다.

화장(火葬)

선택으로 시작된 생명 하나가
삶의 의미를 찾아 헤매다
무엇이 그리 서운했는지
관(棺) 속에 누워 꼼짝하지 않네

기쁨은 내 것인 양 갖으려다
슬픔은 네 것인 양 버리려다
현세에 무슨 한(恨)이 맺혔는지
영영 오지 못할 곳으로 가려 하네

성스런 불경소린들 들리는가
거룩한 성경소린들 들리는가
울음소리 실신하여 침묵할 때
헤어짐의 기척이라도 내면 좋으련만

내 그대에게
하얗고 노란 국화 한 아름 안긴다면
멋쩍은 손이라도 내밀며
정이 그리워 못가겠다 하겠는지

회색빛 재 날리는 연기 좇아
차마 못보고 갠지스 강 건넌
날갯짓 힘겨운 잿빛 반구(頒鳩)
희미한 불 밝힌 '디아' 만이 물 위를 맴돈다

가정공동체 위기 극복은

이서행

1. 가정공동체가 와해되는 위기시대

사회를 구성하는 기본단위인 가정이 오늘날 지구 곳곳에서 심각한 도전을 받고 있다는 판단에 따라 가정의 중요성에 대한 관심을 일깨울 목적으로 유엔에서는 1994년을 '세계 가정의 해'로 선포했었다. 이에 앞서 1993년 11월 28일부터 12월 2일까지 아프리카 말타에서 세계 가정의 해를 준비하는 세계비정부기구회의(WDRLD NGO FORUM)가 개최된 바 있었다. 최근 유별나게 가정과 인간의 기본 도리인 인륜의 중요성이 강조되고 있으나 아이러니컬하게도 우리 사회에서는 이에 역행하는 존속살인사건들이 연이어 발생하고 있다.

지난 20년 전부터 우리 사회에 불거지고 있는 패륜적인 사건행태를

이서행(李瑞行) _ 전북 고창 출생(1948년). 트리니티그리스도대학, 동 대학원 졸업. 한국학중앙연구원 교수. 세계평화통일학회 회장. 한민족문화연구소 소장. 한국학중앙연구원 부원장. 저서 《한국, 한국인, 한국정신》(1989), 《새로운 북한학》(2002), 《민족정신문화와 시민윤리》(2003), 《남북 정치경제와 사회문화교류 전망》(2005), 《통일시대 남북공동체: 기본구상과 실천방안》(2008), 《고지도와 사진으로 본 백두산》(2011), 《한국윤리문화사》(2011), 《한반도 통일론과 통일윤리》(2012) 외 20여 권 상재.

보면 30대 남자가 돈 문제로 부모를 살해하여 앞마당에 암매장한 사건, 한 유학생의 부모 살해사건, 미혼모의 자식유기사건, 장모살인사건, 백부살인사건, 계모살인사건, 형제살인사건, 정부와 함께 남편살인사건, 폭력게임중독에 빠진 청소년들의 가족살해사건 등은 가정윤리와 인간윤리의 부재로 인한 우리 사회의 도덕불감증의 위기상황을 실감케 하고 있다.

오늘날 우리 사회 도처에 급증하고 있는 인간성 상실과 생명경시풍조, 구조적 비리와 부정부패, 성도덕의 타락과 가정파괴, 자연환경의 파괴와 오염 등의 문제는 공동체 사회의 구성원인 인간의 가치를 부정하고 생명을 경시함으로써 공동체 사회가 점점 파괴되어 가고 있다는 것을 증명해 주고 있다. 다른 부분의 파괴는 복원의 기회가 있지만 인간성 자체와 가정윤리의 파괴는 인류공동체 사회의 위기를 가져오므로 지구촌시대에 심각한 현상이 아닐 수 없다.

돌이켜 보면 우리 사회는 1960년대 이후 급격한 산업화, 도시화 과정을 겪으면서 우리의 전통문화는 더욱 단절되기 시작하였으며 고유한 미풍양속과 규범문화마저 거대한 물량주의와 산업화에 밀려 점차 무질서, 무규범, 무가치라는 가치규범의 아노미현상이 보편화되기에 이르렀다.

이로 인하여 가족의 해체와 핵가족화 현상이 일어나고 부모에 대한 효 중심의 가족공동체가 무너지면서 고유한 우리의 가족문화는 물론 인간관계의 질서, 가정의 질서, 사회의 질서가 점차적으로 무너지기 시작했다. 여기서 가족해체란 가족성원간의 가치와 규범의식이 해이해지거나 상충하여 역할과 의무를 원활하게 수행하지 못함으로써 가정이 제 기능을 다하지 못한 상태를 말한다.

우리 사회에 있어서 이와 같은 급격한 변화가 일어난 것은 산업화와 도시화라는 외적인 사회환경의 변화에 기인한 것으로 볼 수 있지만 다른 한 편으로는 근대화에서 비롯되는 가치관의 변화가 제반 제도의 변화를 촉진시켰다고 볼 수 있다.

사람들의 기본적인 가치지향이 본래 무의식적이면서 깊고 광범하게 퍼져 있어 사람들의 행동과 생각의 형식에 영향을 미치기 때문에 산업화 과정에서 형성된 근대적 가치관이 곧 가정생활과 가족 구성원의 가치관에 큰 영향을 끼쳐 왔다고 생각된다. 그러나 현재 우리나라가 급속한 발전과 변화를 겪어나가는 과정에서 가족의 가치관 문제는 아직은 심각하고 위태로운 상황이라고 할 수는 없어도 점차 중대한 문제가 되어가고 있다는 것을 부인할 수는 없다.

비록 우리가 지녀온 전통 가운데서도 가족의 제도와 가족의 윤리는 다른 어느 민족의 그것보다 엄격하고 공고하였기 때문에 급격한 변화를 겪으면서도 아직 가족제도가 근저에서부터 흔들리는 그런 위기는 나타나지 않고 있다 하더라도 최근에 들어와서 재래의 가족이 지녔던 양상과 성원간의 내면적 관계가 급격하게 변화되어 장차 심각한 문제로 되어갈 우려가 충분히 있다고 본다. 그렇게 되면 사회 기본적인 가정공동체가 와해될 상황에로 처하게 될 것이다.

2. 가족은 인류의 원초적 혈연관계

가정은 최초의 사회적 환경으로 인간에게 가장 친밀한 혈연집단인 가족이 동거하면서 생존과 생활을 영위하는 인간사회의 기본집단으로 인식되어 왔으며, 한 세대 전만 해도 가정은 인간의 도리와 윤리규범을 배우는 도장이었고 문화전승의 교실이었다. 그래서 오늘날 일반적으로 가정을 말할 때도 물질적 장소와 환경만을 뜻함이 아니고 감정과 의식, 가치와 규범을 가지고 생활하는 물심양면의 모든 현상을 포함시킨

생활통일체를 의미한다. 즉 광범위하게 가족을 포괄하는 가족의 통일체인 동시에 가정의 생산체로서 서서히 생활습관 태도를 창조하는 가정생활 전체를 뜻한다. 그렇다면 가정의 구성원인 가족의 정의는 무엇인가?가족은 사회를 구성하는 한 단위집단이며 사회학적 용어로 표현하면 원초적 집단(primary group)이라 일컬어진다. 현대가족의 특징은 지역과 시대에 따라 그 크기나 형태가 각양각색으로 다를 수 있지만 기본적 형태는 부부와 그 자녀들이 한 집에서 공동생활을 하는 핵가족의 양상을 띠고 있다.

가족의 주요기능으로, 첫째 인류의 존속을 지켜나가는 기능, 둘째 한 사람의 몫을 할 인간을 양육하는 사회화적 기능, 셋째 경제적인 협력을 이루어 하나의 협동체를 만들어서 생계를 영위하는 기능 등이다.

이외에도 가족 내의 구성원 사이의 애정은 말할 것도 없고 서로 돕고 의지하면서 외부에 대해서 함께 방호하는 심리적 연대감, 즉 정신적 공동의식이 인간통합의 기초적인 조직이 되고 있기 때문에 공동체윤리 차원에서 강조되지 않으면 안 될 것이다.

가정에 있어서 부모 자식의 관계는 혈연공동 사회의 최소의 전형임은 말할 나위 없으며 부자간은 개인이 자유의지로 맺은 계약 관계가 아니다. 비록 법률상으로는 의절 처분으로 부자의 인연을 끊을 수는 있어도 그것으로 혈연적인 부자관계가 없어질 리 없다. 그것은 자연적인 혈연과 혈연 애를 기초로 하는 운명적인 관계인 것이다.

따라서 가족제도는 역사상 변화의 도전을 거듭해 왔으나 부부와 부자를 기반으로 끊임없이 결합사회화를 거부하면서 천륜과 인륜적인 공동사회로서의 중요성과 함께 협동사회의 전형으로 존속해 오고 있다. 그러나 급격한 사회변동 속에 가족의 형태와 기능은 크게 변하고 있으며 이에 따라 가족윤리의 변화 역시 불가피함을 분명히 인식할 필요가 있다. 특히 산업화의 진전과 무관하게 가족중심의 가치가 점차 사회의 중심가치로 전환하고 있는 변화의 특징이 있다.

그동안 산업화, 서구화, 민주화가 시작된 이후 우리 사회는 모든 분야에서 급작스럽게 많은 변화가 일어났으며 보편적인 사회제도이기 때문에 변하지 않는다는 가족주의까지도 생각보다는 빠르게 변화가 일어났으며 가의식(家意識)의 시대적 변천에 따라 새로운 가족관의 정립이 불가피하게 되었다.

한국인의 전통적인 가족관은 '가족주의적'이라고 할 수 있을 만큼 사고와 행동의 특색이 있었으며 이는 가족에 대한 애착 내지 관심이 다른 의욕과 동기를 압도하고 행동의 주도권을 이끄는 생활태도로 나타나는 경향이 있었다.

한국 가족주의에 대한 구체적인 정의에 의하면, ① 집은 어떠한 집단보다 중시되고, ② 개인은 집에서 독립하지 못하며, ③ 집안의 인간관계도 자유롭고 평등한 것이 아니라 언제나 상하의 신분서열에 의하여 이루어진다. ④ 이와 같은 인간관계는 비단 가족 내에 있어서 뿐만 아니라 가족의 외부사회에까지 확대되어 사회의 조직형태를 이루고, ⑤ 특히 부자관계와 부부관계가 전통적인 수직관계로 권위가 강하다. 실제 1970년대 이전까지만 해도 우리나라 가족주의적 가치관이 강했던 것이 사실이다.

1960년대 가치관 조사를 보면 개인보다는 집을 위해서 일을 하고 부양가족을 위해 개인의 결혼을 희생시킨다는 결과가 높게 나타났으며 (도시 85.5%, 농촌 87.2%), 가정의 화평을 위해서는 부인이 모든 것을 참아야 하는 것을 미덕으로 간주했다(도시 95.8%, 농촌 92.2%). 그러나 1981년에 실시된 한국갤럽조사연구소의 연구 결과에 의하면, 개인에게 중요한 것으로 가족보다는 자신의 건강이 제일 많이 지적되었으며

(62.9%), 참는 것만이 능사가 아니라고 생각하여 이혼을 하게 되는데, 1980년을 기점으로 할 때 1981년에 3.2%, 1982년에 8.8%, 1983년에 12.8%, 1984년에 19.1%로 점차 이혼률이 증가하는 추세에 있다. 1990년대 이후에는 이혼율이 결혼율을 육박할 정도로 급증하고 있으며, 특히 동거 5년 미만이 67%나 되어 갈수록 사회문제화가 되고 있다.

　이같이 현대는 가족보다 개인을 중요시하는 가치관으로 서서히 변해가고 있는데 배우자 선택에 있어서도 가족의 뜻보다는 당사자의 뜻이 중요시되고, 과거에는 이혼할 때 자녀양육의 책임감이 강했으나 요즘은 오히려 자녀를 기피하는 경향이 증대되어 자녀관에도 심각한 변화가 일고 있다. 또한 전통사회에서는 무조건 부모에게 복종해야 효(孝)인줄 알았는데 요즘은 부모가 자식의 눈치를 살피고 자식이 부모를 살해하는 패륜화 경향으로 바뀌고 있으며 자녀가 결혼한 이후에 부모와의 동거를 바라지 않는다는 생각이 증가되고 있어 고부(姑婦)간의 갈등, 노인문제는 평상시보다 심각하게 나타나 가정불화의 원인이 되기도 한다.

　이미 지적했듯이 전통적인 가족주의 가치가 사회적 합리화에 장애가 되고 있기 때문에 문제 해결에 한계가 따른다. 전통적인 가족주의가 가족이나 붕당과 같은 작은 집단의 협력과 인화를 위해서는 적합했을지 모르나 국가 또는 민족과 같은 규모가 큰 집단의 요청을 만족시키기에는 충분한 것이 못 되었다.

　그 당시에도 국가가 개인에 대하여 갖는 의미는 매우 컸던 까닭에 가족주의나 분파주의를 넘어서는 한 단계 높은 차원의 가치관이 요청되었던 것이나, 조선조시대는 이 요청에 부응하지 못함에 따라 나라의 힘은 결집되지 못한 채 급기야는 국권을 상실하는 결과까지 초래하고 말았다. 이것은 가족공동체는 물론 민족공동체의 윤리적 퇴락을 가져와

공동체의 구심점을 상실하게 되었다.

3. 개체가 공동체로 진화하는 묘합의 가정문화

오늘날 국가가 표방하는 이념이 자본주의이건 공산사회주의이건 산업화 과정에 있는 사회에서는 가족주의적인 가족제도의 변혁이 불가피하게 되었으며, 더욱이 20세기 후반에 와서 본격적으로 실천적 과제로서 거론되는 도덕적 개인주의의 실현과제가 가족주의의 변화를 더욱 강력하게 요구하게 되었다.

불란서 사회학자 뒤르껭에 의하면 현대사회는 강력한 집합의식과 공동체의 제재에 의한 기계적 결속의 사회와는 질적으로 다른 질서를 요구하는데, 그것은 곧 전통적 사회질서에서 개인주의로의 전환을 의미한다. 이미 개인 중심의 사고와 성취 우선주의라는 경쟁의 윤리가 우리 사회에 깊이 침투하여 전통적인 가족가치관을 기대하기가 어렵게 되었으며, 더욱이 재력, 권력, 학력 등으로 상징되는 입신출세위주의 교육풍토와 물질주의적인 사회풍토는 개인주의라기보다 극단적인 이기주의를 자아내고 있다.

가정문제를 포함한 현대사회의 대부분의 규범문제는 전통윤리의 단절로 인한 가치공백과 개인주의적인 가치의 내재화에 실패하였기 때문이 아니겠는가? 특히 현대적 사회변화는 자식들로 하여금 부모에의 복종보다 사회적 책임완수에 최선을 다할 것을 요구하기 때문에 강요된 효는 가족관계를 약화시키는 결과를 초래하게 되고, 또한 여성의 사회진출과 지위향상으로 인한 가치변화와 부부관의 갈등 등에서 가정윤리의 기본적인 문제가 발생하게 되었다고 본다.

한 마디로 종적질서인 전통적 가치와 횡적질서인 현대적 가치가 상충되는 경우라 할 수 있다. 우리는 여기서 가족적 이기주의의 극복과 아울러 산업사회의 산물인 사회우선주의와 개인주의의 극복이 요구됨을 알 수 있다. 우리 사회에 일고 있는 가족윤리문제는 근대화과정에서 일고 있는 변화 자체가 사회구성원들이 능동적으로 참여한 결과에서라기보다는 산업화한 거대한 변화 속에서 생존에 급급한 몸부림의 산물이라 할 수 있다.

그래서 어떻게 가족을 중시하는 의식을 지속시키면서 그것이 본질적으로 가족성원의 개성을 억압하지 않고 사회발전의 온상이 될 수 있을 것인가가 현대 가족윤리의 문제를 해결하는 데 관건이 되리라 본다. 따라서 새로운 가족의 구성원리는 전통적 가족주의의 특성인 혈연성, 폐쇄주의, 종적 위계질서를 보완하는 현대사회의 합리성, 자율성, 개방성에 근거하여 모색되어야 할 것이다.

일본이 근현대화에 성공할 수 있었던 비결은 일본의 전통적인 가문화(家文化)와 서양의 합리적인 계약문화의 조화적 만남인 일가계약정신(一家契約精神, Kintractship)을 확립했기 때문이라고 본다. 이로 인해 일본은 본가(本家)와 업가(業家)가 밀접한 관계를 유지하게 되었고 친자(親子)는 친분(親分)과 자분(子分)으로 확대되어 모든 사회조직이 이 과정을 통해 통합되었으며, 대표적인 공동체 규범으로 신의와 의리문화를 발전시켰다.

일본의 경우처럼 전통과 현대의 묘합정신(妙合精神)이 시대정신으로 확립되어야만 다원적 사회질서와 전통적 가족주의가 조화적 발전을 기할 수 있게 될 것이다. 우리 사회에서도 대내윤리와 대외윤리, 즉 개체성과 공동체성이 함께 내포된 전통적인 가족윤리가 존속되고 있기 때문에 현대 공동체사회에 적합되게 재정립만 된다면 공동체문화가 크게 발전될 것은 분명하다.

단지 문제가 되는 것은 전통사회 변화과정에서 시대적으로 규범의 본질이 왜곡되어 형식적, 수직적, 일방적 강요의미만 강하게 전승되어 온 것을 개인, 평등, 민주, 정보화 성격이 강한 현대사회에 어떻게 적용시킬 것인가이다.

4. 우리 사회의 가정공동체 위기극복은 고유한 홍익관계 윤리문화로

가정의 윤리가 무너지면 사회 전체의 윤리가 무너지고 가정이 황폐하게 되면 사회 전체가 황폐하게 되므로, 현재 우리 사회에 나타나고 있는 도덕적 위기의 근원의 하나가 전통윤리의 단절과 현대 가족윤리의 공백에서 비롯됨을 알게 하는데 의심의 여지가 없다.

오늘날 가정윤리문제의 원인을 여러 각도에서 조명할 수 있겠지만 이미 앞서 논의한 것을 중심으로 요약해 보면, 첫째 일상생활에 있어서 현대적 문물의 수용을 가능하게 하는데 여과장치로서 가정이 제기능을 발휘하지 못한 데서 오는 가정의 부재 현상, 둘째 가장이 제 역할을 할 수 없는 데서 오는 권위 상실과 어른문화 부재에 따른 불효, 노인문제, 부부갈등과 이혼에 따른 자녀문제, 셋째 전통적인 공동체윤리의 붕괴로 이웃과 친족개념 상실에서 오는 소외와 불신, 이기적 갈등, 인간성상실 문제, 넷째 핵가족과 부부가 맞벌이하는 데서 오는 가정교육의 부재로 인한 정보화문제가 범람하는 청소년비행 문제 등을 들 수 있다.

더욱이 우리 사회에서 가정윤리의 위기를 가중시켰던 원인은 그동안 대가족제도나 가족주의를 낡은 전통으로 인식하게 한 사회문화 성격과 급속한 산업화와 정보화에 따른 대도시 위주의 교육정책, 문화집중 현상, 사회보장정책, 주택정책 등 정부시책을 빼놓을 수 없다. 또한 전통적이라고 해서 모두 낡고 배척되어야 할 것은 아닌데도 불구하고 우리는 그동안 외래문화 유입의 충격과 산업화의 급류에 떠밀려 오랫

동안 지켜온 가정공동체 규범을 상실했으며 미처 현대적인 대안을 마련하지 못한 데 원인도 있어 왔다.

앞으로 우리 사회에 있어 물질문명과 이에 병행한 비윤리적인 정보화의 향락주의의 풍조가 가치체계를 더욱 혼란시킬 것이며, 이기주의와 쾌락주의 경향은 가난을 경험하지 못한 신세대들로 갈수록 심해질 가능성이 있기 때문에, 가정에서의 도덕교육은 우리 사회의 당면과제 중에 어떠한 문제보다도 긴급을 요하는 문제라고 본다. 따라서 가정과 사회의 안위를 위해서는 과거처럼 도덕성 회복이라는 당위론만을 주장할 수 없는 상황이 보편화되었기 때문에 우리는 더 이상 중요성이나 주의주장에 붙들려 있을 수만은 없다.

끝으로 총체적인 도덕성 위기감과 비윤리적인 정보문화가 범람하는 우리 사회의 현실하에서 안타깝게 하는 것은, 도덕적 불안의 사회분위기와는 달리 학교교육마저 도덕교육이 다른 과목에 밀려 내신성적에 제대로 반영되지 않아 도외시되어, 가정·학교·사회 어디에서도 인성교육, 예절교육, 질서교육을 책임 있게 제대로 하지 않고 있다는 점이다.

먼 훗날에 선생이 학부모와 학생에게 매 맞고 부모가 자식에게 살해당하며 결혼과 이혼율이 비등하는 가치부재, 윤리부재, 인간부재, 교육부재시대를 어떻게 평가하게 될까? 참담하지 않을 수 없다. 지금이야말로 우리의 고유한 국가의 이상이며 관계윤리의 원리인 홍익이념으로 개체와 개체간, 공동체와 공동체간의 질서를 바로 세우고, 대립과 갈등으로 상징되는 현대사회의 가정문제를 정통적인 묘합정신과 화쟁 원융 회통정신으로 승화시켜 나갈 때가 아니겠는가?

곰삭은 사람

이선영

머거리를 오래 보관하고 저장하는 방법은 여러 가지가 있다. 바싹 말려서 두고두고 먹는 방법, 부패하지 않게 소금에 절이는 방법, 설탕과 같이 졸이거나, 냉동보관하거나 자주 끓여 놓거나…. 한편 맛과 영양을 잃지 않으면서도 오래 두는 방법은 발효시키는 방법이다. 우리가 하루라도 먹지 않으면 안 되는 음식을 보자. 김치, 된장, 간장, 각종 젓갈, 술 등이다.

우리는 조상들이 먹던 음식을 수 천년 동안 먹어오고 있다. 우리가 먹는 음식을 세계 사람들에게 내놓아도 그 깊은 맛을 따라올 만한 것이 없다고 한다. 우리 음식의 특징이라면 푸욱 삭은, 숙성시킨, 발효된 음식이 유난히 많다. 유목민족의 후손인 서양사람들은 동물의 젖을 요구르트나 치즈 등으로 발효하여 먹어왔고 농경민족은 주로 곡식과 채소

이선영(李善永) _ 천도교 선도사. 상담심리사. 천도교 중앙총부 교화관장. 사단법인 민족종교협의회 감사.

를 발효하여 먹어왔다. 특히 우리는 콩을 발효하여 얻은 된장과 고추장 간장 청국장까지 그 종류가 무진장하다. 한국의 김치는 또 어떤가. 곰삭은 젓갈의 감칠맛은 먹어 본 사람만이 알 수 있다.

발효식품은 먹어서 탈나는 일이 없다고 한다. 콤콤하고 시큼한 냄새가 먹어보지 않은 사람들에게는 낯선 느낌이 들 수는 있지만 그 깊은 맛은 오랫동안 우리의 몸과 마음을 지배해 왔다. 오늘도 우리는 하루에 한 끼는 발효음식을 먹고 있다.

술을 만드는 데는 곡식과 좋은 누룩이 필수지만 더 중요한 것은 늘 같은 온도를 유지해 주어야 한단다. 쌀과 누룩이 서로 자기가 가진 것을 주고 받는 가운데 깊고 은은하게 술이 고이는 것이 아닐까. 김치도 마찬가지다. 예전에는 마당에 땅을 파고 김칫독을 묻었고 지금은 집집마다 김치냉장고가 있는 데 땅 속이나 김치냉장고에서는 온도의 변화가 거의 없기 때문이다.

소금은 발효식품에 없어서는 안 될 그야말로 소금이다. 새우젓을 집에서 담아보면 소금을 적당히―정말 중요하다―넣어야 한다. 발효는 고통일 수도 있다. 소금과 새우의 살 사이에서 그 짠 맛을 견디면서 소금과 새우가 주고받는 그 사이에 멋진 발효가 일어난다. 깨끗한 항아리에 싱싱한 새우와 좋은 소금을 알맞게 넣고 뚜껑을 단단히 하여 덮어놓는다. 파리새끼 한 마리 얼씬하지 않는다. 한참 지나 열어보면 향기나는 새우젓이 되어 있다.

발효를 시키려다 까딱 잘못하면 썩기 십상이다. 새우 항아리에 소금이 덜 들어간다든지, 온도가 맞지 않았다든지, 물기가 많았다든지, 공기를 자주 쏘이면 며칠 지나지 않아 파리가 먼저 알고 항아리 위를 맴돈다. 이상하다 싶어서 열어 보면 어정쩡한 냄새가 나면서 허연 색을 띤다. 소금이 덜 들어갔구나 싶어서 소금을 더 넣어 봐도 이미 소용이 없다. 새우하고 소금만 아깝다. 파리는 그것을 어떻게 알았을까.

사람도 마찬가지가 아닌가 싶다. 잘 발효한 음식처럼 간이 맞으면서 깊은 맛을 내는 사람이 좋다. 쉬임없이 자신을 삭히고 삭힌 사람, 내 살을 파고드는 짠 소금과 매운 고춧가루와 누룩과 미생물을 받아들일 수밖에 없고 받아들인 만큼 내주는 고통을 겪어 본 사람.

코끝이 놀랄 정도의 짙은 향기를 내지는 않아도 자꾸 만날수록 깊은 맛을 느끼게 해 주는 사람이 그렇다. 마개를 오래두고 열지 않아도 그 맛이 점점 깊어지는 술병처럼 곰삭은 사람….

맛있고 영양가 높은 음식이 부패할 때는 악취가 난다. 명예와 권력과 돈을 가진 사람들이 자신을 삭히는 데에 게을리하면 아차하는 순간에 썩게 된다. 악취와 함께 독한 물질도 생긴다. 그럴 때 세상은 시끄러워지고 사람들은 머리가 아파진다. 겉으로 보기에는 색깔도 화려하고 냄새도 그럴 듯했는데 부패하는 모습을 보는 것은 고통스럽다. 제대로 삭지 않은 음식은 먹을 수도 없고 버리기엔 아쉽다. 이러지도 못하고 저러지도 못하는 어설픈 존재가 되는 것처럼 이것도 아니고 저것도 아닌 사람은 여러 사람을 곤란하게 한다.

방금 지은 밥에 잘 곰삭은 젓갈, 깊은 풍미의 청국장 찌개를 먹고 나면 세상이 다 행복해진다. 잘 발효한 술이 맑게 고이듯, 제대로 삭은 음식이 감칠맛을 내듯이 쭈욱 짜면 향긋한 물이 쭈르륵 흘러 넘칠 것 같은 사람….

패스트푸드나 인스턴트 식품이 도저히 낼 수 없는 향과 맛을 풍기는 발효식품이 우리 밥상에 수 천 년 동안 올라오듯 매일 아니 가끔이라도 그런 사람을 만나고 싶다. 옷과 집은 새 것이 좋고 술과 사람은 오래된 것이 좋다고 하지 않는가. 오래된 술처럼 나와 같이 오랫동안 곰삭은 그런 사람이 많았으면 좋겠다.

고향 생각

이 재 득

우리나라의 속담에 '살다 보면 고향이다' 란 말이 있다. 말하자면 어느 곳이나 마음 붙여 살아가노라면 정도 들고 고향이 된다는 뜻이다. 그러나 '갈매기도 제집이 있다' 라는 속담처럼 나도 고향이 버젓하게 있음을 자랑스럽게 생각하지 않을 수 없다.

내 고향은 경상북도 경산시 용선면 외촌리이다. 어찌 보면 산골짜기이기는 하지만 산수 좋고 공기 맑으며 인심 좋은 마을이다. 나의 직계 가족(아내와 아들·딸)은 서울에 와서 살고 있으나 고향에는 많은 친척들과 죽마고우들이 행복하게 살고 있는 곳이다. 그 넓은 경산 들녘에는 오곡백과가 무르익는 생명의 젖줄이라고나 할까.

지금은 서울에서 살고 있지만 이따금 고향 생각에 파묻혀 그 추억과 그리움 속에서 어찌할 바를 모를 때가 많다. 그러기에 명절 때나 집안

이재득(李在得) _ 경북 경산 출생(1952년). 자영업. 88올림픽 진행 자원봉사. 홍은1동 자치위원장. 민족종교협의회 홍보위원. 한국자유기고가협회 이사. 정골운동원 원장.

의 제사 때에는 자주 고향에 다녀오곤 한다.

고향이 그리워도 못가는 신세가 되어버린 북한 출신의 실향민들을 보면 실로 미안하고 가슴 아픈 생각이 들 때가 많다. 빨리 남북통일이 이루어졌으면 얼마나 좋을까하는 바람이다.

젊어서 떠나온 고향을 세월 따라 나이가 들다 보니 고향사투리는 그대로인데 나도 모르는 사이에 머리카락만 빠져 갔구나 하는 생각이 앞선다. 나이가 어린 아이들은 나를 알아볼 턱이 없고, 마치 웃으며 어디서 오시는 아저씨인교 하고 묻는다.

동서고금을 막론하고 고향의 정을 그리워하는 사람들은 얼마나 많을까? 흔히 고향에서 어렵게 살던 사람은 흔히 정이 없는 곳이라고 푸념할는지 몰라도 고향이라고 하면 대부분의 사람들은 그곳에서 이루어진 인연을 그리워하기 마련이다.

"눈을 지긋이 감으면 고향 생각이오, 눈을 뜨면 타향이라"는 유행가의 가사처럼 도대체 고향이 무엇이길래 많은 사람들은 그 정을 못 잊어하는 것일까.

여름이면 시원한 그늘과 맑은 강물이 흐르는 고향이 생각나고, 가을이 되면 등화가친(燈火可親)의 계절이라고 하지만 역시 오곡백과가 무르익는 고향에 가고 싶은 것이다.

고향은 내가 태어난 곳이기도 하다. 어머니가 나를 낳아 주신 곳이요, 어머니의 따뜻한 품속에서 말과 걸음마를 배우면서 자라난 터전이다. 그리고 아버님의 엄하신 사랑으로 좋은 버릇을 익힌 곳이기도 하다. 형제자매들의 의리(義理)도 따뜻한 부모님의 사랑 속에서 몸소 익힌 그곳이 곧 고향이다. 그래서 고향을 그리워한다는 것은 바로 부모형제를 그리워하는 것이오, 그 다정하던 이웃 사람을 그리워하는 것이 아니고 무엇이랴.

아라비아의 속담에도 "태어난 고향은 설사 묘자리일지라도 즐거운 법이다"라는 말이 있다. 또한 고향이라는 인연도 중요하지만 그 고향 사람에 대해서도 그 무엇 하나 소홀이 할 수 없는 것 같다. 그 실화를 한 마디로 여기에 엮어보면 다음과 같다.

세계적으로 저 유명한 철강왕(鐵鋼王) 카네기는 그의 소년시절에 피츠버그 지역에서 전보배달부 노릇을 하였다고 한다. 그런데 배달지역의 지도(地圖)와 상점들의 이름을 기억해내지 못해 매일 밤, 집에서 그것을 암기하느라고 곤욕을 치루면서 출근했다.

그 무렵 가끔 전보를 치러 전신국에 오는 펜실베니아 철도회사의 중역인 토머스 스콧이 배달소년인 카네기에게 호감을 갖고 이름을 물었다. 카네기가 정중하게 자기는 스코틀랜드에서 이사해 온 스코틀랜드 사람이라고 말하자 그 스콧은 자기의 고향 사람임을 알고 카네기를 자기 회사 사원으로 채용하였다고 한다. 이때부터 카네기는 고향 사람 덕분에 착실히 일을 배우고, 일을 익히며 성공하기에 이르렀다는 에피소드.

스코틀랜드 출신인 토머스 스콧은 평소에 얼마나 고향에 대한 애정이 두터웠으면 자기 고향 출신의 카네기를 사랑스럽게 취직을 시켰을까.

고향이란 그 사람의 가슴엔 사랑의 원천(源泉)이기도 하고 눈물의 원류(源流)이기도 하다. 때로는 보석 같기도 하고, 때로는 병적(病的)이기도 한 것이 아닌가. 버리려 해도 버려지지도 않는 모토(母土) 같기도 하며 뽑으려고 해도 뽑아지지도 않는 마목(馬木)같기도 한 것이다. 결국 고향을 싫어하는 자는 자기를 저주하는 것이며 고향을 학대하는 자는 자기를 학대하는 것이다.

누가 무어라 해도 한 번 고향을 가져본 사람에게는 영영 지울 수 없는 흔적이 남아 있어서 혈맥을 따라 그것이 되살아 나오는 법이다. 누구나 막론하고 고향에 대한 집념이란 우리 인간에게 숙명적인 향수가 있기 마련이다. 객지에 살면서도 두고두고 생각나는 것이 고향 산천이 아닌가.

우리 인간은 밝은 내일을 위해 예나 지금이나 고향을 그리워하며 내 고향에 기쁜 소식을 전하고 내 고향에 나눔의 기쁜 선물을 보내는 풍토로 엮어 가는 데에 우리 모두가 함께 마음을 열어갔으면 얼마나 좋을까.

기러기아빠

정봉태

언제부터인지 명확하지는 않으나 외국에 처자식을 보내고 자신은 고국에서 열심히 돈을 벌어 생활비를 보내는 남편 혹은 아빠의 이름으로 '기러기아빠' 라는 말이 회자되고 있다. 영어로는 'goose daddy' 또는 'wild goose daddy' 라고 한다는데, 왜 하필이면 '기러기' 인가? 늦은 가을 밤, 하늘 멀리 날아가는 기러기를 보면 쓸쓸하고 고적함을 느끼게 되는 것처럼 타국에 처자식을 보내고 고국에 홀로 남은 아빠가 외롭고 쓸쓸하게 보여서 붙인 이름이라고 한다. 그리고 모든 새들이 멀리서 먹이를 물어다가 새끼에게 먹이는 것처럼 아빠가 고국에서 돈을 벌어 타국에 있는 처자식들에게 보내준다는 뜻으로 붙인 것이라고도 한다.

기러기는 한 번 짝을 잃으면 다시 새로운 짝을 구하지 않고 독신으로

정봉태 _ 고려대학교 경영대학원 수료. 현재 (주)대창그랜드 대표이사, 한국침장공업협동조합 이사장 등으로 활동.

지낸다는 이야기도 전해 온다. 아무튼 엄마는 자식들과 함께 있으니 덜 외롭겠지만 아빠는 홀로 있으니 훨씬 외로울 것이고, 그래서 '기러기 아빠'는 분명 '외로움'을 나타내는 말이라고 생각된다.

그러면 기러기아빠의 생각은 무엇인가? 무엇보다 아이들을 잘 기르기 위한 방편으로 좋은 교육을 받게 하고 우리의 현실에 처한 치열한 입시위주의 교육전쟁에서 해방시키기 위해서는 기러기아빠가 될 수밖에 없다는 것이다. 가족이 일시에 이민을 가는 것이 더 좋은 방법이겠지만 그럴 형편은 못 되니까 우선 기러기아빠라도 감수해야 한다는 것이다. 어쨌든 어려움은 많아도 한국보다는 아이들을 더 잘 기를 수 있다는 생각이 기러기아빠 되기를 자청하는 동기라고 한다. 그들은 대부분 한국의 사회적 분위기나 교육적 풍토를 부정적으로 본다. 부조리하다는 생각에 아이들을 부조리한 분위기 속에서 교육시키는 것보다는 좀 더 합리적인 사회 속에서 공부하고 제대로 살아갈 수 있도록 기반부터 도와주고 이끌어주고 싶다는 것이다.

덩달아서 부모들도 새로운 탈출구를 찾아 모험을 해 보고 싶은 것이다. 같은 직장에서 다람쥐 쳇바퀴 돌듯 살아가는 것보다는 새로운 나라 새로운 세상에서, 새로운 사람들과 새로운 일을 하면서 새로운 스타일로 살아보고 싶은 것이다. 자식들의 성취를 돕는 것이 더 큰 목적이기는 하지만 부모들 자신의 모험심이나 야심도 뒤따른다. 아이들과 함께 국제적인 사람이 되고 서구의 선진국 시민이 되는 것이다. 그러나 그것이 그다지 간단한 것은 아닐 것이다. 특히 기러기아빠에게는 어려움이 많고 대단한 각오가 필요하다.

수년간 기러기아빠를 연구하고 체계적으로 이론도 정립한 어느 학자가 다음과 같이 10계명을 내세워 조언한다.

1. 될 수 있으면 부부는 함께 있어라.

2. 금전관리를 철저히 하라. 금전에 여유가 있으면 탈선하기 쉽다.

3. 하루 한 번 전화나 인터넷으로 대화를 나누라.

4. 편지나 메일로 더 자세한 이야기를 나누라.

5. 식사를 제때 하고 균형 있게 영양을 섭취하라.

6. 건전한 모임에 참여하라.

7. 규칙적으로 운동하라.

8. 건강검진을 정기적으로 받으라.

9. 응급 시에 도움을 청할 수 있는 연락처를 확보해 두어라.

9. 음주나 흡연을 삼가라.

10. 절도 있게 생활하라.

매우 당연하면서도 공감이 가는 내용이다. 부부가 떨어져 있다 보면, 특히 남자 혼자서 생활하다 보면 자칫 생활의 리듬을 잃기 십상이다. 먹는 것도 부실해지고 취침 시간 또한 부정확해진다. 대단한 각오가 아니고선 제대로 생활 패턴을 유지하며 건전하게 살아가기가 실로 어려운 것이 현실이다. 이런 상황에서 이 십계명은 기러기아빠들이 건전한 가정을 위하여 반드시 지켜야 할 수칙인 것이다.

아내 또한 자기가 태어난 나라와 자라난 고향에서도 가끔은 외로움을 느끼는 법인데 수만리 타국에서 인종도 다르고 언어도 다르고 풍속도 다른 환경에서 자식들 공부시키며 뒷바라지하는 것이 얼마나 어려울 것이며 대화하고 의논할 사람이 곁에 없어 얼마나 외로울 것인가를 생각하면 더욱 답답하고 불쌍한 마음도 든다. 그러나 아이들에게 있어 엄마의 존재는 절대적이어서 함께 타국에 보내고 남편은 외롭고 쓸쓸한 기러기아빠가 되어 힘든 생활 여건 속에서도 열심히 생활비를 벌기 위해 노력하는 것이다.

보고 싶어도 볼 수 없는 고통, '단장(斷腸)의 고통' 이란 말이 떠오른다. '단장' 이란 무엇인가? 창자가 끊어진다는 말이 아닌가. 어떤 이는 '애간장이 녹는다' 라고도 한다.

진(晉)나라 환온(桓溫)이라는 장수의 밑에 있던 어느 병사가 장강삼협(長江三峽)에서 원숭이 새끼를 잡아서 배에 싣고 가는데 어미 원숭이가 울면서 백여 리나 쫓아오다가 배에 뛰어들더니 곧 숨졌다. 웬일인가 싶어 어미의 배를 갈라 보았더니 창자가 도막도막 끊어져 있더라는 것이다. 어미의 마음은 그런 것이다. 창자가 끊어지지 않고는 견딜 수 없으리만큼 자식에게 애착을 갖는 것이다.

가족의 소중함에 비겨 형제의 경우도 비슷한 것 같다. 공자의 《논어》〈안연편〉에는 '사해지내 개형제' (四海之內 皆兄弟)라는 말이 있다. 공자의 제자 사마우(司馬牛)라는 사람이, '남들은 모두 형제가 있지만 자신은 홀로 형제가 없다' 고 근심스럽게 말하자, 듣고 있던 자하(子夏)가 말하기를 '군자가 스스로 공경하고 실수하지 않으며 남을 공경하고 예의를 갖추면 사해에 있는 사람들이 모두 형제이니 군자가 어찌 형제 없음을 걱정하리오' 라고 한 것이다. 자신을 잘 다스리고 남에게 공경하는 태도를 잃지 않는다면 모두가 형제처럼 사랑하고 도우며 살 수 있다는 것이다.

요즘 세태에서는 형제들이 서로 예의를 지키지 않고 재산을 가지고 다투고 서로 시기하고 증오하고 피해를 주어서 소송도 불사하는 등 차라리 없는 것만도 못한 가정을 쉽게 볼 수 있는데 이런 관점에서 살펴보면 자하의 말이 얼마나 옳은 말인지 새삼 실감이 된다.

또한 수십 년 전, 딸이 캐나다로 이민 간다는 말을 하며 '괘씸하다' 고 하던 어느 교수님의 말이 그대로 메아리쳐 온다. 그때 그 교수님은 이민 간 딸의 얼굴을 다시는 보지 못하고 세상을 하직하고 말았다. 그 딸은 인물도 좋지만 심성도 아름답고 학업에 성실하여 대학을 수석으로 졸업하고 서울에 있는 초등학교 교사로 특별 임용되었었다. 우리나라에서 자랑할 만한 신랑을 만나 행복하게 사는 모습으로 아버지의 자랑거리가 되기를 바랐지만 딸은 그 기대를 저버리고 동직원과 눈이 맞아 결혼하여 멀리 캐나다로 떠나버린 것이었다.

어린이 조기해외유학에서 비롯된 신조어 '기러기아빠'에 대해서 논하다 엉뚱한 얘기로 흘러 버린 느낌인데 우리나라의 입시위주의 주입식 교육이 창의적 교육으로 제대로 전환되길 바라며, 가정의 문제뿐만 아니라 하나의 사회적 병리 현상으로 종종 뉴스에 등장하는 기러기아빠들의 애환이 새삼 가슴을 답답하게 만든다. 돈벌이에 지쳐서, 배우자의 외도로, 건강문제 등으로 자살하거나 가정이 파탄 지경에 이르는 현상이 또 다른 사회문제로 등장하는 시점이다.

케네스 헤긴 목사가 지은 책《인간의 세 가지 본성》에서는 영(spirit) 혼(soul) 육(body)을 세 가지 본성으로 말하고 있는데 지금의 답답한 심정은 어떻게 설명할 수 있을지 모르겠다. 그리고 지(知) 정(情) 의(意)의 관계는 어떻게 설명할 수 있는지, 함수관계가 있는지, 있다면 포지티브인지 네거티브인지 궁금하기만 하다. 그리고 사정이야 어떻든 그저 자식들은 언제나 보고 싶을 때 볼 수 있으면 좋겠다고 생각하며 그 감정을 떨쳐버리지 못하는데 이 의식은 어떻게 설명되어야 할지 또한 궁금하다.

말(言)의 인플레를 없애자

정상식

정치의 계절이 왔다 하면 말의 성찬이다.

언론은 자유의 문이 활짝 열리기 시작한다. 많은 인사들이 정계에 나선다. 우리는 작년(昨年) 총선과 대선, 양대 선거를 치렀다. 민주사회는 대화 사회요. 민주정치는 언론 정치다.

유세장에는 융성한 말의 향연(饗宴)이 벌어진다. 자유로운 대화의 광장이 마련되어 대표적인 방송사는 토론이 여러 차례 이어졌다. 태초에 말씀이 있었다는 명언처럼 인간은 언어를 갖는 동물이다. 말은 인간의 특권이요, 무기요, 자랑이요, 영광이다. 그러나 우리는 또한 알아야 한다. 말은 인간의 해독이요, 비극이요, 분쟁이요, 불행이 될 수 있다는 것을.

말은 생각을 담는 그릇이다. 인간의 사상과 감정을 담는 정신(精神)의

정상식(鄭相植) _ 경남 창녕 출생(1933년). 중고등학교 설립, 중 · 고 교장 21년 근무. 경성대학교 교수, 총신대학교 교수 등 역임. 현재 (사)대승불교 삼론구도회 교리연구원 원장. 저서 《기독교가 한국재래종교에 미친 영향》, 《최고인간》, 《인생의 길을 열다》 외 다수.

용기(容器)다. 말의 그릇 속에는 선(善)이 담겨질 수도 있고, 악(惡)이 담겨질 수도 있다. 진리를 담을 수도 있고, 허위(虛僞)를 담을 수도 있다. 칭찬을 담을 수도 있고, 욕설을 담을 수도 있다.

백화제방(百花齊放)하고 백가쟁명(百家爭鳴)하는 언론의 무대가 열린다는 것은 얼마나 좋은 일인가! 저마다 자기의 의사를 자유롭게 표현할 수도 있는 언로(言路, 말길)가 트인다는 것은 얼마나 바람직한 일인가.

외치자! 언론의 자유를 노래하자! 말의 향연을. 그러나 삼가자! 언론의 무책임을 조심하자! 말의 인플레(Inflation)를. 돈의 인플레도 나쁘지만 말의 인플레는 더 나쁘다. 위장(僞裝)의 언어가 범람하고, 거짓된 말이 난무하고, 중상과 모략의 악담이 쏟아져 나오고, 아첨과 무책임과 허망(虛妄)의 말이 날뛰는 풍토를 생각해 보라. 그것은 불신과 비극을 초래할 뿐이다. 병은 입으로 들어가고 화(禍)는 입에서 나온다.

그래서 옛 사람들은 입을 삼가라고 했고 말을 조심하라고 했다.

노자(老子)는 난세(亂世)의 철학자다. 난세에는 배신과 거짓과 부정과 폭력이 횡행한다. 노자는 역설적 진리를 갈파한 지혜(智慧)요, 명철(明哲)의 현인(賢人)이었다. 우리는 그의 말을 조용히 들어 볼 필요가 있다.

"신언불미(信言不美) 미언불신(美言不信), 선자불변(善者不辨) 변자불선(辯者不善)" 이라고 했다.

진실성이 있는 말은 결코 아름답게 장식한 말이 아니다. 또 아름답게 장식한 말은 진실성이 없다. 참으로 선한 사람은 말을 많이 하지 않는다. 또 말을 많이 하는 사람은 선하지 않다.

일면의 진리를 지적한 명언이다.

그렇다. 감언이설은 믿을 수가 없다. 우리의 폐부를 찌르는 말은 수식(修飾)이 많은 말이 아니다. 진실한 말은 단순하다. 참말은 꾸밈이 없다. 공자(孔子)도 노자(老子)와 같은 뜻의 말을 했다.

　　"교언영색(巧言令色) 선의인(鮮矣仁)"

　　교언영색은 인(仁)이 적다고 했다. 입으로 교묘한 말만 하고, 얼굴이나 태도에 가식과 꾸밈이 많은 사람은 진실성이 부족하다고 했다. 언어의 그레셤(Gresham) 법칙이 지배하는 사회가 되어서는 안 된다. 악담이 정통을 누르고, 유언비어가 진실의 소리를 추방하고, 허위의 언어가 진리의 말씀을 말살하는 사회는 불행한 사회요, 저주 받는 풍토다. 절약은 인간의 미덕이다. 절약은 돈이나 물자를 쓸 데 쓰고 안 쓸 데 안 쓰는 것이요, 될수록 아껴 쓰는 것이다.

　　언어에도 절약(節約)이 필요하다. 할 말이 있고, 안 할 말이 있다. 말은 해야 할 때가 있고, 해서는 안 될 때가 있다. 우리는 말을 아껴야 한다.

　　말을 해야 할 때엔 하고, 안 해야 할 때에 하는 것은 어리석은 일이요, 부끄러운 일이다.

　　"언충신(言忠信) 행독경(行篤敬)" 이라고 공자(孔子)는 갈파했다.

　　말은 참되고 거짓이 없어야 하고, 행동은 독실하고 공경스러워야 한다. 거짓말은 말의 자격이 없다. 진실된 말만이 말의 자격을 가진다. 황당무계한 유언비어, 남을 속이는 허언, 타인을 헐뜯는 험구(險口) 악담, 입에 담지 못할 음담패설, 남에게 아부하는 감언이설, 약속을 지키지 않는 식언, 이치에 맞지 않는 경망한 실언망언(失言妄言), 모두 다 말의 실격(失格)이요, 말의 도둑들이요, 말의 적이다.

　　"다언수궁(多言數窮)" 이라고 노자(老子)는 외쳤다.

　　말이 많으면 왕왕(數) 실수하고, 곤궁한 경지에 빠지게 된다.

또 "다언다패(多言多敗)"라고 고인은 말했다.

말을 많이 하는 사람은 실언하고, 실패하기 쉽다.

도리에 맞는 지언(至言), 잘못을 지적해 주는 충언(忠言), 진실을 말하는 신언(信言), 정답게 서로 주고받는 환담(歡談), 착하고 복 받을 만한 가언(嘉言), 이치에 합당한 훌륭한 명언(名言), 기탄없이 충고해 주는 직언(直言), 아름다운 행실을 칭찬하는 미담(美談), 올바른 사리를 말하는 정언(正言), 남이 잘 되기를 비는 덕담(德談), 맑고 깨끗한 청담(淸談), 이런 말이 말의 자격을 가진다. 그것은 말의 덕이요, 말의 빛이요, 말의 힘이다.

우리는 그동안 말에 너무나 속아왔다. 그래서 서로 믿으려고 하지 않는다. 불신은 인간관계의 붕괴요, 도덕 질서의 파탄이다. 서로 믿을 수 있는 신의 사회를 건설하자. 신의(信義)의 건설은 저마다 거짓말을 하지 않은 데서부터 시작해야 한다.

우리는 인간 부도수표로 전락하지 않아야 한다. 특히 정치 무대에 나서는 사람은 언행일치(言行一致)하는 인간 보증수표가 되어야 한다. 그래야만 정치생명(政治生命)이 길 것이다.

말을 아껴라! 그리고 말을 하면 반드시 책임을 져라!

이것이 말에 관한 2대 원칙이다.

"언행(言行)은 군자의 추기(樞機)"라고 역경(易經)은 갈파했다.

언행은 인간의 운명(運命)을 결정하는 중요기능이라고 했다. 이 세상에 말처럼 중요한 것이 없다. 언론의 자유도 중요하지만 언론의 책임은 더욱 중요하다.

말(言)은 살면서 부딪히는 모든 문제의 시작과 끝이다. 우리의 삶을 뒤흔드는 문제와 고민은 어디에서 시작되는가? 많은 사람들이 사회생활은 물론 개인적인 관계에서도 공통적으로 어려움을 호소하는 부분이 바로 인간관계이다. 그 꼬이기만 하는 인간관계를 찬찬히 들여다보자. 그 문제의 중심에 우리가 내뱉는 '말'이 있다. 말은 우리의 인간관계를 풍부하게도 빈곤하게도 만들며, 우리의 삶을 성공으로도 실패로도 이끈다.

입을 다스리는 것은 돌아서서 후회하지 않는 삶을 사는 가장 명확하고 쉬운 방법일 것이다!

인(人)은 언(言)이요, 언(言)은 인간(人間)이다.

말은 인격의 산물이요, 사람은 말로 자기의 존재를 표현한다.

민주정치는 말의 정치다. 자유사회는 언론의 자유가 보장되는 사회다.

정치의 계절이 진행중이다. 언어의 그레샴 법칙이 지배해서는 안 된다. 말을 아끼고 절약하자. 옳은 말, 희망의 말, 믿을 수 있는 말이 우리 사회에 맑은 강물처럼 흐르게 하자.

소외계층을 보살피자

주동담

오래 전부터 우리 사회에는 전반적으로 불신풍조가 팽배해 있다. 국민 상호간의 불신도 문제이지만 보다 심각한 것은 일반 국민 대중의 정치·경제계의 지도자에 대한 강한 불신이 큰 문제다.

한 나라의 지도자와 국민간에 신뢰가 존재하지 않는다면, 그것은 정상적인 국가운영이 불가능해지고 있음을 의미하므로 조만간 나라가 망하거나 아니면 새로운 지도자가 등장해서 잃어버린 신뢰를 회복해야 한다.

과거의 많은 정치 지배층은 친일적 혹은 친미적 배경 속에서 성장하였는데 이들은 권력의 독재적 집중을 통하여 부정부패를 일삼았으며 야당의 정치인들 또한 극심한 당파주의로 분열을 거듭하였기 때문에 국민들은 정치 내지 정치인을 신뢰하지 않았다.

주동담(朱東淡) _ 40여 년간 언론인으로 종사하며, 시정일보사 대표, 시정신문 발행인 겸 회장, 시정방송 사장 등으로 재직. 서울시 시정자문위원, (사)민족통일촉진회 대변인 등을 거쳐, 현재 (사)한국언론사협회 회장, (사)민족통일시민포럼 대표, (사)국제기독교언어문화연구원 이사, (사)대한민국건국회 감사, 대한민국 국가유공자, 연세대 공학대학원 총동문회 부회장, ㈜코웰엔 대표이사 회장 등으로 활동.

특히 국내외적으로 급변하는 정국인데도 일부 정치인들은 민생을 외면한 채 계속 당리당리적 차원의 파쟁만을 거듭하고 비록 일부이지만 여야정치인들의 경제적·비도덕적 파렴치성이 공개됨에 따라 국민들의 정치와 정치인에 대한 불신의 골은 더욱 깊게 패이는 것 같다.

과거 양반 혹은 귀족사회에서 횡행하던 가렴주구 혹은 매관매직의 고질적 악습이 오늘날에도 여전히 파벌·파당적인 형태로 교묘하게 탈바꿈한 채 반복되고 있을 뿐이다.

또한 안타까운 사실은 정치적 지배층의 경우, 그간 수차례의 정치적 전환기가 있었음에도 불구하고 당리당략을 일삼는 정상배와 모리배들이 엄정하게 처벌되지 않고 그냥 방치된 결과 민족정기가 바로 서지 못한 채 오늘날까지도 구악의 잔재가 그대로 자라나고 있다는 점이다. 이같은 한국 정치문화 내지 정치풍토의 맥락을 감안해 볼 때 아직도 국가의 정상적인 국책 운영이 제대로 이루어질 수 없음은 불문가지이다.

현재의 제도권 여야 정당은 온갖 개인적 이해관계와 출세욕에 사로잡혀 있는 한, 국태민안을 신조로 하는 정치지도자로서의 존경을 받기는 어려울 것이다.

한국의 경제 지배층인 재벌급 자본가 내지 대기업인들 또한 예외일 수 없다. 그들이 저지른 부정부패 때문에 사회적 지탄의 대상에서 제외될 수 없는 것이 현실이다. 노동자계급에 대한 비인간적 억압과 착취라는 측면에서는 중소기업인 또한 결코 면책의 대상이 되지 않는다.

부자는 자고로 빈자를 보살펴 주면서 정당한 방법으로 축재하고 나아가 의롭게 재물을 쓰는 것이 경제윤리의 기본이다. 그런데도 한국의 경제 지배층들은 독재권력과 결탁하여 온갖 특혜를 받아 부를 축적했으며 이것도 부족해 부동산, 증권, 사채놀이 등의 불건전한 투자행위와 가족주의 경영이나 문어발식 경영 등 철저한 탐욕성을 드러냄으로써 이미 오래 전부터 불신의 표적이 되어 왔다.

이들은 부의 획득방법에 있어서만이 아니라 소비의 과정에 있어서도 사치와 향락을 일삼기 때문에 도덕성 또한 의문시 되고 있다.

최근 들어 경제적 상류층 가운데는 일정한 직업도 없이 빈둥빈둥 놀면서 호화방탕한 생활을 하는 불로소득자가 상당히 증가하고 있다는 사실은 일반 국민들의 근로의욕을 상실케 할 뿐 아니라 계층간에 파괴적 위화감을 조성하는 원천이 되고 있음도 주지의 사실이다.

그럼에도 불구하고 이들 경제지배층은 경제적 민주화를 추구하려는 각종의 개혁조치(토지공개념 실시, 소득재분배정책, 노동법개정) 등에 소극적 태도 내지는 반대입장을 고수하고 있는 형편이다.

경제 지배층의 노동운동에 대한 이 같은 대응논리는 객관적 근거를 전적으로 결여한 것은 아니지만 현재의 한국 경제가 당면한 혹은 재벌기업이 당면한 구조적 문제를 노사분규의 억제 차원에서만 강조하는 것은 결코 합리적이고 설득력 있는 문제해결 방식이 아니라고 본다.

한국의 정치·경제 지배층은 그들에 대해 과거로부터 누적된 국민의 불신을 조속히, 그리고 과감하게 제거하는 데 앞장서야 한다. 그렇지 못할 경우 지배층으로서의 존립기반은 더욱 취약해지며 마침내 자본주의 체제에 대한 부정이라는 비극적 종말을 맞이하게 될 수도 있기에 말이다.

정치적 지배층은 선거를 통하거나 혹은 최고지도자의 승계에 따라서 일정한 정도의 제도적 교체가 가능하겠지만 경제적 지배층의 경우에는 사적 소유가 법률로 보장된 이상 세대교체나 후계자의 등장 등을 통해서만 가능하기 때문이다.

우리 사회에서의 기득권층은 두 가지 측면에서 그 사회경제적 특성을 표출하고 있다.

먼저 정치적 그리고 경제적 지배층들은 그들의 존재기반이 부와 권력의 협성 및 행사과정에서 부당성, 비도덕성을 노출함으로써 심각한 사회적 불신을 받고 있다.

또 중산층은 비록 기득권층에 속하나 경제적으로 상대적 박탈감을 지니고 있으며, 또 정치적으로도 지배층에 대한 강열한 비판의식의 소지자라는 점에서 앞으로 사회개혁 세력으로서의 가능성을 지니고 있다고 보아야 한다.

다만 중산층은 사회변화의 방법에 있어서 급진성, 폭력성을 거부하는 경향이 있기 때문에 상황의 추이에 따라서는 보수화 할 가능성을 결코 배제해서는 안 될 것이다.

앞으로 한국 사회에서는 과거와 같은 급격한 사회적 지위 변동은 발생하지 않을 것이며 세대간 및 세대내 사회변동의 정도가 안정화되면서 현재의 기득권층이 대물림을 할 수 있는 확률이 높아진다고 보아야 할 것이다.

이 같은 계급 혹은 계층의 정형화 추세를 감안할 때 한 가지 분명한 사실은 현재의 기득권층이 소외박탈층에 대하여 과감하고도 전면적인 소득재분배, 민본주의의 확립, 그리고 사회적 지배력의 구축에 힘쓰지 않는다면 그들의 기득권은 머지않아 중대한 도전에 봉착하게 된다는 사실이다.

진실로 기득권층이 자유민주주의의 이념이나 자본주의 체제의 우월성을 신봉한다면 그들은 기존체제의 희생자나 기존체제로부터 소외된 자들을 우선적으로 포용하고 보살펴야 한다고 생각한다.

한미연합사 해체는 북핵과 연계해야

최명상

노무현 전 대통령 NLL 포기운운의 사초실종으로 정국이 혼란한 가운데 한미정부가 '2015년 12월 1일' 로 예정된 전시작전권 전환 및 한미연합사해체 시기를 재(再)조정하고 있다. 박근혜 대통령의 결단을 환영한다. 전작권 전환반대 1000만 서명운동에 참여했던 예비역 장성으로서 국가안보를 위해 절실하기 때문이다.

첫째 전작권 전환 및 한미연합사 해체는 반드시 유보되어야 한다. 김대중 정부의 햇볕정책을 계승한 노무현 정부의 전작권 전환과 한미연합사해체 명분은 자주국방과 북핵문제는 잘 해결될 것이고 남북관계가 잘 진전될 것이라는 가정 하에 출발했다.

하지만 현재의 한반도 안보상황은 북한의 김정은 세습독재체제 출범 이후 악화되고 있다. 2010년 천안함 폭침과 연평도 포격, 2012년 북

최명상 _ 공군사관학교 졸업, 미 공군대학 졸업. 프랑스 유학(국제정치학 박사). 전투기 조종사(F-86 F-5 F-4 F-16), 공군 F-16신예전투기비행단 단장, 공군대학교 총장 등을 역임하고 전역하여 인하대 정치외교학과 객원교수, 대통령 민주평화통일 자문회의 상임위원, 명지대학교 초빙교수 등을 거쳐 현재 한국안보 · 항공전략연구소장, 서울벤처대학 특임교수로 활동.

한의 제3차 핵실험과 장거리 미사일 발사, 그리고 정전체제 백지화 발표, 소위 존엄손상에 대한 벌초론, 서울 불바다론의 말폭탄 등 공갈협박이 증가되는 안보상황에서 박근혜 대통령의 당연한 결단이라고 보며 반드시 연기되어야 한다.

둘째 전시작전통제권과 한미연합사해체 시기는 북핵문제 해결과 연계하여야 한다. 한미 양국은 2007년 2월 노무현 정부 당시 군사주권 환수라는 명목으로 2012년 4월 17일 전작권 전환 및 한미연합사 해체를 합의했지만 이명박 정부 때 천안함 폭침을 겪은 후 2010년 6월 한미 정상회담에서 그 시기를 2015년으로 연기한 바 있다.

여기서 이번에는 시기를 몇 년도로 정할 것이 아니라 북핵 위협이 해결될 때까지로 연계할 것을 제안한다. 북한이 핵무기를 보유하고 있는 한 우리의 안보위협은 물론 일본과 미국에 이르기까지 세계적 위협이 되기 때문이다.

북핵 위협과 전작권 재연기의 연계는 박근혜 대통령과 버락 오바마 미국 대통령 간에도 큰 틀의 합의가 이뤄진 것으로 보인다. 박 대통령이 지난 5월 한미 정상회담회견에서 "북한의 핵 및 재래식 위협에 대한 대북 억지력을 지속적으로 강화하는 것이 중요하며 전작권 전환 역시 한미 방위력을 강화하는 방향으로 준비되고 이행돼야 한다는 데 오바마 대통령과 의견을 같이했다"고 천명했기 때문이다.

셋째 전작권 환수와 군사 주권은 별개사안임을 명확히 인식할 필요가 있다. 이번에도 전작권 전환이 연기될 경우 남북 및 남남 갈등이 가열될 개연성이 높다. 2010년 전작권 전환 연기가 합의됐을 때 군사주권을 포기했다는 진보 진영과 국가 안보를 위한 당연한 결정이라는 보수 진영의 대립이 있었기 때문이다. 북한의 비난과 반발도 예상된다.

하지만 전작권 환수연기에 대하여 군사주권을 포기했다는 비난은 국제정치를 모르는 무지의 소치이다. 한미연합사(CFC)와 유럽의 NATO를 비교해 볼 필요가 있다. NATO는 제2차 세계대전 이후 미소냉전체제에서 유럽지역에 구소련의 군사위협에 대항하여 창설됐다. 특히 스탈린의 베를린 봉쇄(Berlin Blockade) 이후 이에 대비한 강력한 연합군사체제가 영국 프랑스 독일 이탈리아 스페인 터키 등 12국가로 구성되었다. 현재는 28개국으로 회원국이 늘었다.

하지만 NATO사령관은 1950년 아이젠하워(IKE) 장군 이래 여전히 미군 대장이 맡고 있다. 이에 반발하여 프랑스 드골 대통령은 1966년 탈퇴하기도 했지만 2009년 사르코지 대통령시절 복귀했다. 그렇다면 프랑스는 물론 회원국들이 군사주권을 포기하면서 NATO에 가입했단 말인가! 냉엄한 국제관계와 국익을 명확히 인식할 필요가 있다.

현명한 국민들이 불순한 정치인의 권모술수나 북한의 통일전선전략에 현혹되어서는 안 된다. 국가안보를 최우선시하는 박근혜 대통령의 결단에 경의를 보낸다. 전작권 전환과 한미연합사해체는 북핵 위협이 사라질 때까지 반드시 유보되어야 한다. 올 가을 한미안보협의회(SCM)에서 합의되기를 기대한다.

제주도, 그 천연의 파라다이스

최 향 숙

‘윙’하는 기계음이 청각을 자극하여 귀먹은 것처럼 먹먹하더니 비행기는 제주도 국제공항에 사뿐히 내려앉는다. 사위는 이미 어둠이 깔려 환한 불빛 너머로는 아무것도 보이지 않고 색색의 화려한 불빛만이 우리를 환영하는 듯 반짝인다.

적당한 설렘과 흥분으로 양 볼이 발그레한 두 아이와 제 식솔을 거느린 늠름한 표정의 남편에게도 이번 여행은 잘한 일인 듯하다. 내일이 결혼기념일이기도 하거니와 방학을 맞은 아이들과 한 번쯤 어딘가는 다녀와야 할 것 같아 겸사겸사 잡은 일정이었다.

어렵고도 힘겹게 살아온 지난 시간들 속에서도 남편은 더러 여행을 계획하곤 했었다. 언제나 넉넉해 보이던 남편의 지갑 속엔 그리 큰돈은 들어 있지 않았겠지만, 여름에는 남해의 은빛 모래사장을, 가을이면

최향숙(崔香淑) _ 명지대학교 국어국문학과 졸업. 중등학교 교사 역임. 민주평화통일자문회의 자문위원. 인천시정신문 「나이스미추」 기자. 『한국불교문학』 편집위원. 한국불교문인협회 사무처장. 한국문인협회 회원. 인천문인협회 회원. 수비작가회의 회원. 2006년 ‘한국불교문학’ 올해의 작가상 수상.

강원도 설악산이나 동해의 그 푸른 수평선을 바라보게 해 주었다.

제주의 저녁은 참으로 단정하다.

사람들로 법석거리지도 않고, 온통 밤하늘을 뒤덮는 붉은 십자가도 많지 않고, 천박하고 감각적인 무질서한 간판들도 별로 없다. 그저 조용히 외지 손님을 맞이하여 이 고장 특유의 색깔과 냄새로 반겨줄 뿐이다. 문득, 이 섬에 사는 사람들에게는 무례하고 막된 행동을 해서는 안 될 것 같다는 생각이 든다.

택시를 탔더니 기사아저씨의 낯설고 이국적인 제주 사투리가 즐겁다. 여행은 이렇게 낯설음과 맨 처음 만나는 통과의례를 거치게 된다. 그 낯설음이 정말 낯설어서 불편하게 되면 여행하는 내내 신통찮은 시간이 되고 돌아와서도 그곳은 기억에 남아 있지 않게 된다. 그 낯설음과 친해지고 재미를 찾는 일이 여행이 주는 묘미요 보너스라면 과장인가.

크리스마스가 한참이나 지났는데 이곳 펜션에는 반딧불만치 작은 은하수전구들이 어둠 속에서 반짝인다. 울타리를 휘감고 있는 작은 것들이 은하계를 이루듯 환상적이어서 덩달아 기분이 들뜬다. 쏴~아. 파도소리만 들리는 펜션은 어디가 길이고 어디가 바다인지 구분을 할 수 없다. 그저 어둠 속에서 괴물의 포효처럼 혹은 흘러간 옛노래의 한 가락처럼 같은 음절로 되풀이하여 부딪치는 것으로 여기가 외지임을 알려준다. 밤바다에서 들리는 파도소리가 구슬프면서 좋다.

오전에 느지막이 일어나 서귀포시 용머리 해안에 갔다. 세찬 바람과 비릿한 바다내음에도 불구하고 깎아지른 절벽이 주는 아름다움에 취해 미친 사람처럼 지질지질 웃어댔다. 30년 가이드 아저씨는 뭔지도 모르고 나를 따라 비실비실 웃고 아이들과 남편은 혼자서도 잘 노는 내가 주변 풍광보다 더 재미있는 모양이다.

자살 절벽. 용머리 해안에서 약 5분 정도 차를 타고 가다 보면 정말 이유 없이 저곳에서 한 번 죽어보고 싶은 곳이 있다. 높이를 가늠할 수 없을 만큼 깎아지른 절벽 아래로 넘실넘실 푸른 바다가 혀를 널름거린다. 위험표지판을 곳곳에 부적처럼 붉은 글씨로 붙여 놓았지만, 오히려 그 유혹에 넘어가고 싶은 마음이 생길 것 같다. 현기증 나는 절벽 아래로 혹 뛰어내려도 추락하지 않고 바람처럼 훨훨 날 것만 같다.

나는 금지된 선이라도 밟은 죄인처럼 울타리 밑으로 한 다리를 내놓고 눈을 감았다. 삶에 대한 마지막 배반으로 택한 자살은 지탄받아야 마땅하지만, 나름대로 생을 접어야 할 절실한 이유들이 저 팻말 너머로 절절히 녹아내려 이토록 거센 파도를 만들어내지 않았나 나름대로 상상해 본다.

사람도 살지 못하는 '못살 곳'에서 유래했다는 '모슬포'를 지나는 동안 일제시대의 잔재들이 여기저기에 남아있는 것이 보인다. 섬 치고는 좀 너른 평야에 끝도 없이 이어지는 돌담밭 중간중간에 아치형으로 만들어 놓은 격납고란다. 비행기가 자유로이 이착륙할 수 있도록 만든 벌판에 전시에 비행기를 숨기거나 각종 무기를 저장했던 곳이다. 음습하게 어둠을 담고 있는 수많은 격납고를 보며 오욕의 그날들이 아직 이곳 사람들에게는 어떤 의미로 남아 있을까 궁금해진다.

다음날.

서귀포 바닷가 '나폴리펜션'에서 10여 분 정도 가다 보면 야자나무들로 빼곡한 숲속에 '약천사'라는 절이 나온다. 어마어마한 불상, 그 위압적인 위용에 일주문에서부터 주눅이 든다. 신기술을 접목하여 재건한 절이란다. 현란한 단청들과 반듯한 귀퉁이들이 옷깃을 여미게 하고, 합장하는 아이들 머리 위로 오전의 맑은 햇살이 피어오른다. 거대한 불상이 그 높이가 3층까지 이어지고, 가장자리로 이어지는 층층대에는 팔만 개의 작은 불상들이 유리관 속에 자리 잡고 있다. 나는 다 헤아리지 못하고 중간에 세는 것을 포기해 버린다.

연못 옆에 소담하게 자리한 작은 건물에는 '오백나한상'이 제각기 다른 표정, 다른 자세로 해맑게 웃고 있다. 각각의 나한상 발밑에 붙어 있는 주소지는 대부분 육지의 대도시들이다. 인간의 탐욕이 나한상의 그 청명한 미소 속에 꿈틀대고 있는 듯하다.

한라산 1100m 고지. 이 한라산을 일본 사람들은 싫어한다고 한다. 일본열도를 비껴가는 태풍일지라도 한라산을 만나면 그 위풍당당한 높이와 기세에 부딪혀 다시 일본으로 되돌아간다고 한다. 이해가 가면서도 조금은 고소한 기분이 드는 건 어쩔 수 없는 내 안의 고정관념 때문일 게다.

재미있는 것은 한라산을 가운데 두고 남쪽인 서귀포시와 북쪽에 위치한 제주시는 사람들의 기질이 조금씩 다르다고 한다. 따뜻하고 온화한 기후 탓인지 서귀포 사람들의 기질은 여유롭고 조금은 게으른 반면, 기후변화가 다양하고 추운 제주시의 경우는 부지런하고 바쁘지만, 차갑고 개인적인 성향이 짙다고 한다.

가령, 횡단보도를 건널 때도 서귀포 쪽 사람들은 뛰거나 바삐 걷는 이가 드물 뿐더러, 간혹 길 한가운데서 반가운 이를 만나면 할 말 다하고 천천히 건너는 반면, 제주시 쪽 사람들은 옆사람도 쳐다보지 않고 종종 건너거나, 다들 바쁜 표정으로 건너가기 때문에 냉기마저 느껴진다고 한다.

이런 기질은 온전히 기후 탓만은 아니겠지만 가이드 아저씨의 분석은 일리가 있는 듯하다. 물론 정확한 사실은 아니겠지만 30년 가이드 경험을 바탕으로 들려주는 맛깔난 설명을 듣는 것도 재미가 쏠쏠하다. 찬 기운과 따뜻한 기운이 만들어내는 재미있는 섬 이야기다.

　제주도는 3박4일의 짧은 일정으로 구석구석 들여다볼 요량이면 턱도 없이 부족한 시간이다. 강화를 일컬어 눈 돌리는 곳마다 유적지이고 손대는 것마다 보물이라고 표현들 하지만, 이곳 제주도는 보고 또 보아도 물리지 않는 천연의 파라다이스다. 사람들의 흔적이 드문, 숨어 있는 진정한 제주를 보려면 짧은 며칠로는 어림도 없다며 가이드는 으름장을 놓는다.

　비행기 시간을 놓치지 않으려면 서둘러 짐을 싸야 한다. 끝까지 너무 친절하여 도리어 불편했던 펜션 주인에게 서울에 오면 술 한잔 하자며 연락처를 주고받는다. 남편의 표정에서 언제나 그렇듯 피곤보다는 여유가 넘쳐난다. 그런 아빠 옆에서 아이들은 제법 의젓한 어른처럼 점잖을 뺀다. 여행은 그런대로 성공적이다.

용기란 무엇인가

하 은 숙

용기(勇氣)란 무엇인가. 사전적 해석으로는 '씩씩하고 굳센 기운', '사물을 겁내지 아니 하는 기개'라고 한다. 그렇다면 그 쓰임은 어떠한가. '씩씩하고 굳센 기운'으로는, "이익단체의 외압으로부터 공익을 생각하여 사실대로 진술하였다"라든가, "칼을 든 강도 살인범을 죽음을 무릅쓰고 추격하여 격투 끝에 제압하였다"라는 사례가 해당될 것이다. 또한 "용기를 내어 에베레스트 원정길에 나섰다"라는 사례가 '사물을 겁내지 아니 하는 기개'에 해당될 것이다.

옛말에서도 그 쓰임은 쉽게 찾아볼 수 있다. "용기 있는 자는 두려워하지 않는다(勇者不懼)", "용기 있는 자는 난동을 일으키지 않는다(勇者不作亂)", "용기는 있으나 무례하면 난동이 된다(勇而無禮則亂)", "의(義)를 보고도 행하지 않는 것은 용기가 없는 것이다(見義不爲無勇也)"

하은숙(河銀淑) _ 충북 청주 출생(1963년). 청주대학교 사범대 지리교육학과 졸업. 청주대 대학원 졸업. 청주성지자활학교 지리교사, 청주대 대학원 원우회 총무, 청주대 사범대 지리학과 조교 등을 거쳐, 한국소비자연맹 상담접수 및 의류심의 자원봉사, 서울대학학원 상담실장, '꿈이샘솟는학원' 원장, 충청신문 취재부 기자, 한국인터넷뉴스 편집국장 등을 역임하고, 현재 한국in뉴스 발행인으로 활동.

등이 그 예가 되겠다.

예로부터 선현들은 '지인용'(智仁勇)을 인간으로서 갖추어야 할 기본 덕목으로 말해 왔다. 지(智)와 인(仁)이 아무리 갖추어져 있더라도 용(勇)이 없으면 그것을 실천할 수 없게 된다. 용이 없으면 지와 인은 공허한 관념으로 머물게 되고 현실적으로 그 기능을 충분히 발휘할 수 없게 된다.

오늘날 우리는 매스컴을 통하여 사회적인 부조리와 불법행위, 또 범죄에 해당하는 위법행위를 많이 접하게 되었고, 잘못을 저지른 당사자들을 가리켜 양심이 마비된 사람, 양심이 없는 사람, 양심을 내동댕이친 사람이라고도 말한다. 사람은 누구나 양심을 가지고 있다는 것을 전제로 하는 말이다. 본디 양심을 가지고 있긴 하지만 그 양심을 지키지 못하였다는 것이다.

우리는 삼척동자라도 알 만한 거짓을 공공연히 꾸며대며 자기의 양심에 어긋나는 말을 서슴없이 하는 사람들을 종종 보게 된다. 웃자고 하는 얘기겠지만 '거짓말 경시대회'에서 "나는 일생동안 거짓말을 한 번도 해 본 적이 없다"고 말한 사람이 우승을 차지하였다는 이야기가 있다. 일반적으로 사람들은 별 생각 없이 거짓말을 한다. 그러나 그 거짓말의 동기와 결과가 중요하다. 동기도 불순하지 않고 결과도 중요하지 않은 거짓말은 사회적으로 크게 문제 될 것이 없다. 하지만 동기도 불순하고 결과도 심각하게 나타날 때는 용납되기 어려워진다. 사리사욕을 위하여, 또 부당하게 권력을 장악하기 위하여 남을 속이고 국민들을 현혹하는 것은 중대한 문제가 된다.

사람이 남을 위하여 스스로 목숨을 버리는 일이 가장 어려운 일이고 커다란 용기가 되겠지만, 양심을 외면하고 목숨을 버리는 용기는 진정한 용기가 아니라 만용에 지나지 않는다. 양심이야말로 용기와 매우 밀접한 마음의 표상이다.

가을하늘은 티 없이 맑아서 보는 사람들의 마음을 환하게 밝혀준다. 사람의 마음도 가을하늘처럼 맑아야 한다. 구름이 많이 낀 하늘을 가리켜 맑은 하늘이라고 말할 수 없는 것처럼 사람의 마음도 맑지 않으면 양심 있는 사람이라고 할 수 없다. 사람은 맑은 양심을 지녀야 한다. 자신의 실수나 잘못을 인정하려 하지 않는 것은 양심을 속이는 것이다. 양심을 속이는 원인은 열등의식과 잘못된 자존심에 있다. 열등의식 때문에 잘못을 시인하지 않고, 잘못된 자존심을 지키려다 양심을 저버리게 된다. 양심을 저버리는 것은 용기가 없기 때문이다. 잘못을 시인하고, 열등의식을 극복하고, 잘못된 자존심을 버리고, 양심을 되찾는 용기가 필요하다.

모 방송 프로에서 어느 소년이 금메달을 반환한 사례를 소개하였는데 참으로 용기 있는 소년의 결정이라 생각되어 여기 옮겨 본다. 소년은 지역 골프대회에서 당당히 우승하여 금메달을 목에 걸고 집으로 돌아와 가방을 정리하는 가운데 클럽(골프채)이 15개 들어 있다는 사실을 발견하였다. 14개까지 밖에 사용할 수 없는 골프 규칙이 있는데 자신의 가방 안에 15개가 들어있다는 것은 규칙을 위반한 것이고 규칙을 위반하였으니 당연히 금메달은 반환하여야 된다고 생각하였다. 요컨대 가방 안에 클럽이 15개 들어 있었다는 사실은 그 소년만 아는 것이라서 얼마든지 감추어질 수 있었겠지만 소년은 자신의 양심을 속일 수는 없었다고 한다. 그는 양심을 지키는 것이 금메달을 지키는 것보다 더 중요하다는 것을 알고 그것을 실천한 것이며, 바로 양심을 지키는 용기를 발휘했던 것이다.

용기는 양심처럼 선천적인 성격이 강하게 보이지만 유가(儒家)에서는 후천적인 면을 강조한다. 용기는 후천성이 강하기 때문에 살아가면서 길러야 한다는 것이다. "어진 자는 반드시 용기가 있으나 용기 있는 자를 반드시 어진 자라고 할 수는 없다(仁者必有勇 勇者不必有仁)"고 전한다. 많은 선현들은 용기에 대하여 말하고, 물리적인 용기를 경계하는 동시에 용기의 여러 가지 수준을 말하기도 하였다.

오늘날의 현실은 어떠한가? 사리사욕이나 당리당략을 위하여 파렴치하게 범규를 위반하기도 하고, 엄연한 사실을 은폐하기도 하고 왜곡시킴으로써 없는 사실을 조작하기도 하여 국민들을 현혹하는 철면피한 권력층이나 그들에게 아부하고 추종하는 무리들을 볼 때 지각 있는 국민들은 너무나 실망하고 절망에 빠지고 만다. 학식도 많고 경험도 많고 국가와 사회를 이끌어나간다고 자부하는 어른들은 금메달을 반환한 어린 소년에게 부끄럽지도 않은지, 잃어버린 양심을 되찾아 지키고 실천하는 용기를 보이지 않으니 국민들은 비탄에 빠질 수밖에 없다.

국회에서 열리는 청문회 때마다 용기가 실종된 질문과 모르쇠 답변에 국민들은 실망한다. 양심 없는 질문과 답변이 난무하면서 '똥 묻은 개가 겨 묻은 개를 향하여 짖어댄다'고 국민들은 눈살을 찌푸린다. 국민은 지도층의 진정한 용기를 기다린다. 그 용기는 자신의 무지와 태만과 파렴치와 사리사욕과 권모술수를 솔직히 참회하고 사죄하고 각성하고 버리는 그런 용기를 이르는 것이다.

제3부
행복의 여울목에서

행복의 위치

전규태

사람은 누구나 행복하기를 원한다. 그러나 칼 부세가 아니더라도 행복이란 그렇게 쉽사리 얻어지는 것은 아니다. 아예 손에 쥐어 볼 수 없는 7색의 영롱한 무지개와도 같은 것이 행복인지도 모른다. 도시 인간이란 이 무지개에 황홀하여 산 너머 물 건너 한없이 이를 쫓아 헤매는 낭만의 어린아이일지도 모른다.

벨기에의 명극작가 메테를링크의 유명한 동화극 〈파랑새〉를 모르는 이는 별로 없으리라. 크리스마스 전날 밤 치루치루와 미치루는 파랑새를 얻으려고 먼 신비의 나라로 여행을 한다는 애기 말이다.

전규태(全圭泰) _ 서울 출생. 호 호월(湖月). 연세대학교 국문과, 동 대학원 졸업. 건국대학교 대학원 박사과정 수료. 「동양통신」, 「연합신문」, 「서울일일신문」 기자 및 기획위원. 연세대학교 교수. 한국비교문학회 회원. 국어국문학회 상임회원. 문교부 국어심의위원, 민족문화협회 심의위원, 한국어문학연구회 이사, 한글 전용추진회 이사. 1960년 시조집 《석류(石榴)》 발간, 1963년 「동아일보」 신춘문예에 문학평론 〈한국문학의 과제〉가 당선되어 문단 등단. 저서로 《문학과 전통》(1961), 시조집 《백양로(白楊路)》(1960), 수필집 《사랑의 의미》(1963), 《이브의 유풍(遺風)》(1967) 등이 있고, 《한국고전문학의 이론》(1965), 《고려가요연구》(1966), 《문학의 흐름》(1968), 《고전과 현대》(1970), 《한국고전문학대전집》(編註)(1970), 《한국시가의 이해》(1972) 등의 연구저서가 있으며, 1970년 《전규태전작집》 10권 발행.

파랑새란 산비둘기를 말하는 것으로서 서양에서는 행복의 상징이기도 하다. 그것도 산비둘기 날개의 빛이 푸를수록 더 행복하다는 것이다. 치루치루와 미치루는 자기네 집에 파랑새를 기르고 있었으나, 그 날개 빛이 그다지 파랗지 않으므로 보다 파란 새를 구하여 더 행복해지려고 요파(妖婆)로부터 얻은 마술 모자를 쓰고 파랑새를 찾으러 먼 여행을 떠난다.

그들은 과연 그들이 원하는 파랑새를 잡았을까? 추억의 나라에서 얻은 파랑새는 현실로 돌아오면 죽어버리고 야궁(夜宮)에서 잡은 파랑새는 대낮 햇볕에 쬐면 새까맣게 되어 버린다. 이래서 정말 파란 행복의 새는 어디에서도 얻지를 못하고 만다.

추억의 그리움이나 아름다운 꿈은 우리들 삶을 기쁘게 하는 색채이긴 하나 현실의 삶에서 동떨어진 행복이란 생명을 갖지 못하는 법이다. 추억이란 몽상 속에서 아무리 아름다운 행복을 그려본다손 치더라도 현실의 삶을 위해 얻는 것이 아니면 그것을 현실화하지는 못할 것이다. 몽상을 하는 것도 하나의 행위이긴 하나 몽상에 그친 행위에 몽상을 실현시킬 힘은 없는 것이다. 따라서 다만 몽상이 행복을 약속 못한다는 것은 당연한 일이다.

파랑새를 찾지 못하고 치루치루와 미치루는 실망하고 되돌아왔다. 집에 와 보니 그들이 버려두고 간 산비둘기의 날개빛이 일찍이 본 일이 없는 푸르름으로 빛나고 있었다. 그들은 그들의 눈을 의심했으나 틀림없는 바로 그 새였다. 멀리 찾아 헤매어도 찾지 못하였던 파랑새가 바로 자기의 가장 가까운 곳에 있었던 것이다. 이 새야말로 행복의 파랑새가 아니어서는 안 되는 것이다. 그러나 대체로 사람들은 그 가까운 곳에 있는 행복을 찾지 못한다.

"행복이란 언제나 우리들을 피하려고 한다. 그것은 남에게서 얻은 행복에 있어서는 더욱 그러하다. 왜냐하면 남에게서 얻은 행복이란 전연 존재하지 않기 때문이다. 그러나 스스로가 얻은 행복이란 자기를 기만하지 않는다"라고 알랑도 말했듯이 행복이란 어디엔가 있다고 말할 수는 없을지도 모른다. 찾아 헤맨다고 해서 얻어지는 것은 아니다. 행복은 자기 스스로가 만드는 것인가 보다.

행복의 반대가 되는 불행은 이것이 불행이라고 또렷이 나타나는 경우가 많다. 병이란 누가 봐도 불행이다. 상급학교에 진학 못하는 것도 불행이요, 원하는 직업을 갖지 못하는 것도 불행이며, 연애결혼을 못함도 불행이다. 마음 속의 오뇌에는 남들도 알 수 없는 불행도 있겠으나 대체로 자기는 물론 남들도 알 수 있는 원인을 갖는 법이다.

그런데 행복이란 이렇다 하게 내놓을 만한 형태를 갖지 않는다. 행복하게 살고 싶다. —행복은 자기 생활 주변에 있다.— 행복을 찾는다. —하지만 행복이란 어떠한 것인지 뚜렷하지 않다. 행복과 불행이 대립된 것이라면 불행한 사정을 개선(改善)하고 불행이라고 생각되는 원인을 제거하고 고민하는 문제를 해결하면 행복해질 수도 있을 것이다.

그러나 병든 것이 최대의 불행이라고 생각했던 사람이 막상 그 병이 치유되면 이것으로 행복하다고 생각하게 되느냐 하면 그렇지도 않다. 마찬가지로 상급학교에 못간 것은 불행하지만 상급학교에 진학했다고 해서 행복감을 느끼는 것은 아니다. 돈이 없으면 불행해지기 쉽지만 돈이 많다고 해서 꼭 행복한 것은 아니다. 이렇게 본다면 분명 행복이란 주관적이며 마음의 문제이다. 스스로가 얻어야 하는 것이다.

아베버리 경은 그의 명저 《생활의 활용》에서 '행복이란 자기 마음에 달려 있다' 고 말했듯이 아무리 넉넉한 생활을 해도 스스로 행복하다고 느끼지 않으면 행복할 수는 없는 것이다. 페르시아의 유명한 시인 오마 카이얌도 행복을 이렇게 노래하였다.

행복은 어디 있느뇨
행복은 그리워하는 순간에 있다
행복은 어디에 있느뇨
행복은 행복을 그리워하는 마음에 있다

행복이란 스스로의 마음이 정하는 것이지 주위환경에 의해서 정해지는 것은 아닌가 보다.

고래로 우리는 오복(五福)이라고 하여 다섯가지 행복될 조건을 말하여 왔다. 가로되 '수(壽)'요, '부귀(富貴)'요, '강녕(康寧)'이요, '수호덕고종명(修好德考終命)'이다. 즉 오래 살고 부유하고 귀하며 건강하고 생전에 많은 덕을 쌓아 비명횡사(非命橫死)하지 않고 제명에 편안히 죽는 것이다. 이것은 좀 낡은 행복관이다. 비록 부유하지 않더라도 행복할 수 있으며 건강하지 않더라도 행복감은 느낄 수도 있을 것이다. 또한 오복 이외에 다른 형태의 행복은 얼마든지 있을 수 있다.

요 얼마 전에 '여섯 번째의 행복'이란 영화를 본 일이 있다. 잉그리드 버그만 주연의 영화다. 이 영화는 중국에서의 선교사의 고난을 그린 것인데 영국 여선교사는 갖은 역경(逆境)을 겪어 이겨 이 고난 속에서 행복을 찾는 것이다. 행복이란 오복을 넘어 여섯 번째, 일곱 번째의 행복이 얼마든지 있을 수 있다.

어느 독실한 신자가 아침에 일어나 오늘 하루를 주의 깊으신 은총 밑에서 즐거이 무사하게 보낼 수 있게 해달라고 성심껏 기도했다. 그런데 그가 막 출근하려는데 문턱에 걸려 넘어지는 바람에 발목을 삐고 말았다. '하나님께 오늘 하루를 무사히 지내게 해달라고 빌었는데 왜 넘어졌을까' 하고 하나님을 원망하느니보다 '기도를 했으니까 발목을 삐었을 뿐이지 기도를 안 했더라면 다리가 부러졌을지도 모른다. 기도하기를 잘했다' 하는 것이 훨씬 더 마음이 편안할 것이다.

'참 욕구가 없다면 참 만족이 없다' 라고 볼테르가 말했듯이 충족해야 할 욕구가 사람에겐 없어선 안 된다. 술을 마시고 싶을 때 술을 마신다. 영화 구경하고 싶을 때 영화를 본다. ―이러한 만족을 얻는 것도 그 만족에 행복이 있다고 해도 좋으나 이러한 행복이란 너무나도 적고 생명이 짧은 것이다. 술을 마시는 만족이란 술을 마시고 있을 때만의 만족으로서 술을 마시고 난 뒤에는 이 만족은 마음에서 사라져 버리고 만다. 이와 같은 찰나적인 만족이 아닌 우리의 삶 속에 착실히 자리잡은 움직이지 않는 큰 만족을 추구해야만 하겠다.

어떠한 욕구 속에 사는 것이 자기를 크고 깊게 만족하는 것일까 하는 것이 행복의 과제이며 인생이란 여기서부터 출발해야만 되리라.

▶ 전규태의 행복 아포리즘(Aphorism)

마음대로 안 되는 삶

인간은 누구나 파랑새의 꿈을 지닌다. 하지만 결코 마음 먹은 대로 되지 않는 게 인생이다. 그런 때 메테르링크처럼 평범한 행복을 찾으려는 노력이 필요하다. 역경을 이겨내는 힘은 이를 발견하는 능력을 기르는 데서 비롯된다. 인간을 불행하게 하는 요인의 하나는 결코 가난이 아니다. 스스로에 대한 지나친 꿈이 불행의 원인이다.

밀레의 〈만종〉

행복에 대해 생각해 볼 때면, 밀레의 이 그림이 떠오른다. 하루 종일, 그것도 매일 되풀이되는 고된 노동은 괴로운 일임에 틀림없다. 해 저물 녘의 기도는 이런 노역으로부터 해방되는 순간이다. 집에 돌아가면 아내에게는 식사 등 집안 일이 기다리고 있다. 밤 늦게까지도 일해야 한다. 하지만 기도드리는 일순간만이라도 느껴지는 편안함, 아늑함, 감사함— 행복이란 이런 게 아닐까?

행복한 앞날

'행복의 미래' 라고 하는 관념으로 현재로 장식해서는 안 된다. 흔히 인간은 오늘에 살지 않고 미래에 살려 한다. 그런 사고에 젖어 있는 한 행복의 날은 오지 않을 것이다. 결코 행복론이 현실의 공허를 호도하는 데 쓰이어서는 안 된다.

타정(怠情)

'행복' 의 반대말은 '불행' 이 아니다. 행복의 반대말은 '타정' 이다. 스스로가 불행하다고 느꼈을 때, 스스로 '타정' 에 빠져 있는 것이다. 참 행복은 이를 자각할 때 비롯된다.

불평과 타인

행불행을 저울질할 때의 기준은 대개 '남' 과의 비교에 곧잘 맞추곤 한다. 그리고 그 저변에는 자기 자신에 대한 불평불만이 깔려 있다. 이런 심리에서 벗어나기란 사뭇 어렵지만, 그 어려움을 회피하기 위해 공상의 나래를 펴서 행복을 추구해서는 안 된다. 그럴 경우 으레 선망·질투·자기 비하(卑下)의 감정이 따르게 마련이다. 자기 열등감을 호도하기 위해 행복을 꿈꾸어서는 안 된다.

사랑 · 나눔 그리고 헌신

참 행복이란 사랑과 나눔에 깃들어 있다. 이 두 속성의 옹근 표현은 헌신이다.

일상의 삶 속에

헌신의 대상은 먼 데, 높은 데 있는 것이 아니라 가까운 자기 주변에 있다. 일상 속에 헌신의 대상을 발견하게 될 때, 바로 그게 행복이다.

호젓한 경지

행복이란 지극히 작은 데에서 찾을 수 있다. 행복한 사람이란 평범하고 호젓함 속에서 희열을 느낄 줄 아는 사람이다. 곧 평범하고 호젓한 삶을 누리면서 높은 이상을 갖는 사람이다.

참 행복?

"하루의 노역은 하루에 족하고, 내일을 걱정하지 말라"는 성경 말씀대로 행복은 그런 마음가짐에서 싹튼다. 비록 교도소에 갇혀 있더라도 창살 밖의 수풀과 꽃을 사랑하고 철창에서 지저귀는 새를 귀엽게 느낄 줄 알면 그 죄수는 이미 행복한 자다.

천계(天啓)의 빛

행복이란 역경에 처해 있을 때, 하늘에서 쏟아지는 한 가닥 빛 같은 게 아닐까. 행복 따위에 대해 아무런 생각이 없을 때, 홀연 나타난 계시와도 같은 빛줄기가 아닐까. 행복이란 추구한다고 해서 얻어지는 게 아니라 주어지는 것이 아닐까.

지나친 추구

행복은 '흐름' 처럼 흘러들어 온다. 인위적으로 오지 않고 자연스레

온다. 현대인의 불행은 행복의 과잉추구에서 비롯된다.

무상성(無償性)

사랑은 보수를 바라지 않는다. 받기를 전제로 한 사랑은 사랑이 아니다. 사랑과 마찬가지로 바로 이 '무상성' 자체가 행복이다.

무심(無心)

'생각의 자락'을 놓고 몰입을 했을 때 뜻하지 않게도 자기 주변에 천사와도 같은 행복의 날갯짓이 들린다. 그건 바로 '무심'의 경지, '무소유'의 경지다. '늘'은 아니더라도 '곧잘' 이런 '마음 비움'이 있을 때 행복은 찾아오게 마련이다.

행복 되찾기

지나친 욕심을 놓고 '안분(安分)'을 알면 행복이 되찾아 온다. 집안에 있는 새가 파랑새가 비로소 된다. 이런 작고 가까운 행복을 절실히 바라는 인간은 행복 그 자체인 것이다.

행복의 담론

이서행

인간은 모름지기 "나는 행복하게 살고 있는가?" "행복이란 무엇이고 어디에서 오는 것인가?" "물질적으로 풍요로워지면 더 행복해질 수 있는가?" "행복해지려면 무엇을 어떻게 해야 하는가?" 등을 자문하면서 평생동안 행복한 삶을 갈구해 나가야 한다.

현대인에게 행복이란 문제는 시험문제와 달리 정답이 없기 때문에 더욱 강박감을 느낄 수밖에 없다. 지난해 대선을 치루는 과정에서부터 우리는 민생복지, 국민통합, 국민행복이라는 말을 가장 많이 들어 왔다. 한 마디로 기초적인 생활보장과 국민적인 모든 갈등을 해소하지 않고서는 행복의 길이 열리지 않는다는 제일의 뜻이 함의되었다고 본다.

그러나 인간의 깊은 행복감은 외연적인 모습과 형태보다는 내면적

이서행(李瑞行) _ 전북 고창 출생(1948년). 트리니티그리스도대학, 동 대학원 졸업. 한국학중앙연구원 교수. 세계평화통일학회 회장. 한민족문화연구소 소장. 한국학중앙연구원 부원장. 저서 《한국, 한국인, 한국정신》(1989), 《새로운 북한학》(2002), 《민족정신문화와 시민윤리》(2003), 《남북 정치경제와 사회문화교류 전망》(2005), 《통일시대 남북공동체: 기본구상과 실천방안》(2008), 《고지도와 사진으로 본 백두산》(2011), 《한국윤리문화사》(2011), 《한반도 통일론과 통일윤리》(2012) 외 20여 권 상재.

인 양심과 사랑, 자비를 베풀었을 때 직접 체험하게 되는 데서 오는 것이다. 티벳의 영적 지도자인 달라이 라마에 의하면 "행복은 늘 생각하기 나름이라고 말을 하지만 그것이 단순한 생각이 아닌, 평소의 실천공부이고 그것이 자비"라고 말한다.

인간의 욕망은 끝이 없기 때문에 그 끝을 캐내려고 행복 공부를 해도 사랑과 자비심이 없으면 행복을 느낄 수가 없다. 매년 연말 자선남비 안에 익명의 큰 손으로 이웃을 돕는 사람이 많은데 남을 도우면서 행복감을 생활화하지 않고서는 행동으로 쉽게 옮겨지지가 않는다.

생각해 보면 삼라만상에 홀로 저절로 되는 것은 아무것도 없다. 하늘과 땅, 물과 흙, 바람이 서로 어우러져 상호관계와 작용을 하기 때문에 그 속에서 온갖 꽃과 나무, 동물, 인간들이 모여 사는 사랑과 자비의 생명동산이 태동하게 된다. 사람은 태생부터가 혼자 살 수가 없고 더불어 살게 되어 있기 때문에 누군가와 가까워지려는 소망이 있으며 여기에 행복의 꽃밭이 펼쳐지게 된다.

우리가 삶에서 추구하는 것이 행복이라면, 남과 더불어 사는 친밀감은 행복한 삶을 위한 중요한 요소다. 따라서 되도록 많은 사람들과 친밀한 관계를 갖는 것이 좋다고 여기면서 사는 것이 분명히 합리적인 삶의 방식일 것이다. 인간관계의 최선의 방법은 상대방의 깊은 심정을 이해하고, 단순히 겉으로 나타나는 조건적인 특징을 아는 대신 깊은 차원에서 그 사람과 심정적인 관계를 갖는 일이다.

인간경영 분야에 큰 업적을 남긴 데일 카네기의 《행복론》에서는 걱정을 극복하는 방법과 인생을 긍정적으로 활기차게 사는 법을 안내하고 있다. 즉 각종 스트레스로 고민하는 현대인들이 걱정을 극복하고 행복의 길로 나아가도록 돕는다. 특히 이 책은 불행에서 벗어나 행복해진 이들의 실제 이야기를 곁들여 다른 사람들이 비평할 때, 피로할 때, 걱정이 있을 때 대처하는 법도 알려준다. 또한 카네기는 세상에서 인간관계를 통한 행복론을 확인하기 위한 실질적인 기술들을 축적해 나갔고 이러한 기술을 매일 실험했다. 15년간의 심혈을 기울인 실험 끝에 카네기는 이 모든 인간관계 원리를 한 권의 책으로 1936년에 발간했다. 이 《카네기 인간관계론》은 카네기의 성공적인 인간관계 원리를 제시해 주었으며 전 세계적으로 6천만 부나 판매되는 경이로운 기록을 세운 바 있는데 이는 인간의 일상적인 삶속에 행복의 진리가 있다는 방증이기도 하다.

19세기와 20세기에 활동한 프랑스 철학자 알랭의 《행복론》은 세상에서 가장 아름다운 책으로 알려져 있다. 알랭은 리브르 프로포지라는 신문에 15년간 철학칼럼을 썼는데 그를 집대성한 것이 행복론이다. 행복론은 당대에도 많은 문학인들에게 영향을 끼쳤지만 후세에도 인생의 깊은 의미를 되새겨볼 수 있는 세계 3대 행복론 중의 하나로 손꼽히고 있다. 그는 인간의 행동에 대한 사유와 사고의 차이가 어떻게 인생을 변화시켜 나가는지 자신의 경험이나 사회의 변화를 통해 깊은 철학적 고찰을 제공한다.

알랭의 '행복론'은 삶의 놀라운 발견을 통해 이루어지는데, 그는 우리 인생의 궁극적인 목적이 행복이라고 말하며 행복의 진정한 가치를 찾기 위한 다양한 방법을 제시한다. 알랭은 오지 않는 미래에 시간을 저당 잡히고 과거의 모순에 사로잡힌 채 옴짝달싹하지 못하는 우리들에게 현실에 충실하라고 충고한다. 우린 행복을 찾기 위해 여행을 떠나고 자기 수양을 하지만 결국 우리가 찾고자 하는 행복은 항상 자신과 같이 있다는 것을 깨닫는 순간이 오게 된다. 즉 가장 행복한 사람은 다른 행복은 서슴지 않고 던져 버리지만 자기의 참된 행복은 절대로 내던지지 않는다. 그들의 참된 행복은 그들의 생명과 마찬가지로 그들에게

밀착되어 있다.

알랭은 현실을 있는 그대로 긍정하고 낙관적으로 바라보며 살라고 말하고 있다. 현대인들이 겪는 모든 불행의 근원은 결국 마음으로 인한 것이다. 집착, 스트레스, 욕심, 경쟁 등으로 인한 온갖 갈등을 잠시 내려놓고 매사에 자연스럽고 긍정적인 마인드를 가질 수 있도록 노력하라는 것이다. 이쯤 되면 느낄 수 있듯이 알랭은 행복이든, 불행이든 그 근원은 나의 정신과 마음으로부터 연유한다고 보았다. 그러니 결국엔 자신의 마음을 잘 다스리는 것이 행복의 지름길이다. 도전이나 실천도 좋지만 그런 것에 너무 얽매이지 말고, 체념할 줄도 알아야 하며 또 정작 체념을 하더라도 아쉽거나 미련을 두며 스트레스 받지 말라는 것이다. 자신의 욕망도 자신의 지배하에 있어야 자신의 행복을 가꿀 수가 있다.

체념행복론은 그 어떤 일의 결과에서 그것보다 더 나쁘게 된 것이 아니어서 다행이다, 라는 긍정적인 생각에서 비롯된다. 이처럼 행복은 조건이 아니라 마음먹기에 달렸다. 요즘 우리는 흔히 '행복이란 조건' 으로 돈을 잘 벌어야, 좋은 직장에 다녀야, 시험을 잘 봐야, 사랑에 성공 등으로 내세운다. 하지만 이런 것들로 행복하다면, 반대로 이런 것들이 사라질 때 혹은 익숙해질 때에는 그만큼 불행해질 수밖에 없다.

한편 중세의 기독철학자 아우구스티누스 '행복론' 을 보면 신중심의 영원불변성을 강조하고 있다. 즉 물질적 세계관에 바탕한 쾌락주의 행복론을 비판한 후 진정한 행복의 규정으로 영원불변한 것은 오직 하느님뿐임을 밝히고 있다. 따라서 하느님만이 진정한 행복의 원천임을 보인다. 행복을 얻기 위해서 하느님을 궁극적 목적으로 삼고 하느님을 향할 것인지, 저급한 위계의 사물을 향할 것인지는 각자의 의지에 달려 있다. 인간의 자유의지와 사랑이란 동력은 그 대상을 하느님으로 하면

질서 있는 사랑인 카리타스(caritas)가 되어 궁극적 행복으로 이끌고, 저급한 사물을 사랑하는 쿠피디타스(cupiditas)에 빠지면 불행을 초래한다. 그러므로 인간의 행 불행의 책임은 각자의 자유의지의 올바른 사용에 달려있다. 아우구스티누스의 이러한 행복론은 오늘날 물질적 풍요 속에서 정신적 황폐화를 겪고 있는 현대인에게 종교윤리교육을 통하여 올바른 행복을 얻도록 하는데 그 의의가 있다.

아테네의 철학자 아리스토텔레스의 '행복론'에서는 덕을 실천하는 생활 그 자체가 행복한 생활임을 역설함으로써 명쾌한 대답을 내놓고 있다. 아리스토텔레스에게 있어서 행복은 바로 덕 그 자체였다. 덕은 고귀한 것이며, 고귀한 것을 사랑하는 사람들은 본성상 즐거운 것을 즐거운 것으로 볼 줄 알며, 유덕한 행위야말로 본성에 있어서 즐거운 것이기에 그 자체 속에 쾌락을 지니고 있는 것이다. 아리스토텔레스가 궁극적으로 추구하는 덕은 이성으로서의 지적 덕이지만, 지적 덕은 도덕적 덕의 형성이 있은 후에 이루어지는 것이다. 도덕적 덕은 하루아침에 이루어지는 것이 아니며 오랜 훈련과 반복적인 습관에서 오기 때문에 평소 도덕적 생활의 실천이 행복의 요건임을 말하고 있다.

이상의 '행복론'에 의하면 사랑과 자비심의 실천 그리고 긍정적인 사고와 더불어 함께 사는 심정적인 유대관계가 유지되는 곳에서 참된 행복을 찾을 수 있다. 또한 자신의 욕망도 자신의 지배하에서 조정되어야 행복을 가꿀 수 있으며, 이를 위해서는 자신의 자유의지에 따라 행 불행의 결과가 오기 때문에 행복의 삶을 영위하기 위한 도덕적인 생활이 일상화되지 않으면 안 된다. 그러나 필자의 경험에 의하면 자신의 존재 이유라고도 할 수 있는 소명의식의 발견이 중요하고, 이를 위해 천명을 다해 성취해 나가는 나날의 생활 그 자체에서 오는 만족은 가장 높은 질의 행복감이 될 것이다.

행복한 사람

한만수

이 세상만사의 최종 목표는 작은 일이나 큰 일이나 모든 것이 합력하여 선(good)을 이루는 것이다. 선을 이루기 위한 삶이다.

행복한 사람은 선을 위한 삶을 사는 사람이다. 삶의 관계성에서 옳은 일을 행하고 자비(mercy)를 사랑하며 겸손하게 나누며 베풀며 섬기는 삶을 사는 사람은 행복한 사람이다. 사람은 누구나 생명을 사랑하고 좋은날 보기를 원한다. 먹고 마시고 사는 것이 삶의 초보적인 출발이지만 살아가면서 사람은 사람답게 생명을 사랑하고 좋은 날을 바라면서 의롭게 화평을 누리며 희락을 추구하게 된다. 행복한 사람은 선을 이루기 위하여 서로 화평하고 서로 덕을 세우면서 서로 받아들이며(receiving) 사는 사람이다.

한만수(韓萬洙) _ 인천 강화 출생(1934년). 숭실대학교 영문학과 졸업. 연세대학교 교육대학원 졸업(교육학 석사). 경희대학교 대학원(영문학, 박사과정), 숭실대학교 대학원(영문학, 박사과정) 수료. 영문학 박사. 관동대학교 교수·대학원장, 전국대학원장협의회 회장 등을 역임하고, 현재 (사)국제기독교언어문화연구원 설립자 겸 원장, 「시정일보」 논설위원, 내리감리교회 장로 등으로 활동. 국민훈장 목련장 수훈. 저서 《밝은 언어문화 창조》, 《현대영어의 발전》, 《치유언어》, 《살리는 윤리 살리는 언어》, 《기독교 언어관》 등 20여 권 상재.

쫓아서는 안 될 일을 쫓지 않고 서지 않아야 할 길에서 멀리 떠나 함께 앉아서는 안 될 자리에 앉지 않도록 분별력을 가지고 오직 자기일의 소중함을 깨닫고 일하기를 즐거워하여 주야로 힘써 일하는 사람은 행복한 사람이다. 이런 사람이 되려면 기본적으로 자기 혀와 입술의 말을 살펴보는 사람이 되어야 한다. 행복과 불행은 자기의 혀에서 나오는 말 입술에 붙은 말에 있기 때문이다. 자기 혀의 말이 악한 말인지 선한 말인지 그리고 자기 입술에 붙은 말이 참인지 거짓인지 분별하고 성찰하면서 선을 추구하는 삶을 사는 사람은 참 행복한 사람이다.

세상에서 가장 불행한 사람은 자기 혀의 말과 자기 입술에 붙은 말로 자기 자신을 속이는 사람이다. 입에서 나오는 말은 자기 자신이다. 자기 입의 말은 자기의 대표성이며 자기 존재성(being)의 부여이다. 자기 인격의 표출로서 자기의 기본적 성격이다. 총체적으로 자기의 됨됨이이다.

행복한 사람의 말은 선한 말로서 듣는 이에게 덕을 세우는데 소용되는 은혜의 말이 된다. 그러므로 듣는 이에게 덕을 세우는 은혜의 말을 하는 바로 지금의 자기가 가장 행복한 자이다. 행복한 사람은 사랑의 마음을 소유한 자임에 틀림없다. 자기의 말로 자기 자신이 행복한 사람이 되는 확증은 사랑의 마음이다. 사랑의 마음에서 선한 말이 발화되어 사랑의 실천적 행복한 사람이 된다. 선한 말이 발화되는 사랑의 마음에서 사랑은 세 가지 델타적 구조를 지닌다. 분에 넘치는(unmerited), 변함없는(unchanging), 그리고 무조건적인(unqualified) 사랑이다. 따라서 순결한 마음, 선한 양심적 마음, 그리고 거짓 없는 신의의 마음에서 나오는 삼각 델타적 사랑이다.

행복한 사람은 이러한 삼각 델타적 사랑의 구조적 마음에서 발화되는 사랑의 실천적 언어 행위자이다. 행복한 사람은 두려운 마음을 버리고 능력의 마음을 소유한 자이다. 두려움은 우리의 삶속에 행복을 몰아 내는 적이다. 행복이 좀 먹는 것은 두려움 때문이다. 두려움에는 행복의 그림자도 없다. 오직 능력의 마음으로써 선을 구축하는 자는 행복을 누릴 수 있다. 능력의 마음으로써 서로 나누며 베풀며 섬기면서 선을 이룰 수 있다. 능력의 마음은 우리의 삶속에 선한 싸움의 필수적 무기 이다. 선을 이루기 위한 나눔과 베품과 섬김 속에는 지혜가 깃들어 있 다. 지혜는 지식과 함께 삶속에 선한 싸움을 위한 능력의 마음이다. 지 식은 삶의 진리를 이해함이며 지혜는 그 지식을 삶의 실천적 적용함이 다. 지식은 신중한 판단이며 지혜는 신중한 삶의 행위이다. 인생의 궁 극적 선을 이루는 모든 계획 속에는 진리의 지식과 그 지식을 현명하게 삶에 적용할 수 있는 실천적 지혜가 내재되어 있다. 지식과 지혜가 내 재 된 능력의 마음으로 선한 싸움을 승리로 이끌 수 있는 사람이 행복 한 사람이다. 행복한 사람은 자기의 모든 계획 속에 지식과 지혜가 내 재되어 능력의 마음으로 살아가는 사람이다.

결국 행복한 사람은 시냇가에 심은 나무가 때마다 일마다 과실을 맺 으며 늘 푸르름이 깃들어 있음같이 선을 이루기 위한 나눔과 베품과 섬 김으로써 이웃을 늘 푸르름으로 풍성하게 가꾸는 사람이다.

이웃을 풍성하게 하는 행복한 사람은 소망(hope)이 넘치는 삶을 사 는 사람이다. 소망은 우리의 삶속에 늘 기쁨(joy)과 평강(peace)을 충만 케 한다. 행복한 사람의 소망은 그 개념에 있어서 발굴해 내는 작용이 나 탐험하는 역할을 의미한다. 행복한 사람이 소망한다(to hope)는 것 은 어떤 바램을 가지고 기대하며 또한 선한 것을 얻고자하는 기대를 가 지고 바라는 것이다. 행복한 사람은 소망을 자기의 은신처(hiding place)로 그리고 자기의 방패(shield)로 삼는다. 그러므로 소망 중에 기 뻐하며 환란 중에 참으며 범사에 감사하는 삶을 사는 사람이 진실로 행복한 사람이다. 뿐만 아니라 환란 중에도 행복한 사람은 기뻐하게 된다. 환란은 인내를, 인내는 연단을, 그리고 연단은 소망을 이루는 줄 알기 때문이다.

총괄적으로 살펴본다. 선을 위한 삶, 서로 받아들이는 삶, 힘써 일하는 삶, 분별력을 가지고 성찰하는 삶, 자기 자신을 속이지 않는 삶, 덕을 세우며 은혜 되게 하는 삶, 사랑과 능력의 마음으로 승리하는 삶, 두려움이 없는 능력의 삶, 이웃을 풍성케 하는 삶, 소망 중에 범사에 감사하는 삶, 결국 이러한 벅찬 아름다운 삶들 속에 오직 나누며 베풀며 섬기는 삶을 사는 사람은 참 행복한 사람이다.

여기에 필자의 시 한 편을 소개한다.(한만수 지음 《말씀과 시(詩)》 중에서)

인생

당신들은	그만,
밀고	
밀치고	주고
또	주고
밀치고	또
밀고	주고
밀리고	주러 온
밀치기	당신들
장난꾼들,	주는 기쁨 속에
	사는
이젠	당신들이어라.

행복이란 무엇인가

홍사광

행 복한 삶이란 무엇일까?

개인이 하고 싶은 일을 하고 의식주가 해결 되면 행복한 삶일까?

일반적으로 '행복' 이란, 자신이 원하는 것을 이루어 기쁨과 즐거움을 느끼는 최상의 감정이 '만족한 삶' 이요, 행복이라고 말한다.

삶은 산행과 같은 것이다. 산행을 할 땐 높고 깊은 계곡을 만나기도 하고 평탄한 내리막길을 만나기도 한다.

홍사광(洪思光) _ 경기 화성 출생(1953년). Yuin 대학교 경영학과, 동 대학원 졸업(경영학 박사). 태권도 공인 4단. 「동화통신(東和通信)」·「동화신문(東和新聞)」특파원. Yuin University 강사 · 조교수, 중국사범대학교와 내몽고민족의학대학교 교환교수, 헤리티지 파운데이션 교환연구위원, 유엔 IAEWP 평화대사, 국무총리 정책평가위원회 위원, 건설교통부 정책자문위원, 청와대 안전점검단 점검위원, 남북이산가족교류협의회 상임의장, 사단법인 한국야생동물보호협회 창립 국제교류위원 · 부회장 등을 역임하고, 현재 인터내셔널 인스티튜트 오브 리서치 객원연구위원, 법무부갱생보호회 범죄예방위원회 부회장, 치안문제연구소 연구위원, 주식회사 동서코리아 대표이사 회장, 사단법인 한국사회문화연구원 이사장, 남양홍씨중앙화수회 부회장 겸 수도권회장, 서울지방경찰청 교통안전실천협의회 회장 등으로 활동. 국민훈장 목련장, 국무총리상, 외무부장관상, 법무부장관상, 서울특별시장상 외 다수 수상. 저서《21세기 한국 비젼》,《나라 사랑》,《한국의 얼과 민족》,《중국 개방정책》,《작은 평화를 위하여》외 다수.

또한 오솔길 같은 조용한 산행을 하다가 갑자기 큰 절벽이 나타나기도 한다. 깊은 계곡을 넘어 산 정상에 오르기까지 끈기와 인내심을 가지고 열심히 걸어가야 목적지에 도달할 수 있는 것이다.

이처럼 행복한 삶이란 긍정적인 마음을 가지고 자신이 세워 놓은 계획과 목표가 어려움을 극복하고 바라는 대로 이루어져 갈 때 느끼는 희열, 기쁨과 감사한 마음 같은 것이다.

가진 재물이 많다 함은 단지 금전적인 여유로 생활이 윤택할 뿐이다.

궁궐 같은 넓은 집에 고급 스포츠카를 몰고 화려한 식탁의 산해진미와 값비싼 의상을 걸쳤다고 해서 반드시 행복한 것만은 아니다.

태어날 때 벌거숭이로 와서 죽을 때 빈손으로 가는 인생길에 부귀와 영화, 권세 등은 결코 행복의 척도가 되지 않는다. 어쩌면 행복은 갑자기 쏟아지는 소나기를 피해 들어간 이름 모를 카페에서 잠시 쉬며 마시는 따뜻한 차 한 잔 속에 행복이 녹아 있을지도 모른다.

여행 중에 옛 친구를 우연히 만났을 때와 회사에서 일을 마치고 동료와 소주 한잔을 놓고 오손도손 나누는 대화 속에 행복이 스며 있을지도 모른다.

행복은 아주 가까운 곳에도 있기 때문이다.

그렇다면 무엇이 가장 기본적인 행복일까?

멋진 세상을 바라볼 수 있는 두 눈이 있기에 행복하고, 아름다운 소리를 들을 수 있는 두 귀가 있어 행복하고, 아름다운 꽃의 향기를 맡을 수 있는 코가 있어 행복하며, 맛있는 음식을 먹을 수 있는 입이 있어 행복하고, 가고 싶은 곳에 어디든 갈 수 있는 건강한 두 발이 있으니 이얼마나 큰 축복이며 행복인가.

이 세상을 아름답고 긍정적으로 바라볼 수 있는 마음의 눈이 있고 건강한 육체가 있다면 이보다 더 큰 행복은 없다.

행복을 멀리서만 찾으려 하면 사막의 신기루처럼 잡을 수 없다.

에이브러햄 링컨은 "사람은 행복하기로 마음먹은 만큼 행복하다"고 말했다. 또한 괴테는 "행복이란 전적으로 마음에 달려 있다"고 하였다.

괴테는 이외에 행복한 사람은 즐겁게 일하며, 자신이 해 놓은 일을 기뻐하는 사람, 즉 왕이든 어부든 농부든 간에 자신의 일과 가정에서 안정과 평화를 발견한 사람을 들고 있다.

비록 가진 것이 많지 않은 소박한 삶이어도 남에게 피해를 주지 않고 자신이 가진 것에 소중함과 감사를 느끼며 그 안에서 기쁨을 찾으려 할 때 행복의 열쇠는 바로 당신 마음 속에 있다.

그렇다면 행복을 어떻게 공유할 수 있을까?

행여 당신에게 그토록 바라고 추구하던 행복이 찾아온다면 그 행복을 누구와 함께 나눌 것인가? 인생에서 가장 중요한 것은 서로 나눔을 가질 수 있는 상대이다.

가슴 벅찬 행복이 손에 들어와도 함께 나눌 수 있는 상대가 없다면 그렇게 허무한 일은 없을 것이다.

행복을 공유하는 가장 쉬운 방법은 상대방의 장점을 존중해 주고, 남의 기쁨을 나의 것인 양 기뻐 할 줄 아는 것이다.

남이 가진 것을 내가 가진 것처럼 더 즐거워 할 줄 아는 경지에 이른다면, 그 행복은 자기가 가진 것에 대한 주관적 만족도로 인한 일차적인 행복보다 더 큰 행복이 될 것이다.

그렇다면 과연 무엇이 진정한 행복인가?

사람마다 얼굴 생김새가 다른 것처럼 사람마다 가치관이 다르기 때문에 행복지수를 따진다는 자체가 불가능하다.

어떤 사람은 고급 승용차를 모는 것에 만족과 행복을 느끼는가 하면 어떤 사람은 소형차를 몰면서 고아원이나 장애인들을 돕는 데 보람과 행복을 느낀다.

　어떤 사람은 사찰과 교회에 헌금을 바치는 것에 무한한 긍지와 행복을 느끼는가 하면 어떤 사람은 그 돈을 사랑 나눔과 무의탁 노인 시설에 기부하는 것에 더 행복을 느낀다.

　얼마 전 신문기사에서 환경미화원의 직업을 가진 사람이 장애인들 몇 명을 돌보며 살아간다는 훈훈한 이야기도 실렸다.

　이토록 행복이란 획일적인 기준으로 잴 수 없는 것이다.

　"진정한 행복은 사람마다 열심히 노력하고 일한 대가로 자신이 원하고자 하는 꿈을 이룩할 수 있는 것" 이라는 경제학자 Arthur C Brooks의 개인의 행복의 정의가 가장 실질적인 행복론이 아닌가 싶다.

행복의 철학

김 재 완

우리 인류사회는 평화(Peace)와 행복(Happiness)의 꿈을 이루고자 한결같이 노력하는 데도 어찌하여 이 숙제를 제대로 풀어 가기엔 그다지 쉽지 않은 것일까?

한편 생각해 보면 현대는 언어소통과 통신, 그리고 교통수단의 발달로 세간(世間)이 좁아져서 지구 전체가 한 마을처럼 행복을 이루며 살아갈 수 있는 지구촌(地球村)의 시대요, 세계를 하나의 공동체로 만들어, 환경·인구·식량·에너지 등의 문제를 개별국가 차원이 아닌 전인류

김재완(金載完) _ 단국대학교 법학과 졸업, 서울대 대학원(법철학 전공), 경희대 대학원(공법학 석사)·대진대 통일대학원(통일학·석사)·대진대 대학원(북한학·정치학박사) 수료. 경희대학교·연세대학교·대진대학교 통일대학원의 강사 및 교수.「한국일보」·「전남매일신문」·「제일경제신문」 등 논설위원. 교통방송(TBS)·원음방송(HLDV)의 해설위원. 재계 동양(시멘트)그룹의 감사실장·연구실장 및 회장 상담역. 한국능률협회평가위원. 대통령 직속 민주평화통일자문회의 자문위원 및 상임위원. 문화체육부 종교정책 자문위원. 환경부 환경정책 실천위원. UN NGO 국제밝은사회(GCS)기구 서울클럽 회장. 한국자유기고가협회 초대회장. (사)한국민족종교협의회 사무총장. (사)한국종교지도자협의회(7대종단) 운영위원 및 감사. 한국종교인평화회의 이사·부회장·중앙위원. 한국종교연합(URI) 공동대표. 세계종교평화포럼 회장. (사)겨레얼살리기국민운동본부 이사 겸 집행위원장·평화통일위원장. 한국사회사상연구원 원장. (사)국제종교평화사업단(IPCR) 이사 겸 운영위원. 공론(수필)동인회 대표간사.

의 협력으로 평화롭고 행복하게 만들고자 하는 글로벌이즘(globalism)시대가 온 것이 아닌가. 그야말로 인류행복을 위한 가능성의 시대를 맞고 있는 것이다.

그럼에도 불구하고 세상의 일각에서는 행복의 의미와 가치성에 대한 화두(話頭)를 놓고 긍정적 또는 편파적인 고뇌(苦惱)를 하고 있다. 심지어 일부 공자님 마을에서도 왈가왈부(曰可曰否)하는가 하면 일부 석가님 마을에서도 야단법석(野壇法席)이다. 또한 일부 예수님 마을에서도 애지중지(愛之憎之)하는 판국이고 심지어 이슬람 마을의 일부 지역에서는 인간의 행복을 위한답시고 무력으로 승부결전(勝負決戰)을 벌리기도 한다. 사실상 성현들의 거룩하신 말씀에 따르면 '평화는 인류의 행복'이라는 진리와 함께 대의대도(大義大道)를 밝힌 교리(敎理)가 공통적으로 담겨져 있는데도 그 일부 제자와 후학도사(後學道士)들은 각자위심(各自爲心)이 되어 그 진리의 말씀을 제대로 잘 풀어가지 못하는 것 같다.

물론 생각과 판단이라는 것은 각자의 이견(異見)이 있을 수 있기 때문에 충돌할 수 있는 소재(素材)를 지니고 있기도 하다. 그러나 각자의 생각하는 식견이 서로 이해되고 상통(相通)하여 조화(調和)와 상생(相生)을 이룬다는 것은 곧 평화와 행복을 이루는 지름길이 되는 것이다.

도대체 행복이 무엇이기에 오늘에 와서도 사람들은 이토록 행복을 이루기 위해 애쓰며 걱정하고 있는 것일까? 과연 행복은 어디에서 누가 누구에게 무엇으로 어떻게 주어지는 것일까?

우리 주변을 살펴보면 혼례식장의 모든 주례들은 한결같이 신혼부부에게 행복론과 성공론을 제시한다. 이에 새 가정으로 출범하는 숱한 신랑신부들은 한결같이 '행복하게 살아가겠다' 고 다짐한다.

사람들은 서로 만나고 헤어질 때에도 '건강하시고 행복하시라' 고 인사들을 나눈다. 그렇다고 보면 우리 사회에는 행복하게 살아가기보다 불행한 사람이 적지 않다는 것을 반증하는 것 같기도 하다.

과연 무엇을 어떻게 해야만이 모든 사람들이 행복하게 살아갈 수 있을까? 지난 2012년 12월 19일 제18대 대통령선거에서 당선되어 2013년 2월 25일 취임식을 거행한 박근혜 대통령은 취임사에서 "21세기는 문화가 국력이 되는 시대"라고 강조하면서 문화융성을 경제부흥과 국민행복과 함께 국정의 3대 축으로 삼고 그 정책지표 가운데 하나인 "국민의 행복지수를 높이겠다"고 공약한 바 있다.

그리고 박 대통령은 한반도를 넘어서 글로벌 이슈로 외교지평을 확대할 뿐 아니라 우리나라가 국제사회의 책임 있는 중견국으로서 "지구촌 행복시대의 구현에 능동적으로 기여하겠다"고 공언하였다.

대한민국 헌법 제10조에도 "모든 국민은 인간으로서의 존엄과 가치를 가지며, 행복을 추구할 권리를 가진다"라고 명시되어 있으며 국가가 이 기본권을 확인하고 보장할 의무를 지게 된 것을 보면 '인간의 행복'이 얼마만큼 중요시 되고 있는가를 알 수 있게 된다. 지난 2월 14일, 필자가 관여하고 있는 「광화문문화(光化門文化)포럼」(지성인 친선클럽)에서는 새 정부 수립 이후 처음으로 민선에 당선된 서울특별시 교육감 문용린 박사를 초청하여 교육감으로서의 향후 시정책을 들어본 적이 있다. 그는 서울대 교수직과 교육부장관, 그리고 대통령 직속교육개혁위원회 상임위원직을 맡았던 교육전문가이다.

그날 문 박사께서 "이제는 행복교육이다"라는 주제로 강연을 하였는데 첫째로 모든 청소년과 성년들에게는 행복하게 해 주어야 창의력이 더욱 발휘되고 교육적 문제해결이 더 잘된다는 것이며, 둘째로는 행복교육이 긍정적 정서를 강화하는 본질이라는 점을 철학적·심리학적·교육학적으로 깊은 이해를 갖게 하며, 개성적인 끼를 마음껏 발휘하게 하는 것이라고 강조한다. 즉 모두에게 긍정적으로 행복을 느끼게 하는 교육이어야 한다는 점을 거듭 강조하였다.

그렇다. 국민행복을 위해서는 각급 학교마다 행복교육을 적극 추진해야 된다. 그러나 아무리 훌륭한 정책을 입안(立案)해 놓았다 할지라도 이것이 국민의 여망에 호응되지 못하고 잘 실천됨이 없이 효과를 제대로 이루지 못한다면 이것 또한 공염불에 불과할 것이다.

어느 나라를 막론하고 국민 다수의 신임으로 선출된 대통령이나 기대되는 사회적 지도자들은 그 국민들의 적극적인 지지와 선의의 협력에 따라 성공하기 마련이다. 이것이 곧 행복을 위한 지름길인 동시에 국민들 자신의 성공인 것이다.

지금까지 인류문화가 발달되는 과정에서 그동안 선견지명(先見之明)이 있었던 성현(聖賢)과 학자(學者)들은 다음과 같이 행복에 관한 철학을 많이 남겨 놓았다.

지금으로부터 2500년 전 그 무렵 중국 춘추시대의 대사상가이자 교육자로 알려진 공자(孔子, BC 551~BC 479)는 인의예지(仁義禮智)를 바탕으로 한 개인적인 윤리(倫理)를 확충해서 학식과 덕행을 높이 갖추게 하고, 그 이상적 인간형의 차원에서 군자(君子)에 이르는 길을 깨우치게 한 선각자이며, 또한 '유교의 시조' 이시다. 그런데 그 시대의 대사상과 철학을 전하는 사서(四書 : 논어 · 맹자 · 중용 · 대학 등) 가운데에 공자의 제자인 증자(曾子;曾參)가 조술(祖述)한 경(經) 1장과 증자의 생각을 문인(門人)이 기록한 전(傳) 10장으로 기록된 《대학(大學)》이라는 책이 있다. 그 책 속에는 격물 · 치지(格物 · 致知), 성의 · 정심(誠意 · 正心)과 수신 · 제가 · 치국 · 평천하(修身 · 齊家 · 治國 · 平天下) 등의 경(經)중 8조목이 있는데 이는 정신적 수양으로부터 정치적 실천에 이르기까지의 길을 설명하고 있으며 온 백성들에게 대도(大道 : 秩序)에 따른 행복의 길을 열어놓은 경륜서(經綸書)라고 말할 수 있다. 특히 공자는 왈(曰), "백성을 다스리는 데에는 법률이나 명령에 의한 엄격한 규제보다도 도덕과 예의에 의한 교화가 이상적이므로 위정자는 덕을 구비해야 된다"고 강조하였다. 공자는 인간의 최고가치를 '인(仁)' 이라 하였고 그것은 사람을 생각하는 것, 인간다움을 나타내는 덕이라고 강조하였다. 또 그것은 가까운 부모형제간의 사랑으로부터 시작되어 사회로 퍼져 나가게 하는 것이라 함으로써 결국 사회질서의 근원을 가족에 대한 효제(孝悌)에 두었으며, 이를 행복의 근본이라고 여겼다.

그런가 하면 유럽지역의 아테네 출신인 고대 그리스의 철학자 소크라테스(BC 469~BC 399)는 그 당시 소피스트(Sophist : 궤변학자)들이 주장하는 덕(德)과 세상의 이른바 지자(知者)라는 사람들의 지(知)에 대해서 근본적으로 밝혀내려 했다. 그는 덕(德)과 지(知)는 동일시되며 혼의 비합리적인 부분 및 감정 등을 배제한 지적(知的) 추구만이 진실로 행복하게 살아가는 길이라고 주장하였다. 그리고 우리 인간은 진·선·미를 확실히 알지 못하는 존재이기 때문에 여기에 원초적으로 깨달음이 있어야 하며 자기 존재를 확실히 알아야 한다고 역설한다.

그 당시 소크라테스는 "행복을 자기 자신 이외의 것에서 발견하려고 바라는 사람은 그릇된 사람이다. …불행을 겁낼 때 당신은 이미 불행한 사람이다. 불행을 가져야 할 사람은 영구히 불행을 겁내고 있는 자뿐이다. 나는 생각한다. 잘 되겠다고 노력하는 그 이상으로 잘 사는 방법은 없으며, 그리고 큰 만족은 없다. 이것이 내가 경험하고 있는 행복이다"라고 역설했다.

또한 2500년 전 인도(印度)로 이어지는 카필라성 중심의 나라에서 국왕 정반왕통계(淨飯王統系)의 장남으로 태어나 깨달음으로 성도(成道)하여 불교의 교조가 된 석가모니(Sakyamuni : 釋迦牟尼 : BC 566~486)는 생후 7일만에 어머니와 사별하고 이후에는 이모의 손에서 성장했다.

그 당시 왕자로서의 교양을 쌓았으며, 16세에 결혼하여 아들을 하나 두었다. 그러나 부유한 생활을 버리고 괴로움의 본질추구와 그 해방인 해탈을 목표로 29세 때에 맨발로 출가하였다. 그는 선정(禪定)을 배우기도 하고 금식과 고행을 6년간 경험했고 그 당시 몸과 마음을 가누기 위해 산림에서 탈출한 후 마을 소녀가 주는 젖죽을 받아먹고 체력을 회복한 다음 부다가야의 보리수 밑에서 사색에 잠겼다. 여기에서 비로소 깨달음을 얻어 성도(成道)를 완성하였다고 한다.

석가의 직접적인 교설(教說)은 정확히 알기 어렵지만 원시불교 교설의 원형내지 핵을 간단히 예거해 보면, ① 현실직시와 그에 의한 다양성 인정, ② 마음을 평정(平靜)하고 주체적인 자기를 확립, 그리고 아집과 자기중심을 버린다. ③ 일체의 평등, ④ 실천을 목표로 하고 논의의 우열을 다투지 않는다. ⑤ 보편타당한 법을 중심으로 한다. ⑥ 삼법인(三法印), ⑦ 고집멸도(苦集滅道)의 4체(四締)와 팔정도(팔정도), ⑧ 오온(五蘊) ⑨ 육입(六入), ⑩ 연기(緣起), ⑪ 니르바나(Nirvana : 열반)가 바로 해탈과 깨달음이라는 경지 등이 있다.

여하튼 험난한 고해(苦海) 속에서 고민해 온 석가모니는 "행복은 애타심(愛他心)에서 태어나고 불행은 자기 본위에서 태어난다"고 설파하였다.

그런가 하면 지금으로부터 약 1,170년 전에 석가모니의 제자로서 우리나라 신라(新羅의 신문왕) 시대에 태어난 원효(元曉 : 617~686) 스님은 '일체유심조'(一切唯心造)라는 철리 · 사상(哲理 · 思想)을 금강삼매경론(金剛三昧經論)과 대승기신론소(大乘起信論疏)에 천명하였는데 이 뜻은 곧 "살파(薩婆 : Sarva)의 모든 사물과 법은 마음에서 난다"라는 것이다. 아마도 모든 행복과 불행은 곧 마음 먹기에 달려 있다는 의미와도 일맥상통하는 것이 아닐까

또한 2335년 전의 그리스의 철학자인 아리스토텔레스(Aristoteles :
BC 384~BC 322)는 자신의 스승인 플라톤(Platon : BC 427~BC 347)이
초감각적인 이데아의 세계를 중시하는 데 반하여 그는 인간이 감각할
수 있는 세계를 중시하고 이것을 지배하는 모든 원인을 인식하고자 하
는 유물론적인 입장을 취하였다. 따지고 보면 플라톤은 소크라테스의
영향을 받은 제자이다.

'인간은 본성적으로 동물이다' 라고 주장하는 아리스토텔레스의 정
치학은 특정한 국가제도만을 옳다고 보지 않으며 국가제도는 국민의
성격과 필요성, 그리고 국민의 행복감에 의하여 선택되는 것이라고 주
장하였다. 그리고 윤리학은 정치학의 일부로서 인간에 있어서의 선(善)
을 연구하는 덕론(德論)이라고 보았다. 덕(德)이란 각 사물에 고유한 기
능의 우수성을 의미하고, 행복(幸福)은 바로 영혼의 유덕(有德)한 활동에
의해서 초래되는 것이라고 판단하였다. 그러한 덕은 용기와 같은 습성
적 덕이 있고, 다른 한편에는 지혜와 같은 지성적 덕이 있어서 이 두 가
지로 구분된다고 주장하였다.

그리고 지금으로부터 2020년 전 그 무렵 이 세상에 태어나 그리스도
교의 시조로 불리우는 예수 그리스도(Jesus Christ : BC 7?~AD 30?)는
희세(稀世)의 성신(聖神)으로 부상되고 있으며, 우리 인류사회에 엄청난
신도들을 갖고 있다. 그러나 예수의 생년월일을 확정하기는 어렵다. 예
수의 출생지도 베들레헴이라는 설(마태오 2:1)과 갈릴레아의 나자렛이
라는 설(마르코 10:47의)이 있으나 후자의 설이 지배적이다. 예수의 아
버지는 요셉이요, 어머니는 마리아이다. 형제와 자매도 있었다.(마르
코 6:3). 〈마태오의 복음서〉와 〈루가의 복음서〉 등의 탄생이야기에서는
예수가 동정녀(童貞女) 마리아에게서 태어났다고 하여 예수 성성(聖性)의
근거로 삼는다. 일언이폐지하고 예수의 일체적 활동을 복음(福音)이라

고 말한다. 이유는 하나님나라의 복된 소식을 사람들에게 전해 주는 활동이기 때문이다. 예수 그리스도의 중심적 교훈은 사랑(아가페 : Agape)이다. 즉 "마음을 다하고 목숨을 다하며, 뜻을 다하여 주 너의 하나님을 사랑하라. 그리고 네 이웃을 네 몸과 같이 사랑하라"는 두 가지 사랑(博愛)에는 예수의 신관과 인간관이 요약되어 있는 것이다.

특히 예수 그리스도의 행복관(幸福觀)은 《신약성서》(마태복음 5:3~10)에 다음과 같이 복음되어 있다.

"마음이 가난한 사람은 행복하다. 하늘나라가 그들의 것이다. 슬퍼하는 사람은 행복하다. 그들은 위로를 받을 것이다. 온유한 사람은 행복하다. 그들은 땅을 차지할 것이다. 옳은 일에 주리고 목마른 사람은 행복하다. 그들은 만족할 것이다. 자비를 베푸는 사람은 행복하다. 그들은 자비를 입을 것이다. 마음이 깨끗한 사람은 행복하다. 그들은 하나님을 뵙게 될 것이다. 평화를 위하여 일하는 사람은 행복하다. 그들은 하나님의 아들이 될 것이다"라고.

한편 조선말기에 우리 강토는 일본의 침략과 만행으로 국운이 흔들리고 사회가 극도로 부패되어 민심이 도탄에서 헤매고 있었다. 따라서 서양으로부터 물질문명의 풍조가 무분별하게 유입되고 서구 열강의 동양 침략으로 민심이 매우 불안하고 위기가 고조되고 있을 무렵에 마침내 수운 최제우(崔濟愚 : 1824~1864)는 온 누리에 한울님의 덕을 펴서(布德天下), 널리 창생을 건지고(廣濟蒼生), 나라를 두루 살펴 백성을 편안하게(輔國安民) 하며, 낡은 선천시대가 무너지고 새 문화, 새 역사를 열어 나아가는 개벽천지(開闢天地) 운수를 맞이하고자 동학(東學)을 창명하였다. 실상 초기에는 동학이라고 하였으나 1905년(포덕46.12.1) 의암(義菴 : 孫秉熙)에 의해 천도교(天道敎)라는 이름으로 대고천하되어 오늘에 이르고 있다. 수운은 사람마다 한울님을 모시고 있다(侍天主)는 새로운 신앙과 사람이 곧 한울이요(人乃天), 사람을 한울같이 섬겨야 한다(事人如天)는 진리를 설법하면서 포덕을 하는 한편《동경대전(東經大全)》과《용담유사(龍潭遺詞)》를 직접 저술하였다.

수운의 중심사상에는 전술한 바와 같이 종지(宗旨)가 있으나 그 가운데에는 "모든 사람이 일체의 예속에서 벗어나 자주성을 확립하고 자유 평등과 평화를 실현하자"는 대의대도(大義大道)를 밝혀 놓았다.

즉 인내천 진리는 세계인류가 모든 괴로움과 속박 속에서 벗어나 자주성을 찾고 지상선경의 평화와 행복의 길로 나아가도록 기본원리를 가르쳐 준 것이다. 시천주 사상에는 "내가 한울사람으로서 행복하게 살기 위해서 한울님을 모시고 있는 나 아닌 이웃사람도 한울님으로서 존중하고 섬겨야 한다"는 의미를 지니고 있을 뿐 아니라 "상대에 대한 존중과 배려가 반드시 깃들여 있다"고 주창했다.

로마의 시인이자 철학자인 L.A. 세네가(Seneca, BC 5~AD 65)는 그가 저술한《행복한 생활》이라는 글 가운데 "이성(理性)의 덕택으로 물건을 탐욕하지 않고 꺼리지도 않는 사람을 행복한 사람이라고 말할 수 있다. 그렇다고 해서 행복에 대한 감정이 없는 그들을 행복하다고는 누구도 말하지 않을 것이다. 그러니까 행복한 생활이란 바르고 확실한 판단에 의해 안정되고, 수시로 변덕부리지 않는 생활을 가리키는 말이다"라고 언급한 바 있다.

프랑스 계몽기의 천재적 사상가이자 문학자인 J.J 루소(Rousseau, 1712. 6. 28.~1778. 7. 2)는《에밀》이라는 글 속에서 행복을 다음과 같이 말하고 있다.

"우리들은 절대적 행복이 무엇인지, 또는 불행이란 무엇인지를 모르고 있다. 행복이나 재난이라는 것도 우리들의 모두에 공통적인 것이다. 다만 사람에 따라 그 한도가 다를 뿐이다. 가장 행복한 사람이란 가장 적게 고통을 입고 있으며, 가장 비참한 사람이란 가장 적게 쾌락을 느끼고 있는 사람이다"라고.

독일의 철학자이자 쾨니히스베르크 대학의 교수이었던 I. 칸트(Kant, 1724. 4. 22.~1804. 2. 12)는 〈인생을 말한다〉라는 논술문에서 "행복을 추구하는 것도 중요하지만 행복을 누릴 자격이 있는 사람으로 되는 일이 더욱 중요하다"고 말했다.

독일의 시인이며, 작가로서 낭만주의파이면서 고전파 대표자인 괴테(1749. 8. 28~1832. 3. 22)는 프랑크프르트 암 마인의 행복한 시민의 집안에서 태어났다. 그가 집필한 〈잠언과 성찰〉이라는 글 가운데에서도 비쳤듯이 "나날의 행복은 정밀한 저울로 달아볼 것이 못된다. 그러나 보통의 저울로 달아보면 부정확하기는 하지만 모든 잠언을 귀감삼고, 주변에 관한 성찰과 이해에 몰두하며, 미래의 꿈을 위한 최대한의 구상과 실현, 이러한 시공을 유지하고 있을 때 스스로 만족스럽기는 할 것이다. 이러한 사유와의 연속성이 곧 행복일 수도 있다"라고 서술한 바 있다.

그런가 하면 스위스의 법률가이자 그리스도교적 윤리 저술가이며, 베른대학 총장을 역임한 C. 힐티(Carl hilty, 1833~1909)는 "행복이란 말에는 무언지 우울한 가락이 있다. 그것을 입에 담을 때 이미 행복은 도망치고 있다"고 읊조린다. 그러면서도 힐티는 "모든 참다운 행복이란 우리의 힘이 닿는 데 있으므로 질투나 선망은 의미 없는 일이다. 오직 착하고 아름답게 살아가려는 순간순간만이 행복한 시간이다"라고 말한다.

중국의 작가이자 미국 하버드대학 교수 및 북경대 교수이었던 임어당(林語堂, 1895~1976. 3. 26)은 그의 저서 《生活의 發見》에서 "인간의 행복은 대개가 동물적인 행복이다. 이 생각은 극히 과학적이다. 오해를 살 위험은 있지만 이 점을 좀 더 분명히 말해 두고 싶다. 인간의 행복은 모두가 관능적인 행복이다"라고 밝혔다.

한국의 해주읍 백운방(白雲坊) 텃골에서 가난한 집안(상놈)의 아들로 태어나서, 자수자학(自修自學)으로 입신하여, 독립운동의 선구자이자 정치지도자가 된 백범(白凡) 김구(金九, 1876~1949=74세)는 그의 자서전인 《백범일지》(白凡逸志) 중 〈나의 소원〉에서 다음과 같이 그의 소신을 피력하고 있다.

"내가 원하는 우리 민족의 사업은 결코 세계를 무력으로 정복하거나 경제력을 지배하려는 것이 아닙니다. 오직 사랑의 문화(文化), 평화(행복)의 문화로 우리 스스로 잘 살고 인류전체가 의좋게 즐겁게 살도록 하는 일을 하자는 것입니다." (1. 〈민족국가〉중에서)

"오직 한없이 가지고 싶은 것은 높은 문화의 힘이외다. 문화의 힘은 우리 자신을 행복되게 하고 나아가서 남에게 행복을 주겠기 때문입니다." (3. 〈내가 원하는 우리나라〉중에서)라고.

한국의 원산(元山)에서 태어난 시인(詩人)이며, 우리나라 문인협회의 대표였던 모윤숙(毛允淑, 1910. 3. 5~1990. 6. 7)은 《행복의 얼굴》이라는 그의 책속에서 "모든 사람은 행복을 찾아 헤맨다. 그러나 우리는 왕왕 우리가 찾아 놓은 행복에게서 얼마나 많은 배신을 당해 왔던가. 인간은 행복 속에서 고민하면서 살아간다. 길고 먼 여로에서 행복을 더듬고 찾고 헤매면서….

한국의 경주에서 출생하였고, 시인이자 한양대학교의 교수이었던 박목월(朴木月, 1916. 1. 6~1978. 3. 24)은 그가 집필한 《행복의 얼굴》이란 책에서 "행복은 바로 삶속에 존재한다. 행복은 바로 지금 발견하는 자에게만 존재하는 것이다"라고 말한다.

한국의 경북 출생이자 국회의원과 고려대 교수를 역임한 조지훈(趙

芝薰 : 1920. 12. 23~1968. 5. 17)은 "가장 괴로운 사람이 가장 행복한 사람이다. 한 집안, 한 민족의 괴로움을 맡은 것이 아니라 온 인류의 괴로움을 맡아서 괴로워하던 사람, 석가·공자·그리스도는 행복한 일생을 마친 철인들이다. 행복을 위해서는 끝까지 괴롭고 아파야 한다. 괴롭고 아픈 다음에는 행복이 오는 것이 아니라 괴롭고 아픈 것이 곧 그대로 행복인 것"이라고, 그의 사상을 그의 저서 《영원과 고독을 위한 단상》이라는 책에서 언급한 바 있다.

이상과 같이 우리는 고금동서(古今東西)의 선철자(先哲者)와 선각자(先覺者)들의 인생관 및 행복론을 관심 깊게 엿볼 수 있다. 이 세상에는 이 밖에도 많은 선현(先賢)들이 거쳐갔거니와 무수한 그들의 행복관을 더 알아볼 수도 있으나 여기에서는 생략하기로 한다. 다만 행복에 관한 일반 개념과 가치성, 그리고 통설적인 관념 등의 몇 가지를 정리해 보면 더욱 재미가 있을 것 같다. 과연 우리는 인생에 있어서 '물리적인 힘'과 '정신적인 힘'과의 사이에서 어느 것이 어떻게 행복의 원초적 힘을 부여하고 있을까? 깊이깊이 생각해 볼 만하다.

우선 첫째, 아무리 정신적으로 인내한다 할지라도 의·식·주(衣食住)를 해결하지 못하는 사람이 행복할 수 있을까?

둘째, 현대사회의 편익한 시대에 있어서 문화적 혜택을 받지 못하는 사람이 행복하다고 말할 수 있을까?

셋째, 일터가 없어서 돈을 벌지 못해 돈 없는 사람이 행복하다고 할 수 있을까?

넷째, 돈 많은 재벌들이 형제간에 또는 부자간에, 재산싸움으로 세월을 보내는 그 사람들도 행복하다고 할 수 있을까?

다섯째, 화기애애(和氣靄靄)한 부부간의 가정을 갖지 못한 채, 쓸쓸하게 살아가는 사람이 행복할 수 있을까?

여섯째, 부모와 형제자매, 그리고 자녀도 없이 사고무친(四顧無親)으로 살아가는 사람이 행복할 수 있을까?

일곱째, 권력과 빽 없는 사람들도 행복하다고 생각할 수 있을까?

여덟째, 권력을 남용하고 약한 자의 인권을 유린하는 습성을 지닌 권세가들이 과연 행복하다고 생각할 수 있을까?

아홉째, 절도와 강도, 배임과 횡령, 사기와 공갈, 강탈과 성추행, 무고와 위증, 불효와 갈등, 저주와 이혼, 위조와 편취, 살인과 상해, 불신과 배반, 모략과 중상 등등으로 세상을 살아가는 사람이 과연 행복할 수 있을까?

열 번째, 학문과 지식이 높은 것을 빙자하여 오만불손하거나 타인의 인격을 무시하며 주변의 식자(識者)들을 오도혼탁(誤導混濁)케 하는 사람이 과연 행복할 수는 있을까?

열한 번째, 신성한 종교와 신앙, 그리고 무속(巫俗) 등을 빙자하여 우리 사회를 어지럽히고, 혹세무민(惑世誣民)하는 사람이 과연 행복할 수 있을까?

열두 번째, 연세가 높아지고 병환으로 고생하는 사람에게도 과연 행복과 희망이 찾아올 수 있다고 장담할 수 있을까?

열세 번째, 자신의 노력으로 얻은 재산이라고 이웃과의 나눔 정신은 추호도 없이 오직 자기만의 호의호식에 도취된 사람이 과연 행복할 수 있을까?

열네 번째, 현대가 자유주의·개인주의 등의 개방화 사회라는 이유로 우리의 미풍양속인 윤리와 도덕성을 무시하고, 제멋대로 성개방과 성추행을 자행하는 사람이 과연 행복한 인생이라고 말할 수 있을까?

열다섯째, 권좌에 앉아 있을 때나 또는 정치적 세력을 잡고서 부지기수의 비자금(秘資金)을 움켜쥐고는 호화주택 생활 속에서 얼렁뚱땅 물

쓰듯 하면서도 국법에 걸린 환수금조차 반납하지 않고 당당하게 살아 가는 그 사람이 과연 행복의 모범생이라고 말할 수 있을까?

위와 같이 허다한 행복관의 회의적(懷疑的) 사례(事例) 속에서 우리는 행복과 불행이 무엇인지를 가늠할 수 있으리라.

행복〔幸福 · Happiness(英) · Gluck(獨) · Bonheur(佛)〕이란 것은 일 반적으로 심신의 욕구가 충족된 상태를 말한다. 또는 좋은 운수(good fortune)나 만족감을 느끼는 정신상태를 뜻하기도 한다. 그렇다면 이러 한 욕구와 그 주체를 어떻게 생각하느냐에 따라서 여러 가지로 달라질 수 있을 것이다. 행복을 개인의 감성적 욕구의 만족이나 쾌락과 동일시 하는 에피크로스(Epikuros)학파와 공리주의파가 있는가 하면, 소극적으 로 고통이나 불쾌가 없는 상태와 자족(自足) · 무욕(無慾) 등의 정신적 독 립의 상태를 논하는 쇼펜하우어(A. Schopenhauer)나 스토아(Stoa)학파가 있다. 또는 자아(自我)나 인격의 전체적 · 연속적 만족이라고 보는 플라 톤(Platon) · 스피노자(B.Spinza) · 샤아프츠버리(T.E.O Shaftesbury) 등이 있 다. 그리고 초현실적인 종교적 열락(悅樂)으로 보는 신(新)플라톤파와 기 독교 · 불교 · 민족종교 등이 있다.

인간은 살아가는 과정에서 물질적(物質的) · 정신적(精神的)으로 갖가지 욕구를 가지며 그것이 충족되기를 바라고 그러한 욕구가 충만되어 있 는 상태와 그 만족감을 행복이라고 말할 것이다.

동양철학에서는 깨달음의 경지라든가 무(無)의 경지라는 것이 행복 과도 일맥상통하는 경우가 있다.

행복에는 감성적 쾌락 외에 여러 가지 정신적 쾌락도 포함되지만 실 제로 다종다양(多種多樣)한 쾌락의 총화를 계산해 내기란 어려운 일이며 오늘날 공리주의 원측은 쾌락의 증대보다는 불쾌의 감소에 적용되고 있다. 즉 지상에서 인류의 불행을 가능한 한 제거한 것이 행복증대로 이어진다는 견해를 가진 '마르크스주의'에서도 물질만능이 아닌 정신적 조화로 행복을 구한다는 이론이 발견되기도 한다. 또한 I. 칸트는 덕(德)과 행복의 일치라는 것은 우선적으로 유덕(有德)한 생활을 통해서만이 가능할 수 있다고 내다보았다.

여하튼 우리 인간은 삶의 만족을 누리며 행복을 추구할 수 있는 권리인 '행복추구권(幸福追求權)'을 가지고 있다.

전술한 바도 있거니와 우리나라에도 헌법 제10조에 '행복추구권'이 규정되어 있으며, 인간의 기본욕망인 행복하게 살 권리를 국가차원에서 보장하고 있다. 인간의 존엄성과 사람다움, 그리고 행복을 추구하는 것은 천부적인권(天賦的人權)으로서 국가이전에 존재하는 자연권(自然權)이므로 이 권리를 국가의 기본 질서로 선언하고 이것을 지켜주려고 국가가 보장한 것이다.

행복추구권은 J.로크의 사상에 영향을 받아 미국독립선언에서 최초로 규정되었고, 버지니아 권리장전(權利章典)에서는 행복추구권을 개인 인격의 기본적 가치를 중심으로 하는 자연권의 포괄적 내용을 가지는 권리로 선언하였다. 바로 이 권리는 근대 입헌민주주의(立憲民主主義)의 핵심이 되는 개인주의 · 자유주의를 그 사상적 기반으로 하고 있는 것이다.

행복추구에 있어서 행복이란 다의적인 개념이며 각자의 생활조건과 가치관이 다른 만큼 각양각색이기는 하다. 그러나 행복이라는 것은 인간으로서 최소한 고통과 불편이 없고, 만족과 안정을 느낄 수 있는 상태를 뜻하고 있는 것이다.

많은 선철자들이 밝혀 놓았듯이 '행복한 사람'과 '불행한 사람'을 다음의 몇 가지 사례에서 그 의미를 되새길 수 있을 것이다.

1. 국헌(國憲 : National Constitution)을 준수하고 조국의 평화통일과 국민

의 자유 및 복리증진을 위해 땀 흘리면서도 헌신봉공(獻身奉公)하는 정치지도자들은 그야말로 행복한 사람이다. 그러나 정치를 빙자하여 사리사욕과 부정 및 비리 등으로 엄청남 비자금을 챙기므로서 법망에 걸리고 국민의 지탄(指彈)을 받는 사람은 불행하다.

2. 금융가와 큰 기업가가 된 이후에도, 국가발전에 기여하고 경제균점주의(經濟均霑主義)에 입각하여 가난한 사람을 두루두루 보살피며, 나눔의 정신으로 봉사하는 사람은 행복하고, 수단방법의 분별없이 탈세탈루로 돈을 모리(謀利)하여 개인의 욕구충족에 소비하며 부당한 고리사채(高利私債) 놀이를 일삼는 사람은 결국 불행해진다.

3. 학문과 지식(知識)을 지성화하고, 또는 스스로 인격화 하여 항시 절친한 마음가짐으로 인간사회의 문화적 가치생활에 기여하는 사람은 행복하고, 지식과 지혜를 악용하여 오만불손하고 사복(私腹)만을 채우는 사람은 결국 불행하게 된다.

4. 공(公)과 사(私)를 분명히 구별하고 대의명분(大義明分)에 따라 활동하는 사람은 행복하고, 사리(事理)를 구별하지 못한 채 갈팡질팡하는 사람은 불행할 수밖에 없다.

5. 겸손함과 양보심이 몸에 배어 있는 사람은 행복하고 교만심과 불손함이 버릇처럼 되어 있는 사람은 불행하다.

6. 이웃의 평화와 주변 사람을 위해 기도하는 사람은 행복하고 자기의 이해만을 위해 기도하는 사람은 불행히다.

7. 남의 칭찬을 진실하게 해 주고 남과 이웃을 항상 존대하고 배려하는 사람은 행복하고, 과장된 자기자랑만을 일삼는 사람은 결국 불행이 온다.

8. 평소에 감사하는 마음으로 입거나 먹는 사람은 행복하고, 입버릇처럼 불평하면서 입고 먹는 사람은 불행하다.

9. 매사를 보람으로 느끼며 정성스레 노력하는 사람은 행복하고, 하기 싫은 일을 불가피한 의무로 알고 행사하는 사람은 불행하다.

10. 남이 도와준 일들을 감사하는 마음으로 살아가는 사람은 늘 행복하고, 섭섭했던 일만을 기억하고 살아가는 사람은 계속 불행하다.

11. 이웃사람들이 잘 되는 것을 축복하면서 본받으려는 사람은 행복하고, 남이 잘 되는 일에 시기질투하거나 남이 실패할 때 통쾌해 하는 사람은 결국 불행하다.

12. 마음까지 곱게 화장하는 사람은 행복하고 허영심에 날뛰어 얼굴만을 화장하는 사람은 결국 불행해진다.

13. 사랑의 진실을 깨닫고 살아가는 사람은 행복하고, 수박 겉 핥기 식으로 사랑이란 말만 남발하는 사람은 결국 불행하다.

14. 자기 자신이 약간의 손해를 보더라도 덕과 애정으로 대하는 사람은 행복하고, 그 손해만을 탓하고 늘 억울해 하는 사람은 불행하다.

15. 잘못을 반성하고 올바르게 살아가는 사람은 행복하고 잘못을 숨기면서 거짓으로 살아가는 사람은 불행하다.

16. 매사를 긍정적으로 이해하고 매사를 바로잡아 살아가는 사람은 행복하고, 매사에 부정적이며, 안될 이유만을 따지는 사람은 불행하다.

17. 항상 창의창조적인 정신으로 자기의 할 일을 찾아 정성을 다하고서 천명을 기다리는 사람은 행복하고, 시작도 노력도 없이 세상만을 원망하며 요행만 기다리는 사람은 불행하다.

어떻게 보면 행복과 불행은 하나의 지붕 밑에서 살아가고 있으며, 번영과 영광의 바로 그 옆방에는 파멸이 넘나보고 있고, 또한 성공의 그 옆방에는 실패가 눈여겨보고 있는 것이 아닐까?

그러므로 인생을 짧게 보는 사람에게는 행복이 허무하며 불행이 오래가는 듯이 생각하기 쉽다. 그러나 위대한 미래와 보람 있는 희망을 항상 추구하고 자신의 이상실현(理想實現)을 위해 불철주야로 노심초사(勞心焦思)하며 전심전력(全心全力)으로 일하는 사람에게는 자신도 모르게 행복이 항상 간직되며 불행과 고통을 느낄 겨를이 없다.

결국 행복을 얻는 유일한 비결은 오로지 눈앞에 보이는 행복만을 인생의 최종목적으로 의식하지 말고, 함께 살아가는 이웃과 인류가 바라는 상생(相生) 및 풍요(豊饒)를 위해 보다 숭고한 창조의식(創造意識)과 그 역할(役割)을 게을리 하지 말고, 여유 있게 그리고 즐겁게 최선을 다하는 길 밖에 또 없다.

정계와 재계에서는 무엇보다도 대중(大衆)과 더불어 공공질서를 다함께 엄수토록 선도하는 동시에 국리민복(國利民福)정책에 실효적 협력과 역할을 도모하여야 한다. 따라서 모든 국민은 스스로 윤리·도덕성과 숭고한 종교적 심성으로 나눔 및 봉사활동에 기여하여 신나는 사회를 이루는 데 최선을 다해야 될 것이다. 그럼으로써 '하늘은 스스로 돕는 자를 돕는다' 는 격언과도 같이 행복은 스스로 건실하게 잘 가꾸는 자에게만이 그만큼 행복의 새 싹들이 돋아날 것이며, 이웃과 더불어 진솔(眞率)하게 살아가는 인류사회에는 행복에의 아름다운 꽃들이 평화롭게 그리고 영원히 피어날 것이다.

제4부

책천부천

실천이란 위대한 것이다

최 계 환

중국의 당(唐)나라 중엽의 시인이었던 백거이(白居易), 즉 백낙천(白樂天)의 얘기이다.

당대의 고승인 조과(鳥窠)스님의 가르침을 받기 위하여 "선(禪)이란 무엇입니까"라고 물었다. 조과스님은 대답하기를, "제악막작(諸惡莫作)하고 중선봉행(衆善奉行)하는 것일세— 나쁜 짓은 절대 하지 말고 착한 일을 받들어 행하라."

너무 흔하고 평범한 대답이어서였는지 큰 가르침을 기대했던 백낙천이 실망의 빛을 보이자 조과스님은 노발대발 호통을 치면서 "그대가 당대의 으뜸가는 시인이라기에 무엇을 좀 알고 있는 줄 여겼더니 천하의 무식한 사람이로군! 비록 삼척동자라도 알 것은 다 알고 있으되 그

최계환(崔季煥) _ 경기도 장단 출생(1929년). 호는 단계(丹溪). 건국대학교 국문과 졸업. 연세대 교육대학원 졸업. KBS, MBC 아나운서실장. TBC 보도부장, 일본 특파원. KBS 방송심의실장, 부산방송 총국장. 중앙대학교, 서울예술대학 강사. 대구전문대학 방송연예과장. 명지대학교 객원교수. 영애드컴 고문. 서울시문화상(1969), 대한민국방송대상 등 수상. 방송 명예의 전당 헌정(2004년). 저서 《방송입문》, 《아나운서 낙수첩》, 《시간의 여울목에서》, 《설득과 커뮤니케이션》, 《착한 택시 이야기》. 역서 《라스트 바타리온》, 《인디안은 대머리가 없다. 왜?》 등 다수.

아는 바를 실천하기란 80 노구라도 어려운 법이거늘 이것이 곧 실천철학이란 것을 모른다는 말인가?” 이 말에 백낙천은 아무 말도 못하고 무릎 꿇고 사과하였다는 기록이 있다.

이는 곧 우리에게 실천의 중요함과 어려움을 일깨워주는 얘기이다. 사람들이 하루하루 살아가는 가운데 아침에 계획했던 일이나 또는 마음 속에 담고 있던 것 가운데 과연 몇 분의 1 정도를 실천하면서 지내고 있는 것인가를 돌이켜 볼 때 실제 행동으로 옮긴다는 일이 얼마나 어렵고 귀한 것인가를 알 수 있다.

사람들은 아마도 말로는 곧잘 떠들면서도 실제 행동에서는 여간 인색한 존재인지도 모르겠다. 특히 우리들 범인(凡人)의 경우 그 농도가 더욱 짙은 것 같다.

어떤 기자가 세기적 화가였던 파블로 피카소에게 “예술이란 무엇입니까?”라고 물었단다. 그랬더니 피카소는 “그러면 우리 주위에 예술 아닌 것이 무엇이요?” 하고 반문하더란다.

한편 전 생애를 촉각의 세계에서만 갇혀 살았던 헬렌켈러는 그의 저서에서 이렇게 말하고 있다.

“단 한 번이라도 다른 이들처럼 눈을 뜨고 빨갛게 익어가는 저녁노을을 바라볼 수 있었다면 얼마나 기쁠까?”

비단 저녁노을뿐 아니라 새벽에 솟는 붉은 태양 그리고 바람, 구름, 나무, 꽃, 어둠 등 우리를 둘러싸고 있는 삼라만상은 바로 아름다움의 바탕이요, 예술의 밭인 것이다. 그런데 사람들은 그것을 찾으려 하지 않고 찾았다 하더라도 그것을 올바로 관조시키지 못하거나 우리 것으로 받아들여 실천하지 못하고 있는 것은 아닐는지?

‘안단테 칸타빌레’는 차이코프스키의 작품 가운데에서도 널리 알려진 바이올린 곡이다. 이 곡은 차이코프스키가 옆집에 살고 있는 대장장이의 콧노래에서 그 악상(모티브)을 얻어 작곡하였다는 것이다.

한편 세계적인 인상파의 거두 비샤드 슈트라우스의 지도를 받았던 안익태 선생의 '한국 환상곡'에서는 한참 전원의 피리 소리가 들려오다가 갑자기 발자국 소리와 쇠붙이 소리가 섞여 가다가 차바퀴의 시끄러운 부분이 나오는데 이는 곧 우리나라의 역사를 상징한다는 것이란다.

또한 이 우주에서 가장 위대한 음악이란 사랑하는 사람의 속삭임이라고 갈파한 시인도 있었다.

사람의 목소리, 새들의 지저귐 등 삼라만상의 모든 소리는 곧 음악이자 예술이란 것이다. 어디 음악뿐이겠는가? 그림도 마찬가지다. 밀레의 '만종'이나 레오날도 다빈치의 '모나리자의 미소' 등 세계적인 명화의 바탕도 바로 밀레나 다빈치 자신의 생활의 한 부분이었다는 사실을 되새길 필요가 있다.

그림을 보면서 우리는 음악을 들을 수 있고(색청, Color Hearing), 음악을 들어오면서 그림을 그릴 수 있다는 것이다.

앞으로는 하등감각이란 후각예술, 촉각예술, 미각예술의 경지도 가능할지 모르겠으나 지금까지는 시각과 청각(고등감각)에 의해서만 예술이 성립된다고 보고 있는 것이다. 다시 말하면 사람은 시각과 청각이란 창구를 통하여 평범하게 널려 있는 생활 속의 모든 것을 투영시키고 조화시키는 삶의 지혜나 자세, 그리고 그 실천이 무엇보다 중요한 것이다.

그럼에도 우리는 번지수를 잘못 짚고 살아가고 있는 것 같다. 그것은 가르치는 사람이나 배우는 사람의 경우도 마찬가지인 것이다. 동서양을 막론하고 예나 지금이나 인간의 본성과 본질에는 조금도 달라진 것이 없는 것 같다.

달나라 정복에 이어서 각종 인공위성이 우주를 누비고 있고 인간의 제반 구실을 컴퓨터가 대신하여 주고 있는 요즈음에도 인간란 세포조직이나 심성에는 근본적으로 달라진 것이 없다는 것이다. 아마도 발달한 과학기술에 비하여 영원히 변치 않는 인간의 본질 사이의 부조화나 괴리현상의 함수관계가 현대인의 커다란 고민거리인지도 모르겠다.

눈 있는 자는 보고, 귀 있는 자는 듣게 되어 있다. 인간의 참모습을 들여다보고 그것을 실현시키는 일이 예술이라고 한다면 그저 그러한 극히 평범한 생활 속에서 올바른 아름다움의 발견과 그의 착실한 창조만이 예술과의 조화를 이루는 현대와 미래 생활의 첩경이요, 바탕이 될 것이다.

"You are what you thank."

마음 속의 생각이 우리를 만들고 행동은 곧 생각을 꽃피운다고 했다.

기쁨과 고통은 바로 생각의 열매이니만큼 삶 속에서 실천의 깊이와 그의 위대함을 깨닫는 우리 젊은이들이었으면 한다.

그리고 모든 삶의 바탕은 바로 실천이 전부이니 우리 모두가 그 위대한 실천의 참 주인공들이었으면 좋겠다.

내가 본 금강산

구능회

금강산! 그 말만 들어도 우리의 가슴을 설레게 하는 말이다. 분단의 아픔 중에 가장 괴로운 것이 한 핏줄간의 생살 도려내는 듯한 이별의 아픔이 가장 크다 하겠지만 북녘 땅의 저 수려한 산하를 내 맘대로 가 보지 못하는 안타까움도 매우 고통스러운 일이다.

여러모로 세인(世人)의 입에 오르내리는 금강산은 그 이름만 해도 사계절을 달리 하고 있으니, 이른바 봄에는 금강(金剛), 여름에는 봉래(蓬萊), 가을에는 풍악(楓嶽), 겨울에는 개골(皆骨)산이라 하지 않든가.

그 찬란한 명성이 널리 중국의 중원 땅에도 울려 퍼져서 오죽하면 저들로 하여금 "고려 땅에 태어나서(願生高麗國), 금강산 구경 한 번 해봤으면(一見金剛山)" 하는 소망을 시(詩)로까지 토로(吐露)하게 하였을까. 그야말로 우리 민족의 자랑이요, 자부심이라 할 수 있는 명산이다.

구능회(具綾會) _ 충북 보은 출생(1949년). 호는 도헌(陶軒). 한국방송통신대학교 행정학과 졸업. 충북대학교 행정대학원 졸업(행정학 석사). 서울대 행정대학원 정보통신 방송정책과정 수료. KBS 충주방송국장, 중앙대학교 신문방송대학원 초빙교수, 한국호암다도협회 초대회장 등을 역임하고, 현재 송학선의사 기념사업회 고문, 솔리데오장로합창단 부단장으로 활동.

이러한 금강산은 대체로 강원도의 회양·통천·고성·인제의 4개 군에 걸쳐 자리를 잡고 있으며, 사방 주위가 40km에, 전체 면적은 약 400km²로 알려져 있다. 이 산의 최고봉인 비로봉(毘盧峯)의 높이는 해발 1,638m라 하니 한라산이나 지리산보다는 많이 낮지만 설악산의 대청봉과는 거의 높이가 비슷하다 하겠다.

그리고 이 금강산의 대부분의 지질(地質)은 흑운모(黑雲母) 화강암과 반상(斑狀) 화강암으로 형성되었고, 남북으로 달리는 대단층선(大斷層線)을 따라 지층이 단락(斷落)하여 천(千) 수백 미터에 이르는 단층지괴(斷層地塊)를 이루어 산의 골격이 만들어지고, 이에 더하여 산의 풍화침식으로 인해 다양한 지질상의 변화가 나타나 기봉(奇峰), 암대(巖臺), 절곡(絶谷), 단애(斷崖) 등의 변화무쌍한 경관미(景觀美)를 자랑하게 되었으니 금강산은 우리에게 그야말로 천혜(天惠)의 축복이 아니겠는가!

금강산에 대한 동경(憧憬)은 우리 민족이라면 누구에게나 가슴 속에 존재하고 있을 것이다. 물론 나도 예외가 아니기에 남북관계가 좋아지면서 금강산을 다녀올 수 있는 길이 열렸다는 소식에 누구 못지않게 이를 반겼으며, 먼저 다녀오신 분들의 찬사를 들으면서 마냥 부러워했던 기억이 있다. 그렇지만 당시에는 이런 저런 사정으로 금강산을 다녀오는 소망을 이루지 못하고 지내다가 지난 2005년 10월경에야 비로소 그 소원을 이룰 수 있었다.

당시에 나는 KBS의 충주방송국장으로 재임 중이었는데 시청자위원으로 방송 발전에 도움을 주시던 여러 위원들 중에 한 분이 금강산을 몇 차례 다녀온 경험이 있다 해서 우리 시청자위원들의 금강산 단체 방문을 주선해 달라는 부탁을 하였다. 그리고 마침 제천시에서 당시에 금강산 근처에 지자체 협력 사업으로 사과단지를 조성하여 그 성과를 거두고 있다는 사실에 고무되어 적극적으로 금강산 방문을 추진하였다.

그 결과 이 해 10월 22일부터 24일까지 나와 우리 시청자위원들은 부부 동반으로 2박 3일간의 일정 하에 마침내 금강산을 방문하게 된 것이다. 금강산 방문 초기에는 뱃길을 이용했기에 많은 분들이 좀 불편하게 다녀왔다지만 우리 일행은 개통된 지 얼마 되지 않는 휴전선 육로로 방문하는 편의(便宜)를 누릴 수 있었다.

첫 날인 22일 아침, 일찍 충주를 출발한 우리는 강원도 고성에 도착하여 점심 식사를 마치고, 민족분단의 상징인 한 맺힌 휴전선을 넘어 금강산으로 향했다. 막상 휴전선을 넘는다 하니 긴장도 되고 각별한 감회가 일었다. 입경(入境) 절차를 마치고 포장된 도로를 쉽게 달려서 금강산에 도착하여 준비된 숙소에 여장을 풀고 난 우리 일행은 드디어 산을 오르게 되었다. 이 산은 주지하는 바와 같이 내금강, 외금강, 신금강, 해금강으로 그 구역이 구분된다고 한다. 이는 주봉(主峰)인 비로봉을 중심으로 그 서쪽이 내금강, 동쪽인 바다쪽이 외금강, 외금강의 남쪽 계곡이 신금강, 동단(東端)의 해안부를 해금강이라 부른다고 한다.

우리가 방문했던 당시에 내금강 쪽은 출입이 통제되어 외금강 남쪽인 신금강과 해금강의 일부를 찾을 수밖에 없었다.

충주에서 출발할 때는 10월 하순이라 금강산의 단풍은 이미 한물갔으려니 하고 큰 기대를 하지 않았으나 막상 산을 오르면서 보니 단풍이 한창이어서 나는 절로 입이 벌어졌다.

단풍 색깔이 다채롭기도 하거니와 어찌 그 빛깔이 그리도 곱던지 그저 감탄을 금치 못하였다. 아주 맑은 가을 날씨에 이처럼 아름다운 산을 오르려니 나는 그저 모든 것이 고맙고 감사할 뿐이었다. 우리는 들뜬 마음으로 외금강의 명소로 알려진 구룡폭포를 향해 부지런히 걸음을 옮겼다. 물론 간간이 절경 속에서 사진 촬영도 하였지만 그저 한 군데라도 더 보고자 하는 욕심에 나는 피곤한 줄도 모르고 일행들 앞에서 분주히 걸었다.

마침내 도착하여 전망대에서 바라보는 구룡폭포…‼

옥류동(玉流洞) 계곡의 끝자락, 암벽을 타고 쏟아 내리는 폭포가 장관(壯觀)을 이루고 있었다. 이 폭포의 상하 높이가 50여 미터이고, 폭포수가 떨어져 못을 이룬 구룡연(九龍淵)의 수심이 10미터라고 한다. 연한 회색빛 암벽을 타고 지상으로 흘러내리는 폭포수를 한동안 넋을 잃고 바라보려니, 저 중국의 이태백이 여산폭포를 보고 감탄하며 지었다는 "날아 흘러 삼천 척을 내려오니(飛流直下三千尺), 은하수가 구만리 하늘에서 떨어진 듯하다(疑是銀河落九天)"는 시구(詩句)가 연상되었다. 그저 천하의 이태백처럼 멋지게 이 폭포를 표현하지 못하는 것이 유감스러웠다.

첫 날에 금강산을 오르내리면서 봉우리면 봉우리, 절벽이면 절벽, 계곡이면 계곡 그 어느 것 하나 놀랍지 않은 것이 없었다. 이에 더하여 계곡을 흐르는 수정같이 맑은 물은 그야말로 옥수(玉水)였고, 여기 저기 화려한 색깔로 자태를 뽐내는 단풍잎들은 산의 모습을 돋보이게 하는 실내 인테리어의 절정이라고나 할까. 산 곳곳에 기암절벽을 타고 우뚝우뚝 서 있는 푸르디푸른 노송(老松)들은 천연 분재(盆栽)의 극치(極致)인 것만 같아 그저 감탄이요, 또한 탄성이었다. 이는 비단 나뿐만 아니라 우리 일행, 아니 이날 함께 산을 오른 수많은 인파들에게 너나 할 것 없이 매한가지였다.

다음날에는 산행 코스를 달리 하여 저 유명한 만물상(萬物相) 쪽으로 향했다. 전날 올라가 본 구룡폭포에 비해 코스가 더 험했다. 산을 오르며 우리처럼 대한민국에서 오신 많은 분들을 만났는데 그중에는 연세가 드신 어른들도 많았다. 그런데 등이 굽고 걸음도 불편해 하는 분들이지만 금강산 구경에 대한 욕심은 젊은이들 못지않아 숨찬 모습으로

험로(險路)를 올라가는 모습이 놀랍기도 하고 안쓰럽기도 하였다.

어쨌거나 땀을 뻘뻘 흘리며 도착한 만물상(萬物相)…!!!

참 신비하고 놀라웠다. 이 세상에 있는 온갖 사물의 형상이 여기 다 모였다는 의미로 이곳 이름을 만물상(萬物相)으로 부른다니 나도 모르게 고개를 끄덕이게 되었다.

어느 인공정원이 이보다 아름다우랴. 프랑스와 오스트리아 등 유럽의 유서 깊은 궁전을 방문하여 세련되게 가꾸어 놓은 인공조경의 백미(白眉)를 보고 탄성을 발하였던 추억에 비해, 대자연의 솜씨로 빚어 놓은 천연조경(天然造景)의 아름다움은 인간의 솜씨를 훨씬 능가하는 묘작(妙作) 중의 묘작이었다. 높은 곳에서 만물상을 굽어보는 맛은 아래에서 올려 보는 것과는 또 다른 묘미(妙味)이기도 하였다. 한 마디로 가슴 속이 아주 후련하였다.

만물상에서 다시 동쪽으로 방향을 틀어 고개를 오르니 아득한 발 아래로 쪽빛 동해바다가 출렁이는 게 아닌가. 산과 바다의 공존과 조화가 또한 아름다운 경관을 빚어내었다.

오정쯤에 오른 이곳에서 하도 날씨가 좋아 문득 하늘을 우러러보니 거의 중천에 태양이 빛나고 있건만 사라지고 없을 줄 알았던 반달이 엄연히 창공에 매달려 있는 게 아닌가. 이 또한 진풍경(珍風景)이었다. 한낮에 해와 달이 같은 하늘에 공존하고 있다는 게 내겐 참 신기하게 여겨졌다.

마지막 날에 해금강 삼일포를 둘러보았고, 이로써 나는 사흘간에 걸친 금강산 구경을 모두 마치게 되었다. 참 좋은 날씨에 좋은 분들과 함께 금강산을 다녀온 것은 내 인생에 마치 멋진 삽화처럼 끼어들어 아름다운 한 페이지를 장식하게 되었다.

옛부터 천하 절경의 금강산을 찾은 많은 시인(詩人)과 묵객(墨客)들은 저마다 그 소감을 작품으로 표현해 왔다. 수많은 한시(漢詩)와 화필로 그려 낸 화첩(畵帖)들이 이를 잘 말해 준다.

일찍이 조선 초기의 대학자 권근(權近) 선생은 "동쪽에서 노는 이들 문득 정상에 오르려다(東遊使欲凌高頂), 천지자연 굽어보니 가슴 탁 트이네(俯視鴻濛一盪胸)"라고 노래했고, 한참 후대의 송시열(宋時烈) 선생은 "천지간에 서서 크게 웃으니(大笑立天地), 창파에 든 배 아득히 떠가네(滄波渺去舟), 아침에는 노랑꽃 울며 이슬 떨구고(黃花朝泣露), 가을밤 붉은 단풍 우우하고 우는구나(紅葉夜鳴秋)"라고 금강산을 노래한 바 있다.

대자연의 은총과 인간의 시운(時運)이 잘 맞아서 아내와 함께 이 금강산을 일부나마 둘러보긴 하였으나 실은 말 그대로 주마간산(走馬看山) 격이었다. 특히 내금강과 비로봉을 볼 수 없었던 것은 내게 못내 아쉬움을 안겨 주었다. 그렇지만 그렇게도 보고 싶었던 금강산의 일부나마 아주 좋은 날씨에 이곳저곳을 올라 본 것은 큰 행운이었다고 믿는다.

이에 나는 이 감격과 감동을 선인들의 흉내를 내어 서툰 칠언율시(七言律詩) 한 편으로 아래와 같이 노래해 보는 것이다.

金剛山/ 금강산

揚名天下金剛山(양명천하금강산)

清秋佳陽尋妙嶺(청추가양심묘령)

皆谷秀麗天筆畵(개곡수려천필화)

每峰奇絶神手屛(매봉기절신수병)

靜坐身用金玉裝(정좌신용금옥장)

毅立頭上日月明(의립두상일월명)

上皇救恤蒼生苦(상황구휼창생고)
海東腰處造仙景(해동요처조선경)

그 이름 세상에 널리 떨치는 금강산
맑은 가을 좋은 날에 아름다운 산을 찾네
골짜기마다 수려함이 하늘의 붓으로 그린 듯
봉우리마다 절묘함이 神이 만드신 병풍인 듯
조용히 앉은 모습은 금과 옥으로 장식했고
씩씩하게 솟은 봉우리 위에 해와 달 함께 빛나
하나님께서 인생들의 고통을 불쌍히 여기사
우리나라 허리에 신선의 마을을 만드셨구나

조상숭배 소고(小考)

권 영 해

가을이 깊어지면서 시골 곳곳에서는 풍요로운 가을걷이에 이은 조상들의 음덕에 감사드리는 시제가 한창 열리고 있다.

사람은 누구나 부모로부터 태어났고, 아버지는 조부모로부터, 할아버지는 증조부모로부터, 증조할아버지는 고조부모로부터, 고조할아버지는 5대조부모로부터 태어났다. 이런 식으로 계속해서 거슬러 올라가면 우리의 조상은 인류의 조상으로까지 거슬러 올라가게 된다. 그러나 우리의 조상을 분명히 따지는 일은 결코 쉬운 일이 아니기 때문에 어느 범주에서 확인된 가장 높은 조상을 시조로 삼을 수밖에 없을 것이다. 이렇게 정해진 시조로부터 내려오는 수많은 조상에 대하여 우리는 관심을 가지게 되고 조상으로부터 파생된 많은 혈족을 순차대로 기록하여 족보(族譜)를 만들고 자손들에게 열람하며 길이 전하고 있다.

권영해(權寧海) _ 경상북도 경주 출생(1937년). 육군사관학교 졸업. 서울대학교 행정대학원 수료. 88서울올림픽 지원사령관을 거쳐 육군 소장으로 예편하고 국방부장관, 국가안전기획부장, 한국야구위원회 총재 등을 지내고, 현재 2013대한민국실천대상 조직위원회 대회장, 사단법인 우리민족교류협회 회장, 사단법인 대한민국건국회 회장 등으로 활동.

현대의 문명사회에서도 많은 민족들은 수십 대에서 수백 대에 걸친 그들의 조상들을 연구하고 기록한 족보를 가지고 끈끈한 씨족사회에서의 연대의식을 유지하여 왔다. 더불어 같은 씨족 간에는 다른 씨족과의 관계에서 볼 수 없는 인정이 있어 상호간의 일처리에 있어 협동과 단결이 비교적 쉽게 이루어진다. 음덕을 따지기 전에 조상들은 후손들에게 물질적인 재산과 유물을 남겨 주기도 했고 정신적인 문화재와 삶에 본보기가 되는 교훈을 남겨 줌으로써 많은 혜택을 베풀어 왔다. 사람들은 거의 모두가 후손들에게 유익한 유산을 남겨 주려고 애쓰게 되고, 후손들은 누구나 조상의 훌륭한 뜻을 받들어 부끄럽지 않은 후손이 되기를 원하며, 훌륭한 유산을 남겨준 데 대하여 감사하게 생각하고 조상들을 존경하며 숭배하게 된다.

현실적으로 우리가 아무리 출세하여 영화를 누리며 만인의 존경을 받는다고 하더라도 조상이 없었다면 결코 오늘의 우리가 있을 수 없다는 사실을 부정할 수 없다. 따라서 후손으로서 조상을 존경하고 숭배하는 일은 지극히 당연한 도리라고 할 수 있을 것이다.

조상을 존경하고 숭배하는 일을 흔히 봉선사업(奉先事業)이라고 부른다. 봉선사업은 대체로 조상의 무덤을 보기 좋게 조성하고 비석을 세우며 성역화하고, 또 조상의 영정을 제작하고 재실(齋室)을 지어 제사를 올리며, 조상의 얼이 배어 있는 문집을 간행하는 일 등을 말한다. 그리고 역사적으로 유명하고 국가적으로도 뛰어난 조상에 대하여는 깊이 연구하고 발표하는 학술회의를 열기도 한다. 조상이 남에게 자랑할 만큼 훌륭하다는 것은 후손에게는 긍지이고 희망이며 영광이다.

일반적으로 조상을 받들고 숭배하는 봉선사업이 후손의 번영과 관계가 있는 것으로 해석한다. 그 중에는 조상의 묘가 명당에 있으면 후손이 잘 살게 되며 여러 면으로 번성한다는 것이다. 그리하여 많은 사

람들이 지관(地官)을 동원하여 명당을 찾는다. 그리고 명당에 조상을 모
신 후에는 깨끗하고 아름답게 관리하며 매년 제사를 모신다.

　명당에 관해서는 풍수지리설(風水地理說)이 관계가 깊다. 그러나 맹목
적인 풍수지리설은 이들에게 도움을 주지 못할 뿐만 아니라 오히려 해
독을 끼칠 수 있다. 무조건 명당만을 찾다 보면 재물을 낭비하게 되고
원치 않는 범법행위도 저지르게 된다. 남의 묘지에 이른바 투장(偸葬)까
지 하는 경우가 발생하기도 하고, 열심히 일하려는 의지와 노력 없이
조상의 음덕만 바라며 무위도식하는 자가 생겨나게 되는 것이다.

　옛날에는 돌아가신 조상도 마치 살아 계실 때의 양택(陽宅)처럼 양지
바르고 깨끗한 곳에 음택(陰宅)을 마련해 드려야 한다고 생각하였다. 그
래서 자연히 양지바르고 전망이 좋은 곳을 찾아서 장례를 치르게 되었
고 곧 조상을 생전과 같이 공경하는 행동으로 나타나게 된 것이다.

　따라서 풍수지리설에 따른 명당론의 폐단은 그 자체가 잘못된 것이
아니라 그 근본적인 취지를 이해하지 못한 후손들에게 잘못이 있는 것
이다. 돌아가신 조상, 땅 속에 묻혀 흙으로 모습을 바꾼 조상이라 할지
라도 음산하고 배수가 안 되는 그런 곳에 모실 수는 없다는 것이 후손
들의 진정한 마음일 것이다. 조상의 장례를 정중히 치르고 묘지를 아름
답게 가꾸는 풍속은 많은 선진국에서도 쉽게 볼 수 있는 아름다운 모습
이다. 다만 장례법이나 의식에 있어 다소 차이가 있을 뿐이다.

　옛말에 '잔칫집에는 가지 않더라도 상가(喪家)에는 꼭 가라' 는 격언
이 있다. 장례는 돌아가신 조상과 살아있는 후손의 마지막 이별의 절차
이다. 돌아가신 조상이야 천당으로 가셨는지 극락으로 가셨는지 아니
면 또 다른 그 어떤 곳으로 가셨는지 말이 없지만 살아 있는 후손은 많
은 충격을 받고 슬픔에 싸여 있는 것이 사실이다. 이런 후손들의 마음
을 위로하고 새로운 삶의 의지를 북돋운다는 의미에서 상가에는 꼭 가

라는 격언이 있는 것이다. 장례 후에는 해마다 제사를 올리고 정성껏 묘지를 살펴 드리면서 조상을 추모하는 것이 후손의 자연스런 도리이다. 더불어 후손들은 제사와 성묘를 통하여 조상의 뜻을 받들고자 마음을 가다듬는데 이것 역시 다름 아닌 효도인 것이다.

한자로 '孝(효)'라는 글자는 늙은 부모를 자녀가 이어받는다는 뜻과 조상을 잘 섬긴다는 뜻을 지니고 있다. 부모가 돌아가셨을 때 상주(喪主)가 되는 자녀를 모두 효자(孝子)라고 부르는 까닭은 자녀가 부모를 계승하기 때문이다. 자녀가 부모를 계승하고 섬기기 위해서는 반드시 부모를 존경해야 하며 존경하기 때문에 부모로부터 많은 것을 배우게 되는 것이다. 부모의 뜻은 생전이나 사후나 변함이 없다. 사후에는 생전처럼 말할 수도 없고 글을 쓸 수도 없기에 부모들은 생전에 많은 것을 가르치려 노력하고 또 유언과 유서를 통하여 사후에도 가르치는 것이다. 우리나라에서는 각 씨족 문중(門中)마다 족보를 편찬하고 보급하는 한 편 후손들에게 본보기가 될 만한 훌륭한 조상을 특별히 기려서 그 가르침을 책으로 출판하여 후손들로 하여금 조상을 본받도록 배려하고 있다. 부모에게 효도하고 조상을 공경하며 추모하는 후손은 조상으로부터 내려온 훌륭한 교훈을 받들어 가정과 사회와 국가에 봉사하는 참된 인격과 능력을 갖추고 그것을 올바로 실천하게 된다. 조상이 남긴 뜻을 잊지 않고 받드는 사람은 결코 조상의 뜻을 거역하지 않으며, 가정과 사회와 국가에 해로운 짓을 저지르지 않는다.

조상을 숭배하는 것은 조상을 위하여 자신을 희생하는 것이 아니라 조상에게서 많은 가르침을 받는 원천인 것이다. 그리고 조상을 숭배하는 행위는 결코 조상에 의하여 강요되는 것이 아니며 후손이 스스로 행함으로써 조상의 은혜에 감사할 줄 아는 행위이다. 조상숭배는 우리 한민족의 소중한 미풍양속이요, 정신적 저력인 것이다.

본능(本能)에 절은 삶

김경남

강보에 싸인 아기는 제왕이다. 울음 하나만으로 할아버지, 할머니, 아빠랑, 엄마를 제압한다. "으앙" 하는 사이렌 소리에 이 방, 저 방에서 온 식구들이 다 튀어나오고, 코잠이 들 때면 온 식구들이 숨조차 쉬지 못한다. 배가 고프면 울기만 하면 되고, 젖이나 우유를 빨랑 대령하지 않으면 발차기를 하며 바가지 깨치는 소리만 내면 된다. 잠이 오면 칭얼칭얼 성질을 내면 되고, 놀고 싶으면 말똥말똥 눈만 굴리면 된다. 어떤 잘나고 힘 있는 어른도 스스로 화장실에 가서 용변과 소변을 보고 스스로 뒤까지 닦아야 하지만 아기는 가만히 누운 자세로 싼 황금색 똥을 어른들이 닦아준다.

아기의 울음, 그 울음으로 만사를 해결하는 이 생득적 능력은 본능(本能)이다. 아기의 식욕 본능, 수면 본능, 활동 본능, 배설 본능은 아기의

김경남(金敬男) _ 경북 영덕 출생. 호는 우덕(又德). 수필가. 문학평론가. 동국대학교 국어국문학과 및 동 교육대학원 졸업. 동국대 사대부속여중 교사 퇴임. 동국문학인회, 한국수필가협회, 국제펜클럽 한국본부, 한국문인협회 회원. 한국불교문인협회 감사. 『한국불교문학』 편집위원. 제15회 한국불교문학상 대상, 내무부장관상, 교육부장관상, 홍조근정훈장 등 수상. 수필집《종이 속 영혼》(2008),《내 영혼의 뜨락》(2013) 등 상재.

특권이자 고유 권한이다.

그러나 어른의 경우는 어떠한가? 어떤 어른이 있어, 시간이나 장소를 가리지 않고 먹어대고, 큰 대자로 널브러져 자고, 자기 멋대로 행동하고, 방뇨하고 방분을 한다. 그러면 사람들이 무어라 할까? 인간답지 못하다고 지탄할 것이다.

이성(理性), 사람은 자라면서 이성이라는 학습능력과 환경적응능력을 가진다. 이것의 힘으로 동물적인 본능은 통제되고 조절되어 비로소 사람답게 변화, 성장한다.

그런데 이 물질만능시대, 개인주의시대에 일부 우려되는 세류(世流)가 있다. 이른바 '명품' 열풍이다. 소유적 본능이 강한 사람들은 가지고 싶은 명품 가방, 시계, 화장품, 골프채, 자동차, 옷을 지구 끝까지 가서라도 구해서 들여온다. 소유욕에 만족하고 자랑욕에 취해서 행복해한다. 또한 식욕적 본능이 강한 이른바 미식가들은 지구 끝까지 가서라도 세계적인 명품 음식을 입 안에 넣으면서 식도락에 취한다. 정복적 본능이 강한 여행가들은 쨍빚을 내어서라도 지구 끝 명품 명소를 찾아 두 눈에 잔뜩 볼거리를 집어 넣어야 행복을 느낀다.

문제는 이러한 본능에 의해 욕망으로 표출되는 행동이 과연 자기 분수에 맞고 사회 정서에 거슬리지 않고 국민의식을 저해하는 것이 아닌가 하는 점이다. 얼핏 생각하면 "내 돈 내가 쓰는데 왜 말이 많으냐" 할 수도 있겠다. 이는 단세포적이고 자기중심적 사고이며 이타적 공익적 사고가 아니다.

현대는 이렇게 본능에 충실한 현대판 아기들이 많아져 간다. 본능에 절이고, 절고, 절인 삶은 동물과 다를 바 없다. 인간이 왜 만물의 영장인가? 이성이라는 후천적 능력으로 문화를 창조하고, 사회를 형성하며 역사를 건설하기 때문이다. 소나 돼지가 문화를 창조하는 것을 본 적이 없다.

요즘은 '성폭행' 이 사회적인 문제로 골치 덩어리이다. 이 또한 본능에 따른 성욕의 충족 행위이다. 인성(人性)과 수성(獸性)의 구별은 이성(理性)이 관건이 된다. "짐승만도 못한", "개만도 못한" 이러한 비유는 본능의 노예가 됨을 경계한 말이 아니던가.

'욕망이라는 이름의 전차' 를 다스려야 한다. 욕망은 바람직한 행동의 에너지도 되지만 한편으로 동물적인 본능의 분출구이기도 하다. 전차를 멈추게 하는 제어기(制御器)는 냉철한 이성과 올바르고 주체적인 자기 분석이다.

현대는 혜성처럼 나타났다가 바람처럼 흩어지고, 제트기처럼 빨랐다가 구름처럼 사라지는 사회적 여러 상황과 현상에 처해 있다. 홍수의 부유물이 되어 떠내려가지 않는 지혜와, 이성의 끈으로 자신을 묶어 소용돌이에서 헤엄쳐 나오는 용기가 필요한 시대이다.

사라져가는 우리 민속절기들

김 대 하

김제부터인가는 모르겠지만 이 땅 위에서 우리 민족만의 뜻을 새겨 계승되어 온 맛깔스런 민속절들이 여과 없이 밀려오는 출처조차 애매모호한 서양문화에 밀려 지금은 거의 잊혀져가고 있는 것 같다.

정월대보름을 위시하여 삼월 삼짇날, 오월 단오, 유월 유두, 칠월 칠석과 백중날, 팔월 한가위, 동짓달 동짓날 등 우리 고유의 민속절기들이 세시풍속으로 자리잡아 오랜 전통을 이어오다가 언제부터인가 우리 스스로도 모르는 사이 '발렌타인 데이' 라든가 '화이트 데이' 라는 등, 이름마저 혀 꼬부라지는 날들이 전통 민속절을 슬그머니 밀어내고 그 자리를 대신 차지해 버렸다.

김대하(金大河) _ 경남 밀양 출생(1936년). 경희대학교 법학대학 대학원 공법학과 수료. 주식회사 청사인터내셔널 대표이사, 주식회사 부산제당 대표이사, 경기대학교 전통예술대학원 고미술감정학과 대우교수, (사) 한국고미술협회 회장 등을 역임하고, 현재 국립 과학기술대학교 출강, 한국고미술 감정연구소 지도교수 등으로 활동. 저서―연구서《고미술 감정의 이론과 실기》, 수필집《골동 천일야화》, 여행기《철부지노인 배낭 메고 인도로》등 상재.

참으로 우려되는 일은 유치원에서부터 이러한 행사들을 부추기고 있다고 하니 할 말조차 잃게 된다, 유아교육을 책임지고 있는 보육 선생님들의 무지를 탓하기 전에 세태가 이 지경에 이르기까지 우리 사회의 회초리가 되어야 할 지성인들의 게으름과 나라의 장래를 책임지고 있는 교육당국의 무대책을 힐책하고자 한다.

아직도 늦지 않음으로 지금이라도 우리 서로 한 마음 되어 고유의 전통을 살리고 우리 문화를 지키며 발전시켜야 할 것이다, 여기에서 더 늦어지면 언젠가는 고유의 전통문화가 송두리째 뿌리 뽑히게 되지나 않을는지 두렵기만 한 것은 비단 나 혼자만의 노파심일까.

걸러지지 않은 서양문물에 젖어 있는 청소년들이 이 나라에 주인행세 할 때쯤이면 위의 우리 고유의 세시풍속 절기들이 그들 머릿속에서 사라지지나 않을지 모르겠다.

발렌타인 데이의 유래를 들여다보자.

AD 3세기 경 로마 황제 '클라우디스 2세'는 군인들의 군사력 향상을 위하여 국가의 허락 없이는 결혼을 금지했다고 한다. 그런데 '발렌티노(Valentino)'라는 주교가 이 금기를 깨고 허락 없이 결혼을 시켜준 죄로 사형을 언도받고 감옥에서 집행일만 기다리던 중 담당 간수의 딸이 그에게 음식 등을 전해 주면서 서로는 사랑에 빠지게 되었는데 그는 'Love from Valentino'라는 메모를 남기고 2월 14일에 순교하게 되었다고 한다. 그 후부터 이날을 발렌티노 주교의 이름을 따서 연인들끼리 사랑을 고백하는 날로 전해 내려오고 있다고 하는 설과 1477년 2월 14일 영국의 한 시골에서 '부르스'라는 처녀가 짝사랑하던 '존패스틴'이라는 젊은이에게 계속해서 구애의 편지를 보낸 것이 결국 결혼까지 하게 되자 이날에 남자에게 편지를 주면서 사랑을 고백하면 성공한다는 풍습이 생기게 되었다는 설이 있는데 런던 국립 우편박물관에는 많은 짝사랑 편지들과 함께 이 '부르스' 양의 편지도 소장되어 있다고 한다.

문제는 이러한 순애보적 풍습에 얄팍한 상술이 접목되었다는 점이다. 즉 19세기 영국 제과 업체에서 이 사랑 이야기가 담긴 초콜릿을 만들기 시작하였지만 '발렌타인 데이'에 여자가 남자에게 초콜릿을 선물하게 된 관습은 일본에서 출발하였다고 한다.

20세기 중반까지만 하여도 동양에서는 여자가 남자에게 먼저 사랑 고백을 쉽게 하지 못하는 사회분위기였지만 1958년 '모리나가(森永) 제과'에서 "이날 하루만이라도 여자가 남자에게 달콤한 초콜릿과 함께 사랑을 고백하는 날로 하자"라는 광고형 캠페인을 벌렸다. 그러나 처음에는 시큰둥한 분위기였으나 1970년에 들어오면서 여자가 남자에게 초콜릿을 선물하는 행위가 차츰차츰 하나의 문화로 정착되었다고 한다.

'발렌타인 데이'를 이용한 초콜릿 판매에 크게 재미를 본 모리나가 제과는 3월 14일에는 선물을 받은 남자가 여자에게 사랑의 보답으로 '마시멜로우(Marshmallow)'를 선물하게 함으로써 '화이트 데이'라는 날이 탄생되었다고 한다. 다시 이것이 우리나라에 들어오면서 한국적 상술이 접목되어 흰색인 '마시멜로우(Marshmallow)' 대신 사탕으로 바뀌었다고 한다.

그 외 부산쪽 여중학생들이 제과업자의 절묘한 상술과 합작해 만들었다는 '빼빼로 데이(11월 11일)'는 다이어트를 위해 젓가락처럼 날씬한 초콜릿을 서로서로 선물한다는 날로 정했다고 하지만 이 또한 순수한 의미는 없고 오직 얄팍한 상술만이 묻어 있는 것이다.

위의 발렌티노 주교의 신파극 같은 러브스토리에 비해 참으로 정감어리고 가슴 찡한 하늘 위의 사랑이야기를 주제로 한 우리 고유의 민속

절기가 있다.

조선 후기 정순년간(正純年間)의 학자로서 조선의 세시풍속을 그린 홍석모(洪錫謀)의《동국세시기(東國歲時記)》나 역시 같은 시대의 학자인 김매순(金邁淳)의 한양 세시풍속을 담은《열양세시기(洌陽歲時記)》중에서 우리 젊은이들에게 오월 단오절(端午節)과 칠월 칠석(七夕)날 이 두 가지 풍속만이라도 꼭 알려주고 싶은 마음이다.

일명 천중절(天中節)이라고도 하는 단오절의 유래는 중국의 초(楚)나라 회왕(懷王)에게 굴원(屈原)이라는 충신이 있었는데 그는 간신들의 모함으로 강남으로 귀양 가게 되고 탄식을 금할 길 없어 어부사(漁父詞) 등 여러 편의 글을 지어 심회를 풀고 5월 5일 멱라수(汨羅水)에 투신하게 되었다. 그 뒤 어느 때인가부터 굴원의 한을 기리기 위하여 제사하는 풍속이 생기게 되었는데 우리나라에서 굴원의 충정을 기리기 위한 행사로 단오절에 죽통(竹筒)에 쌀을 넣어 여울물에 던지는 풍속이 있었으며 또 이날은 조선 후기 화원이었던 혜원 신윤복(蕙園 申潤福, 1785~1813?)의 단오풍정도(端午風情圖)에 잘 나타나 있듯이 여인들은 창포탕(菖蒲 삶은 물)에 머리 감고 세수하며 그네 뛰고, 남정네들은 심신을 단련하는 씨름을 하며 하루를 즐기면 일년 내내 횡액을 멀리 할 수 있으며, 앵두 화채를 먹으며 더위를 잊게 하였다고 한다.

특히 우리들에게 익히 알려져 있는 이몽룡과 성춘향의 사랑이야기 역시 단오날 남원 광한루에서 시작되었다는 민담은 젊은이들로 하여금 각자 자신들이 이 이야기의 주인공으로 만들어 주었다. 이와 같이 단오절은 젊은이들의 몸과 마음을 정갈하게 하고 간절히 바라던 사랑을 이루게 하며 한해의 횡액을 막자는 캠페인적 의미가 담겨져 있다.

그리고 또 하나의 절기인 칠석은 참으로 젊은이들에게 잘 어울리는 러브스토리의 날이 아니던가. 은하수의 양쪽 둑에 살고 있던 동쪽의 견우성(牽牛星)과 서쪽의 직녀성(織女星) 두 별은 서로 사랑을 속삭이다가 옥황상제의 노여움을 사게 되어 일 년에 한 번 7월 7일 밤에만 은하수를 건너 만나게 되고 이때 까마귀(烏)와 까치(鵲)들이 날개를 펴서 다리를 놓아주는데 이 다리가 바로 오작교(烏鵲橋)라 부르는 사랑의 다리다.

발렌타인 데이 행사를 이러한 애절한 사랑의 전설이 담긴 칠석날에 행한다면 얼마나 뜻 깊은 사랑의 밀사가 될까! 선물은 초콜릿이든 케익이든 상관없이 말이다.

단오절에 창포에 머리 감은 여인이 평소에 맘에 담아두었던 남자에게 선물과 함께 사랑 고백을 하고, 견우별과 직녀별이 만나는 칠석에 남자가 여자에게 마음을 담은 답례를 하면 어떨까 하는 생각을 해 본다.

책천부천(册賤父賤)

김 재 엽

까마득하게 기억되는 1967년 9월 중순.

그러니까 초등학교 3학년 2학기가 시작된 지 10여 일이 지난 어느 날 아침, 어린 나는 2주일째 계속되는 가을운동회 연습 때문에 지쳤는지 늦잠을 자고 말았다. 9시까지는 학교에 가야 되는데 시간은 이미 지나 버렸고 비마저 조금씩 내리고 있었다. 부모님은 이미 들로 나가셨는지 집안에는 다섯 살짜리 막내 동생만 남아 아직도 조용히 누워 자고 있었다. 아마도 가을비 때문에 들판에 급한 일이 생겨서 어머니마저 자리를 비운 모양이었다. 나는 허둥지둥 세수를 하고 치워지지 않은 밥상머리에서 밥 한 술 뜨자마자 그 옆에 놓인 도시락을 책보와 함께 싸 들고는 학교로 내달리기 시작했다.

김재엽(金載燁) _ 경기 화성 출생(1958년). 한밭대학교 기계공학과, 한국방송통신대 경영학과 졸업. 대진대 통일대학원 졸업(정치학 석사). 대진대 대학원(북한학) 박사과정 수료. 국제펜클럽 한국본부 회원. 한국불교문인협회 사무총장. 한국문인협회 의정부지부 초대 부지부장. 한국현대시문학연구소 상임연구위원. 『환경문학포럼』 발행인. 『한국불교문학』 편집인. 장애인문화사랑국민운동본부 상임이사 · 공동대표. (사)한얼청소년문화진흥원 창립 이사. 시정일보 논설위원. 도서출판 한누리미디어 대표. 제14회 한국불교문학상 본상, 제8회 환경시민봉사상 대상(시민화합부문) 수상.

우산도 없었거니와 우비는 걷는 데도 불편하여 그대로 내달렸는데 '가랑비에 속옷 젖는다' 는 옛말대로 학교에 도착했을 때는 물에 빠진 생쥐처럼 머리부터 발끝까지 흠뻑 젖어 있었다. 첫 시간이 끝났다는 종소리를 듣고는 쭈뼛쭈뼛 교실로 들어섰다. 책보도 흠뻑 젖었고 볼을 타고 물방울도 흘러내리는 양이 여러모로 안 돼 보였던지 호랑이 담임선생님께서 조용히 자리에 가서 앉으라고 손짓하신다. 여느 때 같았으면 교실 뒤에서 무릎 꿇고 두 팔을 든 채 한 시간은 족히 벌을 서야 했기에 웬 횡재인가 싶었다.

그런데 자리에 앉아 책보를 풀어 보니 책마다 네 귀퉁이가 비에 젖어 불어나고 있었고 도시락에 붙어 있던 산수책은 김칫국물마저 흘러 나와 앞의 두어 장이 시뻘겋게 얼룩진 채 떡이져 넘길 수조차 없게 되었다. 갑자기 가슴이 답답해지고 눈앞이 캄캄해지기 시작했다. 땀과 빗물에 젖은 몸에서 열도 나더니 골치가 지끈거려 나머지 수업 시간이 어떻게 지났는지도 모르게 가물거렸다. 오전 수업이 끝나면 점심을 먹고 운동 연습을 해야 했는데 그나마 다행인지 비가 계속 오는 바람에 운동연습이 취소되고 그대로 학교를 파하게 되었다.

친구의 우산에 빌붙어 집에 온 뒤 나는 안방 아랫목에 책들을 펼쳐 놓았다. 국어, 산수, 사회, 자연, 그 중에서 김칫국물에 범벅이 된 채 앞의 몇 장이 떨어져 버린 산수책을 더욱 따뜻한 곳으로 밀어놓고 떡이진 그 몇 장을 한 장씩 떼어내기 시작했다. 그러나 젖은 지 이미 서너 시간이 지나면서 그 상태로 어느 정도 말라 버려 제대로 떨어지지 않고 찢어지기 시작했다. 대야에 물을 떠다 놓고 살살 헹구면서 떼어내니 한두 장은 그런대로 떨어져 방바닥에 펼쳐 널었는데 나머지 몇 장은 결국 쓰레기처럼 이리 찢기고 저리 찢긴 채 방바닥에 널브러지고 말았다. 그리고 나는 갑자기 밀려오는 피곤과 두려움에 골치가 지끈거려 그대로 쓰러져 끙끙 앓기 시작했다.

　얼마를 그렇게 앓았을까? 깜빡 잠이 들었는가 싶었는데 갑자기 아버지의 화난 목소리가 들리는 듯싶더니 엎드려 자고 있던 내 종아리에서 '찰싹' 하며 불꽃이 일어나더니 몇 차례 계속되는 것이었다.

　"이놈의 자식이…. 공부가 하기 싫은가? 왜 돈 주고 산 책을 갈기갈기 찢어발겼대! 옛날부터 책을 천하게 여기는 자식은 지애비도 천하게 여긴다던데……."

　미처 설명할 틈도 없이 그렇게 몇 차례 종아리를 맞은 나는 눈뜰 힘도 잃은 채 그대로 엎드려 펑펑 눈물을 흘리며 울기만 했다. 책을 소중히 관리하지 못하고 빗물에 적시고 또 찢겨 버렸으니 분명 큰 잘못을 저질렀는데 왜 그리 서러운지 일어나고 싶지도 않았다.

　그대로 그렇게 아버지의 화난 목소리도 잠잠해지고, 나는 또 다시 울다 잠든 것 같았다. 어렴풋하게 어머니의 안타까운 목소리가 들려오면서 종아리에 뜨거운 그 무엇인가가 흐르는 것이 느껴졌다.

　"애가 무슨 큰 잘못을 저질렀다고 이렇게 피가 맺히도록 때리시나……. 미안하다. 엄마가 옆에 있었으면 이 지경은 안 되었을 텐데……. 엄마 손은 약손, 엄마 침은 소독약……."

　뜨거운 물이 연이어 쓰린 종아리 위로 떨어져 내리는 것이 어머니도 분명 울고 있는 듯했다. 어머니는 손가락으로 입안에서 따뜻한 침을 연신 묻혀 내 종아리에 바르시면서 눈물 또한 바르는 것 같아 나는 깊이 잠든 것처럼 미동도 않고 그대로 엎드려 있었다. 어린 나이에도 어머니의 그 애잔한 모습을 아는 체할 수가 없었다. 더불어 알 수 없는 그 무슨 힘이 내 가슴 속 깊은 곳에서부터 솟구쳐 오르는 것이었다. 그리고 책을 참으로 소중히 여기는 사람이 되리라고 다짐에 또 다짐을 하였다.

　다음날 내 종아리는 언제 회초리를 맞았었나 싶게 깨끗하게 아물어 있었다. 어머니의 군침이 머큐로크롬보다 더 좋은 약효를 보인 것이었다. 요즘 말하는 플라시보효과를 톡톡히 보고 또 제대로 입증하였다고나 할까.

그리고 46년이 지난 현재 나는 독서층이 실종된 현실을 탓하면서 그래도 출판을 천직으로 알며 출판사를 경영하고 있다. 1983년 군대를 제대하고 과천에 있는 공업시험원에서 잠시 공무원 생활을 하다가 1984년 2월 16일부터 도서출판 교음사에 입사하여 출판업에 종사해 왔으니 어느새 만 30년간이나 책을 만드는 일에 삶을 바쳐온 것이다. 그간 내가 직접 출판에 관여한 책만 해도 1,500여 종이나 되고 1993년 11월에 도서출판 한누리미디어를 창업하여 만 20년 동안 직접 출판 제작한 종수만 해도 1000종에 육박한다. 독서와 교정은 분명 다른 개념이지만 책을 읽은 수치로 따지면 5000권도 넘는다. 어쩌면 읽기 싫어도 생계수단이므로 모든 원고를 두세 번씩은 읽어야 했기에 더욱 그러하다.

'고전을 읽을 때는 정말 밖으로 뛰쳐나가고 싶다'는 말이 있다. 지루하고 힘들 때 더욱 그렇다고 한다. 바로 우리네 삶이 힘들고 지루한 것이겠지만 밖으로 뛰쳐나가고 싶다는 건 고전을 읽음으로써 비로소 삶을 감당하는 그 순간이 왔기 때문일 것이다. '책 읽기의 괴로움'이란 말도 있다. 그래도 책은 선명하게 읽을 수 있는데 문제는 책처럼 우리가 사는 이 세상을 선명하게 읽을 수 없다는 것이다. 바로 이렇게 생겨나는 괴리가 우리의 불행이며 결핍이다. 그러나 '이 더럽고 치사한 괴리는 무엇이냐'고 따져 들어갈 때 깨침과 싸움이 시작되며, '책 읽기의 괴로움'은 드디어 '책 읽기의 행복'으로 귀결된다는 것이다.

20년 전만 해도 우리나라 전국에 걸쳐 10,000군데가 넘던 서점이 이제는 2000군데도 남지 않았다. SNS로 대변되는 스마트폰의 급속한 보급으로 인하여 독서를 할 수 있는 절대시간이 실종되었다고는 하나 배

금주의에 물든 국민의 정서가 책 읽기를 회피하여 더욱 아쉽기만 하다. '책천부천(册賤父賤)'이라는 사자성어가 말해 주듯, 책을 천하게 여기는 것은 곧 아버지를 천하게 만드는 것이다. 현실적으로 우리 국민들에게 책은 뒷전이고, 돈이라면 눈에 불을 켜고 달려든다. 미혼남녀의 행복척도 1위도 돈이고, 대학생들의 관심사 1위도 그저 돈이다. '신이 있느냐, 없느냐'를 놓고 번민하고 또 그 해답을 찾으려 휴학하던 그런 대학생들은 도대체 어디로 갔단 말인가.

책 시장과 독서문화는 그 사회의 지적 인프라다. 책이 팔리지 않고 '책 읽는 문화'가 사라지는 것은 곧 그 사회의 정신적 황폐화를 의미한다. 사람들은 '먹고 살기도 어려운데 책을 사서 읽을 여유가 어디 있겠느냐'고 말한다. 독서취향도 경박해지고 있다. 지식과 교양을 넓히기 위해 인내심을 갖고 읽던 인문, 사회과학, 역사, 철학, 종교 등의 책을 찾는 사람들이 급속도로 줄고 있다. 대신 읽기 편한 문학, 재테크, 처세술, 건강, 요리 등 실용서 위주로 독서의 수요가 쏠리고 있다. 진지한 자기성찰과 이성적 사유를 멀리하고 당장의 즐거움과 실용을 추구하는 문화적 소산이다.

개인이든 어떤 사회집단이든 독서에 있어 인문과 실용이 균형을 이룰 때 건전한 사회발전을 기약할 수 있다. 문화가 힘이요, 경쟁력이라고 외치고는 있지만 정작 그 근간인 '책을 읽는 문화'는 이미 빈사상태에 빠져 버렸다. 작금의 이런 행태로는 미래의 우리가 바라는 지식기반 사회로 나아갈 수가 없다. 오늘날 돌파구 없이 정체되어 있는 우리의 경제적 어려움도 역시 '책 읽는 문화'의 활성화를 통해 정신적 활력을 제고시키지 않는다면 헤쳐 나가기 매우 어려운 것이다. 어려울 때일수록 독서만한 투자는 없다. 다시금 언급하거니와 책 읽기를 권장하는 사회라야 미래가 보인다.

지도층의 자격

도천수

마이클 샌덜 하버드대 교수가 쓴 《정의란 무엇인가》라는 인문서적이 우리나라에서 100만 권이 넘게 판매되었다고 한다. 저자가 살고 있는 미국에서도 10만 권 정도 밖에 나가지 않은 서적이 왜 우리나라에서만 그렇게 인기가 있는 것일까? 의문이 아닐 수 없다. 이는 한국사회가 역설적으로 정의로운 사회가 아니라는 것을 증명해 주는 징표이다.

최근 방영되고 있는 KBS '한국의 유산' 에 사불삼거(四不三拒)라는 말이 나온다. 조선시대 풍기군수 윤석보는 궁색한 살림에 아내가 세간을 팔아 밭을 사자 "국록을 받으면서 땅을 장만했다면 세상이 나를 어찌

도천수(都泉樹) _ 서울 출생(1953년). 고려대학교 철학과 졸업. 산업노동정책연구소 소장, 민주주의민족통일전국연합 중앙집행위원, 자주평화통일민족회의 사무총장, 민족사회운동연합 상임대표, 80년 민주화운동동지회 회장, 민주개혁국민연합 사무총장, 푸른시민포럼 상임대표 등을 역임하고, 현재 한민족운동단체연합 상임공동대표, 한반도시대국민연합 상임공동대표, 단군민족평화통일협의회 상임공동대표, 고대민주동우회 회장, 좋은사회연대 상임공동대표, 좋은경영연구소 대표이사, 공평세상 상임공동대표, 함께하나 상임공동대표, 공평연구소 소장 등으로 활동. 저서 《변증법의 본질과 역사》(역), 《사회와 노동》(1992), 《한국노동운동사》(공, 1994), 《한반도시대 제3의 길》(2008) 등.

보겠소. 당장에 물르시오” 하면서 사직서를 내었다고 한다.

사불삼거(四不三拒)에서 사불(四不)이란 “1, 부업을 갖지 않는다. 2, 땅을 사지 않는다. 3, 집을 늘리지 않는다. 4, 재임지 명산물을 먹지 않는다”라는 뜻이 함축되었으며, 삼거(三拒)란 “1, 윗사람의 부당한 요구를 거절한다. 2, 부득이 요구를 거절했다면 답례를 거절한다. 3, 경조사의 부조를 거절한다”는 내용이다.

조선 영조 때 호조서리를 지낸 김수팽은 야간에 호조의 돈을 출납하는 것이 금지되어 있어, 대전 내관이 왕명이라고 10만금의 돈을 달라는 것을 거절하고, 날이 밝아서 돈을 내어주었다. 이에 내관이 사형에 처할 일이라고 하였으나 왕은 오히려 김수팽을 기특히 여겼다고 한다.

일제 강점기에서는 우당 이회영 선생이 현재 가치로 600억 원이 넘는 재산을 가지고, 6형제 모두 중국으로 넘어가 신흥무관학교를 설립하여 공짜로 먹이고 가르쳐 수천 명의 독립군을 배출하였다. 6형제는 강냉이와 풀죽으로 연명하고, 시집온 명문가의 규수들은 삯바느질로 고생을 많이 해 반지가 안 들어갈 정도였다고 한다.

이런 사불삼거의 청렴정신을 가진 인물은 현세에도 있다. 대법관 출신으로 얼마 전까지 중앙선거관리위원회 위원장을 역임한 김능환 씨는 박근혜정부 출범 당시 유력한 국무총리 후보로 거론되었지만, 대법관 출신이 행정부에서 일하는 건 적절치 않다고 공개적으로 거절하였다. 또한 대형 로펌이나 변호사 사무실을 낼 계획이 없다고 밝혔다. 그의 부인은 남편이 그 동안 아무 일도 못하게 해서 아무 일도 못하고 있다가, 이제 공직이 끝났으니 퇴직금 다 투자하여 채소가게를 열었다고 한다. 어쩌면 그는 현세에 매우 예외적인 인물이다.

그런데 국제투명성기구가 발표한 2012년 국가별 부패지수 순위에 의하면 한국은 45위를 기록하고 있다. 이를 상징하듯이 박근혜정부의 출범과정에서 고위공직자 후보에서 부동산투기, 공금유용, 이중국적, 위장전입, 세금탈루, 병역면제, 논문표절, 성의혹 등으로 자진사퇴한 사람이 무려 열 명이 넘었다.

전두환 전 대통령은 재임중 거액의 뇌물을 받은 죄로 유죄 확정된 추징금 중 1,673억 원을 미납하고 있다. 노태우 전 대통령도 추징금 231억 원이 미납상태이다. 재벌 중에서는 SK그룹 최태원 회장이 회사자금 460억 원을 횡령하여 법정 구속되었고, 한화그룹 김승현 회장도 업무상 배임 협의로 법정 구속 중이다.

정치경제의 사회지도층은 누구보다도 솔선수범해서 노블레스 오블리제를 실천해야 한다. 그러나 사불삼거의 청렴정신을 가진 사회지도층을 찾기가 쉽지 않은 것이 우리의 현실이다.

연초에 SBS에서 방영된 '리더의 조건' 이라는 프로그램을 보면, 노블레스 오블리제를 실천하는 정치지도층의 모습이 잘 나타나 있다.

호세 무히타 우루과이 대통령은 대통령이 된 이후에도 대통령의 특권을 전혀 누리지 않고 있다. 대통령의 월급에서 10%만 받아 생활하고, 90%는 빈민층의 주택문제 해결에 사용한다. 대통령 관저에서 생활을 하지 않고 중고자동차로 원래 자신의 집인 허름한 농가에서 출퇴근한다.

스웨덴의 국회의원들은 국회의원 전용주차장도 없고 대중교통 수단을 이용하여 출퇴근한다. 6평 정도의 사무실에서 개인보좌관 없이 일정관리, 자료관리, 전화 받기를 직접 한다. 이러다 보니 국회의원의 1/3은 임기가 끝나면 스스로 국회의원직을 그만둔다고 한다.

이렇듯 첫째로 한 사회의 지도층이 되려면 무엇보다도 먼저 앞에서 말한 외국의 사례나 조선시대의 사불삼거(四不三拒)와 같이 특권을 포기할 줄 알아야 한다.

사불(四不)의 예로 "땅을 사지 않고, 집을 늘리지 않는다"고 했다. 그러나 오늘날 한국의 공직자 출신들은 공직을 마치면 온갖 불법적인 부동산투기로 재산이 증식되어 있다. 또 "부업을 갖지 않는다"고 했지만, 공직을 마치면 퇴직 전에 근무하던 공직과 관련 있는 회사나 업무를 맡아 재산증식에 이용한다. 삼거(三拒)의 예로는 "윗사람의 부당한 요구를 거절하고, 부득이 요구를 거절했다면 답례를 거절한다"고 했다. 그러나 오늘날 대기업들에서는 공공연하게 오너들의 가족에 중소기업의 고유영역이었던 골목사업이나 소모성자재 구매대행업(MRO) 분야까지 일감몰아주기를 하고 있는 실정이다.

둘째로 사회의 지도층은 나눔과 동행의 정신이 있어야 한다. 오늘날 우리나라는 가진 사람보다 없는 사람이 나눔에 앞장서는 경우가 많다. 평생을 시장에서 콩나물을 팔아 모은 돈, 폐휴지를 팔아 모은 돈을 대학에 기부하는 미담이 심심치 않게 언론에 보도되고는 한다. 가수 김장훈은 자신은 전세방에 살면서도 12년 동안 무려 110억 원이 넘는 돈을 사회의 어려운 이웃과 독도지키기에 기부하였다. 가수 션과 정혜영 부부도 전세방에 살며 네 아이를 키우면서도 늘 기부를 하고 있다. 가수 조용필의 기부는 아무도 모르게 진행되었는데 부인이 남겨놓은 전 재산을 사회에 기부하였다고 한다.

이런 훌륭한 연예인들도 사회의 지도층임에 틀림없다. 이제 정치·경제를 지배하면서 엄청난 특권과 부를 소용하고 있는 지도층에서도 사회적으로 존경을 받을 만한 자격 있는 인물들이 많이 나와야 할 때이다. 그것이 진정으로 선진국으로 나가는 지름길이라는 것을 깨달아야 한다.

한 방울의 물

_ 현명한 이들의 대화를 위하여

무상법현

먼 저 세계의 종교인들이 모여서 평화를 이룩하기 위한 방법과 종교인의 역할을 모색하는 자리에 초대해 주셔서 매우 고맙고 기쁘게 생각합니다. 저는 지구상에서 마지막으로 남은 남북으로 갈라진 나라인 한국에서 왔습니다. 우리 한국은 불교, 가톨릭, 기독교, 유교, 천도교, 원불교, 이슬람교 등 여러 종교가 백화점처럼 많이 있으면서도 종교간의 갈등이 한 번도 커다랗게 표면화 되어 전쟁을 치르거나 하지 않는 좋은 전통을 가지고 있습니다. 거기에는 삼국통일의 정신적 기반이 된 원효(元曉)스님의 화쟁(和諍)사상에 따라 여러 종교들이 대화를

무상법현(無相法顯) _ 스님. 중앙대학교 기계공학과 졸업. 출가 후 동국대학교 불교학과 석사, 박사과정 수료. 태고종 총무원 부원장, 서울시 전통사찰 보존위원, 문화관광부 전통사찰위원 등 역임. 현재 서울 열린선원 원장, 관악산 자운암 주지. 불교텔레비전 자문위원, 갈현2동 두레복지위원 겸 공동체복원추진위원, 신사종합사회복지관 운영위원, 복지법인 태고중앙복지재단 이사 등으로 활동. 한국불교종단협의회 사무국장. 한중일불교교류대회·한일불교교류대회 실무 집행. 남북불교대화 조성. 한국종교인평화회의 종교간대화위원, 불교생명윤리협회 집행위원. 한글법요집 출간. 한국불교종단협의회 회장상 우수상, 국토통일원장관상 등 수상. 《틀림에서 맞음으로 회통하는 불교생태사상》 외 다수의 연구논문과 《놀이놀이놀이》, 《부루나의 노래》, 《수를 알면 불교가 보인다》, 《왕생의례》 등의 저서 상재.

해 온 것이 밑바탕에 있는 것입니다. 하지만 보이지 않게 여러 갈등 요소들이 사람들의 마음을 어둡게 하는 것도 사실입니다. 그래서 한국의 종교 중에서 가장 오랜 역사를 가진 불교의 승려이며 또 다툼을 없애고 평화를 이끌어낸 사상을 제창한 원효스님의 후예인 저로서는 종교간의 대화를 통해서 이해와 협력을 도모해서 세계평화를 이룩하는데 기여하는 것에 커다란 관심을 가지고 있습니다. 그렇기 때문에 『DA』에서 만든 종교간 대화의 자리인 ‘테러로부터 지구촌 윤리시대를 향하는 종교와 평화’ 국제세미나는 대단히 흥미롭고 유익한 자리라고 생각해서 기쁘게 참석하였습니다.

개막행사로 준비한 ‘사랑의 나무심기’ 행사에 저는 북한산 태고사(太古寺) 도량에서 판 흙을 준비해 갔습니다. 북한산 태고사는 한국의 고려시대에 불교를 통합하고, 깨달음을 얻은 후 부모를 모시고 삶으로써 세간과 출세간을 융화하신 태고(太古)스님께서 사셨던 사찰이기 때문에 이번 국제세미나의 취지에 잘 맞는 흙이라고 생각하기 때문입니다. 그런 의미 있는 흙을 가져갔기에 그리고 피부와 종교, 나라가 다른 많은 분들이 똑같은 사랑의 마음을 심는 그 행사는 참으로 가슴 깊이 다가오는 뜻있는 행사였습니다.

이번 행사를 참여하면서 많은 분들의 대화에 관한 중요하고도 의미 있는 언급을 마음에 새겼습니다. 그런 것들을 우리 한국의 종교사회와 제가 믿고 있는 불교 공동체에도 알리고 제안하겠다고 다짐하면서 전체 세미나와 몇 가지 개별적 대화를 통해 느낀 점들을 말하고자 합니다.

첫째, 마지막 세션인 종합토론에서는 참가자들의 의견도 충분히 수렴하였으면 하였는데 주관자 세 분의 의견만 길게 늘어놓아 그 내용의 중요성에도 불구하고 행사의 의미를 줄이는 결과가 되었다는 점을 안타깝게 생각합니다. 다음 모임에서는 그 점을 깊이 생각해서 토론의 장을 더 활성화했으면 하는 바람입니다.

둘째, 대화의 원칙에 관한 제안입니다. 우리 불교의 경전에는 대화의 원칙에 관한 이야기가 많이 있습니다. 그 중에 대화를 진지하게 하면서 경전의 전체가 대화로 가득한 경전인 《미린다왕문경(=미린다팡하 Milindapanha)》에 나오는 대화의 원칙을 소개하고자 합니다. 기원전 2세기 후반 서북 인도를 지배한 그리스의 왕 밀린다(Milinda=Menandros)와 인도의 고승인 나가세나(Nagasena)존자의 대화를 기록한 경전의 첫머리에 흥미 있는 이야기가 나옵니다. 그것은 바로 나가세나존자가 메난드로스왕에게 묻고 메난드로스가 답하는 내용입니다. 메난드로스가 자신의 신앙에 대해 과시하고 싶어서 나가세나존자에게 대화를 명령하듯이 요청하자 나가세나존자가 묻습니다. "왕께서는 왕들의 대화를 원하십니까? 현명한 이들의 대화를 원하십니까?" 그러자 메난드로스왕이 다시 묻습니다. "왕들의 대화는 무엇이고, 현명한 이들의 대화는 무엇인가?" 나가세나존자가 대답합니다. "왕들의 대화는 자신의 주장에 맞지 않으면 눌러서 부정해 버리는 것이고, 현명한 이들의 대화는 남의 주장이라도 옳으면 받아들이는 대화입니다." 그러자 메난드로스왕은 현명한 이들의 대화를 하자고 해서 결국 나가세나존자의 의견을 받아들이게 됩니다. 저는 여기에서도 현명한 이들의 대화 원칙이 쓸모 있다고 생각합니다. 종교간 대화뿐 아니라 모든 대화는 받아들이는 현명한 이들의 대화여야 합니다.

셋째, 종교간 대화에서 상대 종교에 관한 이야기 중에서 역사의 오래됨에 관한 주장이나, 교리 수준의 높낮이에 관한 주장은 매우 위험한 것입니다. 대화중에 역사의 오래됨에 관한 이야기나 교리의 수준에 관한 이야기가 나오면 상대 종교에 관한 판단을 중지하고 스스로의 종교를 반성하는 의미에서 역사가 오래지 않거나 수준이 낮은 것이 아닌지 반성할 필요가 있습니다.

넷째, 지구촌의 윤리를 위하여 제안합니다. 먼저, 평화를 이루어야 하는 의무는 누구나 가져야 하고 그것을 남에게 미루지 말고 내가 먼저 해야 합니다. 그런 의미에서 평화를 이루어야 할 의무에서 "나"를 빼지 맙시다. 다음으로, 평화를 누리는 권리 또한 누구나 가져야 합니다. 그러나 그 권리는 남부터 갖도록 해야 합니다. 그러나 어리석은 이들은 자신의 권리를 챙기더라도 남의 권리는 잊는 수가 있습니다. 평화를 누려야 할 권리에서 '남'과 '너'를 빼지 맙시다.

다섯째, '너'를 나와 관계없는 '타인(他人)'으로 보지 말고, 나와 직접적으로 관계있는 '너'로 느낍시다. 한국어에 사랑하는 사람을 '자기'라고 부릅니다. 전혀 다른 곳에서 태어나 다른 존재로 살아온 남자나 여자를 '자기'라고 부르는 이유가 무엇일까요? 그것은 '남'이었던 사람을 '자기'같이 느낄 때 비로소 참다운 사랑을 한다는 뜻이 아닌가 합니다. 부처님의 가르침에는 이 세상 모든 존재를 자기 몸같이 보는 사랑 즉 '동체자비(同體慈悲)'가 있습니다. 아마도 한국어 '자기'라는 말에는 동체의식이 있는 것이 아닌가 생각합니다. 그런 의미에서 '너'와 '남'을 '자기'로는 보기 어려울지라도 자기와 직접 관계가 있는 '너'로는 느낄 수 있어야 참다운 대화가 가능하리라 생각합니다.

이와 같은 종교간의 대화가 세계에서 모여 1박 2일의 일정으로 끝날 때 많은 사람들이 한 편으로는 따뜻한 희망을 느끼고 뿌듯한 마음으로 돌아가지만, 다른 한 편으로는 허망한 느낌으로 돌아가기도 합니다. 지도자들만의 대화는 어쩌면 공허한 것이며 현실 속에서는 여전히 갈등과 다툼과 테러가 있다는 생각에 좌절하기도 합니다. 그러나, 저는 그렇게 생각하지 않습니다. 물론, 지도자들만의 대화로는 진정한 평화를 이룰 수 없습니다. 오히려 지도자들의 지도를 받아 민중들이 대화를 원활하게 할 때 참다운 평화를 이룰 수 있습니다. 그러므로 이런 대화가 전부이거나 끝이 아니라는 점을 분명히 알아야 합니다. 그래서, 실질적으로는 쓸모가 없다고 하는 이들도 있는 것이 사실입니다. 하지만 저는 그렇게 생각하지 않습니다. 비가 오지 않아서 1년 내내 가문 사막이 있다고 합시다. 그 사막에 비가 왔습니다. 한 방울의 물로 사막을 다 적실 수 있겠습니까? 그렇습니다, 불가능합니다. 다시 묻겠습니다. 그러면 한 방울의 물이 없이 사막을 다 적실 수는 있겠습니까? 그것 역시 불가능합니다.

저는 말합니다. "한 방울의 물로 사막을 다 적실 수는 없지만 한 방울의 물을 빼고서도 사막을 다 적실 수 없습니다." 그것이 종교간의 대화에 관한 저의 견해입니다.

모든 존재들이 행복하기를 빕니다. 감사합니다.

*** 이 글은 유럽 아시아간의 대화를 주제로 하는 터키에서 발행하는 잡지 『DA』에 2005년에 실린 글입니다. 국내에는 소개가 되지 않았기에 함께 하고자 합니다.

교과서에서도 죽어 간 우리말

_ 잘못된 문교 정책에 희생된 우리 토박이말들

배우리

한 나라의 문교 정책은 그 나라의 말글 생활에 대단한 영향을 미치게 됨을 어느 누구라도 부인할 수 없을 것이다. 그 중에서도 학교에서 배우는 교과서 편찬 방향이나 내용 전개는 우리 말글 생활을 이끌어 가는 데 가장 큰 영향력을 끼친다. 그러나 우리의 말글 정책은 광복 이후부터 먼 앞날을 바라보고 일관되게 한 목표를 갖고 전개해 오질 못했다. 정책의 책임자가 바뀔 때마다 그 때 그 때 근시안적으로 정책을 변경하거나 남발해서 사회의 혼선을 빚게 한 예가 적지 않았다. 그래서 아직도 용어, 외래어 표기, 한자 혼용 문제 등에서 통일이 안 된 상태이며, 이 때문에 사회에서는 '시대가 바뀌면 또 달라질 것을 뭐……' 하면서 나라의 어문 정책을 확신하지 못하고 있는 상태이다.

배우리 _ 서울 마포 출생(1938년). 옛 이름은 상철(相哲). 출판사 편집장. 이름사랑 원장. 땅이름 관련 TBC방송 진행. KBS 생방송 고정출연. 한글학회 이름 관련 심사위원. 기업체 특별강연. 연세대학교 강사(8년). 국어 순화 추진위원. 한국땅이름학회 회장 · 명예회장. 국토해양부 국토지리 정보원 위원. 국토해양부 국가지명위원. 서울시 교명제정위원. 중앙지명위원회 위원. 자유기고가협회 명예회장. 이름사랑 대표. 저서 《배우리의 땅이름 기행》(2006), 《우리 아이 좋은 이름》(2008) 외 땅 이름 관련 10권.

여기서는 다른 문제는 다 접어두고, 광복 이후 우리의 교과서에서 쓰는 용어들이 순 우리말 쪽에서 한자말로 옮겨 간 보기들을 몇 짚어 보면서 우리말이 교과서에서조차 쫓겨난 사례를 더듬어 보고자 한다.

교과서 개편 때마다 죽어 간 우리말

광복 이후 교과서에 우리말을 많이 찾아 넣거나 새로 지어 넣는 일에 가장 주도적으로 일해 온 사람은 최현배이다.

일제 때 조선어학회 사건으로 옥고를 치르기도 했던 그는 광복 직후 미군정 당시 문교부 편수국으로 들어가 국장으로 재임(1945. 9～1948. 9)하면서 우리말 정책에 많은 힘을 쏟아 부었다. 특히, 그는 우리의 말글 생활이 '토박이말'에 바탕을 두어야 한다는 굳은 신조로, 새로 만들어낸 교과서에 순수 우리말을 많이 담아 넣었다. 지금 우리가 쓰는 용어 중에 많은 말들이 그 당시에 만들어지거나 옛말을 현대적으로 다듬은 것들이다. 그는 한국전쟁을 전후한 시기(1951. 1～1954. 1)에도 역시 문교부 편수국장으로 있었는데, 이때도 역시 많은 새로운 말들을 교과서에 담았다. 이 때 만들어지거나 찾아 넣은 교과서 속의 많은 우리말들은 그가 그 자리에서 물러가고 난 얼마 뒤까지도 잘 유지되고 있었다. 그런데 그 뒤 여러 차례의 교과서의 개편이 따르면서 이 말들은 하나하나 죽어 나가기 시작했다.

그 중에도 1980년대 초의 초중고교 교과서 전면 개편 때가 가장 심했다. 이 때 많은 순수 우리말이 죽어 나갔는데, 여기서는 그 때 우리 교과서에서 사라져 가 버린 우리말들의 예를 많이 들어보려 한다.

자연 교과서에서 가장 심해

1982년도와 1983년도에 개편된 초등학교 교과서를 보니 과거의 교과서에서 익히 써 왔던 많은 우리말들이 한자말로 둔갑해 있음을 볼 수 있었다. 여러 교과서 중에서 '자연' 교과서가 가장 두드러졌다.

광복 후에 지금의 자연과에 해당했던 과목은 '잇과'였던 것으로 기억하고 있다. 그 뒤, 교과 과목 이름이 몇 번 조정되면서 이 이름은 사라져 버렸다. 초등학교의 자연과는 그 어느 과목보다 용어의 선택을 신중히 해야 했다. 여기서 선택된 용어는 그대로 '학술 용어'가 되기도 하고, 일반의 귀에 깊숙이 심어져 사회의 통용어로 깊이 자리매김할 수 있기 때문이다.

자연과에서의 '용어 변경'은 인체 단락 부분에서 가장 심했다. 인체 관련 단원은 사람의 몸에 관한 내용을 다루는 것이어서 머리부터 발끝까지 그 안팎으로 엄청난 이름들이 나열되게 마련인데, 이미 광복 직후부터 잘 선택돼 쓰이던 순 우리말들이 거의 다 한자화해 버렸다.

그 일부를 살펴보자.

- 큰골 → 대뇌
- 작은골 → 소뇌
- 숨골 → 연수
- 등골 → 척수
- 살갗 → 피부
- 힘살 → 근육
- 염통 → 심장
- 콩팥 → 신장
- 피 → 혈액
- 피돌기 → 혈액순환
- 숨쉬기 → 호흡
- 핏줄 → 혈관
- 귀청 → 고막
- 오줌보 → 방광
- 막창자 → 맹장
- 곧은창자 → 직장
- 가로막 → 횡격막
- 오줌관 → 요관
- 오줌길 → 요도
- 샘창자 → 십이지장
- 밥줄 → 식도
- 밥통 → 위

이러한 한자화의 현상은 중고교 교과서에까지로 확대되고, 각 출판사에서 내는 학습 참고서까지 덩달아 한자말로 되어갔다.

- 뼈마디 → 관절
- 날름막 → 판막
- 숨관 → 기관
- 숨관가지 → 기관지
- 오른쪽염통방 → 우심방
- 왼쪽염통집 → 좌심실

이러한 예는 오직 인체 단원에서뿐이 아니다.

언제부터인지 '영양소' 단원에서는 영양소의 이름이, '바위' 와 관련한 단원에서는 바위의 이름들이 모두 한자말로 옮겨져 버렸다. 그 보기를 들어 보자.

- 흰자질 → 단백질
- 녹말 → 함수탄소
- 기름기 → 지방
- 바위 → 암석
- 불에 된 바위 → 화성암
- 물에 된 바위 → 수성암, 퇴적암
- 변해 된 바위 → 변성암
- 쑥돌 → 화강암
- 변쑥돌 → 편마암
- 횟돌 → 석회암
- 모랫돌 → 사암
- 뻘돌 → 이암
- 자갈돌 → 역암

그 밖의 '땅' 이나 '기후' 또는 '동물' 과 관련한 단원에서도 많은 우리말들을 한자말로 옷을 갈아 입혀 버렸다.

- 땅거죽 → 지표
- 땅껍질 → 지각
- 큰물 → 홍수
- 사리 → 만조
- 조금 → 간조
- 뭍바람 → 육풍
- 바닷바람 → 해풍
- 쇠붙이 → 금속
- 젖빨이짐승 → 포유동물(한글학회 〈큰사전〉에는 '젖빨이동물')
- 물뭍짐승 → 양서류(한글학회 〈큰사전〉에는 '물뭍동물')
- 길짐승 → 파충류(한글학회 〈큰사전〉에는 '길동물')
- 등뼈동물 → 척추동물
- 민등뼈동물 → 무척추동물

- 세쪽이 → 삼엽
- 살기다툼 → 생존 경쟁

광학 단원에서도 몇 낱말이 바뀐 것을 볼 수 있는데, 다음이 그런 보기이다.

- 곧게 나아감 → 직진
- 되쏘임 → 반사
- 꺾임 → 굴절

특히, '식물의 구조와 기능'(5-1) 단원에서도 무척 많은 우리말들이 한자말들로 둔갑해 버렸다.

- 김내기 → 증산작용
- 땅굽성 → 향지성
- 녹말만들기 → 광합성, 탄소동화작용
- 잎파랑이 → 엽록소
- 해굽성 → 향일성

산수 교과서도 예외가 아니었다. 이러한 '한자화(漢字化)'의 현상은 자연 교과서에서만 있는 일이 아니었다. 초등학교 산수 교과서에서도 많은 낱말들이 바뀌어 버렸다. 광복 직후에는 지금의 '산수(算數)'에 해당하는 과목의 이름이 '셈본'이었는데, 지금도 5,60대의 어른들 중에는 이 '셈본'이란 과목 이름을 기억하는 이들이 많다.

당시에 만들어졌던 말인 '세모'나 '네모' 같은 말은 이미 교과서에서 사라진 지는 오래 되었지만, 아직도 초등학교 저학년이나 어린이들(유아) 교재에서 널리 쓰이고 있음을 볼 때, 이미 한 번 굳혀진 말은 여간해서 없어지지 않는 사실을 증명하고 있다.

'속셈'이란 말도 초기 교과서에 들어가 있던 말이었다. 이 말도 교과서에서는 '암산'이란 말로 바뀌어 버렸지만, 지금도 '암산'이란 말보다 '속셈'이란 말을 쓰는 사람들이 많다. 학원 이름 중에 '속셈학원'의 간판을 붙인 곳이 얼마나 많은가.

산수과에서는 도형에 관련된 이름들이 무척 많이 바뀌었다.

- 나란히꼴 → 평행사변형
- 펼친그림 → 전개도

- 원둘레 → 원주
- 맞선꼴 → 대칭도형
- 맞모금 → 대각선
- 맞각 → 대각
- 나란하다 → 평행하다
- 셈 → 계산
- 어림값 → 근사값
- 줄인자 → 축적
- 줄인 그림 → 축도
- 늘인 그림 → 확대도

예를 들어, 산수 교과서에서 흔히 쓰이는 '다음 셈을 하여라'가 '다음 계산을 하여라'로 되었고, 어느 펼친 그림을 그려 놓고, 거기엔 어김없이 '펼친그림'이 아닌 '전개도'로 표기돼 있었다.

도형 이름에서 아직 '사다리꼴', '닮은꼴', '지름', '반지름' 같은 말이 남아 있기는 하지만, 이 말들도 언젠가는 다른 용어들처럼 그 수명을 다할지도 모른다. 도형에 관한 것은 아니지만, 분수에서의 '맞줄임' 같은 말도 '약분'으로 바꾸어 버렸다.

'…모두 2347입니다. 이것은 이천 삼백 사십칠이라고 읽습니다.' (1982년도 개편 교과서 산수 3-1. 8쪽)

'47'을 '마흔 일곱'이라고 읽지 말고, 꼭 '사십 칠'이라고 읽어야 하다니? 그렇다면 '7시'나 '12시' 같은 시각도 '일곱 시'나 '열두 시'로 읽지 말고 '칠 시'나 '십이 시'로 읽으란 말인지?

땅이름은 없고 지명은 있다?

오래 전의 저학년 교과서에는 몇몇 타악기 이름이 그 내는 소리를 따서 다음과 같이 순 우리말로 적은 적이 있었다.

- 찰찰이(탬버린)
- 짝짝이(캐스터네츠)
- 칭칭이(트라이앵글)

그런데, 이 말들도 교과서에서 슬그머니 사라지고, 다른 악기 이름까지 덩달아 외래어로 바뀌어 버린 모습을 볼 수 있었다.

- 풍금 → 오르간 • 피리 → 리코더

'피리'와 '리코더'는 구분돼야 한다고 해서 그렇게 바꾼 모양인데, '리코더'는 서양식 피리라고 볼 수 있으니 '양피리'나 다른 적당한 말을 써서 적으면 되지 않겠는가?

초등학교의 국어 교과서에 월점(부호) 이름들이 '마침표', '쉼표', '물음표', '느낌표', '따옴표', '줄인표', '쌍점' 등으로 우리말로 올라 있음은 그나마 다행이었다. 또, 논설문이나 설명문 등의 짜임을 '처음(서론)', '가운데(본론)', '끝맺음(결말, 결론)'이라고 해 놓은 것도 잘하는 일이었다. '페이지'를 '쪽'으로 통일시킨 것이라든지, '된소리(경음)', '거센소리(격음)', '소리마디(음절)', '중심 생각(주제)', '끌어대다(비유하다)', '꾸미다(수식하다)'들을 새로 올리고, '지은이(저자, 필자)' 등을 그대로 쓰고 있음도 다행이었다. 그러나 광복 이후부터 잘 올라 쓰이던 몇 낱말들이 한자말로 바뀌어 버린 것은 아쉬움을 준다.

- 글월 → 문장 • 월점 → 부호

'이름씨', '토씨' 같은 품사의 이름들도 모두 '명사'나 '조사' 같은 말로 바뀐 것도 큰 아쉬움을 준다. 상급학교쪽으로 올라가면서 초등학교 교과서에 들어 있는 순수 우리말의 용어들은 하나둘씩 사라지고 그 자리에 다른 한자어나 외래어 등이 들어앉는다. 이것은 결국 우리말은 어려서나 쓰고, 자라서는 한자말 같은 것으로 다시 또 배우라는 이야기가 되고 있다. 그만큼 학습하는 사람에게 부담을 안겨 주는 꼴도 된다.

사회과 교과서에서는 특히 지리 분야에서 우리말을 죽여 놓은 것이 많다.

- 서울 → 수도 • 땅이름 → 지명
- 땅모양 → 지형 • 날줄 → 경선
- 씨줄 → 위선

글쓴이는 아직도 '동날—서날', '북씨—남씨' 등의 낱말들을 기억하고 있는데, 이것은 지금의 말의 '동경—서경', '북위—남위' 에 해당한다. '서울' 이란 말은 두 가지의 뜻을 담고 있다. 그 하나는 땅이름으로서의 우리나라의 머릿도시인 '서울' 을 이름(홑이름씨)이고, 다른 하나는 단순히 '머릿도시(首都)' 를 이름(두루이름씨)이다. 그래서 '미국의 서울은 워싱턴이다' 해서 그 말이 잘못 되었다거나 알아듣지 못하는 사람은 아무도 없다. 그런데, '서울' 이 '수도' 와 다르다고 해서 '머릿도시' 의 뜻으로 쓸 때는 반드시 '수도' 라고 써야 한다니?

국교 교과서에서는 또 '땅이름' 을 '땅 이름' 이라고 '땅' 과 '이름' 을 띄어 적고 있었다. 그리고 상급학교로 가면 이 말은 '지명(地名)' 이란 말로 돼 버린다. 이것은 '지명(地名)' 은 하나의 낱말로 인정할 수 있으나, '땅이름' 이란 낱말은 하나의 낱말로 인정할 수 없다는 생각에서 나온 것으로 본다. 그러나 '땅이름' 이란 말은 광복 이후부터 교과서에서부터도 잘 올려 써 왔고, 지금도 사회에서 너무나 자연스럽게 쓰이고 있는 낱말이 아닌가.

'대뇌' 를 죽이고 '큰골' 을 살려야

우리 세대엔 우리식의 교육이 행해져야 한다.

말로는 '주체성' 을 열심히 강조하면서 그 주체성에 거스르는 교육 정책 당국자들의 그릇된 생각과 정책은 당장이라도 바로잡아야 한다.

어려서부터 우리 것을 아끼고 사랑하는 마음을 일깨워 주려면 우리 것에 대한 올바른 인식을 심어 줄 필요가 있다. 그것은 말글 정책에서부터 출발해야 하고, 다른 나라식이 아닌, 우리식의 이름, 많은 말들을 귀에 익혀 주어야 한다. 그리하자면 교과서의 낱말 하나에도 세심한 노력과 배려를 아끼지 말아야 할 것이다.

이제는 ‘대뇌’ 를 죽이고 ‘큰골’ 을 살려야 그 속에 든 ‘얼’ 이 제대로 산다. 동물 몸 속에는 ‘가로막’ 이 있지만, 사람 몸에는 그보다 고급(?)인 ‘횡격막’ 이 있다고 생각하는, 얼 빠진 ‘얼간이’ 가 되어서는 안 된다. ‘지름’ 을 ‘직경’ 으로 뒤집고, ‘속셈’ 을 ‘암산’ 으로 고집하는 한자 사대주의에 물든 사람이 되어서도 안 된다.

힘주어 주장하지만, 이제라도 교과서 내용 중에 쓰이는 모든 용어들을 ‘우리식’ 으로 제대로 정리하는 작업을 크게 벌여야 한다. 특히, 과거에 쓰였던 좋은 우리말들을 모두 찾아서 제자리에 되매김해야 한다. 그래야 우리말이 살고, 이 땅에 우리의 얼이 제대로 자리잡을 수 있을 것이다.

지상의 평화

변 진 홍

가톨릭교회는 하느님 나라의 도래를 선포한다. 하느님 나라는 정의와 진리, 사랑과 평화가 실현되는 곳이다. 교황 요한 23세는 1963년에 '지상의 평화' 라는 회칙을 발표했다. 지상의 평화란 곧 세계평화이다. 그는 두 차례에 걸친 세계대전에서 수많은 사람들이 희생당한 아픔을 되새기면서 세계평화를 이루기 위한 근본적인 성찰의 필요성과 그 내용을 이 회칙에 담았다. 또한 그는 이러한 노력이 단순한 성찰에 그치지 않고, 이러한 방향으로 변화를 이루어 나가는 힘을 불러모으기 위해 제2차 바티칸공의회를 소집했다. 그는 공의회를 통해 온 인류가 전쟁의 참화를 딛고 일어서서 새로운 형태의 기쁨과 희망을 발견하여 참다운 세계평화를 이룰 수 있는 길을 모색하기를 원했다. 그의

변진흥(卞鎭興) _ 서울 출생(1950년). 가톨릭대학교 신학과 졸업. 서울대 대학원(석사), 한양대 대학원 졸업. 철학박사. 호남대학교 교수, 인천가톨릭대학교 교수 등을 거쳐 현재 가톨릭대학교 교수, 민주평통자문회의 종교인도지원위원회 위원, 천주교 서울대교구 민족화해위원회 상임위원, 천주교 주교회의 교회일치와 종교간대화위원회 위원, 한국종교인평화회의 사무총장 등으로 활동. 국민훈장 동백장 수훈. 저서 《평양에 부는 바람》(1993), 통일사목에세이 《겨레의 눈물》(2001)외 다수의 논문 발표.

이러한 염원은 제2차 바티칸공의회를 통해 큰 결실을 이루었다. 교회 내적으로는 철저한 쇄신과 현대화 작업을 통해 가톨릭교회가 현대사회 안에서 참다운 평화의 일군이 되게 했고, 이를 지켜본 각 나라의 종교지도자들과 정치지도자들의 마음을 움직여 세계평화를 향한 국제적 연대가 가능한 평화에의 길을 열어 놓았다.

교황 요한 23세의 뒤를 이은 교황 바오로 6세는 제2차 바티칸공의회를 성공적으로 이끌면서 세계평화를 위한 국제질서의 재건 필요성을 강조했다. 그는 1965년 유엔총회에서 연설을 통해 어떠한 난관이 있더라도 세계평화는 이루어져야 한다고 역설했다. 그는 '민족들의 발전 촉진에 관한 회칙'에서 약소민족들에 대한 선진국의 원조를 촉구했다. 약소민족에 대한 선진국의 원조는 의무인 동시에 국제 정의 실현의 열쇠라는 것이다. 그는 가톨릭교회 나름으로 평화의 길을 개척해 나가기 위해 교황청에 정의평화위원회를 설립하고, 참다운 정의 실현을 통한 평화 구현의 길을 제시했다. 이후 각 나라의 가톨릭교회마다 정의평화위원회가 설립되어 사회정의 구현을 통한 지상의 평화 건설에 매진하게 된다.

특히 교황 요한 바오로 2세는 전쟁의 위기가 닥칠 때마다 전쟁 방지를 위해 모든 노력을 기울였다. 1991년에 이라크가 쿠웨이트를 점령하여 일어난 제1차 걸프전쟁이 발발했을 때 교황은 중동 아시아 전체의 상황을 위태롭게 만드는 이라크의 쿠웨이트 침략을 강력히 비판했다. 유고 내전은 왜곡된 민족주의가 가톨릭과 정교회 그리고 이슬람 사이의 종교적 적대감을 불러일으키면서 증폭되어 인종청소라는 끔찍한 대학살을 낳았다.

이때 교황은 인종청소라는 잔혹함을 멈추게 하기 위해 인도주의적 개입을 호소했다. 이러한 선택은 평화적 원칙에 위배되는 것처럼 보이기도 했지만, 외교적 중재 노력에도 불구하고 인간성 말살의 위기가 계속되는 것을 막기 위해 침략자를 무장해제하는 또 하나의 전쟁을 용인한 것이다. 이것이 바로 정의의 전쟁이었다.

9.11테러로 인해 유엔이 미국의 정당방위를 인정하여 아프가니스탄 침략에 정당성을 부여했을 때에도 교황은 미국의 정당방위 행동을 명확하게 제한했다. 즉 무력의 사용은 피해에 상응해야 하며, 무차별적인 보복이 아니라 정의의 실천이어야 하고, 또한 아프가니스탄 국민들과 테러리스트들을 구별해야만 한다는 것이다. 그는 9.11테러로 인해 서구사회에 불기 시작한 반이슬람 운동에 강력한 반대의 입장을 표명했는데, 이러한 그의 노력으로 이라크에 대한 전쟁이 이슬람교와 그리스도교 사이의 종교전쟁으로 비화할 위험을 차단할 수 있었다.

미국이 사담 후세인을 제거하기 위해 제2의 걸프전쟁을 결정했을 때 교황은 이를 막기 위해 모든 노력을 다 기울였다. 그는 전쟁 발발 직전인 2003년 2월 15일에 바그다드의 사담 후세인에게 로제 에체가라이 추기경을 보냈고, 3월 6일에는 부시 미국 대통령에게 피오 라기 추기경을 교황 특사로 파견했다. 교황은 이를 통해 전쟁을 피하기 위해 대화를 재개하도록 촉구했던 것이다. 이라크 전쟁이 피할 수 없는 것으로 보이자 교황은 3월 5일을 '평화를 위한 기도와 단식의 날'로 선포했다.

교황 요한 바오로 2세는 커다란 국제적 위기에만 개입한 것이 아니다. 그는 대중매체에서 잊혀진, 그러면서도 갈수록 잔인해지고 황폐화하는 전쟁들에 대해서도 깊은 관심과 우려를 표명했다. 그는 남부 수단, 콩고 민주공화국, 앙골라, 르완다, 브룬디, 라이베리아, 시에라리온 등에서 벌어진 내전들에 대해서도 수없이 평화를 호소했다. 그의 이러한 노력은 전쟁을 종식시켜 지상의 평화를 이루려는 가톨릭의 평화사상 구현을 위한 것이었다.

전쟁은 인류의 패배

가톨릭교회가 지상의 평화를 위해 무엇보다 먼저 전쟁을 단죄하는 이유는 무엇인가. 교황 요한 바오로 2세가 역설한 것처럼 "전쟁은 인류의 패배"이기 때문이다.

인류는 지난 20세기에 인류 역사상 처음으로 전 세계에 걸친 전쟁을 두 차례나 겪었다. 전쟁은 헤아릴 수 없이 많은 희생자를 낳았고, 가정과 국가를 파괴시켰으며, 수많은 난민을 양산하고, 빈곤·기아·질병·저개발·막대한 자원 손실을 가져왔다.

전쟁은 어쩔 수 없이 어느 한 쪽의 승리로 막을 내리게 되지만, 그 승리는 또 다른 보복 전쟁을 불러와 결국 전쟁의 악순환은 인류 전체의 패배로 귀착되고 만다.

교황 요한 바오로 2세는 21세기 새 천년을 맞이하면서 "모든 사람에게 새로운 시대, 평화의 시대에 대한 희망"을 전하는 사랑과 화해의 메시지를 발표하면서 "평화는 가능하다"고 단언하였다. 그는 실제로 전쟁으로 인해 빚어지는 고통의 뿌리에는 다른 사람을 지배하고 착취하려는 욕구, 권력 이데올로기, 전체주의의 망상, 광적인 국수주의, 오랜 인종 증오가 불러일으킨 패권주의의 논리가 놓여 있음을 강조하고, 전쟁을 통해 다른 민족과 지역을 지배하고 예속시키려는 의도와 그 조직적 폭력은 바로 그 대상으로부터의 무력을 동반한 저항에 부딪칠 수밖에 없다는 사실을 상기시켰다.

비록 21세기 벽두에 9.11테러의 비극으로 또 다시 인류사회를 절망의 구렁텅이로 빠져들게 하였지만, 그 비극을 하루빨리 극복하여 더 이상 전쟁의 악순환이 없도록 그 고리를 끊기 위해 인류사회 전체가 함께 사랑과 평화의 문명을 건설해 나가야만 한다.

사랑과 평화의 문명을 위한 종교간 대화

샬롬 곧 평화는 성서의 중심 메시지이다. 성서에서 평화를 뜻하는 샬롬은 "평화를 위하여 일하는 사람은 행복하다"(마태 5,9)고 말하는 축복의 인사이다. 크리스천이라면 누구나 평화의 사도로서 그 축복을 함께 나누는 삶을 살아야 한다. 그러나 평화의 사도가 되는 소명은 크리스천뿐만 아니라 종교인 모두에게 주어진 사명이다. 이러한 사명을 공동으로 수행하기 위해 종교간 대화가 필요하다.

종교간 대화는 신앙을 서로 달리 해도 인류는 한 가족이라는 것을 깨닫게 하여 사랑과 평화의 문명을 건설하는 데 필요한 상호 수용과 진정한 협력의 길로 우리 모두를 인도한다. 이처럼 서로 다른 종교인들 사이의 상호 개방은 평화의 대의와 인류 가족의 공동선에 이바지하는 연대와 협력의 토대를 이룬다.

교황 요한 바오로 2세는 사랑과 평화의 문명 건설을 위한 종교간 대화에 남다른 열정과 노력을 바쳤다. 그는 평화 수호를 위해 종교가 할 수 있는 중대한 역할을 함께 모색하고자 아시시에서 세계종교회의를 열었다. 20여 년 전인 1986년 10월 26일에 아시시에서 개최된 첫 번째 회의에는 32개의 그리스도교 단체 대표와 2명의 유다교 대표, 그리고 26명의 비 그리스도교 대표 등 총 60명이 참석했다. 교황은 이 회의가 열리는 날만큼은 모든 전선에서 무기 사용을 중지하자고 호소하여 많은 호응을 얻었다.

가톨릭과 이슬람 사이의 종교전쟁으로 비화한 보스니아와 크로아티아 사이의 전쟁이 최고조에 달한 1993년 1월에 두 번째 아시시 종교회의가 개최되어 발칸반도의 평화를 염원했다. 그리스도교와 유다교 그리고 이슬람교 신자들이 함께 모여 기도와 단식을 했다. 이 회의가 당장에 전쟁을 중지시키지는 못했지만, 최악의 상황으로 치닫는 발칸반

도에 유엔을 비롯한 국제사회가 인도주의적 개입을 결정짓는 해결의
길로 접어들도록 기여했다.

2002년 1월 24일에 세 번째로 이루어진 아시시 세계종교회의에는 한
국의 종교계를 대표하여 유교 최창규 성균관장이 참석하기도 했다. 교
황은 이 회의에서 억압과 배척의 상황이 폭력과 테러의 근원이 된다는
점을 상기시키고, 인간의 정의는 개인 또는 집단이기주의의 압력에 굴
복하기 쉽기 때문에 이런 나약함을 함께 극복해 나가기 위해 용서가 필
요하다고 강조했다. 용서만이 마음의 상처를 치유할 수 있고, 무너진
인간관계를 온전히 세울 수 있기 때문이다. 교황은 사랑과 평화의 문명
이 관용과 용서 그리고 정의의 질서 위에 세워질 수 있다는 점을 강조
하였고, 참석자들은 모두가 평화에 봉사하는 평화의 사도가 될 것을 다
짐했다.

한국의 종교계도 지난 40년간 종교간 대화에 힘써 오면서 한국사회
에 정의와 평화를 구현하고, 남과 북으로 갈라진 민족사회를 평화통일
로 이끄는 민족화해의 선구자 역할을 해 오고 있다. 특히 전쟁과 테러
의 고통 속에 있는 이라크 종교지도자들과의 교류협력을 진행하고 있
다. 이제 사랑과 평화의 문명 건설을 위한 종교간 대화는 지구촌 구석
구석으로까지 그 뿌리를 내리고 있는 것이다.

진리 안의 평화

교황 요한 바오로 2세에 이어 교황 베네딕토 16세도 선임 교황들과
마찬가지로 전 세계의 화합과 평화를 위한 노력을 지속해 나갈 것을 다
짐했다. 그는 교황에 선출된 후 처음 맞이한 2006년 1월 1일 제39차 세
계평화의 날에 '진리 안의 평화'를 제목으로 한 담화를 발표했다.

그에 따르면 '진리 안의 평화'라는 주제는 언제 어디서든 진리의 빛

으로 깨달음을 얻게 될 때 인간은 자연히 평화의 길을 걷게 된다는 확신을 나타낸다. 교황 베네딕토 16세 역시 지난 20세기의 비극, 즉 "그릇된 이념적 정치적 체계로 진리가 고의적으로 왜곡되고 수많은 사람들이 착취되고 살해됨으로써 가정과 공동체 전체가 파괴된" 비극적 현실을 지적하고, 모든 진정한 평화 추구는 "언제나 더욱 완전한 정의를 갈망하는 인류가 실현하여야 할 질서의 열매"임을 강조했다.

평화는 곧 정의가 다스리는 사회, 각 개인을 위한 선익이 최대한 실현되는 사회에서 개별 시민이 사이좋게 더불어 살아가는 것이므로, 평화의 진리는 이처럼 모든 이가 풍요롭고 진실한 관계를 맺으면서 용서와 화해의 길을 추구할 것을 촉구한다. 이런 뜻에서 가톨릭교회는 "예수가 곧 우리에게 평화를 주시는 진리"임을 선포한다.

특히 교황 베네딕토 16세는 오늘의 국제사회 현실에서 평화의 진리를 충실히 반영하는 국제인도주의법의 필요성을 강조한다. 국지적인 무력 분쟁과 불특정 다수를 겨냥한 테러 행위가 근절되지 않는 상황에서 국제관계의 안정과 균형 유지를 위해서는 불가피하게 이에 대응하는 적절한 규범이 요구되기 때문이다. 그는 이러한 규범이 인도주의적 해결을 가능하게 하는 '평화의 진리' 척도가 되어 분쟁과 갈등을 사전에 예방하거나 초기에 해결해 나갈 수 있는 길잡이가 되어야 한다는 점을 강조한다.

교황은 평화의 진리가 평화의 사도인 종교인들을 통해, 그리고 그 본질적 가치를 담은 국제인도주의법의 구현을 통해 실현되어야 한다는 실천적 지표를 구체적으로 제시하고자 한 것이다. 평화, 그 궁극적 목적은 다름 아닌 인류애의 실현임이 분명하다.

1/N, 가격(價格)은 나누지만
가치(價値)는 나누지 마라

신용선

사회가 복잡해지고 다원화(多元化) 될수록 그와 비례하여 매사(每事) 무엇이든 아주 쉽게 해결하려는 사회적 현상이 나타나는 모습을 흔히 볼 수 있다.

일례(一例)로 요즘 청소년들이 사용하는 휴대폰 은어(隱語)와 축약어(縮約語)는 어디에서 연유된 것인지, 우리말이 맞는지, 국적 불명을 떠난 그 용어들은 50 · 60대 이후 세대는 도대체 무슨 뜻인지 이해가 불가능하다. 이러한 현상은 모든 생활에서 스피드와 박진감, 스릴(thrill)을 느

신용선(辛龍善) _ 호는 죽림(竹林). 경기도 양평 출생(1959년). 경영지도사. 소상공인지도사. 국제무역사. 국립 강원대학교 경영학과 졸업, 동 경영대학원 글로벌경영학과(MBA) 재학. 동방그룹 기획조정실장. 신신그룹 그룹기획조정실장. ㈜다여무역 대표이사. (사)한국권투위원회 상임부회장. 피플코리아 경영고문. 강원정보통신 경영고문. 강원대학교경영학과총동문회장 등 역임. 현재 베터비즈경영컨설팅 대표. 한스코스리(주) 대표이사. 스리랑카정부 관광진흥청 프로젝트디렉터. 한국소기업소상공인연합회 자문위원. 한국산업경제신문 편집위원. 중소기업기술보호상담센터 전문가. (사)겨레얼살리기국민운동본부 운영위원. 공론동인회 편집위원. 지식경제기술혁신 평가위원. 경기도아마튜어복싱연맹 회장. (사)한국제안공모정보협회 회장 등으로 활동. 논문으로 'Z이론의 한국기업에 적용가능성' (백령경세, 1983), '한반도분단극복논리의 일반적 고찰' (백령경세, 1984), '공자의 사상에 관한 소고' (청운, 1983), '기업경영의 성패는 맨파워에 있다' (인산, 1990) 등 발표.

끼려는 세대의 특징으로 매사 '빨리빨리' 그리고 한 순간에 이해되고 통(通)해야 갈증이 풀리는 N세대의 문화코드일 것이다.

1/N, N분의 1이다. 1/N은 젊은 세대들이 무엇이든 빨리빨리 합리적으로 해결하려는 동기에서 수학적인 공식을 빌어 세태를 나타내고 있는 것 같다. 1/N은 전체 크기를 구성원 수(數)로 나누어 구성원 각자가 똑같은 몫을 나누도록 하는 것이다. 우리의 순수한 말로 '걷출한다'를 의미한다.

요즘 어디를 가나 자주 1/N을 사용한다. 동창모임이나 가족모임 등에서 단체적으로 행사를 치루고 비용분담을 공동으로 지불해야 되는 자리가 생기면 으레 'N분의 1로 하자'고 한다. 굳이 영어로 옮기면 Dutch pay라고 말하지만 정확한 표현은 go Dutch 이다. '각자 인원수 대로 자기 해당 분은 자기가 지불하자' 라는 말이다.

이것이 수학적으로 따지면 참 합리적이고 좋은 방식이긴 한데 자칫 잘못 사용하면 낭패를 보기 십상이다. 늘 합리적이지만은 않다는 것이다. 즉, 상대를 조금 더 배려하는 마음이 무시된 안 좋은 측면도 가지고 있다. 우리들이 살면서 자신이 아는 상대에게 예의를 갖춰 접대(接待)를 하는 즐거움도 크고 때로는 접대를 받는 기쁨도 크게 느낀다. 접대를 하는 경우에는 상대방에게 자신의 마음을 주는 즐거움이 크고, 접대를 받는 경우에는 상대방으로부터 배려를 받는 것 같아서 즐겁다.

그런데 만나는 사람마다 한 자리에서 즐겁게 음식을 먹고 즐기면서 매번 자기가 먹은 만큼만 자기가 지불한다면 가는 마음과 오는 마음을 크게 소통되도록 하는 것 같지는 않다.

나이가 높을수록 1/N 사용에 익숙하지 않다. 친구들을 만나건 혹은 손님을 만나건, 자리를 마무리하고 대금을 지불하는 자리에서 1/N을 하자고 말하기도 어렵다. 그러나 내심(內心) 습관 탓이라고만 생각하지는 않는다. 1/N이 공정하고 합리적이라고는 생각하지만 그러나 때로는 그 사용에 주의가 필요하다.

1/N이 나에게 편하니 상대도 편할 것이라고 판단하면 안 된다. 또한 내가 만나는 사람마다 환경이 다르고 또한 돈으로 계산해야 할 몫과 마음으로 계산해야 할 몫은 다르다. 내가 상대보다 조금이라도 나은 환경이었을 때 겸손(謙遜)만 갖추고 베풀 수 있다면 아름다운 모습의 삶이 되지 않겠는가 싶다. 그리고 마음의 빚을 많이 진 상대에게 단순히 물리적인 계산을 하는 경우에 1/N로 계산을 치룰 수는 없을 것이다.

이쯤에서 실제로 있었던 예를 하나 들어보고자 한다.

불과 몇 개월 전 일이다. 동네 이웃집에 조사(弔事)가 있었다. 많은 주변 가족친지와 손님들이 방문하였고, 그 분들이 장례에 도움이 되도록 부조(扶助)를 해 주었다. 적지 않은 비용이 지출되었지만 부조금(扶助金)으로 장례비용을 모두 지불하고도 약 7백만 원 이상의 현금이 남았다.

그런데 그 6남매 가족 중 막내며느리가 장례로 지불된 총비용을 형제자매 수(數)로 나누고서 부조금을 6남매 각자의 연고관계를 찾아 받은 부조금을 남매별로 나누어 입출금을 하는 방식으로 정리하는 그야말로 신세대 계산법인 1/N을 사용한 것이었다. 겉으로 보기에는 아주 합당하고 합리적인 셈법이다.

그러다 보니 장례를 치르고도 7백만 원 이상의 돈이 남았지만 두 형제는 몇 백만 원씩 돈을 찾아가게 되고, 나머지 4남매는 돈을 오히려 내놓아야 하는 결과가 나왔다. 결국 돈을 내놓아야 하는 출가외인인 딸과 나이가 많은 형제 순으로 3명이다. 그 이유는 그들 모두가 환갑이 넘어 버린 나이 탓에 친구관계나 사회생활이 왕성하지 못하여 부조금이 크게 들어올 환경이 아닌 것이었다. 그렇다고 이 집이 과거 수십 년 전부터 행사 때마다 이런 식으로 1/N을 했던 집도 아니다.

70세가 다 되어가는 형제가 '1/N'의 문제점을 설명해도 그 집의 며느리는 이해하지 못하였고 끝내는 가족들에게 또 다른 상처를 만들고 만 것이다. 이 집에는 수십 년 동안 가족행사를 치르면서 내려오는 형제들의 숨겨진 가치가 존재하는 것이었다. 형제간에 누가 더 많이 누가 더 적게라는 셈법이 아니고 큰 행사를 성공적으로 치르기 위해 공동으로 노력하고 행사가 끝나면 자리를 즐겁게 마무리하고 경제적으로 비용이 부족하면 형제들이 각자의 형편에 따라 알아서 갹출하고 행사비용이 남으면 부모님에게 드리는 방식으로 정리되었던 것이다. 즉, 보이지는 않지만 그 나름대로 가치가 있었던 것이다.

그런데 막내며느리는 표면적인 모양으로만 셈을 하려고 하여 결국 행사를 잘 치르고도 가족간의 우의에 있어 큰 흠결을 남기게 된 것이다. 우리가 1/N을 사용할 때는 단순히 가격(價格)을 나누는 데만 사용을 해야 한다는 것을 이 집 며느리는 간과한 것이다. 내면에 오랫동안 공감하였거나 교류되어 온 마음의 가치(價値)는 '1/N'로 나누어질 수 없는 것이다. 바로 요즘 젊은이들이 착각하기 쉬운 부분이다. 1/N은 가격을 나누는 데 사용해야 될 뿐 가치를 나누는 자리에서는 사용하면 안 된다. 무엇을 나누기 위해 간편하다고 '1/N'만 적용한다면 삶이 황폐해지고 큰 실수가 일어날 수 있다. 우리가 공유하는 삶의 가치는 무게나 형태가 같다고 해서, 그리고 화폐로 계상하는 방식 모두가 등가관계(等價關係)는 아니기 때문이다.

10만원을 길 가다가 주운 사람과 긴 여름날 뼈아프게 땀을 흘리면서 10만원을 만들어 낸 다른 한 사람을 비교할 때 이 두 사람이 가지고 있는 화폐의 크기는 같지만 가치의 차이는 비교가 안 되는 것과 같다.

지난 4월에 결혼한 딸이 다른 가정에 며느리가 되어 살기 시작했다.

한 가정을 이루고 살아가야 할 딸이 세상을 지혜롭게 살기 위해서는 교육이 필요하다. 학교교육도 입시위주로 되어 있어 문제가 있지만 가정교육 역시 부실하기 짝이 없다. 딸과 생활하면서 가정교육을 위해 조근조근 말을 해 본 기억이 없다. 그래서인지 가족의 품을 떠난 딸에 대한 걱정이 크다. 그럼에도 딸이 '지혜로운 여자가 되는 바람'을 가져 본다.

지혜가 없고 지식만 있는 사람에게는 지식을 잘못 사용하면 독(毒)이 되기도 한다. 그러나 지혜가 있는 사람이 지식을 사용하면 늘 만인을 이롭게 할 수 있다. 지식은 자주 주변과 마찰 또는 충돌을 일으키지만, 지혜는 주변과 조화를 만들어내고 좋은 기운을 배가(倍加)하게 된다. 지혜의 근원은 자신을 낮추고, 주변의 잘못을 용서하고, 자신의 언행이 주변에 거스름이 없는지 먼저 생각해 보고 언행(言行)을 조심하는 것이다. 딸이 부디 1/N을 마음(心) 나누는 데 사용하는 우(愚)를 범(犯)하지 않는 지혜로운 여자가 되길 바라는 마음 간절하다.

미지의 땅 러시아를 가다

_ 모스크바 대학 방문과 페테르스부르크 견학

신용준

여행! 그것은 언제나 건강과 흥미를 동반한다. 구속적인 삶의 터를 벗어나 곧 구체적인 형상을 드러낼 미지의 새로운 세계로 향한다는 긴장과 흥분이 여행의 진미를 더하지 않나 생각해 본다. 특히 절대 단절의 옛 공산국가(러시아)를 여행한다는 것은 꿈에도 생각지 못했던 일이다. 그것은 금세기의 냉전을 종식시킨 페레스트로이카의 위력이라고 생각된다.

많이도 변했다. 철의 장막이니, 죽의 장막이니 하던 것이 엊그제인데 소련이 붕괴되고 러시아가 됐다. 문이 활짝 열렸다. 불과 몇 해 전까지만 해도 소련을 드나든다는 것은 상상도 할 수 없는 일이었다.

신용준(申瑢俊) _ 제주 출생(1929년). 제주한림공고 교사를 시작으로 저청중, 세화중, 애월상고, 제주대부고 등 교장. 제주도교육청 학무국장. 제주대학교 강사. 제주한라전문대 학장. 한라대학교 총장. 한국교육학회 종신회원. 대한민국무공수훈자회 제주도지부 고문. 한국수필작가회 이사. 언론중재위원회 중재위원, 운영위원. 한국문예학술저작권협회 회원. 1952년 화랑무공훈장에 이어 1970년에는 대한민국재향군인회장 표창, 1973년 국무총리 표창, 1976년 국방부장관 표창, 1982년 국민포장, 1990년 세종문학상, 1998년 국민훈장 모란장, 제 38회 제주보훈대상(특별부문) 등 수상. 저서 《아! 그때 그곳 그 격전지》(2010).

이데올로기가 무너지고 그래서 반공이라는 개념도 점차 시대의 유물이 되어가는 지금 소연방 붕괴 이후 최근 체첸사태에 이르기까지 혼란이 지속되고 있는 곳, 모스크바 국립대학과의 교류협정 조인식 참가 차 러시아로 가는 길은 쉽지 않았다. 몽골 국립외국어대학에서 명예박사학위 수여식과 관광을 끝낸 다음 모스크바로 가는 비행기 좌석은 하늘에 별따기처럼 구하기 어려웠다. 대학 당국의 노력과 러시아 대사관의 호의로 겨우 자리를 얻을 수 있었다.

소련이나 중공, 북한에 대해 약간 깊은 관심만 가져도 간첩이나 이에 버금가는 죄의식을 갖게 되던 것이 불과 수삼 년 전인데 달라져도 너무 급하게 달라진 북방관계 변화를 실감하면서 러시아 국영항공기를 타고 울란바토르에서 8시간 가까운 비행 끝에 모스크바 쉬레메테보 국제공항에 내렸다.

모스크바 국제공항 도착 후 모스크바 청년대학 한맑스 교수의 맞음을 받아 우리 내외는 귀빈실로 안내되었다. 녹색 제복을 입은 공항 직원과 기다리는 사람들의 무표정한 얼굴을 보면서 우리의 자본주의적 활기가 그들의 침묵을 더 느끼게 해 주는 것 같았다. 차를 대접받고 있으니 한맑스 교수가 입국수속을 완료해 주었다. 대학에서 보내준 차량으로 모스크바대학으로 들어가는데, 도로 좌우에는 높다란 자작나무 숲이 있고 그 사이로 널따란 길이 펼쳐졌다. 또 우리나라 기업체의 간판이 자주 눈에 띄어 반가웠으며 '러시아는 공산주의 국가가 아닌 자본주의 세계의 본원으로 보아 달라' 는 한맑스 교수의 말을 듣고는 과거 적대관계에 있던 국민의 한 사람으로 격세지감을 느끼지 않을 수 없었다. 항공기 승객의 90퍼센트가 한국 사람들이었다. 그들의 방문 목적은 아마도 나처럼 교육이나 학문과 관계가 되거나 기업활동이나 선교 때문이리라. 이러한 여러 정황은 페레스트로이카가 많은 것을 변화시

커 놓았다는 생각을 들게 했다.

모스크바대학까지는 40분 거리였다. 대학 귀빈관은 10층이다. 연세대 송자 총장도 머물렀다는 이곳은 일류호텔이나 다름없었다. 침실, 응접실, 부속실, 욕실, 식당, 주방, 전화 등 생활에 불편이 없는 시설이다.

현지시간 19시(시차 6시간으로 우리 시간 13시)에 빅토르 안토노미치 샤도브니치 총장을 예방했다. 실은 다음날 사전 약속이 되어 있었는데 약속된 날 러시아 정부 당국자와 같이 한국정부 초청으로 서울을 방문케 되어 교류협정 조인식은 서울을 다녀온 후, 곧 3일 후에 치르기도 하고 오늘은 인사와 환영회를 갖기로 했다면서 대기하고 있었다.

여행준비에 바쁘실 터인데도 늦은 시간까지 기다려 주셨을 뿐만 아니라 반갑게 맞아 주었으며 성찬으로 환영해 주었다. 사진촬영을 위해 사진기사도 대기시키고 있었는데, 이 사진은 대학 발전사에 영원히 기록된다고 얘기했다.

총장실은 그리 넓지도 않고 화려하지도 않았다. 총장 집무테이블과 자그마한 원탁 탁자가 있었다. 여기에는 특수한 사람만 대좌하고 대화를 한다고 하였다. 그래서인지 부속실 외에 응접실, 대기실이 별도로 있었다.

이것은 중국 복단대학이나 몽골 외국어대학의 경우도 같았으니 우리나라와는 달리 사회주의 국가에서는 공통점인가 생각되었다.

총장실에서 간단한 대화를 한 다음 응접실에 안내되었다. 여기에는 대형 원탁테이블이 있었으며 창설자 흉상도 있었다. 대화를 나눈 다음 흉상 앞에서 기념사진도 찍었다. 흉상에는 '우리 조국 러시아는 플라톤과 같은, 그리고 뉴턴과 같은 훌륭한 철학자와 과학자를 많이 배출하게 되리라' 는 송시가 적혀 있었다.

이어서 만찬장으로 안내되었다. 대형 강당을 지나 그 바로 옆 귀빈실이다. 총장은 김영삼 대통령이 바로 옆의 대강당에서 연설을 했으며 이곳에서 환영 만찬을 했다고 소개하였다. 총장의 환영사와 나의 답사, 기념품 교환, 만찬, 기념사진 촬영순으로 진행되었는데 매우 화기애애한 분위기 속에서 진행되었다. 특히 총장과의 첫 번째 만남은 1994년 서울의 힐튼호텔에서, 두 번째 만남은 1995년 제주의 신라호텔에서였다. 따라서 이번은 세 번째의 만남으로 지극히 자연스러웠다. 그의 환대는 여독을 말끔히 씻어주었다.

총장은 환영사에서 한국의 고려대, 연세대, 서강대, 경희대, 외국어대 등과 결연한 사실을 알려 주었고 앞으로 양 대학의 가교가 실질적이고 생산적인 일을 창출해 내자고 강조했다. 이어서 옛 소련의 정치 지도자와 현재의 모든 정치인들이 이 대학을 졸업했다고 한다. 11명의 노벨상 수상자를 배출시켰음도 알려줬다. 확실히 이 대학은 러시아 문화의 산실이요, 세계 문명의 한 담당자라는 것을 확인케 해 주었다.

그리고 소련의 많은 대학들이 고위 간부의 자제, 혹은 그와 유사한 백그라운드에 의해 입학할 수 있지만, 모스크바대학만큼은 실력에 의해 선발되고 있다고 한다. 때문에 이 대학을 졸업하면 러시아 사회의 엘리트로 인정받을 수 있어 많은 젊은이들은 입학을 갈망하고 있다는 것이다.

이제 우리는 소련 연방이 아니고 러시아 단일민족이라고 강조하기도 하였다. 한국의 경제발전에 호감을 가지고 있으면서 경제학, 과학, 의학분야에도 관심을 갖고 있는 인상도 받았다.

모스크바 초·중등학교 교사들이 파업을 하고 있는 것을 미리 듣고 있었기에 나는 총장에게 "한국의 오늘은 교육의 힘에 의해서 이룩되었는데 모스크바에 와 보니 교원에 대한 처우가 너무 열악한 것 같다"고 얘기했더니 잘 지적해 주었다면서 바로 일어서서 악수를 청했다. 그는 바로 이어서 "국가발전을 위해서는 교육과 과학의 발전이 절대로 필요하다"는 것을 정부에 자주 건의하고 있다고 열변을 토했다. 그는 선물로 자작나무를 그린 유화를 주었는데 공항에서 통관해 주지 않을 염려가 있어 증명서를 나중에 드리겠으니 꼭 갖고 가라는 언급이 있었으며 서울을 다녀올 동안 대학과 모스크바를 돌아본 다음 페테르스부르크를 꼭 다녀오라는 분부가 있었다.

사회가 혼란하니 안전에 유념하라는 당부도 잊지 않았다. 대학은 공과대학 문과대학, 법과대학, 도서관을 방문하기로 합의하고 이날 모임을 끝내고 숙소로 돌아와 러시아에서의 첫 밤을 보냈다.

이틀째, 공과대학을 방문했다. 학장은 차와 과자를 마련하고 대기하고 있다가 반가이 맞아 주었다. 구 소련은 지난 1957년 세계 최초로 스푸트니크 1호를 발사했으며 '유리 가가린' 이라는 세계 최초의 우주 비행사를 배출하여 세계에 충격을 불러일으켰음을 상기시켰더니, 고맙다면서 러시아의 자존심은 우주과학이라고 대답했다. 학장은 우주 전문가들은 국가재정이 여의치 않은 상황에서 정부의 지원을 기대하기 어려워 자구책 마련에 고심하고 있다고 얘기도 해 주었다.

러시아가 앞으로 그러한 어려움을 극복하고 2천 년의 우주시대의 개막에 어떤 역할을 할 것인지 주목된다. 흔히들 냉전시대는 소련이 붕괴되고 공산주의가 종말을 고함으로써 미국의 승리로 마감됐다는 말을 한다. 세계 초강대국인 미국과 소련은 반세기 동안의 냉전기간 중 정치, 경제, 군사 등 모든 분야에서 치열한 경쟁을 했다. 미국이 소련보다 한 발 앞서거나 압도적 우세를 보였으며 결국 총체적으로 미국이 일방적 승리를 하게 된 것이다. 하지만 구소련을 승계한 러시아가 우주과학 분야에서는 미국을 앞서가고 있지는 않은지 궁금하기도 하였다.

다음은 법과대학을 예방했다. 다름없이 학장은 다과를 마련하고 대기하고 있었다. 러시아의 판사, 검사들 대부분이 모스크바대학 법과대학 출신임을 강조하였으며 우리나라 법학 관계 서적을 한 아름 안고 와서 서울에서 출간한 최근판들이라는 얘기를 했다. 비교연구에 도움을 주고 있다고 한다.

문과대학장은 출타중이어서 중앙도서관을 찾았다. 대학 캠퍼스와 많이 떨어진 데 있으며 대학단위마다 도서관이 마련되어 있었다. 도서관이 규모도 컸지만 7, 8백 년 전의 희귀본들을 잘 소장하고 있는 데 놀랐다. 보자기에 싸서 상자에 넣고 다시 보자기에 싸서 금고 같은 캐비넷에서 꺼내어 설명을 해 주었다. 필자도 사서 일을 했었다고 하니 더욱 반갑다면서 기념으로 책자를 총장을 통해서 보내주겠다고 약속했다. 아니나 다를까. 뒷날 총장편에 전수받았다. 직접 건네지 않고 총장을 통해 주는 까닭을 지금도 이해하지 못하겠다.

모스크바대학 입구의 자작나무 가로수, 대학을 덮고 있는 숲은 정말 보기에 좋았다. 광활한 캠퍼스 위에 우뚝 솟은 스탈린 양식의 대학 본부건물은 정면의 길이 450미터, 높이 240미터의 32층 건물로 승강기가 100여 개나 되며 대학촌은 국가적 자존심을 걸고 대내외에 과시할 만하게 건축되었다고 볼 수 있었다.

레닌의 후계자 스탈린은 중후하면서도 장대한 바로크 양식의 건축물을 좋아했다. 그래서 스탈린 생전에 지어진 일곱 개의 건축물들은 그 화려하고 장대한 외양 때문에 곧잘 모스크바 거리를 걷는 사람들의 표적이 되거나 이정표 역할을 하기도 한다는 것이다.

스탈린은 생전에 모두 여덟 개의 건축물을 계획했으나 일곱 개만 완성하고 죽었다고 한다. 그 일곱 개의 스탈린 양식 건축물들은 26층에서 32층까지 모두 고층빌딩으로 되어 있고, 8번째 고층빌딩이 될 뻔했던 민스크호텔은 스탈린 사망 후에 후계자인 후루시초프에 의하여 비경제적이고 효율성이 적다는 이유로 무산되고 말았다고 하였다.

레닌언덕에 있는 모스크바대학은 그러한 스탈린 양식의 건축물중 가장 큰 것이다. 중앙의 첨탑 부분은 이 대학 관리부가 있는 곳이고, 그 양 옆의 17층짜리 건물은 학생들의 기숙사로 사용되고 있으며 지구과학박물관은 모스크바 시내를 조망할 수 있는 최고의 장소이다.

1756년에 개교를 할 때, 첫 건물은 크레믈린의 북쪽 붉은 광장에 있었으나 1953년 레닌 언덕 위에 있는 지금의 장소로 스탈린 양식의 새 캠퍼스가 완성되자 이전을 하고 그것은 지금 역사박물관으로 사용되고 있다.

이 대학은 240년 역사를 가지고 있으며 학생수는 3만 2천 명, 무시험 청강생이 1천 5백 명이 있고, 한국 유학생은 5백여 명이 재학하고 있으며 어학연수코스에 1백여 명, 그래서 모스크바에 유학 와 있는 총 한국 학생수는 1천 명 정도 된다고 한다. 그 유명한 모스크바국립대학에서도 지금까지와는 달리 북한만이 아닌 우리 한국 학생들을 아주 은근히 유혹(?)하고 있다. 다름 아닌 유학으로 말이다. 급변하는 국제정세의 한 단면이 아닌가.

대학 캠퍼스가 한 군데 모여 있는 것은 루이와 비슷하다. 전통과 역사가 깊은 학교일수록 무게와 깊이가 느껴지듯이 멀리서 바라다보이는 모스크바 대학의 전경 역시 수십 성상을 견디어 온 시간의 무게와 축적된 자존심으로 인해 누런 황금빛으로 빛나 보였다. 강의실은 운동경기장 관람석 계단처럼 가파르게 좌석이 배치되어 있었다.

레닌 언덕은 모스크바시 남서쪽 즉 모스크바강이 남서쪽 방향으로 굽이치는 부분 오른쪽 강변에 자리한 곳이다. 오스탄키노의 텔레비전탑을 제외하고는 모스크바에서 제일 높은 곳이라 한다. 이 언덕에는 소련 신혼부부의 모습이 많이 눈에 띈다. 시청에서 혼인신고를 마친 신혼

부부가 가족과 친구들을 이끌고 와서 기념촬영을 많이 한다고 한다. 필자 내외도 이곳에서 모스크바대학을 배경으로 기념촬영을 하였다. 내년이면 결혼 50주년이니 금혼식 기념사진을 찍은 셈이다.

모스크바 시내를 돌아본 다음 러시아 제2의 도시이며 러시아 문화정신의 중심이요, 러시아 정신의 모태라 불리우는 페테르스부르크행(구 레닌그라드) 기차에 몸을 맡겼다.

모스크바에서 740킬로미터 거리로 기차로 12시간 걸렸다. 저녁 7시에 침대차에 타서 구경도 하고 잠자곤 하고 있으니 다음날 아침 7시에 목적지에 도착하였다. 대도 러시아 철로연변이 바라보이는 객실 창가였다. 그 넓은 땅 위의 철도가의 집들은 허름하고 말이 아니다. 초라한 집이 있는 밭이 많이 보였는데 나중에 안 일인데 주말농장으로서 휴가를 이곳으로 온다는 얘기이다.

페테르스부르크, 이 도시 분위기는 모스크바와 여러모로 달랐다. 첫인상도 조금은 부드럽고 조금은 더 밝고 풍요롭게 보였다. 시민들의 표정은 더 밝은 것 같았다. 거리는 아주 깨끗하여 모스크바와는 아주 다른 인상으로 다른 나라에 온 느낌이었다. 사람들의 외관도 세련되어 보였다. 모스크바와는 다른 독특한 매력과 분위기로 여행자의 마음을 사로잡았다.

네바강이 도시의 혈맥처럼 중심부를 가로질러 흐르고 있었다. 네바강, 그 이름은 많은 러시아 소설들과 그 유명한 《죄와 벌》에도 등장하고 있다. 도스토예프스키와 톨스토이의 유택과 기념관이 모두 이 도시에 있다는 것만으로도 페테르스부르크에 도착하는 순간 우리는 흥분하고 있었다.

이 도시의 역사는 3백 년 남짓하지만 중심부에는 18, 9세기 바로크 양식의 아름다운 건축물이 격동의 시대를 무사히 넘기고 남아 있다. 제정 러시아시대에 세계적인 도시계획과 전문가에 의해 설계된 도시로서 페테르스부르크야말로 러시아 최대의 미술관이요, 박물관이다. 재정 러시아시대에 2백 년간의 수도였으니 문화유산은 거의 여기에 있다고 해도 과언이 아니다. 모든 건축물은 수백 년을 내다보고 지어진 예술 건축으로 아직도 견고해 보였으며 중세풍의 건물이라 아무리 잘 지어졌다고 해도 주거환경으로는 불편할 것 같았다. 그러나 그들은 그것을 그대로 유지하며 살고 있었고 수리할 때도 외관은 그대로 두라고 한다니 보존정신이 얼마나 철저한가를 알 만하다.

이 도시는 제2차 세계대전 때 3백 일간 독일군의 포위공격을 받고 무참히 파괴된 상처 따위는 아랑곳없는 굳건한 도시였다. 시가 전체가 예술공법으로 구축된 듯 시내를 흐르는 강과 운하는 그들 역사의 독특한 일면을 말해 주는 듯했다. 도로, 붐빔 없는 차량과 인파, 깨끗함, 운하, 배, 흐름이 빠르고 넘실거리는 강물, 등대까지도 있는 바다처럼 넓은 네바강을 보며 유럽 제일이라고 해도 손색이 없을 것 같았다. 이런 자연환경이 대문호, 음악가들을 낳게 하지 않았을까? 푸쉬킨, 고골리 등이 이곳에서 산책을 즐기며 작품을 구상했다고 한다.

산책은 이들의 깊은 습관이라서인지 개를 데리고 길거리를 걷는 사람들이 자주 눈에 띄었다. 의아스러운 것은 별로 여유 있지 못하여 단독주택이 거의 없고 아파트가 대부분인데도 송아지만한(?) 개와 동거(?)하며 개에게 산책은 하루에 꼭 두 번 시키고 개밥도 먹고 남은 것을 주는 것이 아니라 별도로 조리하거나 준비해 준다고 하니 우리 정서로는 이해하기 힘든 부분이었다. 더욱 놀라운 것은 강아지학교가 있어 유치원부터 차례로 단계별 교육을 시킨다고 하니 개팔자가 상팔자였다.

이 도시는 두꺼운 봉건의 지층 아래 끓고 있던 열정들을 일시에 분출시킨 혁명의 진원지였으며 페테르스부르크를 흐르는 네바강은 러시아

군세사의 뼈 아픈 기억을 깊은 물속에 간직한 채 말이 없었다. 무참히 쓰러진 민중의 피가 모두 네바강으로 흘러들었을 텐데 강물은 어찌 이렇게 맑고 투명할 수 있을까?

페테르스부르크의 도시 미관은 하나의 거대한 박물관을 방불케 한다. 집 한 채, 다리 하나에 이르기까지 예술가의 손길이 닿지 않은 곳이 없다. 네바강 위에 놓인 다리들은 다리이기 이전에 예술작품이다. 인구 540만인 이 도시는 문화예술의 도시로 유럽에서 가장 아름다운 도시 선정에 2위로 뽑혔다고 한다.

러시아의 낭만주의 시인 푸쉬킨이 '유럽을 향해 열린 창'이라고 표현한 페테르스부르크는 러시아의 근대화에 공헌이 큰 피오트르대제가 1703년 황량하기 짝이 없는 땅에 성을 건설, 로마노프왕조가 이 지역으로 옮겨지면서 도시의 역사가 시작됐으며 현대 러시아의 발전을 이끄는 수도가 되었고 러시아의 역사를 바꾼 혁명의 발상지로 유명한 곳이다. 혁명 이듬해인 1918년까지 수도 역할을 했던 이 도시는 유럽의 건축양식은 물론 문화와 사상까지 받아들인 도시였고 이것이 나중에 제정러시아를 붕괴시킨 동란의 진원지가 되고 결국에는 혁명을 일으킨 땅이 된 것이다. 그래서 혁명 후에는 레닌그라드로 불렸다. 페테르스부르크는 1919년까지 소련의 수도였다. 구 소련에서는 레닌그라드로 호칭되었는데 소연방 해체 후 이전 지명으로 바뀌었다.

러시아혁명을 처음 알린 전함 오로라호가 정박한 네바강을 옆에 끼고 있는 이 도시는 유럽풍 건물이 많았는데, 이는 유럽문물을 받아들이고자 세운 피오트르대제의 의도가 엿보였다. 마치 1960년대 우리의 모습처럼 관광객에게 손을 내미는 러시아 소년들을 보면서 20세기 초에 전함을 만들던 위대한 러시아가 이렇게 몰락한 것은 역사의 아이러니가 아닐 수 없다.

페테르스부르크에서는 기억할 것도 많고 찾아볼 곳도 너무 많았다.

첫손 꼽히는 명물은 루브르박물관이나 대영박물관과 어깨를 나란히 하는 에르미타주박물관이다. 우선 에르미타주미술관과 도스토예프스키박물관, 톨스토이의 생가를 견학하기로 했으나 시간 형편으로 톨스토이의 집은 가지 못하고 발레를 보기로 하였다.

에르미타주미술관에는 덧버선을 신고 들어가야만 관람이 가능하였다. 그리고 어떠한 짐도 손에 들고 가는 것이 허용되지 않아 10루불에 짐을 맡겼다.

1769년 여제 에카테리나 2세는 '은자의 암자' 라는 뜻을 지닌 전용미술과 에르미타주를 개관했다. 러시아의 문화적 후진성 극복과 국가 권력의 상징으로 미술관을 세운 에카테리나 2세는 에르미타주를 짧은 시간 안에 유럽의 주요 미술관 수준으로 끌어올리려 했으나 당시 그녀의 생각은 몽상처럼 여겨졌다. 그러나 18세기가 채 지나기 전에 에르미타주는 유럽에서 가장 훌륭한 컬렉션들을 가지게 된다.

19세기 초에 들어와 에르미타주 전문 연구원을 두게 되었고, 1852년에는 일반인의 입장이 허용되기도 했지만 엄격하게 제한된 관람만이 이루어졌다. 1917년 10월 혁명 후 에르미타주는 국가기관이 되었고 그 후에 비로소 일반인들의 자유관람이 이루어졌다.

러시아 역사의 고난처럼 에르미타주 역시 그의 족적과 함께 수많은 고난을 겪었다. 1812년 나폴레옹 침공시 귀중품의 대이동이 있었고 1837년 대화재 때는 필사의 노력으로 전관 소실을 막기도 했다. 제2차 세계대전 때 페테르스부르크를 포위한 나치군의 공격에 대항해 지하실에서 목숨을 걸고 소장품을 지킨 2천여 명의 미술관원과 예술가들의 이야기는 유명한 일화다.

에르미타주의 컬렉션은 원시문화, 고대문화, 동양문화, 러시아문화,

유럽미술, 화폐 등 6개 부문으로 나누어져 있는데 각 부분이 그 자체로 독립 미술관을 세울 수 있을 정도이다. 특히 유럽미술에는 중세부터 근, 현대에 이르기까지의 최고 수작들이 전시되고 있다. 세잔, 마티스, 피카소 등의 뛰어난 작품들은 에르미타주에서 가장 인기 있는 소장품들로 유럽 회화의 정수를 보여준다. 그리고 러시아 각지의 골동품과 레오나르도 다빈치, 미켈란젤로, 렘브란트의 그림, 조각 등 미술품 3백만 점이 전시돼 있다. 전시 물량의 방대함과 함께 학술적 연구, 강좌 등이 끊이지 않는 에르미타주는 옛 러시아제국의 면모를 한 눈에 보여주는 미술관인 셈이다.

네바강변에 자리잡은 에르미타주 미술관의 방대한 규모와 다채로운 소장품들은 이 도시의 자랑 가운데 하나가 아닐 수 없다. 파리의 루브르가 그렇다지만 에르미타주 역시 전모를 구경하자면 한 달 가지고도 모자랄 지경이었다.

전율과 공포만이 지배했던 공산국가로 알아왔던 우리들은 문학, 음악, 그리고 무용의 오랜 전통이 숨쉬는 현장을 만났을 때 러시아의 풍부한 예술세계에 깊숙이 침잠될 수밖에 없었다.

도스토예프스키가 작품을 쓰며 살던 집은 한적한 거리 모퉁이에 있었는데 외관은 평범한 서민풍의 집이지만 내부는 잘 정리되어 있었고 그의 유품도 잘 보관되어 있었다. 비록 공산혁명이 한 세기에 걸쳐 휩쓸고 지나갔지만 작가의 흔적만은 고스란히 보존하고 있는 그들의 자세에 고개가 숙여졌다. 정성을 다하여 설명에 열중하는 관장의 호의도 고마웠다.

러시아 하면 볼쇼이 극장을 얘기하는 사람이 많다. 볼쇼이 극장을 모르는 사람이 없을 만큼 유명하기 때문이다. 이 극장에서 발레를 볼 예정이었다. 마침 공연이 없었기에 이곳에서 대신 발레를 보기로 한 것이다. 볼쇼이 극장은 국립 레닌훈장 소유 아카데미 대극장이 그 정식 명칭인데, 마지막의 '대극장'이라는 이름으로 통용되고 있다. 입구는 8개의 원기둥으로 장식되어 있으며, 지붕 위의 4필의 말이 이끄는 로마식 사두전차가 특이하고 이곳에서 탄생된 발레나 오페라의 명작은 그 수를 헤아리기 힘들 정도로 많은데, 세계 예술의 산실인 만큼 건물도 아름답다는 것이다. 금색과 붉은색이 많이 사용되어 현란한 느낌이 드는 모스크바에서 가장 사치스런 곳이라고 한다.

스탈린 사후 귀족예술에서 인민예술로 전환한 지 40년이 지나 이들은 첫 서구나들이를 시도, 유럽 발레계에 충격을 던져주었으며 우리나라에도 몇 차례 내한공연차 다녀가기도 했다.

으레 볼쇼이극장에 못 미칠 줄 알면서 입장하였다. 뜻밖에도 입추의 여지없이 7층의 발코니로 된 극장 내를 가득 메운 남녀노소, 공연에 매료되어 끊일 줄 모르는 박수갈채, 과연 이곳 사람들은 예술을 알고 아끼며 그것도 수준 높은 예술을 생상하고 즐기는 민족임에 틀림없었다.

한 여사는 말하였다.

"페테르스부르크 사람들은 결코 모스크바의 볼쇼이 극장을 부러워하지 않는다. 볼쇼이 발레에 한치도 뒤지지 않는 키로프 발레가, 그리고 모스크바의 오케스트라들에 당당히 겨룰 수 있는 페테르스부르크 필하모닉과 심포니 등등 몇 개씩이나 되는 오케스트라가 버티고 있으니 말입니다."

페테르스부르크 시민들은 러시아의 정신적, 문화적 수도는 자기네 도시라는 강한 자부심을 갖고 있음을 확인할 수 있었다.

필자는 페테르스부르크가 러시아에 존재하지 않는다면 무슨 맛으로 러시아 여행을 하게 될까. 페테르스부르크에서 세계사의 한 부분을 장식해 놓은 박물관 속에 들어가 있는 듯한 느낌을 떨쳐버릴 수 없었다.

그것은 러시아 문학의 장면들과 오버랩되면서 묘한 회상으로 다가오는 것이었다.

내일은 교류협정 조인식을 갖기로 약속한 날, 다시 침대차를 타고 모스크바로 향하였다.

서울에서 돌아온 사도브니치 총장과 대좌하여 서로 가벼운 인사를 나누고 교류협정 조인식을 가졌다. 그 내용은 상호 호혜적인 처지에서 교직원과 학생의 교류, 공동연구, 자료와 정보의 교환, 학생어학연수 및 유학 기타, 문화교류 활동 등이다. 앞으로 개별 프로그램은 필요에 따라 별도로 정하기로 하였다. 교류협정서에 서명하여 교환한 다음 교류기념패를 교환하였다. 이어서 그들이 자랑하는 대강당을 거쳐 저번에 환영 만찬을 했던 귀빈식당으로 안내되어 만찬을 하면서 담소를 하고 우의를 돈독히 하였다. 이 자리에는 2명의 부총장, 국제협조처장과 차장도 배석하였다.

총장의 전공이 수학이어서 21세기 기술과학 발전과 수학과의 관계에 대한 의견을 물었더니 새로운 과학기술은 수학과 자연과학 및 기술 등의 원칙적인 결합에서 가능하다고 수학자다운 소신을 피력하였으며 한국의 대학들과의 교류 가능성에 대해 모스크바 대학은 세계적인 교육시장이 되고 있다는 말로 대신하였다.

다음에 시일을 잡아 답방형식으로 우리 대학을 예방하겠다는 약속도 해 주었다. 총장의 만찬사, 나의 답사, 기념품 교환, 만찬, 기념사진 촬영으로 끝냈다. 기념품 교환은 환영만찬에서 있었으므로 여기서는 생략됐다.

모스크바대학에서 만난 교수와 학생들의 이야기 편린을 몇 가지 적어본다.

"사회주의 시절에는 졸업과 동시에 국가의 직업 계획위원회에서 자신의 뜻과는 상관없이 직장을 정해 주는 데다 한 번 정해지면 3년 동안 직장을 바꾸거나 옮길 수가 없어 학생들의 불만이 많았다. 따라서 학생들은 모스크바 등 생활이 편리한 대도시의 당이나 국가의 주요직을 얻기를 희망했다. 그러나 이제는 당은 옐친 대통령의 해산명령에 의해 소멸된 지 오래고 국가직은 가장 가기 싫어하는 곳으로 변했다.”

“대학생들에게 인기가 있는 직장은 외국인 회사다. 외국인 회사가 인기가 있는 이유는 우선 월급이 많기 때문이기도 하지만 외국인 회사에서는 월급을 달러로 지급하기 때문에 물가가 오르면 오를수록 자신의 수입이 상대적으로 많아지기 때문이다. 졸업반 대학생들은 월급을 많이 주는 직장을 찾기에 바쁘다.”

“직업선호가 바뀜에 따라 대학 입학 때 선호하는 학과도 크게 변했다. 옛날에는 법률학과나 물리학과의 인기가 단연 선두였는데 비해 최근에는 컴퓨터를 다루는 응용수학이나 마케팅, 회계학, 경제학, 외국어학과 등이 인기를 끌고 있다. 5년 전만 해도 2백대 1에 달하던 모스크바대학의 법률학부 입학경쟁률은 지난해 4대 1로 크게 줄었다. 이에 반해 영어과 등 인기가 있는 외국어과는 지원자가 2배 이상 급증, 지난해 5대 1 이상의 경쟁률을 보였다.”

“대학에서는 생활영어 공부가 인기를 얻고 있으며 교수직을 그만두고 외국인 회사에 취업하는 교수가 늘고 있다. 대학교수들이 외국인 회사로 전직하는 이유는 외국인 회사의 월급이 교수직보다 최고 10배나 많기 때문이다.”

“집회나 시위 장소에서는 최근 격변의 정치와는 달리 젊은이들을 찾아보기 어렵다. 오히려 6, 70대의 할아버지, 할머니가 더 많이 거리에 나와 토론을 벌이곤 한다.”

대학생들은 ‘누가 정치를 하더라도 국민들의 생활수준은 더 나아지지 않을 것'이라고 잘라 말하기도 한다.

대학생들이 이렇게 정치에 무관심을 드러내는 것은 '70여 년간 반복된 공산당의 선전선동에 학생들이 진절머리가 났기 때문일 것'이라고 어느 교수는 원인을 말했다. 그는 이어서 '당의 윤리만을 강조하던 종래의 윤리는 사라지고 인권 등 모든 인간의 보편적 가치가 사회적 및 집단적 가치에 우선한다는 서구의 전통윤리가 받아들여지고 있는 점이 새로운 현상'이라고 밝혔다.

예를 들면 볼셰비키 혁명(1917) 이래 지난 70년간 배척됐던 도스토예프스키와 톨스토이 등 두 문호의 윤리학이 재평가되고 있다는 것이다.

공항에서 만난 한국인 3세인 한 청년은 "현재의 혼란은 더 나은 세계로 가기 위한 과도기이며 우리의 대안은 자본주의는 아닙니다"라는 뼈 있는 말을 했다. 그 민족에 맞는 이념은 누구의 강요가 아닌 그 민족이 정립한다는 것을 다시 한 번 일깨워 주는 말일 게다. 그는 이어서 "남한의 경제발전은 동포로서 커다란 자긍심을 느끼지만, 북한 또한 자주독립국가 건설이란 긍지를 느낀다"는 그에게서는 남과 북의 체제 논쟁은 느낄 수 없었다.

소련이 붕괴된 이후 러시아는 지금 사회 전반에 걸쳐 개혁의 전환기를 맞고 있다. 그 중 가장 큰 특징은 경제적으로는 시장경제체제의 도입과 정치적으로는 민주화로의 이행을 들 수 있다. 러시아인들은 그 과정에서 많은 혼란과 시행착오로 인해 큰 시련을 겪고 있음에도 불구하고 미래에 대해 낙관적인 전망을 가지고 있다. 또한 러시아는 훌륭한 문화적 전통, 풍부한 자원 및 우수한 인력 그리고 기초 학문에 토대를 둔 선진과학기술을 갖고 있다.

반면에 풀어야 할 문제도 산적해 있다. 교육분야도 예외없이 급격한 변화와 개혁을 맞고 있다. 이러한 개혁은 고르바초프가 집권한 이후 계속 진행되어 왔는데, 1992년에 들어서면서 개혁은 더욱 가속화되기 시작했다. 1980년대 말까지는 공산주의 이데올로기를 주입하는 정치교육이 교과서에 잔존해 있었지만 1990년대부터는 그 자취를 감추게 되었다. 교육의 내용과 방법면에서 교육의 민주화와 인간화에 노력하고 있다. 1990년대에 한국과 국교를 수립한 러시아는 이제 냉전시대의 적대국에서 국제화와 개방화에 발맞추어 세계 여러 나라와 상호 협력을 해야 하는 동반자 관계로 그 위상이 바뀌게 됨에 따라 교육의 협력체제 구축에 박차를 가하고 있다. 국제협조처란 행정기구가 이를 뒷받침한다.

러시아의 교육제도와 자본주의 물결 속의 교육현실을 살펴본다.

취학 전의 교육기관으로는 보육소(0~3세), 유치원(3~7세)이 있고 우리의 초등학교, 중학교, 고등학교에 해당하는 11년제 학제를 운영하고 있다. 거의 모든 교육과정에 공(公)교육 개념이 일찍 도입되었고 32년에 이미 유치원 교육 프로그램이 교육인민위원부에 의해 공포되었다. 교육효과의 기초를 형성하는 기본과정은 대학에 가기 전에 대부분 이루어진다. 그래서 사회주의 체제하에서의 획일적 교육에도 불구하고 러시아의 두 대학, 즉 모스크바대학과 성 페테르부르크대학은 세계적으로 가장 유명한 10대 대학그룹에 들어있다고 한다.

러시아처럼 한 분야의 최고 권위자를 많이 갖고 있는 나라는 드물다. 수학, 물리학, 생물학, 문학, 우주과학, 천문학 모든 분야에서 러시아는 소위 '한 분야에 탁월한' 최고의 인재들을 양성했고 그것은 곧 소련과 러시아의 영광을 만드는 핵심이었다.

《전쟁과 평화》로 기억되는 대문호 톨스토이도 그렇고, 달에 첫발을 내디딘 사람도 러시아인이었으며 미국에서 활동한 많은 물리학자들이 사실은 러시아계이거나 망명학자들이었다. 이 같은 사실들은 러시아 교육의 단면을 보여준다.

모든 과목에서 좋은 점수를 받는 학생이 아니라 일정한 분야에 대해 많이 알고 있는 학생을 엘리트로 인정하는 것, 이것이 바로 러시아 교육의 핵심이다. 그런 사람들이 어른이 되어 큰 성과를 거둔다고 믿기 때문이다. 그들이 공산주의학을 모른다거나 대학교 졸업장이 없다고 해서 비웃을 사람은 아무도 없다.

그러나 러시아의 사회주의체제는 붕괴되었고 기존의 질서는 해체되어가고 있다. 그 틈을 타고 급속히 번지고 있는 '돈의 논리' 에 의해 사회주의체제의 평등교육정신은 실종되고 교육의 전반에 자본주의 교육논리가 침투되어 교육계는 심한 진통을 앓고 있다.

이제 더 이상 교과서도 무료로 받을 수 없고 교복뿐 아니라 모든 옷과 심지어는 점심조차도 비싸서 사먹을 수 없거나 너무 귀해서 줄을 서서 사기도 힘들게 되었다. 학생들이 사립학교로 전학을 가고 국가지원이 줄어 월급을 조금밖에 받지 못한 선생님들도 학교를 떠나 월급을 더 많이 주는 곳으로 옮겨가고 있다.

사립학교가 러시아에 등장한 것은 1992년 재정난으로 국, 공립학교가 문을 닫자 기하급수적으로 늘어나 현재 6백여 개가 있는데 모스크바에만 3백여 개가 몰려 있다.

순수하고 높은 교육정신을 누려 왔던 러시아의 교육이 자본주의와 어떻게 접목될 것인가에 3억의 러시아인의 장래가 달려 있는 셈이라고 생각하며 모스크바를 떠나 귀국길에 올랐다.

한류가 미치는 일본 교포사회

오 서 진

20 13년 4월 대한민국 가족지킴이 임원들과 콘서트도 보고 다른 업무차 도쿄에 갔다가 신오쿠보에서 행복한 사회 알리기 착한 댓글 달기 운동을 했었다.

저녁에는 도쿄에 살고 있는 친구들과 닛뽀리 한국식당에서 속 깊은 이야기들을 했다.

1991년도에 그 친구가 처음으로 일본에 왔을 땐 김치를 살 곳도 없었을 뿐만 아니라 조센징이라는 편견을 보이기 싫어 먹고 싶어도 참아야 했고 김치라는 음식을 거론하는 것도 부끄러웠단다. 한국인에 대한 내면적 멸시가 강한 일본에서의 생활 이야기들이다. 어느 친구는 아들에게 독도는 한국땅이라고 말을 하고 한국어를 가르쳤더니 그 아들은 학

오서진 _ 사회복지, 가족복지 전문가. 세종대 과학정책대학원 노인복지 및 보건의료 석사 졸업. 사회복지 및 가족, 노인, 청소년 관련 총 25 개의 자격 취득. 사단법인 대한민국 가족지킴이 이사장, 월간 『가족』 발행인, 국제가족복지연구소 대표, 한국예술원 문화예술학부 복지학과 교수, 극동대학교 사회복지연구소 위탁 연구위원, 노동부 장기요양기관 직무교육 교수, 각 교육기관 가족복지 전문교수, 각 언론 칼럼니스트, 법무부 범죄예방위원, 사례관리 가족상담 전문가 등으로 활동. 저서로《건강가족 복지론》,《털고 삽시다》등 상재.

교에서 이지메(일명 왕따)가 되어 두 번이나 자살기도를 했었단다. 그리고 엄마에게 심한 저항을 하며 사춘기를 보내다가 최근에서야 마음을 잡기 시작했다는 것이다.

일본에서 한류 열풍이 불고 있는 지금은 시골 어느 곳에서든 김치를 판매하고 있으며 "오이씨~!!" 하며 감탄하는 일본인들. 한국음식이 맛있다고 줄을 서서 사 먹는 일본인들을 보며 이제 겨우 떳떳하게 자신이 한국인임을 밝힌다는 이야기다.

한국제품을 사는 일본인들을 볼 때마다 한류 스타들이 가져다준 대한민국의 국위선양은 대단하다는 것이다. 국권이 성장되고 한국제품의 우수성을 인정받고 교포들의 어깨에 힘이 들어간다니 한류가 가져다준 민족애의 자랑스러운 결과이다. 식사 후 가라오케에서 라이너스의 '연', 옥슨 80의 '불놀이야' 를 장단치며 함께 부르니 감격에 빠진 친구가 펑펑 울고 있다. 한국 사람과 가라오케에 와서 한국 노래 부르니 너무나도 좋고, 정겨워서 좋고, 우리말이라 좋고, 당당해져서 좋다고 울어댄다.

국가가 부강해야 한다는 것이다. 일본에서 국가를 빛내는 것, 역시 한류 스타들의 위대한 업적은 개인의 영광이 아닌 것이다. 이번 일본 출장은 사단법인 대한민국 가족지킴이 임원들이 이번 도쿄돔에서 열리는 한국의 그룹 콘서트를 보게 되었는데 인터넷으로 콘서트 티켓 신청하고 4장을 간신히 구하여 입금하고 호텔, 비행기표 미리 예약해서 도쿄로 가게 된 것이다.

일본 도착 후 이튿날, 우리 가족지킴이 임원진들은 신주꾸에 있는 한인타운 신오쿠보에 갔다. 전철역에서 내리는데 사람들이 웅성거리고 우리 일행들을 따라오기 시작했다. 아마도 필자가 멤버의 엄마라는 이유와 필자의 방송 출연으로 일본내 언론에서도 다뤄졌고 TV에서 봐서 알아보는 듯했다. 할 수 없이 근처 커피숍으로 들어갔는데 그곳에서도 알아보고 사진찍자고 다가온다.

처음엔 부담스럽고 민망하여 자꾸 피하게 되었으나 사단법인 대한민국 가족지킴이를 하게 된 동기와 명분이 있으므로 임원들은 나를 설득하였다.

그중에 말뜻을 이해 못할 것 같은 일본 사람들이 영어로 이야기하는 임원의 말뜻을 이해하고 자발적으로 거리 캠페인에 협조하겠다는 것이다. 일본인으로서는 과감한 선택이었다. 신오쿠보역에서 "행복한 가정/ 행복한 사회/ 착한 댓글"을 부르짖는데 주위에 있던 몇몇 한인 교포들이 나서서 통역을 해 주었다.

갑자기 일본인들이 격려를 해 주고 사진들을 찍었다. 도쿄돔은 스위 도우바시에 있었다. 5만 5천석에 1만 5천석 추가해서 하루 7만석인데 사흘간 수십 만 관중이 꽉 찼다고 한다. 수만 명이 몰려든 그곳에서 어느 소란이나 자리 바꿔치기도 없이 질서정연하게 입장을 하고 있었다.

콘서트가 시작되었다. 감동의 눈물과 기쁨에 벅찬 소용돌이로 가슴 속이 뭉클하다. 하루 7만 관중들이 환호하고 열광하는 곳의 저 아이들이 대한의 아들들이다. 현장에서 눈물이 주루룩 흐른다. 우리나라 아이들의 노랫말에 환호하는 일본인들의 뜨거운 한류 사랑, 그들은 끝까지 질서정연하게 현장을 지키고 조용히 빠져 나갔다.

우리 민족의 지나간 역사와 숨가쁘게 살아왔을 교포들의 아픈 상흔까지 문화교류로 씻겨 내리는 한류 바람 속의 우리나라 스타들은 진정 애국자였다. 신오쿠보 시내를 걷는데 자랑스러운 한류 스타들의 모습이 여기저기 정말 대단하다 싶다. 특히 한국 가수의 사진들은 메인이었고 그들로 인해 먹고 산다는 한국 교포사회의 상인들은 한국 스타들에게 고맙다는 말을 연신 했다.

교포사회는 엄청난 사업과 매출로 이어졌다. 특히 한국식당 앞은 길게 줄이 이어져 있고 호떡집 앞은 정말 장관이다. 화장품 매장마다 한국 가수들의 사진들이다. 그들의 사진이 없으면 한류 점포가 아닌 셈이다. 마사지 숍까지도 사진이 도배되었다. 콘서트 내내 주변 분들은 나하고 사진 찍기를 요청해 왔으나 몇팀만 찍고 끝나기 전 빠져 나와 도쿄돔의 웅장하고 거대한 빨간 야광등의 물결을 가슴에 안고 호텔로 돌아왔다. 그것은 올림픽 때 보여준 한국인들의 뜨거운 물결 같았다.

콘서트의 대단한 무대 위의 파워와 감동은 정말 대단하다. 우리 아이들의 모습에 눈물 흘리며 감동해 하는 일본인들의 모습을 보며 기특하고 대견하고 벅차서 나도 소리 없이 울었다. 그들은 연예인을 뛰어넘어 국가 브랜드 가치를 높이는 애국자들이었다. 신오쿠보처럼 한인타운은 한류 식품과 한류 제품을 사기 위해 몰려드는 일본인들로 소득과 일자리 창출이 이어지고 있었다.

한인타운에 하루 8만여 명 다녀간다고 한다. 이것이 바로 한류 스타들의 역할인 것이다. 우리의 아이들이 한국을 재조명시키고 일본인들은 이들에 심취하고 있다.

다음날 닛뽀리에 있는 한국기업 일본지사 도쿄 사무실을 찾았다. 대한민국 가족지킴이의 행복한 가정 만들기 동참을 직원들께도 독려하여 함께 하였다. 환영해 주신 애터미주식회사 일본 도쿄 이관섭 지사장님 및 임직원 여러분들께 감사한 마음이었다.

오후 신오쿠보 한인 사회를 다시 찾았다. 콘서트를 하고 있는 일본에서 알려진 그룹 키노의 곽용환과 멤버가 팬미팅을 하고 있던 중 우리의 캠페인을 알고 흔쾌히 일본 팬들과 합께 대한민국 가족지킴이의 행복한 사회 만들기 캠페인을 동참하여 주었다. 뜻 깊은 장소였고 의미 있는 기쁜 시간들이었다. 가슴 속이 뜨거워지는 순간이었다. 게다가 한류 가수 곽용환은 필자와 같은 고향 충북 음성 출신이고, 선배님의 자녀이기에 더욱 반가웠고 아들과 같이 여행도 다녔던 친구라 더욱 반가웠다. 관계자들도 함께해 주어서 감사하고 외국에서 느끼는 애국심은 남 다른 듯하다.

이후 장소를 옮긴 우리 일행은 필자를 알아보는 일본인들이 늘어남에 따라 잠시 화장품 가게에 피신할 정도로 순식간에 수백 명이 몰려들었다. 특히 신주꾸에서 자살예방협회 회장님도 오셔서 취지가 좋다며 함께 하였다. 대한민국을 알린다는 것에 감사하고 대한민국을 사랑해 주는 분들이 있어서 행복했다. 한국 교포들의 도움으로 무리 없이 대한민국 가족지킴이와 "행복한 사회 · 행복한 가정 만들기 · 착한 댓글 달기" 캠페인을 할 수 있었고 신주꾸 자살예방협회 회장께서도 흔쾌히 가족지킴이 운동에 동참하겠다고 하였다.

교포사회에서 입을 모아 말한다. 우선 한국 가수들에게 고맙다는 것이다. 한국 가수들이 도쿄에서 4년만에 재기를 하니까 교포사회 경제가 확 살아난다는 것이다. 현재 일본내 인기 1위는 단연 모그룹의 가수들이라는 것이다. 일본내 한인들이야말로 한류로 일자리 창출 및 수입까지 그야말로 특수 혜택을 누리는 것이었다.

필자와 사단법인 대한민국 가족지킴이 임원들이 보고 느낀 것들, 그리고 일본사회에 전달한 것들은 무엇일까?

이혼 후 겪어야 했던 필지의 개인사들이 질곡진 오해와 편견이 되어 이루 형용할 수 없이 힘들게 몰아갔지만 이제는 사람들에게 말할 수 있다. 가족의 해체와 이혼의 선택, 그리고 자살의 유혹까지 견뎌내며 살다 보니 가족지킴이의 이유와 가족간 갈등 치유법과 자아힐링에 관하여 작은 조언을 해 줄 수 있게 직접 체험한 사례자가 됐노라고.

새벽에 좋은 것만 보고 느끼고 가시라고 아들에게서 소식이 왔다. 일본공연에 이어 다시 중국으로 가야 한다는 아들의 소식을 들으니 대견하고 든든하면서도 힘든 여정에 엄마의 마음이 안쓰러움으로 가득해진다.

얼마 전 아들이 말했다.

"엄마는 내 엄마라는 이유로 겪지 말아아 할 일들을 너무 많이 겪고 있어. 엄마가 잘못 될까 봐 늘 걱정이야! 사람들은 사실이 아닌 것에 목숨 걸고 난리를 치네. 단련된 연예인들도 악성댓글을 극복 못하고 삶을 포기하는데 엄마가 그럴까 봐 늘 걱정돼! 엄마가 잘못 되면 나도 못살아."

아들의 그 말에 힘이 되고 용기가 나서 나쁜 생각을 지우게 되었다.

"대한민국 가족지킴이 꼭 성공해"라는 아들의 응원에 필자는 용기를 얻어 더 많은 이들에게 꿈과 용기를 주는 복지인이 되고 싶다.

많은 사람들이 필자에게 상담을 해 오고 마음을 열고 다가온다. 아프고 시린 사람들이 많은 것은 곧 우리 사회가 이혼율이 높고 자살률이 높기 때문이다. 결국 상처가 심할수록 비난과 분노가 커지는 것이다. 분노를 가라앉히려면 다양성의 인정과 가족간의 행복 추구가 궁극적인 목표이다.

국격을 높인 우리나라의 자랑스러운 아들딸들아, 고맙고 감사하다.

산 정상에서 공허(空虛)를
_ 황산 등정기

윤명선

어느 날 TV 여행 프로그램을 통해 황산이 소개되는 것을 우연히 보게 되었다. 전문산악인들이 산 전체를 등반하는 길을 따라 촬영한 것이므로 황산의 아름다운 곳들이 다 망라되었을 것이다. 화면을 보는 것만으로도 황홀하여 꼭 가봐야겠다는 충동을 일으켰다.

그해 여름 바로 여행사에 황산행 패키지여행을 예약하였다. 그 아름다운 광경이 출발하기도 전에 먼저 눈앞에 다가서니 가슴은 벌써부터 뛰고 있다.

우리 일행은 상해에서 일박을 하고 버스 편으로 항주를 거쳐 황산으로 향하였다. 맑은 날씨에 푸른 자연이 손을 흔들며 반기고 있어 고속도로를 달리는 기분은 상쾌하였다. 그런데 황산에 임박하자 먹구름이 몰려오더니 갑자기 비가 쏟아지기 시작한다. 황산은 원래 영산이므로

윤명선(尹明善) _ 서울 출생(1940년). 경희대학교 법과대학, 동 대학원 졸업, 미국 뉴욕대학교 로스쿨 졸업(법학박사). 경희대학교 법대교수, 법대학장, 국제법무대학원장, 헌법학회 회장, 인터넷법학회 회장, 사법·외무·행정 고시위원 등을 역임하고, 현재 경희대학교 명예교수로 활동.

날씨는 예측할 수 없고, 자주 비가 내린다고 한다. 그러나 이처럼 물통으로 퍼붓는 것 같은 장대비가 오는 것은 한국에서는 본 일이 없었다. 황산 등정은 한 마디로 '비와의 전쟁'이었다.

빗속을 뚫고 큰길을 따라 얼마 쯤 걸었을 때 정상으로 가는 엘리베이터가 다가왔다. 이것을 타고 바위를 따라 붙어 있는 길로 올라가는데, 마치 구름을 타고 하늘나라로 올라가는 기분이다. 안개와 비로 가려 앞은 조금도 보이지 않는다. 한 편으로는 짜릿한 맛을 느끼면서도 다른 한 편으로는 무서움이 가슴을 두들기고 있었다. 여행이란 어디서든 '지금' 이 순간을 즐기는 것이다. 그래 빗줄기를 즐기며 여행을 하자! 이런 마음으로 올라갔다.

황산은 중국 동남부에 위치한 안후이성(安厚省)에 있으며, 세상의 모든 아름다운 것들을 다 모아 놓았다고 한다. 이곳에는 2개의 호수, 3개의 폭포, 24개의 계류와 1000m가 넘는 봉우리가 72개가 넘는다. 특히 황산의 절경으로 사절(四絶)이라고 불리는 기송ㆍ괴석ㆍ운해와 온천이 한 데 어울려 세계적인 절경을 이루고 있다. 그래서 황산은 1990년 12월에 UNESCO에 의해 세계문화유산과 세계자연유산으로 지정되었으며, 지금은 세계적인 명산으로 회자되고 있다.

황산은 중국의 산 중 가장 아름다운 산이며, 황산을 보고 나면 중국의 5악(태산ㆍ화산ㆍ숭산ㆍ형산ㆍ황산)을 보고 싶은 생각이 안 들 정도로 절경에 속한다. "시인들이여! 이곳에서 시를 감히 쓰려고 하지 마시오. 산 그 자체가 바로 시니까"라는 기록이 어딘가의 바위에 새겨져 있다고 한다. 덩샤오핑이 황산을 둘러보고 감탄하면서 "어찌 나만 보고 말 것인가?", 중국인들이 누구나 볼 수 있도록 꾸미라는 지시를 하였다. 그 지시에 따라 등산로를 내기 시작한 지 14년 만에 등산코스가 완성되었다.

엘리베이터를 내리면서 전쟁터에서 무장을 하고 행군을 하듯 우비를 입고 배낭을 메고 산행을 시작하였다. 산 자체가 돌산이므로 계속 돌길을 걸어가는데, 오르는 길은 모두 돌계단의 연속이다. 한참을 오르고 또 오르니 땀과 비가 뒤범벅이 되어 몸속으로 스며들고 있다. 신발 속에는 물이 가득 차 고무보트를 타고 간다는 착각을 할 정도였다. 비가 물통을 퍼붓듯이 쏟아지고 안개가 자욱하니 아름다운 풍경은 어디로 숨어버리고, 아무것도 보이지 않는다. 회색만으로 채색한 한 폭의 산수화 같다고나 할까?

호텔에 도착하여 여장을 풀고 난 후 식사 전까지 여유시간이 있으므로 다시 밖으로 나가 근처를 거닐며, 이번 여행의 의미를 머릿속으로 정리하기로 하였다. 사방을 둘러보아도 어둠이 완연한데, 그 위에 비바람 몰아치고 안개 자욱하니 보이는 것은 '허공'(虛空)뿐이었다. 운해가 연간 200일 이상 황산을 장식하고 있다는데, 이날은 비까지 내리니 그 모습 더 황량하게 보였다. 이 정경을 눈의 렌스로 찍어 마음 속에 인화를 하니 내 마음 위에 새겨진 것은 '공허'(空虛) 바로 그것이었다.

불경의 하나인 '반야심경'에는 '공즉시색(空卽是色) 색즉시공(色卽是空)'이라는 구절이 있다. '공'은 만물의 근원이며, 유도 무도 아닌 '영생불멸'이라고 한다. 이 사상은 만물의 본질이 공(空) 또는 무(無)임을 일깨워주는 것이다. 이는 존재하는 모든 형상은 소멸할 수밖에 없으며, 허공만이 영원하다는 것을 의미한다. 산의 아름다움을 보기 위해 온 사람에게 본래 세상은 그 본질이 공허 그 자체라는 사상을 뜻하지 않게 일깨워 주다니…. 어느새 내 마음은 운무 속을 거닐고 있었다.

저녁 식사 후 일행은 휴게실에 잠깐 모여 담소를 나누었다. 부산에서 온 의사 부부가 있었는데, 그 의사는 사진동호회에 참여하면서 사진을 찍어 온 프로급 사진사였다. 사진장비를 갖추고 희망에 부풀어 먼 여행

길을 왔는데, 이를 풀어보지도 못하고 돌아오게 되었다. 그래서 두 부부는 사진을 찍기 위해 가을에 다시 오겠다고 한다. 그 자리에서 나는 소회를 말하면서 다시 오지 않으리라고 밝혔다. 다시 와서 아름다운 광경을 보게 되면 그 귀중한 '깨달음'은 산산조각이 되어 허공중에 흐트러질 것이고, 이번 여행은 허무한 것이 될 테니까.

다음 날 하산을 하기 위해 다시 다른 엘리베이터가 있는 곳으로 가는데, 비는 조금도 그칠 생각을 하지 않고 계속 쏟아지고 있었다. 소낙비는 옷깃을 스며들고, 발걸음을 무겁게 하고 있다. 내려가는 길은 올라올 때보다 더 높이 올라가야 하므로 산골짜기를 옆에 끼고 산기슭에 붙어있는 계단을 한 시간 정도 타고 올라간 것 같다. 눈을 돌려 산골짜기를 내려다보니 깊고 험하여 아찔하다. 높은 산봉우리 사이에 구름바다가 형성되어 있고, 운무가 골짜기를 유영하고 있으니 마치 구름을 타고 거니는 것 같았다. 이제야 황산의 운해가 얼마나 아름답고 왜 유명한지 알 것 같다.

그래도 지금은 가까운 곳에 있는 기암절벽이 눈에 들어오고, 바위 위에 기생하고 있는 기이한 소나무들이 눈물 젖은 모습으로 환송인사를 하고 있다. 올라갈 때보다 내려올 때가 더 힘든 코스였다. 그래 나는 지금 그 허공을 순례자의 걸음처럼 오른다고 생각하니 발걸음이 오히려 가벼워졌다. 다른 쪽에 있는 엘리베이터를 타고 내려왔다.

아직도 비는 그칠 줄 모르고 우리 일행을 배웅하고 있었다. 대기하고 있던 버스를 타고 상해로 향하였다. 그렇게 황산여행은 끝났다. 황산이 준 교훈은 내 가슴 속에 깊이 새겨져 있다.

양두구육(羊頭狗肉)

이강우

민족은 있는데 나라가 없어 구속받으며 차별 속에서 살아가는 불행한 사례들을 역사 속에서 수없이 찾아볼 수 있다. 과거의 역사가 아닌 지금도 자기 민족들이 살아가기 위한 자기들만의 나라를 갖기 위해 벌어지고 있는 고통들. 티베트나 이스라엘의 역사가 그 좋은 예이며, 일본의 침탈로 나라를 빼앗겼었던 암흑의 세월이 남긴 숱한 아픔은 오늘날까지 이어지는 우리들의 비극이다. 남(南)북(北)의 분단이나, 혈압을 치솟게 하는 독도문제까지도 나라 잃었었던 상처의 흔적들이다. 전쟁으로 인한 나라 분단의 씨앗이 나라 빼앗겼었던 일본 침탈 때문이었음을 왜 논하지 않는지 모르겠다.

새로운 정부가 희망을 갖고 시작된 지 몇 달이 지났다. 혼란스럽던 다툼과 경쟁의 내풍(內風)이 지나고 평화의 시절이 오는가 했는데 땅이

이강우(李康雨) _ 경기 안성 출생(1949년). 1971년부터 2008년까지 경기도 중등교육자로 근무. 시인 · 수필가. 한국문인협회 회원. 안성문인협회 회원. 제10회 한국문학예술상 본상 수상. 시집 《들이 좋아 피는 꽃》(2002), 《이방인의 도시》(2004), 《철새들의 춤》(2007) 등 상재. 녹조근정훈장(2009) 수훈.

흔들리고 거친 파도 출렁이는 외풍(外風)이 북쪽 끝에서 바다 건너 동남쪽에서 거세게 불고 있다. 반세기가 넘은 북풍(北風)이고 한 세기가 넘은 왜풍(倭風)이다. 나는 이렇다. 우리 민족의 땅에서 부는 북풍 때문에 열 받게 되는 흥분보다 끈질기게 괴롭히는 왜국(倭國)의 왜풍(倭風)이 더 울분을 토하게 만든다.

지난 2월, 우리의 대통령 취임 며칠 전 아베 일본 총리가 미국에 찾아가 오바마 미국 대통령을 예방했다. 예방 첫 성명 발표 내용이 "북핵(北核) 실험에 대해 강력하게 대응할 것이며, 미일(美日) 양국 동맹 관계를 더욱 공고히 하고, 북핵(北核)에 대해 긴밀하게 협조하여 대응하겠다"고 했다. 반만년 역사 속의 우리 민족은 외침(外侵)으로 많은 고통을 겪었다. 그렇지만 그 고통들은 오늘날처럼 긴 아픔과 큰 상처로 이어지지는 않았다. 곧 안정을 찾았고 힘을 길러 평화를 누렸다. 그러기에 우리 민족은 곰의 성품에 비유되기도 한다. 그러나 지금 우리 민족들이 겪는, 끝을 예측하기 힘든 고통은 가장 힘겹고 위험스러운 역사 속에 놓여 있다. 동족끼리 일촉즉발(一觸卽發)의 불안과 분열, 사상적 이념을 내세운 불목(不睦)의 다툼들. 여전한 일본의 괴롭힘. 그 아픔의 시작은 나라 빼앗겼던 일제침략에서 비롯된 것이기에 일본에 대한 원한을 우리 민족은 결코 버릴 수가 없는 것이다.

미국의 행위도 못마땅하다. 일본을 이용하여 중국을 견제하려는 미국의 계산은 이해하나, 당사자인 우리를 제외시키는 행태는 우리 민족과 우리의 땅이 볼모로 잡힌 것이나 다름없다. 두 나라의 정상들이 당사자인 우리를 제켜두고 내 나라의 땅이며 내 민족의 문제를 해결하겠다는 것이다.

일본의 아베는 정권을 잡기 위해 독도문제에 불을 붙여 놓고는 중국과의 영토 분쟁에 대한 태도는 조용하게 행동할 것이라고 이중적 자세를 보였다. 힘센 자 앞에 순한 양(羊)의 가면을 쓴 속셈이다. 우리 독도에 대한 그의 태도! 전형적인 일본인의 치졸한 근성을 또 보게 된다. 그는 '다케시마의 날' 이라는 지방의 소규모 행사에 정부 관계자와 다수의 의원을 참석케 했다. 국가를 대표하는 자의 이중인격(二重人格)적 통치 방법을 전 세계는 알아야만 한다. 앞장서서 알려야만 한다. 왜적(倭敵)이 되어 수시로 괴롭혀 왔던 약탈과 60여 년 동안의 나라 잃은 암흑기의 세월을 통해서 크나큰 비극을 남긴 그들은 자업자득(自業自得)으로 히로시마 원폭을 맞고 폐허가 되었었다.

그런데 그들이 뿌려놓은 비극, 6.25전쟁 때문에 오히려 부강하게 되었다. 아이러니(irony)한 역사이다. 우리들은 하늘에 대고 고함이라도 쳐야 될 원통함이다. 그것도 모자라 지금까지 우리는 수천 억 달러 이상의 무역적자로 그들의 배를 채워 주었으며, 지금도 여전히 일제 자동차가 잘 팔려 나가고 있다. 애써 번 외화를 고스란히 일본에 바치는 꼴로 살아왔다. 담배 가게에서는 마일드세븐이 젊은이들에게 인기라고 한다. 어찌 울화통이 터지지 않겠는가 말이다. 생각하면 할수록 흥분되는 분한 마음을 진정시키는 술이라도 마시고 싶은 심정이다.

앞으로 10년 안에 통일의 가능성을 외치는 학자들이 있기에 조금은 위안이 된다. 더 나아가 외적풍(外敵風)을 막기 위해 수십 만 명의 자영업자들이 일본제품 불매운동을 외치고 나섰기에 촛불 같은 희망을 갖게 되었지만, 잠시잠깐 비추는 불빛으로 그칠까 염려된다. 불매운동을 외치는 자영업자들은 일본제품을 사지도 팔지도 않겠다고 한다. 용기 있고 나라사랑하는 고마운 분들이다. 교사들과 정치하는 이들도 배우고 참여해야만 한다.

교직에 있을 때 흡연으로 적발된 녀석들이 일제담배를 소지했으면 더욱 호되게 꾸짖었었다. 지금도 앞서가는 차가 혼다나 토요타면 왜 하필이면 원수들의 차를 타야만 하는지 욕이 나온다. 한·일 축구 전에 일본을 응원하는 자들은 아닐까? 그들은 오리려 반성은커녕 합리화시키는 열변을 토(吐)하겠지만, 어렵사리 벌어온 외화를 일본에게 바치는 서글픔은 계속되고 있다.

독도를 빼앗으려는 집요한 속셈에 무대응(無對應)이 최선책일까? 해외 공연에서 만세 외치고, 독도사랑에 앞장서는 가수나, 3·1절을 택해 태극기 앞에서 결혼하고 임시정부 있는 곳으로 신혼여행 가는 배우들을 칭찬해 주고 싶었다. 나라의 소중함을 알고 있는 정의로운 젊은이들을 우리의 모든 젊은이들이 본받게 되기를 기원해야겠다. 교육현장과 정치가들부터 가르치고 솔선수범해야만 하는 우리 민족의 역사적 과제이기에, 우리 민족 결집을 위한 민족단결운동을 하루 속히 펼쳐야만 한다.

비겁한 부류들의 공통점이 있다. 강자 앞에선 비굴해지고 약자에게는 끝없이 악랄(惡辣)하게 유린한다는 점. 1904. 2. 23. 한일의정서를 강제로 체결한 후 식민지화 정책에 의한 강제적 한일협약과 1년 뒤 1905. 2. 22. 독도 약탈로 감행한 침탈의 역사를 전면 무효화한다는 선언을 함이 옳지 않을까? 1717년 공식 〈일본 교호 지도〉와 1894년 그들이 만든 〈신한조선국 지도〉를 근거로 침략 약탈 무효화 전쟁. 더 나아가, 침략전쟁 공식 인정과 위안부 만행을 앞세워 일본의 양두구육(羊頭狗肉) 정책을 전 세계에 알리는 정책에 온 힘을 모으자.

지금의 고통을 우리 후세에게 대물림해서는 결코 안 된다. 뻔뻔스레 독도전담 정부기구를 만든다는 그들에게, 무대응(無對應)으로 나서지 말고 앞선 대응이 필요하다. 독일처럼 사죄는커녕 뻔뻔스럽게 독도를 빼앗으려는 속셈을 전 세계에 알리는 강공정책! 언제 싸워도 싸워야만 할 일이다.

우리 국민들에게도 정신 차리고 소중한 국가관과 애국하는 역사관을 고취시키는 기회로 삼아야 될 필요성이 절실하기에 지금 싸워야만 된다. 주차장엔 토요타나 렉서스(Lexus)를 세워두고 마일드세븐(Mild seven)을 피워대면서 김연아 우승을 외치는 꼴이어서는 결코 안 된다.

'백번 우기면 거짓도 진실이 된다'는 일본 속담을 그들은 현실로 만들고 있다. 우리 국토의 정기를 끊기 위해 곳곳에 쇠막대를 박아 놓은 저들이다. 유대인들을 학살했던 독일보다 더 길고 큰 고통의 상처를 남긴 일본은 결코 이웃의 친구가 될 수 없음을 우리는 왜 잊고 사는가 말이다.

나에게는 사랑하는 어린 손자가 있다. 이 땅에서 평화롭게 살아야 할 손자에게 역사까지 거짓으로 꾸미는 왜적의 야욕 속에서 살게 될까 몹시 걱정되고 불안스럽기에 외치는 일필(一筆)이다.

생각만 조금 바꾸면

이선영

상담현장에는 많은 사람이 찾아온다. 그들은 하나 같이 괴롭다고 하고 답답하다고 한다. 배우자가 자식이 시어머니가 '나를 몰라준다' 는 것이다. 대화를 처음 시작할 때 백 명 중에 구십구 명은 '우리 시어머니가요, 우리 시아버지가요, 우리 아들이요, 우리 딸이요, 우리 마누라가요, 내 직장 상사가요' 라고 시작한다.

그의 시어머니나 아들이나 남편이나 아내들의 얼굴을 보지 않은 이상 다 그들이 나쁜 사람으로 들릴 수밖에 없다. '저는요, 제가요' 라고 말을 시작하는 사람은 드물다. 그러나 '나를 몰라줘요' 할 때만 주어가 내가 된다.

어느 여성의 이야기다. 딸 하나를 키우고 있는데 이 딸이 중학생이 되면서 언제부턴가 하의실종 패션을 하고 다니고 공부도 못하는 학생

이선영(李善永) _ 천도교 선도사. 상담심리사. 천도교 중앙총부 교화관장. 사단법인 민족종교협의회 감사.

들과 어울려 다닌다는 것이다. 그 여성은 피부관리하는 조그만 영업장을 운영하는 나름대로 능력 있는 여성이었다. 지친 몸으로 퇴근하고 집에 가면 딸이 아직 들어오지 않았거나 나중에 들어오는 모습을 보면 옷차림이 그렇다는 것이다. 뭐라고 한 마디 하면 제 방으로 들어가 문을 잠가 버린다는 것이다. 엄마로서는 머리 끝까지 화가 나고 하늘이 캄캄해진다는 것이다.

'내가 누구 때문에 이 고생을 하는데…, 다른 사람의 살을 만져가면서 조금 더 서비스해 주면 용돈도 더 받을 수 있는데…, 내가 너 하나 믿고 참고 사는데….'

별 생각이 다 든다는 것이다.

"딸아이가 그런 옷차림으로 들어오면 첫 마디를 뭐라고 하세요?"라고 물으면, "니가 지금 공부하는 학생이 그런 옷이나 입고 다니느냐? 오늘 보충수업은 제대로 한 거냐? 니가 커서 뭐가 될래? 원수가 따로 없다. 나랑은 못산다. 니 아빠한테 가서 살거나 말거나…" 한다는 것이다.

그 장면이 떠오르면서 '이 엄마가 굉장히 속상하겠구나' 하는 생각이 먼저 든다. 한 편으로는 그 딸아이의 입장을 보게 된다. 사실은 엄마가 더 먼저 딸의 입장이 되어보아야 한다.

"어머니, 손님들한테는 딸한테 말하듯이 못하시죠?"

"그럼요. 손님한테 그렇게 했다가는 큰일나죠. 속으로는 욕하고 싶은데 그땐 꾸욱 참지요."

"돈 몇 푼에 하고 싶은 말도 못할 수 있지요. 어디까지나 고객이니까요. 딸아이에게는 내가 돈 벌어서 키운다는 생각 때문에 감정이 시키는 대로 막말하게 되는 것 아닐까요?"라고 물었다.

그 여성은 말문이 막혔는지 침묵이 흘렀다. 한참 지나서 "네. 그렇게까지는 생각해 본 적이 없어요"라며 울먹였다.

엄마라고 해서 딸아이에게 하고 싶은 말 마구 하라는 법은 없는 법.

"오늘 저녁에는 딸이 늦게 들어오거나 그런 옷차림을 하고 오면 뭐라고 하시겠어요?"라고 했더니 한참을 생각하다가 "너 이 추운 날 그렇게 입고 다니면 춥지 않니? 내가 따뜻하고 좋은 스타킹 사줄까?"라고 말할 수 있을 것 같다고 했다.

"참 잘 생각하셨어요. 그렇게 말씀하시면 따님도 조금씩, 아니 많이 달라질 걸요"라고 했다. 그 여성은 "내가 왜 그런 생각을 못했었을까요?"라며 마음이 새털처럼 가벼워졌다고 했다.

어떤 남성은 직업상 술을 먹게 되는데 술을 마시면 집에다 전화도 안 하고 문자메시지도 받지 않는 버릇이 있다고 한다. 어느 날에는 술이 과해서 고객과 함께 유흥업소에 가게 되었는데 나중에 아내가 그 사실을 알고 신뢰가 무너져서 부부간에 곤란한 지경에 빠졌다는 것이다.

이 남성은 아내에게 "다시는 술 먹지 않겠다, 술을 먹지 않는 직업으로 바꾸겠다, 잘 지내보자"라고 여러 번 얘기한 모양인데 아내는 이미 깨진 그릇이라는 듯 완강하게 나온다는 것이다.

이 남성은 자신이 잘못했다는 것을 인정하고 아내가 상처를 입었을 것이라고 말은 하지만 아내의 마음 깊은 곳에 있는 수치심은 생각지도 못하는 것이었다. 아내가 여성으로서 느꼈을 배신감과 수치심을 생각해 본 적이 없었기 때문이리라. 이럴 때 이 남성은 어떻게 해야 하는가?

"혹시 귀하께서도 그 유흥업소에 갔다 온 것이 수치스럽지 않으신가요?" 했더니, "다시는 생각하고 싶지도 않습니다. 정말 제 혼자서도 너무 부끄럽습니다"라고 답했다.

"그렇다면 아내에게 솔직하게 말씀하십시오. 나 자신이 너무 수치스럽다고…. 그렇게 나를 드러내야 상대에게 더 다가가는 것이 아닐까요?"라고 물었다.

이 남성 역시 잠시 생각하더니 "네 그렇게까지는 생각해 보지 못했습니다"라고 답했다.

자기 자신의 수치심을 자기가 인정하기보다는 상대방이 그것을 모르는 척하거나 없던 일로 해 주기를 바라는 마음이 더 있었기 때문이다.

누구나 타고나는 성격이 있고 나도 모르게 몸에 배인 습관이 있다. 성격과 습관을 바꾸기는 매우 어렵다. 그러나 생각을 조금만 바꾸면 말과 행동이 조금씩 달라지고 내가 만나는 사람들과 얼마든지 새로운 관계를 맺을 수 있다.

상담은 내가 맺는 인간관계가 더욱 풍요로워지고 윤기가 흐르게 하기 위한 것이다. 가장 가까이 있는 '내 사람'에게는 내가 조금만 생각을 달리 하면 모든 것이 가능하다.

감사하는 삶

정상식

너 자신을 알아라.

이것이 지혜의 근본이다. 자기 자신을 모르기 때문에 인생의 불행이 생기고 생활의 파탄이 오고 삶의 비극이 발생한다.

지혜의 제1장 제1과는 자기 자신을 바로 아는 일이다. 지식이 많은 사람은 허다하지만 지혜가 많은 사람은 지극히 드물다. 지식과 지혜(智慧)는 차원이 다르다. 지식이 많은 사람을 우리는 학자라고 일컫고, 지혜가 많은 사람을 우리는 현인(賢人)이라고 칭찬한다. 우리는 지식이 많은 사람이 되는 것보다는 지혜가 많은 사람이 되어야 한다.

지혜는 인생의 밝은 슬기요, 현명한 사리 판단력이요, 인생의 올바른 방향 감각이요, 총명한 분별력(分別力)이요, 무엇이 옳고 무엇이 그른지를 바로 아는 직관력(直觀力)이요, 자기의 분수를 아는 감각이다.

정상식(鄭相植) _ 경남 창녕 출생(1933년). 중고등학교 설립, 중·고 교장 21년 근무. 경성대학교 교수, 총신대학교 교수 등 역임. 현재 (사)대승불교 삼론구도회 교리연구원 원장. 저서《기독교가 한국재래종교에 미친 영향》,《최고인간》,《인생의 길을 열다》외 다수.

지혜는 인생의 값진 진주요, 귀중한 보배다. 지식이 많은 사람이 되지 말고, 지혜가 풍부한 사람이 되어라.

자기 자신을 아는 것이 지혜의 근본이다. 자기 자신을 안다는 것은 무엇인가? 자기의 분수를 지키고 분수에 맞게 사는 것이다.

우리의 선인(先人)들은 인생의 좌우명으로 수분지족(守分知足)을 강조했다. 자기의 분수를 지키고 자기생활에 만족할 줄 알라고 하였다.

사람은 저마다 자기의 분수가 있다. 어머니는 어머니의 분수를 지키고, 아버지는 아버지의 분수를 지키고, 딸은 딸의 분수를 지키고, 아내는 아내의 분수를 지켜야 한다. 선생은 선생의 분수를 지키고, 학생은 학생의 분수를 지켜야 한다. 우리는 저마다 자기의 형편과 처지와 실력을 바로 알고 거기에 맞는 행동과 생활을 해야 한다. 그것이 분수를 지키는 것이다. 우리는 과욕(過慾)을 버려야 한다. 우리는 허욕(虛慾)을 가져서는 안 된다. 우리는 탐욕(貪慾)의 노예가 되지 않아야 한다.

산다는 것은 욕망을 갖는 것이다. 세상에 욕망(慾望)이 없는 인간은 아무도 없다. 욕망은 향상의 원동력이요, 진보의 촉진제(促進劑)요, 발전의 추진력이다.

잘 살고 싶은 욕망, 아름다워지고 싶은 욕망, 성공하고 싶은 욕망, 승부를 많이 하고 싶은 욕망, 훌륭한 배우자를 만나고 싶은 욕망, 좋은 자녀를 낳고 싶은 욕망, 유명해지고 싶은 욕망, 높은 자리에 앉고 싶은 욕망, 남에게 인정과 칭찬을 받고 싶은 욕망, 자녀들에게 재산을 남겨 놓고 싶은 욕망, 보람 있는 일을 하고 싶은 욕망 등 인간은 여러 가지의 욕망을 갖는다.

이러한 욕망이 있기 때문에 우리의 생활에 발전과 진보와 향상이 있다. 생명은 곧 욕망의 덩어리요, 산다는 것은 욕망을 충족시키기 위한 끊임없는 노력의 과정이다.

욕망이 없으면 발전이 없고, 향상이 없고, 진보가 없다. 인간이 여러 가지의 욕망을 갖는 것은 자연스럽고 또 당연한 일이다. 그러나 그 욕망이 자기의 분수에 맞지 아니 할 때 탐욕이 되고, 허욕이 되고, 과욕이 된다. 탐욕과 허욕과의 노예가 되지 말아야 한다. 그것은 참으로 어려운 일이다.

고려 말에 나옹(懶翁)이라는 명승(名僧)이 있었다.

"선생님, 선(禪)이란 무엇입니까?" 하고 제자가 물었을 때 "재욕무욕(在慾無慾), 재진무진(在塵無塵)"이라고 대답했다. '욕심 속에 있으면서 욕심이 없고, 티끌 속에 있으면서 티끌이 없어야 한다' 고 대답한 것이다.

우리는 살기 위해서 욕심을 가질 수밖에 없지만 욕심의 노예가 돼서는 안 된다. 우리는 혼탁한 티끌세상에서 살아야 하지만 티끌이 내 몸에 묻지 않아야 한다. 연꽃은 더러운 흙탕물 속에서 자라지만 그 더러움에 물들지 않고 아름다운 꽃을 피운다. 우리는 연꽃의 덕(德)을 배워야 한다. 우리는 연꽃처럼 살아야 한다. 불가(佛家)에서 연꽃을 꽃의 왕이라고 보는 것은 결코 우연한 일이 아니다.

누구나 우리는 '오과(五過)' 를 금하여야 한다.

오과란 무엇이냐! 첫째는 과음(過飮)이요, 둘째는 과식(過食)이요, 셋째 과로(過勞)요, 넷째 과색(過色)이요, 다섯째는 과욕(過慾)이다.

무슨 일이나 지나치면 반드시 병이 생기고 고장이 난다. 과음, 과식을 하면 배탈이 난다. 과로가 겹치면 몸에 병이 생긴다. 과색은 우리의 몸을 허약케 한다. 지나친 욕심은 반드시 우리를 불행하게 만든다.

우리는 과(過)를 피해야 한다. 무슨 일이나 지나치지 않아야 한다. 그런 경지를 중용(中庸)이라고 하고, 절도(節度)라고 한다. 중용은 평범하지만 인생의 위대한 덕(德)이다. 절도는 생활의 가장 중요한 지혜에 속한다.

분수에 넘치는 것은 과분(過分)이라고 한다. 우리는 과분을 피해야 한다. 수분지족(守分知足)은 평범한 교훈이지만 인생의 깊은 진리요, 큰 덕이다. 진리는 평범 속에 있다. 지족(知足)은 자기의 생활에 만족할 줄을 아는 것이다. 만족 속에 행복이 있다.

행복이란 무엇이냐? 정신의 흐뭇한 만족감이다. 우리의 마음 속에 불만이 가득할 때 우리는 절대로 행복해질 수가 없다. 행복은 만족의 나무에 피는 평화스러운 꽃이다.

행복을 원하느냐, 만족하는 것은 배워라. 지족제일부(知足第一富)라고 옛날의 선철(先哲)은 갈파했다. 만족할 줄 아는 것이 으뜸가는 부(富)라고 하였다.

인간의 욕심은 끝이 없다. 천만 원을 가지면 일억 원을 갖고 싶다. 일억 원을 가지면 십억 원을 갖고 싶다. 십억 원을 가지면 백억 원을 갖고 싶은 것이 사람의 욕심이다.

욕심은 굴레 벗은 말과 같다. 우리는 자기의 욕심에 제동을 걸 줄 알아야 한다. 우리는 멈출 줄을 알아야 한다. 그래서 일찍이 지혜의 철인이었던 노자(老子)는 이렇게 말했다.

"지지불태(知止不殆) 지족불욕(知足不辱)." '만족할 줄을 알면 치욕을 당하는 일이 없고, 머무를 줄을 알면 위태롭지 않다' 고 하였다. 또 노자는 '지족자부(知足者富)' 라고 했다. 재물을 쌓는 것은 하나의 부(富)지만 만족할 줄 아는 사람은 진정한 부자다.

만족할 만한 것이 하나도 없다고 생각하는 사람들이 있다. 자기의 현실에 대해서 밤낮 불평불만만 하는 사람도 있다. 그러나 세상은 마음먹기에 달렸다. 인생은 생각하기 나름이다. "범사에 감사하라"고 사도 바울(The Apostle Paul)은 갈파했다. 우리는 만족해 하는 것을 배워야 한다.

이 세상에 태어났던 인간 중에서 가장 불행한 사람은 삼중고(三重苦)

의 십자가를 짊어지고 산 헬렌 켈러(Helen Adams Keller)였다. 그는 생후 19개월 만에 열병으로 보지도 못하고, 듣지도 못하고, 말하지도 못하는 암흑의 절망 속에 빠졌었다. 그러나 그는 천신만고(千辛萬苦)의 여러 권의 책을 쓰고 전 세계를 돌면서 불쌍한 농아(聾啞)에게 희망과 신념과 용기의 말씀을 전했다.

그는 최악의 운명을 최고의 영광으로 바꾸었다. 그는 최대의 불행을 최대의 행복으로 변화시켰다. 그는 20세기의 기적이다.

헬렌 켈러의 글 가운데 '내가 만일 3일 동안만 눈을 뜰 수 있다면~'이라는 명문이 있다. 우리의 심금을 울리는 글이다. 우리의 영혼에 깊은 감동을 주는 글이다. 헬렌 켈러처럼 보지도 듣지도 말하지도 못하는 여성에 비하여 우리는 얼마나 행복한 인간인가! 마음대로 보고 듣고 말하고 여행하고 배우고 일하고 사색하고 느끼고 공부하고 창조하고 활동하면서 얼마든지 보람 있는 인생을 살아갈 수가 있다.

행복은 저절로 주어지는 것이 아니고 스스로 창조하는 것이다. 행복은 나를 찾아오는 것이 아니고 내게 저절로 주어지는 것이 아니고 스스로 창조하는 것이다. 행복은 나를 찾아오는 것이 아니고 내가 추구하는 것이다. 행복은 정성과 노력으로 쌓아 올리는 공든 탑이다.

감사 속에 행복이 있다. 평화 속에 행복이 있다. 만족 속에 행복이 있다. 자유 속에 행복이 있다. 활동 속에 행복이 있다. 희열(喜悅) 속에 행복이 있다. 열중 속에 행복이 있다. 몰아(沒我)와 헌신 속에 행복이 있다.

우리는 행복을 느끼는 시간을 스스로 창조해야 한다. 우리는 행복을 느끼는 일을 스스로 만들어야 한다.

수분지족인(守分知足人)이 되어라. 공연히 남을 부러워하고, 공연히 남을 시기하고, 공연히 남을 모방하지 말자. 나는 나의 길을 가고, 너는 너의 길을 간다.

산다는 것은 자기가 가야 할 길을 가는 것이다. 우리는 자기의 갈 길을 열심히 가고 성실히 가고 기쁜 마음으로 가야 한다. 자기의 분수를 지키지 않고 스스로 만족할 줄을 모르는 사람은 절대로 행복할 수가 없다. '무슨 복! 무슨 복' 하여도 마음이 평화스러운 것처럼 큰 복이 없다.

심화(心和)는 행복의 터전이다. 마음의 평화는 어디에서 오느냐? 수분지족에서 온다. 허욕(虛慾)과 탐욕(貪慾)과 과욕(過慾)의 노예가 된 사람은 마음에 평화가 있을 수 없다. 항상 불평불만으로 가득 찬 사람은 결코 인생의 행복 자가 될 수 없다.

수분지족(守分知足)하라고 했다. 옛 사람의 말에 버릴 말이 하나도 없다. 그것은 오랜 인생의 지혜와 경험에서 우러나온 진리의 진주(眞珠)들이다. 우리는 겸허한 마음으로 성인들의 말에 조용히 귀를 기울여야 한다. 겸허(謙虛)는 진리를 받아들이는 마음의 그릇이요, 지혜를 깨닫는 정신의 자세다.

수분지족(守分知足)!
우리는 이 평범한 말에서 인생의 깊은 진리를 터득해야 한다.
누가 가장 현명한 사람이냐? 모든 사람에게서 배우는 사람이다.
누가 가장 강한 사람이냐? 자기 자신을 이기는 사람이다.
누가 가장 지혜로운 사람이냐? 자기의 분수를 아는 사람이다.
누가 가장 부유한 사람이냐? 자기가 가진 것으로 만족하는 사람이다.
누가 가장 겸허(謙虛)한 사람이냐? 수분지족하는 사람이다.

긍정과 부정의 효과

주동담

인간사 마음먹기에 달려 있다는 말이 있다. 또 꿈은 이루어진다고 하며, 실제로 2002 한일월드컵에서 우리나라가 4강에 오르기도 하였다. 세계 속의 그 어떤 나라에서도 쉽게 인정하지 않는 전대미문의 결과인데 열화와 같은 우리 국민들의 성원에 힘입은 성과라는 측면에서 어쩌면 당연한 결과인지도 모르겠다. 하면 된다는 의미, 그 긍정의 힘은 오늘날 세계인들이 매우 부러워하고 있고 또 우리 스스로도 '한강의 기적' 이라고 자랑스럽게 말할 수 있는 우리의 경제현실에서 찾을 수 있는데 1970년대 초반에 '우리도 잘 살 수 있다' 는 캐치프레이즈를 내걸고 온 국민이 역동적으로 '새마을운동' 에 매진한 결과가 아닌가 싶다.

플라시보 효과(placebo effect)라는 말이 있다. 긍정의 효과를 의미하는

주동담(朱東淡) _ 40여 년간 언론인으로 종사하며, 시정일보사 대표, 시정신문 발행인 겸 회장, 시정방송 사장 등으로 재직. 서울시 시정자문위원, (사)민족통일촉진회 대변인 등을 거쳐, 현재 (사)한국언론사협회 회장, (사)민족통일시민포럼 대표, (사)국제기독교언어문화연구원 이사, (사)대한민국건국회 감사, 대한민국 국가유공자, 연세대 공학대학원 총동문회 부회장, ㈜코웰엔 대표이사 회장 등으로 활동.

데 위약(僞藥) 효과로 번역된다. 젖당 녹말 우유 증류수 식염수와 같은 약리학적으로 비활성인 물질을 원료로 환을 지어 약이라 하고 환자에게 투여하면 약 30%가 유익한 작용을 나타낸다는 것이다. 이것은 의사가 여러 가지 검사를 통하여 질병을 확인할 수 없음에도 불구하고 환자가 고통을 호소할 때 일시적 진정제로 투여하는데 의약품(醫藥品)이 아닌 의약품(擬藥品)의 효과이다. 'PLACEBO'는 본디 '만족시키다' '즐겁게 하다' 라는 뜻을 가진 라틴어에서 나온 말인데 환자는 아무런 약리작용도 하지 않는 물질을 좋은 약으로 믿기 때문에 순전히 심리적인 효과로 긍정적인 결과가 나타나는 것이지 실제로 약리작용에 따라 얻는 효과는 아닌 것이다.

마음먹기가 얼마나 중요한가는 불치병으로 죽음을 얼마 남기지 않은 말기 암환자가 의학적으로는 아무런 효능이 없는 약을 꾸준히 복용하더니 실제로 병마를 이기고 회복함으로써 쉽게 설명되어지지 않는 결과를 초래하는 것에서도 찾을 수 있다. 따라서 다 같은 외부의 자극도 그것을 받아들이는 주체에 따라 다르게 나타나는 것이다.

이와는 반대로 부정의 의미를 지닌 노시보 효과(nocebo effect)가 있다. 어느 사형수를 캄캄한 암실 의자에 앉히고 손끝에 송곳으로 자극을 준 다음 핏방울이 떨어지는 듯한 효과음을 내며 한 시간 뒤에는 체내에 있는 모든 피가 밖으로 빠져 나와 결국 죽을 것이라고 말했다는데 실제로 그 사형수는 그 시각에 죽음에 이르렀다고 한다. 사인은 극심한 공포감에 휩싸인 심장마비였다고 하는데 죽음이라는 단어가 안겨주는 준엄한 공포심에다 몸에서 빠져 나가는 듯한 거짓 피의 양이 한 방울 한 방울 소리를 낼 때마다 실제로 받아들이는 심리적 압박감이 끝내 사형수의 심장을 멎게 한 것이다. 역시 마음먹기에 따른 결과이긴 한데 플라시보 효과와 완전히 대비되는 부정의 노시보 효과인 것이다.

이와 같은 노시보 효과의 예를 하나 더 들어본다.

1950년대 포르투갈의 어느 선원이 스코틀랜드의 어느 항구에서 하역을 하고 리스본으로 돌아가는 화물선의 냉동 창고에 갇혀 얼어 죽었다고 한다. 그러나 당시 이 냉동 창고는 물품을 모두 하역하였기 때문에 냉동 장치를 작동시키지 않아 영상 19도를 유지하였다고 한다. 사인은 역시 선원 스스로가 냉동 창고에 갇혔다는 공포심을 가진 것에서 비롯되어 곧 얼어 죽을 것이라는 마음에 따라 심장이 멎었다는 것이다.

이 선원은 냉동 창고에 갇히게 되자 몇 시간 동안 문을 두드렸지만 아무도 문을 열어주지 않자 자포자기한 채 글을 남겼다고 한다.

"내 몸이 차가워지기 시작합니다. 냉기가 코와 손가락과 발가락을 얼리기 시작했고, 시간이 지나면서 언 부위가 넓어지기 시작했습니다. 그리고 온몸이 얼음으로 굳어져 가는 것을 느꼈습니다. 이제 나는 곧 죽을 것입니다."

마침내 배는 리스본에 도착했고 다른 선원들이 와인을 싣기 위해 냉동 창고의 문을 열었을 때는 이미 이 선원은 싸늘한 시체로 굳어 있었다는 것이다. 그런데 그 선원이 써놓은 기록과는 너무도 다르게 실내 온도는 영상 19도를 가리키고 있었고 먹을 것 또한 충분하게 있었기에 선장을 비롯한 모든 선원들은 아연실색했다는 것이다. 냉동 창고라고 생각하지만 않았어도 먹을 것도 충분한 상태였기에 아무런 문제없이 고국으로 돌아갈 수 있었을 텐데 '곧 얼어 죽을 것'이라는 두려움이 부정적인 생각을 갖게 했고 실제의 죽음으로 몰아간 것이다. 이 얼마나 무서운 현상인가.

스티그마(stigma)라는 말이 있다. 본래의 의미는 고대 로마를 비롯한 서양에서 노예의 몸이나 죄수의 몸에 찍힌 낙인을 뜻한다. 노예 스스로 주인에게 충성을 맹서하고 주인의 이름이 담긴 낙인을 찍거나, 또는 죄수를 통제하기 위하여 집행자가 찍는 것을 말하는데 기독교인들은 종교를 통하여 얻은 상처의 흔적을 같은 의미의 스티그마타(stigmata)라고 말한다. 특히 스티그마타는 예수가 십자가에 매달린 모습과 비슷한 상흔으로 나타난다고 한다.

스티그마 효과(stigma effect)라는 말도 있다. 노예나 죄수는 정상적인 인간대접을 받지 못하는 존재이고 생사여탈권을 주인이나 관리자가 쥐고 있기 때문에 그들은 정신적으로도 매우 심각한 상흔을 갖고 살아간다. 그 상흔은 부끄럽고 치욕적인 오명을 뜻하기 때문에 살아가는 과정에서 겪는 모든 면에서 부정적인 의미를 갖게 된다. 이러한 관점에서 정상적인 사람도 일상적인 인간관계에서 험담을 많이 듣거나 부정적인 평가를 자주 받으면 스스로가 자신감을 상실하고 점점 부정적인 방향으로 동화되어 간다고 하는데 이런 현상을 스티그마 효과라고 말한다.

그러나 이와는 반대로 남으로부터 신뢰를 받고 칭찬을 자주 듣는 데다 기대하는 바 좋은 평가를 받으면 당사자는 점점 그런 방향으로 발전하게 된다는데 이런 현상은 피그말리온 효과(pigmalion effect)라고 말한다.

이러한 현상을 교육적으로 활용하면 스티그마 효과로 피교육자를 좌절시킬 수도 있고, 피그말리온 효과로 성공시킬 수도 있다는 것이다. 피그말리온 효과는 긍정적인 자아개념의 형성을 조장하여 성취동기를 조장하고 강화하는 교육적 수단이 된다. 스티그마 효과의 대표적인 사례라 할 수 있는 것이 바로 35년 동안 일본제국주의가 우리나라를 강점하고는 우리의 역사와 문화를 모두 비하하고 부정적으로 평가하며 자포자기하게 하고 일본문화의 숭배자로 만들어 독립정신을 짓밟고 일본인이 되는 것을 영광스럽게 생각하도록 교육시킨 것이며 이것이 바로 스티그마 효과를 충분히 활용한 사례인 것이다.

기독교에서 말하는 스티그마 효과, 바로 스티그마타라는 것은 예수 그리스도로 인한 상흔이기 때문에 그것은 영광스런 상흔이고 예수 그리스도를 위한 일이라면 그것이 선교활동이든 봉사활동이든 얼마든지 신명(身命)을 바칠 수 있다는 적극적인 사명감을 조장하고 고취시키는 것이 된다. 다 같은 상흔이라도 그 상흔을 어떻게 보느냐에 따라 퇴영적으로 작용할 수도 있고 발전적으로 작용할 수도 있는 것이다.

우리가 어떤 마음으로 생각을 하느냐에 따라 우리의 인생은 달라진다. 우리의 꿈 또한 마찬가지다. 우리가 어떤 꿈을 꾸느냐에 따라 우리의 인생 모습은 달라진다. 사람이 어떤 모습으로 세상을 살아가는지는 곧 어떤 꿈을 가지고 어떤 목표로 움직이느냐에 따라 크게 달라진다고 할 수 있는 것이다.

박근혜 대통령의 외교안보통일과제

최명상

대망의 2013년 새해가 밝았다. 박근혜 대통령 당선인에 대한 국민들의 기대가 크다. 후보시절 제시했던 외교안보통일정책 공약과 비교하여 그 과제를 당부하고자 한다.

첫째, '새로운 한미동맹의 선언' 이다. 당선인은 전시전작권 전환과 한미연합사 해체를 계획대로 2015년 이행한다고 했다. 북한 핵 위협을 방치한 채 한미연합사 해체를 결정한 것은 노무현정부의 실책이다. 북한은 이미 핵보유국이 됐다. 대한민국이 북한 핵의 인질이 될 수 없다. 핵 위협과 전쟁억제를 위해 미국의 핵우산 보장과 한미연합방위체제는 필수적이다. 연합사가 해체되더라도 그에 못지않은 한미연합방위체제가 반드시 필요하다. 따라서 전작권 전환과 더불어 배전의 한미동맹을 위한 기구제시와 '새로운 한미동맹 선언' 이 필요하다.

최명상 _ 공군사관학교 졸업, 미 공군대학 졸업. 프랑스 유학(국제정치학 박사). 전투기 조종사(F-86 F-5 F-4 F-16), 공군 F-16신예전투기비행단 단장, 공군대학교 총장 등을 역임하고 전역하여 인하대 정치외교학과 객원교수, 대통령 민주평화통일 자문회의 상임위원, 명지대학교 초빙교수 등을 거쳐 현재 한국안보 · 항공전략연구소장, 서울벤처대학 특임교수로 활동.

둘째, 국가안보기구와 기능 강화이다. 당선인은 국가안보실의 신설을 제안했다. 이명박정부 안보수석실이 있었지만 외교관 출신들로 미흡했다. 특히 안보위기인 천안함 폭침과 연평도 포격시 신속대응을 하지 못했다. 국가안보실을 신설하고 위기관리기능을 강화하여야 한다. 실장은 국방부장관과 외교부장관은 물론 국가정보원장, 검찰총장, 경찰청장, 기무사령관과 정기적으로 국가안보문제를 총괄적으로 다루어야 한다. 역사적으로 외침보다도 내부분열로 멸망한 국가가 많다. 따라서 북한의 위협은 물론 국론분열과 국민들의 안보의식 약화를 막아야 한다. 당선인이 법치와 원칙을 강조했듯이 북한도발과 사회혼란의 이적행위는 단호히 막아야 한다. 국론분열세력을 와해시키지 않고는 확고한 국가안보태세를 유지할 수가 없기 때문이다.

셋째, 완벽한 국방태세 확립과 미래형 선진 국방개혁이다. 건국 이래 남북한의 군비경쟁은 북한의 핵 보유로 끝났지만 국방에 좌절이나 포기는 있을 수 없다. 비록 우리가 핵무장은 안 할망정 북한 핵무기를 제압할 수 있는 조기경보 수단과 원거리 정밀타격능력(PGM)을 구비해야 한다. 스텔스 전폭기능력과 잠수함 침투능력을 확보해야 한다. 그러기 위해서는 해 · 공군력을 우선 증강해 선진국형 국방체제의 첨단과학 강군이 되어야 한다.

넷째, 전략적 한중협력동반자관계 격상과 북한의 민주화 추진이다. 경제협력을 확대하고 중국에게 통일한국이 훨씬 많은 이익을 제공할 것이라는 신뢰를 주어야 한다. 탈북자는 우리 정부가 책임지고 해결하겠다는 난민관리계획과 주한미군은 통일이 되더라도 38선 이남에 주둔한다는 약속을 확실히 주어야 한다. 아울러 북한 민주화를 적극 추진하여야 한다. 국제적 공조로 북한의 민주화를 이룩하여야 한다. 독일통일에서 동독 주민들의 서독 TV 시청이 큰 역할을 했다. 북한 국경 주변에 강력한 통신안테나, 통신위성, 선단살포, DMZ 심리방송재개 등 북한의 자유화침투전략(Freedom Penetration Strategy for North Korea) 을 적극적으로 시행하여야 한다.

대한민국 최초의 여성대통령, 최초의 부녀대통령, 6공화국 이후 최초의 과반수획득 대통령이라는 기록을 남겼다. 미국과 프랑스에도 아직 여자대통령을 갖지 못했는데 한국국민이 여성대통령을 뽑았다. 대한민국 자유민주주의 체제의 승리이다. 미국 최초 흑인 오바마 대통령 탄생에 버금가는 한국 민주주의의 승리이다. 박근혜 대통령의 승리는 대한민국의 승리가 되어야 한다. 우리 모두 국가안보를 지키고 자유민주주의 체제에서의 통일한국을 건설하는 것이 시대적 사명이기 때문이다.

제2회 공론동인 평화포럼

새 시대 새 정부에 바란다

• 때 : 2013년 2월 15일 오후6시~9시   • 곳 : 한국프레스센터 19층 국화홀

〈참석자〉

- 사　　회　김재엽(도서출판 한누리미디어 대표)

- 기조발언　김재완(글로벌문화포럼 · 공론동인회 대표간사)

- 주제발표　홍사광(경영학 박사, 주식회사 동서코리아 대표이사 회장)

- 지정토론　이서행(한국학중앙연구원 명예교수)
　　　　　　구능회(솔리데오장로합창단 부단장)

- 종합토론 및 질의응답

최계환(영애드컴 고문)	전규태(국제펜클럽 한국본부 고문)
배우리(한국땅이름학회 회장)	우원상(한겨레얼살리기운동본부 감사)
이강우(한국문인협회 권익옹호위원)	김대하(사단법인 한국고미술협회 회장)
주동담(시정신문 발행인, 회장)	신용선(사단법인 한국제안공모정보협회 회장)
도천수(공평연구소 소장)	최향숙(민주평화통일자문회의 자문위원)
양　종(백민역학연구회 이사장)	무상법현(자운암 주지, 열린선원 원장)
이재득(정골운동원 원장)	김영보(한국자유기고가협회 회원)
김혜연(천부경나라 대표)	이　향(화가)

- 사　　진　김두순(사진작가, 한국불교문학 객원기자)

제2회 공론동인 평화포럼 겸
수필집《지성의 향기》출판기념회 개최

김재엽

공론동인 수필전집《지성의 향기》상권 (pp. 511~527)에 재수록되기도 했듯이 지금부터 47년 전인 1966년 9월 3일 명동 소재 호수그릴에서 〈한국 지성인의 자세〉라는 제하에 제1회 공론동인 방담(포럼)을 가졌던 바, 지난해 원년 멤버이신 김재완, 최계환, 전규태 박사 등이 주축이 되어 새롭게 부활 결성한 공론동인회(대표간사 김재완)에서 '공론동인 수필전집'《지성의 향기》를 출판하였기에 이를 축하하고 기념하는 출판기념회를 겸한 제2회 공론동인 평화포럼을 지난 2월 15일 저녁 6시부터 3시간여 동안 서울시청 옆 한국프레스센터 19층 국화실에서 개최하였다.

이날 기조발언으로 특별히 부활의 의미와 과거 공론동인회와의 연속성을 부여하고자 제2회 공론동인 평화포럼으로 명명하였음을 밝힌 김재완 대표간사는 마침 10일 후면 박근혜정부가 탄생함을 즈음하여 축하를 겸한 희망에 찬 기대를 표명하고자 주제를 '새 시대 새 정부에 바란다'로 정하여 동인들 모두가 자유롭게 발표할 수 있는 자리를 마

◆ …… 지난 해 2월 3일, 새롭게 부활 결성한 공론동인회에서 '공론동인 수필전
집' 《지성의 향기》를 출판하였기에 이를 축하하고 기념하는 출판기념회
를 겸한 제2회 공론동인 평화포럼을 지난 2월 15일 저녁 6시부터 3시간
여 동안 서울시청 옆 한국프레스센터 19층 국화실에서 개최하였다.

련하였음을 상기시켰다.

김재엽 총무간사의 사회로 진행된 이날 포
럼은 박근혜정부의 최대 화두로 등장한 '경
제민주화에 대한 기업의 나아갈 길'이라 하
여 경영학 박사이며 주식회사 동서코리아 회
장이신 홍사광 동인께서 발제를 겸하여 20여
분간 주제 강연을 하고 이서행 한국학중앙연

김재완

구원 명예교수와 구능회 동인이 지정토론자로 나서 보충설명을 겸한
자신의 분야에서 느껴 왔고 또한 새 정부에게 희망하는 바를 심도 있게
발표하였다.

홍사광 박사는 주제발표에서, 경제민주화를 이루기 위해서는 대기

구능회

업이 골목상권까지 진입하는 행태는 지양하고 대기업 수준에 맞는 국제 경쟁력 제고에 사세를 투입하며 중소기업이 경쟁력을 확보할 수 있는 산업환경을 조성하고 측면 지원함으로써 모든 기업들이 윈윈(Win Win)하고, 특히 양질의 일자리를 창출함으로써 최상의 복지사회를 구현하는 것이 결국 경제민주화의 핵심임을 역설하였다.

지정토론자로 나선 이서행 동인은 우리의 국운이 2018년에는 남북통일이 될 것이고 G8로 이름 되는 선진국에 진입할 것인 바 박근혜정부가 모든 분야에서 과거 어느 정부보다 차별화 된, 특히 부정부패 없는 신뢰로 뭉친 정부로서 확고하게 자리해 줄 것을 주문하였다.

최계환

구능회 동인도 소수의 그룹이 차별 받지 않고 상호 존중하는 미래사회 풍토에다 국민 모두가 단단히 결속하여 국가발전에 매진하는 그런 사회가 조성되기를 희망한다는 메시지를 남겼다.

외부 손님은 일체 초청하지 않고 동인들만 모여서 만찬을 겸한 친목을 도모하는 자리로 제한한 이날 행사는 출판기념회 또한 여타의 행사처럼 축사도 없고 케익 절단과 작품평도 없이 상호 격려하는 차원에서 원년 멤버이신 최계환 아나운서와 전규태 교수의 과거 공론 동인회 회상의 변과 격려의 말씀을 경청하는

전규태

것으로 시간을 배정하였다.

그런데 상당수의 동인들이 이날 처음 보는 그야말로 상견례의 자리라는 성격이 강해서 어떤 요식행위보다 동인 상호간에 격려하는 차원에서 덕담을 주고받는 자리로 마련한 것이 매우 의미 있는 진행이라 말하며 모두들 편안한 분위기에서 만찬을 즐겼다.

이강우

한편 만찬 중에 이루어진 종합적인 자유토론 및 질의응답의 자리에서 초창기에 썼던 제호 자체인 '공론(空論)'을 차후에 발행할 동인지 제호로 부활 사용하자는 이강우 동인의 제안이 있어 토론한 결과 '공론'으로 표제를 정하는 것은 잡지의 성격이 강해 보여 역시 현행대로 소제목으로는 공론동인 수필집이라 표기하고 큰 제목은 그때 그때 합당한 제목으로 정하자는 주동담 동인의 제안을 받아들이는 것으로써 결론지었다. 이밖에도 배우리 땅이름학회 회장의 매스컴 관련 자축 발언이 있었고 법현스님에게서 '空'

배우리

에 관련한 깊은 철학적 의미를 잠시 경청하였으며, 모든 동인들의 자기 소개에 이은 간단한 인사말을 듣는 것으로 3시간여에 걸친 모든 행사는 끝을 맺었다.

이에 본지에서는 이날의 의미 있는 행사를 되새기고 기록으로 남기고자 홍사광 박사의 주제 발표문과 이서행 교수의 지정 토론문, 그리고 추후에 글월로 제출한 몇몇 동인들의 촌평을 게재한다.　　(총무간사 김재엽 記)

무상법현

새로운 시대의 국가 경제 성장과 개인의 행복, '경제민주화'

홍사광

홍사광

요즘 우리 국가와 사회 주변에 최대 화두는 '경제민주화' 라는 용어라고 할 수 있습니다. 대한민국은 이미 시장경제, 자본주의, 민주주의 국가인데 어찌하여 불쑥 '경제민주화' 라는 말이 운운되는지 의아해 하는 것은, 정치적 합의로만 통용되는 언어이기 때문일 것입니다. 산업 민주주의(Industrial democracy)라는 어휘는 원래 노동조합 내부의 문제를 민주적으로 해결하자는 취지로 언급되었다는 것이 영국 사회경제학자의 한 표현이었습니다.

우리가 속성상 무상보육, 무상교육, 무상급식, 무상복지를 경제민주화의 한 축으로 생각하지만 사실은 전혀 무관한 개념입니다. '평등 경제, 평등 분배는 경제 민주화가 아니다' 라고 정의할 수 있을 것입니다. 성장과 분배는 함께 조합되어야 하는 것이기 때문에 성장 없는 분배란 있을 수 없습니다. 국가나 가정이나 수입보다 지출이 많으면 망하는 건 시간문제입니다. 성장보다 분배에 치우치다 위기를 맞은 그리스, 스페인 등 유럽 국가들이 좋은 예라 할 수 있습니다. 그토록 찬란한 문화와 역사를 가진 국가들이 성장보다 분배에 치우쳐 복지 포플리즘에/ 치우쳤기 때문입니다.

공짜 학비에, 공짜 음식에, 공짜 노후대책까지 모든 게 무상의 개념이라면 국민 구성원 각자 누구도 열심히 일을 하지 않을 것이며, 일할 의욕을 상실하게 될 것입니다. 그러다 보면 수입기반의 생산력과 진취적인 추진 능력이 떨어져서 결국엔 빈곤한 국가로 전락하게 됩니다.

기업의 자유로운 경쟁

이게 바로 경제민주주의입니다. 민주주의 국가에서 경제민주화라는 말이 새롭게 불거지고 있는 이유는 혹여 '경제평등화'를 경제민주화라는 말로 전이하여 주장하는 것이 아닌가 싶습니다.

인간 사회에 있어서 평등이라는 어휘가 존재 할 수 없다는 것은 이미 공산주의 국가들의 멸망에서 보여준 사례가 있습니다. 즉 북한을 평등사회라고 할 수는 없지 않습니까? 또 국제적으로 누가 쿠바를 평등사회라고 말할 수 있겠습니까? 이는 이미 평등이라는 말 자체가 모순이라는 것을 반증하는 것입니다. 평등을 외치는 그 두 나라가 지금 이 지구 역사상에 가장 빈곤한 국가사회로 전락했습니다. 다함께 똑같이 일해서 똑같이 먹고 잘 살자는 '공생' 구호는 어디까지나 이상론(이데아)일 뿐이며, 실현 불가능한 이론인 것입니다.

예컨대 북한 고위 간부들은 벤츠를 몰고 김정일 장례식에 운구차는 미국에서 생산된 캐딜락 리무진을 사용한 것에 비추어 볼 때, 북한의 국민들 GDP가 그와 같은 수준에 도달했느냐 하는 것입니다. 또한 값비싼 프랑스 와인, 영국 위스키 등의 브랜디를 수입해 마시지만 백성들은 굶주림에 시달리며 아사되어 죽어가고 있는 게 북한의 현실입니다.

지난 18대 대선 당시 특정 정당 출마를 선언한 모 후보는 아예 ‘평등 국가’를 기치로 내세웠던 적이 있습니다. 그는 “평등하게 잘사는 나라가 선진국이다”라고 했습니다. 그러면서 “평등이 새로운 발전의 동력이 되는 사회를 만들겠다”고 했습니다. 이는 국민을 현혹하고 기만하는 선동적 발언이 아닌가 싶습니다.

이 지구상에 존재하는 국가 가운데 선진국인 미국이나 영국에도 빈민층이 있고 노숙자와 구걸을 일삼은 걸식자들이 있습니다. 우리의 경우도 비록 궁핍할망정 열심히 일한 대가로 살아가는 사람들이 있는가 하면 아예 일할 생각조차 하지 않고 정부에서 주는 최저 생활 보조금에 의해 살아가는 만성적으로 나태한 사람들이 있습니다.

땀 흘려가며 열심히 일해 돈벌이를 하는 그 자체에 긍지를 느끼는 사람들이 있는가 하면, 정부 보조금이나 힘든 일을 해서 버는 돈으로 하루에 밥 3끼 먹는 것은 똑 같은데 왜 굳이 바보처럼 일을 하는가, 하는 사람들도 있는 것입니다. 공생이라는 본래 취지를 망각하는 상황을 만들 뿐이고, 개인의 자아발견이라는 의욕을 상실시키고 있는 것입니다. 이렇게 사람은 저마다의 가치관이 다르고 추구하는 것이 또한 다른 것입니다. 그런가 하면 경제민주화는 “시장 경제의 효율성과 역동성을 저해하지 않으면서 경제 평등을 추구한다.” 이런 애매모호한 주장을 내놓는 정치인들의 선동적 주장은 그야말로 말장난에 불과합니다. ‘발전의 동력은 평등이 아니라 경쟁’입니다. 경쟁 속에서 새로운 아이디어, 새로운 창조적 가치가 나올 수 있는 것입니다.

평등 국가, 평등 사회, 평등 경제…. 앞으로의 세계 전쟁은 무기가 아니라 경제라는 말이 나오고 있는 것은 황당무계한 발상이며 21세기에 국가 경제를 혼돈에 빠트리는 무책임한 발언입니다.

한국은, 한국인은 한국의 기업들을, 대기업이든 중소기업이든 그들의 치적을 높이 평가해야 할 것입니다. 일거리를 창출하고 제조업을 기반으로 하여 물품을 해외에 수출하는 기업은 애국하는 기업입니다. 그 기업들이 한국의 위상을 높였고 기적처럼 세계 10위권의 경제 대국을 만들어 놓은 것입니다.

삼성, LG, 현대 등등, 대기업과 무수한 중소기업들, 그리고 각 직장에서 타 회사와 불타는 경쟁을 해 가면서 새로운 것을 연구하고 새로운 것을 만들어내는 두뇌들이 있었기에 한국산 제품이 전 세계 시장을 누비고 있는 것입니다. 그럼에도 불구하고 마치 기업들이 한국의 경제를 망치고 있는 듯, 특히 대기업, 대재벌기업을 혐오의 대상으로 규탄하는 것은 목적의 가치가 전도될 수 있는 발상인 것입니다. 물론 대그룹기업 및 일부 중소기업들도 자성해야 할 면이 있다는 것을 부인해서는 안 됩니다. 대기업들이 소상공인들 영역의 상권에까지 영역확대를 하는 것을 비롯해 존재하지도 않는 의장특허 등등, 여러 가지 부도덕한 행위는 분명히 시정되어야 마땅하고 더 나아가 법적 규제가 강화되어야 할 것입니다.

그러나 다시 한 번 강조하건대 기업의 자유로운 경쟁이 이루어지는 시스템을 도입하는 것이 경제민주화라는 것임을 망각해서는 안 될 것입니다. 더 열심히 공부하는 학생이 더 좋은 학교에 진학하듯이, 더 열심히 하는 기업이 더 성공하는 것은 자본주의 시장경제 체제를 추구하는 기본적인 기업문화의 토대라고 할 것입니다. 이 기업의 자유 경쟁을 방해하는 것은 결국 소비자들에게 피해를 주는 것입니다.

삼성을 3,000개 중소기업으로 분화시키겠다는 것은 경제민주화가 아닙니다. 사유재산을 부정하고 그들의 경제 활동에 개입하겠다는 것은 경제민주화가 아닙니다. 재벌을 해체하고 모든 것을 유린하여 소유를 평등하게 분배하겠다는 주장은 경제 민주주의가 결코 아닙니다. 이런 평등 분배주장은 민주주의를 하자는 게 아니라 전체주의, 독재주의를 하자는 주장이나 다름이 없다고 생각합니다.

우리는 현재 세계문화 속의 글로벌 시대에 살고 있습니다. 이제는 세계 어느 곳에 가든, 어느 곳에 살든, 대한민국 사람임이 자랑스러운 시대가 되었습니다. 한국 기업들. 총수에서 사원들, 공장의 공원들, 그 모두가 함께 이루어 낸 눈부신 경제 성장만큼 이제 정치도 만연된 당파싸움 수준에서 벗어나 미래를 생각하고 창조하는 보다 더 성숙해진 기업 풍토를 일구는 데 앞장 서야 할 것입니다.

국가의 경제 성장과 개인의 행복

미국뿐 아니라 전 세계 시장을 장악하다시피 하고 있는 대형 마켓 Costco에서는 매달 잡지가 나오는데 때로 구매자들, 즉 대중들의 의견을 반영하는 아주 흥미로운 〈토론의 장〉이 실리곤 합니다.

"국가의 경제성장이 개인을 행복하게 해 줄 수 있는가?" 라는 타이틀로 하여 게재된 지난해(2012) 7월호의 〈토론의 장〉 제목은 마치 우리나라 대선을 앞두고 있는 한국 언론의 톱기사 제목을 보는 듯했습니다.

경제가 발전하면 개인이 행복할 수 있나?

아니면 경제발전과 개인의 행복지수와는 무관한 것인가?

'국가의 경제성장이 국민 개개인의 행복한 삶을 영위할 수 있게 해 준다' 는 주장에 찬성한 사람들 의견은 다음과 같습니다.

"국가의 경제가 부흥한다는 것은 곧 일자리가 많아진다는 것이고 일자리가 많아진다는 것은 많은 사람들에게 원하는 직업을 선택할 수 있는 기회가 더 생기는 것이고 그것은 곧 재정적 안정과 연결된다. 경제적 안정이야말로 행복의 기본이 되는 조건이다."

"국가의 경제력이 강하면 강할수록 개인에게 자신의 꿈을 이루겠다는 희망이 생기고 그런 희망을 가지고 살아갈 수 있다는 게 행복이다."

"국가가 경제적으로 계속 성장한다는 것은 개개인에게 물품 구매력이 증진하는 것을 의미한다. 이것이 바로 질적인 삶이 향상되는 것이고 질적인 삶이 향상되는 것이 많은 사람들이 바라는 행복이다."

반면에 반대하는 사람들의 의견도 있었습니다.

"나는 지난 3년 동안 이 세상에서 가장 가난한 제3국에 가서 살다 왔다. 그런데 빈민굴 같은 곳에서 의식주조차 제대로 해결되지 않는 생활을 하는 사람들이 지상에서 제일 부자 나라라는 미국에 살고 있는 사람들보다 더 행복해 보였다."

이 말을 한 사람은 젊은 사람인데 왜, 어째서 빈민굴 같은 곳에서 가난하게 살아가는 사람들이 행복한가에 대한 설명은 없었습니다.

"행복이란 정신적 건강함에서 오는 것이지 물질에서 오는 게 아니다."

"행복이란 아주 보잘것없는 작은 일에도 감사하게 여길 줄 아는 마음에서 오는 것이다."

경제 성장과 개인의 행복 지수와 무관하다고 주장한 사람들은 당장 끼니 걱정이나 자녀들 학비 걱정은 안 하는 사람들인 것 같았습니다. 끼니 걱정을 할 정도로 절박한 상황에서는 정신적 건강 운운할 여지조차 없을 것입니다. 이웃에 초등학교에 다니는 아이들이 세 명씩 있는 가정이 둘 있습니다. 방학동안 한 집 아이들은 수영, 야구, 하키, 태권도, 영어, 피아노학원까지, 학교 다닐 때보다 더 바쁩니다.

그런가 하면 또 다른 집 아이들은 학원은 물론이고 마을 축구, 야구팀에도 가지 못합니다. 그 집 아빠가 직장을 잃어 수입이 없어졌기 때문에 집마저 내놓아야 할 형편입니다. 마을 어린이들로 구성된 야구팀이나 축구팀에 들어가려 해도 운동복 외에 참가비 등등, 한 해에 수십

여 만원의 지출을 요구합니다. 아이들이 하고 싶어 하는 것을 뒷받침해 줄 수 없고, 먹고 싶어 하는 것도 제대로 사 줄 수 없는 부모가 행복하다고 말 하기는 힘들 것입니다. 정치학자이며 경제학자인《Gross National Happiness》의 저자인 Arthur C. Brooks 는 행복과 경제성장 관계에 대해 다음과 같이 정의했습니다.

"진정한 행복은 사람마다 자신이 열심히 일한 대가로 자신이 원하는 목적에 도달할 수 있는 것이다. 사람은 자신의 창조적 아이디어나 특기에 대한 도전, 그리고 그것을 성공시키고자 하는 노력에 의한 공정한 대가에서 만족을 느끼고 이 만족감이 진정한 행복이다. 이런 자유경쟁 없는 분배는 사람들에게 무력감과 자기비하에 따른 상실감까지 줄 수 있으며 그런 사회는 낙후될 수밖에 없다."

대한민국은 이미 성공한 나라이며, 더욱 비약적인 발전을 이룰 수 있는 가능성이 농후한 국가입니다. 세계적으로 경제 기적을 이룬 나라입니다. 1960년대 초반에는 미래의 한국이 일본을 앞서는 무역 흑자 대국이 되리라고는 꿈엔들 누구도 생각하지 못했던 일입니다. 이제 국제 시장에서 일본이 차지하고 있던 자리에 우리가 일본을 위협하게 되었다는 이 현실이야말로 기적입니다.

이런 경제 기적을 이룬 한국의 성장은 삼성, 현대, SK, 포항제철, LG 등을 비롯한 대기업들과 중소기업들의 공이 막강하다는 것은 그 누구도 부인할 수 없는 사실입니다. 물론 제 5공화국 때 대그룹 육성 정책의 일환으로 이룩되어 오늘에 이른 것입니다.

2011년 11월 『The Economist』 잡지에 대한민국의 기적적인 경제성장에 대해 특집이 실린 바 있습니다. 기사 제목은 "대한민국의 경제, 최고봉에 올라섰을 때 무엇을 어떻게 해야 하는가?" 입니다.

20년 전만 해도 오물이 가득 찼던 청계천에서 이제는 낚시도 할 수 있을 정도가 된 것처럼 1960년대 초반만 해도 아프리카의 가난한 국가들처럼 세계에서 가장 가난한 나라 중에 하나였던 대한민국이 이제는 PPP(Purchasing Power Parity)가 유럽연합을 앞서고 있다고 지적했습니다. 한국의 기적적인 경제성장을 중국이 따라오려면 일 년에 GDP가 7.5~8% 정도 성장으로 20년은 걸릴 것이라 했으며, 한국의 GDP가 일 년에 4.5% 성장하고 미국이 2.5% 성장한다면 한국이 몇 년 안에 미국을 앞설 수도 있다고 내다보았습니다. 하지만 『The Economist』는 빈부 격차가 심화되고 있는 현실 등, 개선해야 할 점도 많다는 것을 예리하게 지적했습니다.

첫째 소외층에 대한 정부 차원의 공정한 지원, 둘째 여성 인력 증가, 셋째 교육 평준화가 아닌 교육 선진화, 넷째 열심히 일한만큼의 충분한 보상, 그 외 소기업이나 중소기업의 활성화와 제조업의 성장이 필요하다는 것 또한 지적했습니다. 이렇게 외국의 경제전문지는 한국의 경제성장을 '기적이다, 또는 타국가의 모델이다' 라고 평하고 있는데 한국의 어느 대통령 후보는 "국민의 경제가 파탄나면 대기업 물품을 누가 구매하겠는가?" 라고 말했다 합니다.

현재 미국은 물론이고 영국의 전자제품 시장을 한국 제품이 30% 이상을 차지하고 있는 현실을 올바르게 인식한다면 이렇게 국민에게 불안감을 조성하는 무책임한 발언은 하지 못할 것입니다. 물론 빈부 격차 등등 시정해야 할 점들이 많이 있지만 한국은 지금 전 세계가 부러워할 정도로 무역 흑자대국이 되었습니다. 그리고 한국 국민은 대한민국 수립 이후, 아니 그 이전 그 어느 시대에서 지금처럼 부를 누리며 살아 본 적이 없습니다. 대재벌들이 한국의 경제를 기적적으로 성장시키는 데 막중한 공헌을 한 건 사실이지만 반면 일부 대재벌들의 횡포 또한 부인할 수 없는 사실인 것이 우리의 현실입니다. 따라서 이 문제점을 해결하기 위한 답은 '재벌해체' 라는 극단적, 공산주의식 발상이 아니라 분식회계, 횡령, 배임 등등의 탐욕적인 편법이 적발되면 가차 없이 엄하게 처벌하는 제도 개선이 필요합니다. 사람은 그 누구나 지금보다 더 잘 살고 지금보다 더 행복한 내일을 바랍니다.

무엇이 과연 행복인가?

사람마다 생김새가 다른 것처럼 사람마다 가치관이 다르기 때문에 행복지수를 따진다는 자체가 불가능합니다.

어떤 사람은 고급 승용차를 모는 것에서 만족과 행복을 느끼는가 하면 어떤 사람은 소형차를 몰면서 고아원이나 장애인들을 돕는 데 보람과 행복을 느낍니다. 어떤 사람은 사찰이나 교회에 헌금을 바치는 것에서 무한한 긍지와 행복을 느끼는가 하면 어떤 사람은 그 돈을 무의탁 노인 시설에 기부하는 것에서 더 큰 행복을 느낍니다.

며칠 전 모신문에는 환경미화원이 직업인 사람이 장애인들 몇 명을 돌보며 행복하게 살아간다는 훈훈한 이야기도 실렸습니다.

이토록 행복이란 획일적 기준으로 잴 수 없는 것입니다. 돈이 많은 사람이 불행한 경우도 얼마든지 있습니다. 심지어 자살까지 하는 부유층도 있습니다. 절대로 돈이 행복을 보장해 주는 건 아니지만 사람이 인간으로서 자긍심과 존엄성을 지킬 수 없을 만큼 가난하다면 행복이란 말은 사치스러운 어휘일 것입니다.

"진정한 행복은 사람마다 열심히 일한 대가로 자신이 원하고자 하는 꿈을 이룩할 수 있는 것" 이라는 경제학자 Arthur C Brooks의 개인의 행복과 국가의 경제성장 관계의 정의가 가장 실질적인 행복론이 아닌가라고 저는 생각합니다.

끝까지 경청하여 주서서 감사합니다.

새 시대 새 정부에 바란다

이서행

이서행

새 정부에 거는 국민의 제1 기대

건국 이후부터 역대 정부와 대통령들은 사회정의와 부정부패의 평가기준으로부터 자유롭지 못해 실패했다고 볼 수 있다. 우리 사회는 지난 50여 년 동안 산업화와 민주화 과정에서 세계사적으로도 괄목할 만한 성과를 성취하기도 했다.

한편 역기능적으로 발생된 가치혼란과 물질만능으로 국민정신이 피폐해져 사회 전체에 부정부패가 만연되어 왔기 때문에 새 정부로서는 무엇보다도 국민정신문화 회복과 성숙된 선진 도덕사회 건설이 급선무이다. 특히 공직자 사회에서 대통령을 포함한 고위공직자들부터 노블레세 오브리지(Noblesse Oblige)의 높은 도덕정신으로 솔선수범하여 특히 청와대를 상징하는 '권력형 비리 제로' 정부가 될 것을 취임식에서 국민 앞에 엄숙히 선언하기를 바란다.

국민의 두 번째 기대는 국민통합과 국민행복이다

새 정부는 무엇보다도 국민통합과 민생을 챙겨 국민행복시대를 약속했기 때문에 52%가 아닌 100% 국민행복시대를 열어나가야 하는데,

현재 박근혜 당선인의 지지도는 50%를 조금 넘기고 있어 출범도 하기 전에 국민은 불안하기 시작하여 향후 5년 후를 걱정하는 소리가 적지 않다. 더군다나 지금처럼 세계 경기 침체로 투자와 고용이 위축된 가운데 저출산·고령화 현상이 심화되고 성장산업의 육성이 늦어진다면 장기 저성장의 시대에 접어들 수 있다. 이를 감안하여 국민들의 고용불안과 물가불안도 해소하는 고성장정책(의료·관광·물류 등의 서비스산업 육성)으로 일자리 창출, 물가안정, 균형적인 복지정책을 추진하여 살기 좋은 나라로 만들어 주길 바란다. 유튜브를 통해 국민에게 전한 설 인사에서 박근혜 당선인은 "설이란 의미는 묵은해를 보내고 새해를 맞으면서 그 동안의 낡은 것들에 작별을 고하는 마음이 담겨 있다"며 "새 정부 출범과 함께 새 시대를 시작하려 한다. 잘못된 관행들을 바꿔 국민이 행복한 나라를 만들겠다"고 말한 것에 국민은 큰 기대를 갖는다.

국민의 세 번째 기대는 대북정책이다

박근혜 대통령 당선인은 "한반도 신뢰프로세스는 유화책이 아니다"라면서 "북한 핵실험 위협 중단하라"고 하루 3차례 강력히 경고하여, 기존 2000년대 이후 남북정상회담을 한 10년간의 정부와 대북강경책을 해온 이명박 정부와도 차별성을 나타내고 있다.

박근혜 대통령 당선인이 14일 북한의 3차 핵실험에도 불구하고 대선 공약인 한반도신뢰프로세스를 수정하지 않겠다고 밝힌 가운데, 미국 의회조사국(CRS)은 이날 공개된 '미국과 한국 관계' 보고서에서 한미 현안의 하나로 대북정책을 지목하면서 박 당선인이 이명박 정부와 다른 북한 접근법을 가지고 있다고 지적했다. 국민은 무엇보다도 한민족 공동체평화통일을 바라고 있기 때문에 지난 20년간 있었던 대북시행착오를 교훈삼아 한미, 한중, 한인, 한러의 관계협력으로 한반도 대화 및 인도적 지원 재개 등이 포함된 신뢰프로세스를 통한 한반도 평화통일을 기대한다. 단 핵을 가진 북한과의 신뢰구축은 힘으로 대응해야 함을 잊지 않아야 한다.

또한 국민은 북한이 핵보유국으로 분류된다면 우리도 안보상 핵 재처리 허용 문제로 대립하고 있는 한미원자력협정 개정을 우리의 생존권과 주권문제로 간주하여, 미국의 물 건너간 비확산 정책에 대한 도전이 아닌 조정으로 우리의 뜻을 관철하는 강한 리더십을 기대한다.

국민의 네 번째 기대는 G8 세계 선진국 진입이다

새 정부는 '아이디어와 창의력이 꽃을 피우는 창조경제' 정책으로 40년 전 민족중흥을 일으킨 국민들의 의지와 자발성을 중시한 새마을 운동 정신을 계승하여, G8 선진국 대열에 앞당겨 진입시킬 때 북핵의 위협을 극복하고 한반도 평화통일의 시대가 도래함을 국가 목표로 삼아야 한다. 통일연구원은 통일유형을 단기형(10년 후 통일), 중기형(20년 후 통일), 장기형(30년 후 통일)으로 구분하여 유형별로 통일 10년 후 통일국가의 위상을 예측하였다. 경제력에 대한 예측이다. 2012년 현재 한국의 명목 GDP는 세계 13위이다. 그런데 단기형 통일의 경우 한국의 명목 GDP는 8위, 중기형 통일의 경우 7위, 장기형 통일의 경우 7위에 이를 것으로 예상된다. 2030년 통일 한국의 인구는 7천 6백만 명, 면적은 22만km²로 예상된다. 이것은 현재 G8(G7＋러시아) 중 영국, 독일, 이탈리아와 비슷한 수준이다.

2010년 기준으로 한국의 무역규모는 세계 9위이다. 수출 순위로는 세계 7위이며, 수출 4,674억 달러, 수입 4,257억 달러로 무역수지는 417억 달러이다. 통일 후 무역 규모를 추정하면, 2030～2050년 통일 한국의 명목 GDP 상승에 따라 무역규모가 세계 7-8위가 될 것으로 예측된다. 스위스의 국제경영개발원(IMD)의 2011년 기준, IMD의 세계경쟁력 평가를 보면, 한국은 세계 22위이다. IMD 세계경쟁력은 단기형 통일의 경우 10위, 중기형 통일의 경우 7~8위, 장기형 통일의 경우 5위로 예상된다.

주제발표에 대한 종합토론 및 새 정부에 바라는 기대

신용선 홍 박사의 주제발표 내용을 경청해 본 결과 죄송하게도 전체적으로 상당히 한 쪽으로 치우친 면이 많다고 느껴집니다. 큰 나무 밑에는 그만큼의 큰 그늘이 만들어지는 법이며, 그 그늘은 국가나 사회가 일정부분 책임을 져야 합니다. 그럼에도 불구하고 홍 박사는 그 그늘이 마치 그 나

신용선

무 때문에 필연적으로 생겨난 부분이 아니라는 분위기에서 처음부터 그림자의 존재를 부정하고 그늘에 사는 사람들에게 그늘에 관련한 모든 책임이 있다고 보는 시각은 큰 오류라고 보입니다. 홍 박사의 주제발표에서 2가지 개념에 있어 반대 입장을 표합니다.

우선 홍 박사가 말한 내용에서 '평등은 성장 동력을 저해하는 개념'

도천수

으로 제시하였는데 일반 국민들에게 아주 큰 오해를 불러일으킬 만한 내용입니다. 평등은 성장 동력에 대한 비례 혹은 반비례의 개념 보다는 가진 자와 덜 가진 자의 인권 혹은 삶의 환경에 있어 가급적이면 합집합을 크게 하여 사회의 빈부의 차, 권력의 편중 등을 줄이고자 하는 정책으로 사회적 균형개념인 것입니다. 가난한 계층을 그대로 방치하여 더욱 가난하게 하는 것이 평등은 아닌 것입니다. 그것은 당연히 일정 부분 국가의 책임이며 몫입니다. 그 이유는 전쟁유공자 혹은 장애인과 같은 필연적으로 발생한 가난이 있기 때문인데 홍 박사는 이 부분을 간과한 것 같습니다.

또 홍 박사의 '우수한 자가 좋은 위치를 점유하는 것은 당연하다' 라는 주장은 국가 1등주의에만 배려하거나 치중하려는 위험한 사상입니다. 우리 사회를 1등 위주의 집단으로 몰아가면 2등 이하의 집단은 사회를 아주 불안하게 하는 반사회적 집단으로 변하게 되며, 그것은 결국 계층간에 불협화음과 소통단절을 초래해 결국 반사회적 사건들을 양산하게 됩니다. 그 반사회적 사건들, 예를 들면 최근에 발생한 가족 살해범을 잡고 보니 작은 아들이었다는 사실에서처럼 사회적 몰인정을 처리하고 치유하는 비용은 결국 또 1등 집단의 몫으로 돌아갑니다. 때문에 1등 지향주의보다는 사회집단을 공동으로 아우르는 '우리 사회'(our society)를 만들어야 합니다.

도천수 홍사광 박사의 경제민주화에 대한 주제발표에 이은 이서행 교수의 2018년 선진국 진입에 관한 기대와 남북통일에 관한 전망에 대하여 잘 들었습니다. 그런데 무엇보다 시급한 것이 이산가족 찾기

및 이산가족 상봉 행사가 상당히 오랜 기간 동안 중단됨으로써 이산
가족들의 가슴 속이 새카맣게 타 버렸는데 새롭게 등장하는 박근혜
정부에서는 무엇보다 남북이산가족 찾기 및 상봉행사를 조속히 재
개하는 데 신경 써 주기를 희망합니다. 그리고 북의 지하자원을 중
국이 거의 모든 개발권을 차지하고 독식해 가는데 우리의 통일된 미
래를 생각하여 더 이상 중국에 빼앗기지 말고 남북이 진지하게 협력
하여 우리 남한이 개발할 수 있도록 함으로써 남북이 화해 협력하여
평화통일을 지향하면 좋겠습니다.

주동담 오늘 '새 시대 새 정부에 바란다' 라는 제하로 진행된 홍사광
박사의 주제발표와 이서행 교수의 고견을 매우 의미 깊게 경청했습
니다. 민간에서 특히 소규모의 동인단체에서 국가의 미래를 걱정하
며 이 정도로 심도 깊은 토론을 하였다는 것이 무엇보다 대단하게
느껴집니다. 그리고 그런 단체의 일원으로서 참여하게 된 저 자신이
매우 자랑스럽습니다. 저는 언론사에 45년 동안 종사해 왔습니다.
오늘의 이 포럼은 물론이고 동인지 발간 및 동인활동에 대해 최선을
다해 홍보하겠습니다. 동인지를 시중에 시판할 목적이면 제목이 중
요합니다. '지성의 향기' 는 원로의 향기가 납니다. 고전의 의미로서
가치가 있다고 생각할 수도 있겠지만 젊은 층의 독자를 생각한다면
자칫 외면당할 수도 있다고 생각됩니다. 차
후에는 여러 관점에서 제목도 정하고 시판도
잘 되는 책으로 많이 읽혀지는 동인지가 되
도록 저 또한 많은 관심을 갖고 참여하겠습
니다.

우원상 저는 모태 대종교인이라 말할 수 있
을 만큼 선대로부터 지금까지 대종교인으로

주동담

우원상

살아왔습니다. 비록 소수의 종교인으로 인식되고 있지만 매우 많은 외국인이 지속적으로 유입됨으로써 앞으로의 우리 사회는 다문화 다종교가 서로 융합하며 양질의 또 다른 우리 문화를 양산해 나가리라 기대됩니다. 이런 미래에서의 우리 문화의 성공을 위해서라도 종교인들간의 화목에 따른 평화가 공존하기를 바라는 바입니다. 진정한 종교인으로서 해야 할 일이 무엇인가를 고민할 때 국가나 민족 문화에 있어서도 진정으로 종교의 필요성이 대두된다고 생각됩니다.

양 종 새 정부에서 경제민주화도 필요하고 선진국 대열에 합류하는 것도 중요하겠지만 세계에 내놓을 만한 대한민국 국민만의 정신문화라 할 수 있는 얼과 정신을 되살려야 한다고 봅니다. 지금이 바로 단군시대부터 반만년 동안 이어져 온 민족의 얼인 홍익인간 정신을 되새길 때입니다. 우리 공론동인회에서도 이런 정신을 담아 동인지 간행에 배려해 주기를 바랍니다.

양 종

김재완 오늘 주제발표에 이은 지정토론, 그리고 여러 동인들의 토론을 지켜보고 매우 가슴 뿌듯함을 느꼈습니다. 또한 우리 동인들이 각계 각층에서 활동하는 나름대로의 전문가 집단임을 상기하면 그림과 글 등으로 전시회를 열어도 좋겠다고 생각됩니다. 더불어 여기 공론동인으로서 모이는 것이 결코 시간 낭비가 아닌 생산성 있는 모임으로서 지속적으로 이어지기를 희망하며 동인 모두의 건승과 함께 대성을 기원합니다.

글로벌 문화포럼 공론동인 수필집 ❺
행복의 여울목에서

•

지은이 / 공론동인회
발행인 / 김재엽
펴낸곳 / **한누리미디어**
디자인 / 지선숙

•

121-840, 서울시 마포구 잔다리로 35 서원빌딩 2층
전화 / (02)379-4514, 379-4519
Fax / (02)379-4516
E-mail/hannury2003@hanmail.net

•

신고번호 / 제300-2006-61호
등록일 / 1993. 11. 4

•

초판발행일 / 2013년 12월 10일

•

ⓒ 2013 공론동인회 Printed in KOREA

•

값 22,000원

•

※잘못된 책은 바꿔드립니다.

•

ISBN 978-89-7969-464-2 03810